THE DESERT SPEAR

沙漠之矛

上册

【美】彼得·布雷特 PETER V. BRETT ◎著

程栎 邹蜜 ◎译

重庆出版集团 重庆出版社

THE DESERT SPEAR by Peter V. Brett
copyright © 2010 by Peter V. Brett
This edition arranged with JABberwocky Literary Agency, Inc., through The Grayhawk Agency.
Simplified Chinese edition copyright © 2013 Chongqing Green Culture Co., Ltd.
All rights reserved.

图书在版编目(CIP)数据

魔印人.Ⅱ,沙漠之矛 /(美)布雷特著;程栎译. —重庆:重庆出版社,2014.2

书名原文:The desert spear

ISBN 978-7-229-07172-1

Ⅰ.①魔… Ⅱ.①布… ②程… Ⅲ.①长篇小说—美国—现代 Ⅳ.①I712.45

中国版本图书馆CIP数据核字(2013)第274715号
版贸核渝字(2013)第195号

魔印人Ⅱ:沙漠之矛
SHAMO ZHI MAO

【美】布雷特著 程 栎 邹 蜜译

出 版 人:罗小卫
责任编辑:张立武
责任校对:廖应碧
封面绘图:Larry Rostant
正文插画:东方朔
装帧设计:重庆出版集团艺术设计公司·卢晓鸣

重庆出版集团
重庆出版社 出版

重庆长江二路205号 邮政编码:400016 http://www.cqph.com
重庆出版集团艺术设计有限公司制版
自贡兴华印务有限公司印刷
重庆出版集团图书发行有限公司发行
E-MAIL:fxchu@cqph.com 邮购电话:023-68809452
重庆出版社天猫旗舰店
cqcbs.tmall.com
全国新华书店经销

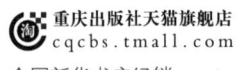

开本:880mm×1230mm 1/32 印张:25.75 字数:593千
2014年4月第1版 2014年4月第1次印刷
ISBN 978-7-229-07172-1
定价:65.80元(上下册)

如有印装质量问题,请向本集团图书发行有限公司调换:023-68706683

版权所有 侵权必究

致　谢

　　《沙漠之矛》是我至今尝试写作过篇幅最长也最有挑战性的作品，将八个主角融入一个完整的故事确实让我有些力不从心。要不是朋友、家人的关心，当然最重要的，是那些花时间阅读创作草稿并提出批评和修改意见，让故事不断被修改成你手上这本书的试读者们的支持，我绝不可能完成这一创作。感谢你们，迈克尔、迈迪、丹尼、史黛茜、艾米利亚、杰、马、丹尼丝、科比、琼、南希、苏、我的经纪人乔苏亚、我的业务编辑安和艾玛、我的文字编辑劳拉、我的海外出版社与译者，以及喜欢我创作的第一卷《魔印人》的书迷们，在我整个生活被初生的孩子及崭新事业弄得一团乱麻时，是他们写信来给了我莫大的鼓励，让我致力于把《沙漠之矛》创作成有生以来最好的作品。感谢大家，你们就是我的一切！

译者序

换个角度看世界

当美国新锐奇幻作家彼得·V.布雷特发表了《魔印人》的续作《沙漠之矛》时，距离《魔印人》出版只有一年半的时间，评论界对于《沙漠之矛》的前景有些担忧，毕竟对于很多一鸣惊人的新锐奇幻作家而言，第二本书其实是最难的一道坎。很多时候，作为一位新人作家，拥有一个好点子，一套好设定，写出一本被读者喜欢的处女作而一鸣惊人，这在奇幻文学兴盛的美国并非什么新鲜事。而在这个单行本奇幻越来越少，奇幻小说都在向系列化发展的时代，第二本书的难度无疑更具挑战性：一方面读者们都对于续作抱有很高的期望值，另一方面读者对于处女作中的点子或者设定已经没有新鲜感了。这些年，因为创意或者笔力不足，续作风评逐渐走低，继而像流星般划过的奇幻作家也不是一两位了。对于布雷特而言，他也并非专业作家。他的作品也是在手机上创作，继而被奇幻编辑发掘，加上两本作品之间如此短的出版间隔，业界对于他筹划中宏大的恶魔系列五部曲的质量表示担忧也不足为奇。

事实上《沙漠之矛》的出版，奠定了布雷特作为当代奇幻文坛几位领军者之一的地位。当然，也许从评论上和销量上来说，《沙漠之矛》相比《魔印人》是有些下降的，也有批评者说，同为第二卷的《沙漠之矛》，不如《智者之惧》出色。但是瑕不掩

瑜，《沙漠之矛》还是继承了《魔印人》严谨而明快的风格，成功地拓展了《魔印人》的世界设定，让"恶魔"逐步走上了正轨。

在《沙漠之矛》中，作者布雷特增加了几个新的POV人物视角，除了第一本中的三位主线人物亚伦、黎莎和罗杰之外，还增加了贾迪尔、阿邦以及瑞娜的视角，同时还有少数新登场的恶魔王子以及西莉雅（在瑞娜失神时）的视角。除了恶魔王子之外，其他几位都是已经在《魔印人》中登场过的人物。本书名为《沙漠之矛》，人物的核心自然是前著中描述过的克拉西亚领袖贾迪尔。在本书的前半部分，采用倒述和回忆的方式，描述了贾迪尔的成长经历，并且详细描绘了克拉西亚独特的风俗文化。曾经有看过英文版的朋友向我吐槽，第二卷有点无趣，看了三分之一了，都是贾迪尔的故事，各种设定看起来头晕，而《魔印人》中广受大家喜爱的主人公亚伦则迟迟没有登场。我想在这个部分，作者也作了痛苦的抉择，毕竟采用POV方式撰写奇幻小说，相比传统的第一人称或者第三人称的方式，其优点就在于能够用不同的视角来推动故事的发展，让整个故事更加有血有肉。而克拉西亚的故事，在恶魔系列的续集中，必将扮演重要的角色。因此，有必要集中对作者设定的克拉西亚文化加以详细且集中的描述。同时，对于贾迪尔的人物塑造也是很成功的。看过《魔印人》的人也许都感觉贾迪尔是个简单的坏人或者小人，但是看过《沙漠之矛》之后也会明白贾迪尔并不是这么单纯的"坏人"——每个人物在环境的影响下会作出各自的决定，这方面作者并没有作更多的善恶判定。

除了增加新的POV人物视角之外，《沙漠之矛》也在用稳健的幅度继续拓展了提沙世界，人类的内战，领主的政治斗争，"科学时代"的遗产，新的恶魔和地心魔域，这些剧情都在徐徐展开，并不断向作者预设的奇幻世界推进。作者布雷特在接受采访时说，自己并不是一个随性写作的作家，而是先有大

纲，继而逐渐展开并完善整篇小说，每个人物，每段情节，都做了认真的取舍。至少就我个人观点而言，在《沙漠之矛》中，作者的控制力还是非常优秀的，在展开很多设定的同时，继续保持了情节的紧张刺激，让人读起来不乏味；并没有陷入因剧情线索无限展开而导致的驾驭力不足的泥潭。这点相比于很多传统的史诗奇幻作品，已经是个很大的进步。

当然，不得不提的是，本书的前半部分还是有些难读，作为译者也感觉很难翻，毕竟克拉西亚文化中有很多独特的名词，译成中文也很拗口，读者可以参考下本书附录的克拉西亚词汇表，看熟了之后就感觉没有太大的障碍了。只要跨过了贾迪尔视角这部分，大家就会发现《沙漠之矛》的故事依然精彩；而贾迪尔部分对于后续精彩的故事发展也是十分必要的，大家会在"恶魔"系列的后续作品中品味出它的价值。《沙漠之矛》无疑是一部非常成功的续作，祝大家可以继续享受"魔印人"的世界。

最后，我要感谢在《魔印人》出版后给予很多支持和鼓励的读者，同时也要感谢很多对《魔印人》的翻译提出了宝贵意见的朋友，这些都是我继续精益求精，将"魔印人"系列继续下去的支持和动力。开卷有益，希望大家在《沙漠之矛》中同样有所享受，抑或有所收获。

程栎

2014年2月于北京

目　录
Contents

序　幕　心灵恶魔　　　　　　　　　1

第一部分　沙漠枭雄

第一章　　来森堡　　　　　　　　9
第二章　　阿邦　　　　　　　　　15
第三章　　青恩　　　　　　　　　77
第四章　　告别拜多布　　　　　　82
第五章　　吉娃卡　　　　　　　　108
第六章　　伪预言　　　　　　　　158
第七章　　绿地人　　　　　　　　164
第八章　　帕尔青恩　　　　　　　186
第九章　　沙达玛卡　　　　　　　216
第十章　　卡沙鲁姆　　　　　　　237
第十一章　安纳克桑　　　　　　　250

第二部分　自由城邦大协定

第十二章　女巫　　　　　　　　　261
第十三章　瑞娜　　　　　　　　　298

第十四章	茅房之夜	313
第十五章	马力克的故事	330
第十六章	一组杯盘	359
第十七章	跟上舞步	376
第十八章	乔尔斯公会长	415

第三部分　审　判

第十九章	猎刀	433
第二十章	洛达克·劳利	444
第二十一章	镇议会	455
第二十二章	错过的道路	474
第二十三章	欧克的宫廷	497
第二十四章	夜里的弟兄	526
第二十五章	不惜代价	564

第四部分　地心魔域的召唤

第二十六章	重回故土	591
第二十七章	迈向未来	617
第二十八章	镜宫	632
第二十九章	黑叶粉	658
第三十章	野性	688
第三十一章	欢愉大战	709
第三十二章	恶魔的抉择	728
第三十三章	婚约	740

第五部分　白昼之战（试读）

样　章　英内薇拉　　　　　　　　　　　769

附录　克拉西亚名词解释

序幕　心灵恶魔

332 AR

新月前夜，月光回归前最黑暗的时刻。树林中某根树干下的一片漆黑阴影中，邪恶的实体正从地心魔域爬出地面。

黑暗的雾气缓缓凝聚成两头体形巨大的恶魔，粗糙的棕色躯体上长满树皮般粗糙的节瘤。恶魔很高，单只从脚到肩膀就有足足九英尺高，一边嗅着空气中的气味，一边以弯曲的利爪抓入坚硬如冰的灌木和松树。他们瞪大黑色的双眼扫视着四周，喉咙里发出阵阵低沉的隆隆声。

看清楚周围的环境后，他们分散开来，各自弯腰蹲下，做蓄势发力状。恶魔身后的黑暗显得更加深邃，树木遭到腐化玷污。另两个虚无缥缈的身形逐渐凝聚形成。这两个身形较为瘦长，身高约五英尺。和高大伙伴身上的节瘤硬壳不同，它们皮肤黝黑而柔软，细长的前爪、脚趾末端的利爪显得十分脆弱——如同女人精心修护的指甲薄得发亮。他们的尖牙也很短，而且只有一排，鼻凸部位没有高高的隆起。

恶魔的脑袋鼓胀，眼睛很大，但没有眼睑，头颅高耸呈圆锥状。头顶的皮肤布满疙瘩及粗糙的纹路。

两名新来的恶魔相互凝望了很久，额头抽动，深深呼吸着周围的空气，让周围的树叶都跟着轻微地震动。其中一头高大的恶魔发现树叶中有动静，随即以令人吃惊的速度从暗处抓出一只老鼠。恶魔将老鼠提到眼前，好奇地打量着。这时，恶魔的口鼻部位竟然变成了鼠形——长鼻子与长胡须一阵阵抽动，上唇后方冒出两颗长而尖的门牙。恶魔伸出舌头，测试门牙的锋利程度。其中一头瘦小的恶魔额头鼓动着，回头望去。化身魔轻轻挥爪，立即将老鼠劈成两半，抛到一旁。在恶魔王子的命令下，两名化身魔重塑形体，变为两头体形巨大的风恶魔。

心灵恶魔发出一声嘶吼，离开黑暗的阴影，走到星光下。呼出的气息在寒冷的空气里化为白雾，但它们不觉得有任何不适应，只在雪地上留下了一串长长的爪印。化身魔压低身形，让恶魔王子骑在它的膜翼上，随即步入黑暗。它们一路向北，沿途看到许多活动的躯壳——无论大小，所有躯壳通通蜷缩、趴伏在地，迎送恶魔王子通过，臣服于震撼心灵的召唤——尾随恶魔王子的身后，奔跑起来，直踏得地动山摇，似万马奔腾。

化身魔在一座高地顶上降落，心灵恶魔走到膜翼，仔细观察高山下的景象。平原上驻扎了大批部队，白色的帐篷在积雪消融的地面上连成一大片。驼背的高大驼兽站在魔印圈里，身上披着毛毯御寒。四周的魔印威力及其强大，营区外围还有脸上包裹黑布的哨兵来回巡逻。即使距离遥远，心灵恶魔依然能感应到魔印武器散发出来的力量。

营地的魔印之外，数十只躯壳尸体趴在营帐外的泥上，等着白昼的阳光将他们烧为灰烬。

第一批赶到恶魔王子跟前的是火躯壳，为了表示敬意，他们停在几米外的地方，狂跳着崇敬的舞蹈，高喊着忠诚的口号。

恶魔王子头顶再度抽搐，所有躯壳立刻静下来。尽管应恶魔王子召唤前来的躯壳越来越多，夜晚仍是一片死寂。木躯壳和火躯壳并肩而立，完全放下种族间的仇怨，风躯壳不停地在天空中盘旋。

心灵恶魔不去理会群居而来的躯壳，目光专注在山下的平原，头颅不停地抽动。片刻过后，一头心灵恶魔看向它的化身魔，在其脑中灌输命令；化身魔皮肤融化浓重，转眼化身为一头巨型石恶魔。所有群居而来的躯壳无声无息地跟在他的身后走下高地。

高地上，两名恶魔王子和剩下的化身恶魔静静等待，冷眼旁观。

当他们在黑暗的掩护下来到营地附近时，化身魔放慢脚步，挥手命令火躯壳率先发起进攻。

火躯壳是最弱小的恶魔，体内燃烧的火焰会从双眼和嘴巴四周蹿出。巡逻兵立刻发现了他们，但火躯壳动作迅速，在守卫有机会反应前已经撞上魔印，隔着魔印狂吐火焰唾液。火焰唾液碰上力场立刻熄灭，但在心灵恶魔的命令下，火躯壳将目标放在营区外的积雪上，火焰立刻将积雪恶化为热腾腾的开水。人类毫发未伤，安安稳稳地待在魔印力场后面，举起魔印长矛刺向火恶魔。长矛刺穿他们厚厚的外壳，刹那间魔光闪耀。

其他躯壳从侧翼发起进攻，但守卫合作得很完美，以魔印护盾组成一面墙，守护彼此。营区里人声鼎沸，无数战士争先恐后地加入战斗。

但在黑暗和雾气的掩护下，化身魔的部队开始蜂拥前进。前一刻守卫还在发出胜利的欢呼，下一刻他们就被恶魔冲上来攻击得招架不住。

化身魔轻松地解决掉遇上的第一个人类，以沉重的尾巴扫倒对方，同时抓住对方的脚，举起受伤士兵的身体，当鞭子似的甩得霍霍生风，砸向冲上来的士兵。

其他躯壳立即模仿,有些成功了,有些失败了。人数渐少的守卫立刻转攻为守,但大部分躯壳都没有把握机会乘胜追击,反而将时间浪费在对着死尸泄愤上,而不是冲向人类的营帐。

越来越多系着面巾的战士冲出营地,加入战斗,痛宰那些躯壳。武器和盾牌上的魔印把黑夜照的跟白昼似的。

山顶上,心灵恶魔冷静地观察战局,丝毫不关心被击倒的躯壳。其中一名心灵恶魔头颅鼓动,朝位于战场上的化身魔下达命令。

化身魔立即接到命令,将手中死尸甩向营区外围的一根魔印桩,在魔印力场之间制造出偌大的缺口。高地上,恶魔头顶再度抽动,其他恶魔放下正在应付的敌人,穿越缺口闯入营区。

战士们吓得手足无措,回头看见火躯壳烧毁营帐,听见他们的女人和小孩在恶魔冲入焦黑的内部魔印圈时尖叫不已。

战士们齐声喊叫,连忙敢去援助家人,部队随即陷入混乱。转眼间,纪律严明、所向披靡的部队瓦解成各自为战的一盘散沙,简直和待宰的牛羊无二。

眼看营区就要彻底崩溃,变为一片焦土;这时,一个身影走出军中大帐。他和其他战士一样一身黑衣,但外罩的长袍,头巾以及面巾一色素白。他的额头上套着一个金环,手持闪闪发光的银亮长矛。恶魔王子一看到他立刻张嘴嘶吼。

男人迎着恶魔冲了上去,所到之处,战士们调过头来蜂拥而上,杀声震天。心灵恶魔神色不屑地听着人类赖以沟通的原始吼叫和呐喊,心里十分清楚这种行为所代表的意义。其他人类只是躯壳,这个人才是他们的主宰。

在此人的领导下,战士们重振旗鼓,回到自己的岗位,一队人马离开主阵,封闭外围魔印场的缺口;另两队人马负责救火,还有一队人马保护无助的妇孺撤往安全区域。其他战士横

扫营地，闯入其中的躯壳无法与之抗衡。没过多久，营地中就像营地外那样躺满恶魔尸体。依然披着石恶魔外壳的化身魔，很快就变成唯一剩下的恶魔了，要不了多久就会陷入围攻，死于长矛之下，只有变回原身，逃出包围圈。

高地上，恶魔抽动，化身魔当场遁入一道地缝中，消失在黑夜里，穿越魔印力场细微的空隙逃出营地魔印场。当化身魔回到主人身边时，敌人依然在营地中搜寻他的踪迹。

两条纤细的身影在山顶上站立了几分钟，透过无声的头颅震动交流。接着，恶魔王子同时望向北方，另一个猎物心灵处所的所在。

其中一名心灵恶魔转向自己的化身魔，它再度变成大型风恶魔并蹲伏在地，心灵恶魔顺着他的膜翼攀爬而上。在他遁入夜空的同时，另一头心灵恶魔回过头来凝视仍在燃烧的营地……

第一部分

SECTION I

沙漠枭雄

Victory Without Honor

第一章　来森堡

332 AR　冬

来森堡的城墙根本就是个笑话——高达十英尺，厚度却只有一英尺，整座城市的防御能力比最脆弱的达玛基宫殿还差劲。侦察兵甚至无须用他们的钢顶梯，大多数人稍稍助跑就能攀上墙缘，翻墙而过。

"如此懦弱、愚蠢的民族活该被征服。"哈席克说。贾迪尔咕哝一声，没作回应。

贾迪尔精锐部队的前锋支队借助夜色掩护长途奔袭，数千只穿着草鞋的脚掌在城市外围休耕的农田雪地上践踏而过。当绿地人战战兢兢地躲在他们的魔印后方时，克拉西亚人已经英勇地穿越满是恶魔的黑夜兵临城下。就连恶魔都不敢招惹这么多勇往直前的圣战士兵。

他们在城堡之前集结，但以面巾遮脸的战士却没有立刻进攻。人类绝不在夜晚攻击其他人类。当黎明的晨曦开始照耀天际时，他们放下面巾，让敌人看清他们的面孔。

城门守卫在被侦察兵制伏时闷哼了几声，接着城门在一阵嘎吱声中被开启，迎接贾迪尔的部队入城——六千名戴尔沙鲁姆齐声呐喊，拥入城内。

在来森人搞清楚发生什么事情之前，克拉西亚人已经一拥而上，踹开房门，将男人拖下床，赤身裸体地摔在雪地上。

来森堡拥有一望无际的肥沃农地，人口远远超过克拉西亚，但来森人并非战士，在贾迪尔勇猛善战的部队面前就像遇上镰刀的杂草一样不堪一击。试图挣扎的人立刻被打得皮开肉绽，敢出手反抗者当场被杀。

贾迪尔哀伤地看着眼前发生的这一切——被打伤或打死的人都无法在大圣战"沙拉克卡"中争取荣誉，然而这是必要之恶——他得先像铁匠的铁锤打扁矛头一样击垮北方人的意志，然后才能将他们锻造成对抗恶魔的武器。

女人们在贾迪尔的士兵面前以另一种方式被摧残得嘶声尖叫——另一种必要之恶——沙拉克卡即将到来，下一代战士必须由真正的男人来播种，而非那些卡菲特似的懦夫。

折腾了整整一个上午，贾迪尔的儿子贾阳来到他面前半跪在雪地上行礼，手中的矛头还滴着鲜血。"我们已经攻下内城，父亲。"贾阳报告道。

贾迪尔得意地点点头。"拿下内城，就等于拥有了城外上万亩肥沃的绿地。"

贾阳第一次出征战绩不俗。当然，如果是对抗恶魔，贾迪尔就会亲自领兵，他不愿让卡吉之矛吮吸人类的热血。贾阳还很年轻，没有资格蒙上象征指挥官的白色面巾，但他是贾迪尔的长子，体内流淌着解放者的血液。他体型彪悍，言出必行，不管战士还是祭司对他都是毕恭毕敬。

"还是有不少人逃脱了。"阿桑出现在哥哥的身后，补充道。"他们会给北边沿路的小镇通风报信，而那些镇民也会蜂拥逃窜，试图躲过《伊弗佳》的洗礼。"

贾迪尔看向他。阿桑比兄长小一岁，个子较矮，也很瘦；他身穿达玛白袍，没穿戴护甲，也没带武器。但贾迪尔不会小看他。他的次子比长子更有野心，城府很深，也更加危险，而

这两人又比其他数十个弟弟更强势。

"你们做得很好,儿子们。他们只逃得了一时,逃不了一世。"贾迪尔说。"因为他们丢下粮食和衣物,逃入白雪茫茫的严冬。弱者会很快死去,省得我们亲自动手。而在我的统治下,会及时抓捕壮丁。贾阳,派人去找几间屋子囚禁俘虏,别让他们冻死。让男孩开始'汉奴帕许'。如果我们能剔除掉他们体内的弱点,或许有些人能够超越他们的父亲。壮丁可以在战场上充当诱饵,弱者会成为奴隶。任何处于生育年龄的女人都可以让战士们播种。"

贾阳一拳拍在胸口,点头领命。

"阿桑,传令其他达玛开始执行。"贾迪尔命令道:阿桑鞠躬。

贾迪尔看着白衣儿子大步离去。祭司们将会向青恩传达艾弗伦的旨意,任何不愿意敞开怀抱接受训示的人都会被迫接受——必要之恶。

当天下午,贾迪尔在他的来森堡临时行宫里的厚地毯上走来走去——这地方和他的克拉西亚宫殿相比简陋得可怜,但在经历离开沙漠之矛以来数月风餐露宿生活之后,他十分享受这种文明的富足生活。

贾迪尔的右手像持手杖一样紧握卡吉之矛——他当然无须手杖,但这把古老的武器为他带来权力,所以他与它形影不离。他每踏出一步,矛柄都会在地毯上重重地撞一下。

"阿邦迟到了。"贾迪尔说。"即使他在黎明之后与妇女、小孩及后勤保障队伍同行,这会儿也该抵达了。"

"父亲,我真没法理解你为什么要容忍那个瘸腿的卡菲特。"阿桑说。"那个穿花衣服的家伙,仅是胆敢看你一眼就应该当场处死,而你却把他当作军师般供奉起来。"

"就连卡吉本人也会命令卡菲特去执行适合他们的任务。"贾迪尔说。"阿邦比任何人都了解这些北方的绿地人,而聪明的领导人必须懂得用好这些人。"

"有什么需要了解的?"贾阳问。"绿地人都是些懦夫和弱者,比起卡菲特好不到哪里去。他们甚至做我们的奴隶或诱饵都不配。"

"不要自以为什么都知道。"贾迪尔说。"除非你是艾弗伦。《伊弗佳》告诉我们要了解我们的敌人,而以前,我们对于北方人几乎一无所知。如果我要带领他们参与圣战就不能只是屠杀他们、统治他们,我们必须了解他们。如果所有绿地的男人都像卡菲特,那还有谁比卡菲特更适合帮我解读他们的想法呢?"

就在此时,门上传来敲门声,阿邦一拐一拐地走进大厅。一如往常,肥胖的商人身穿如同女人衣服般色彩鲜艳的丝绸和皮草——似乎是刻意穿成这样来激怒朴实无华的达玛和戴尔沙鲁姆。

守卫在他路过时鄙视他、推搡他,但没有人胆敢阻挡阿邦的路。不管他们私底下怎么想,阻挡阿邦可能会激怒贾迪尔,很明显没有人胆敢激怒贾迪尔。

瘸腿的卡菲特将重心放在拐杖上,来到贾迪尔的王座前。尽管天气寒冷,他红通通的肥脸上依然挂着不少汗珠。贾迪尔厌恶地看着他,显然他带来了重要的消息,但没有立刻汇报,只是站在原地喘息,试图让呼吸恢复正常。

"什么事?"贾迪尔按捺不住,开口问道。

"你得出面阻止!"阿邦气喘吁吁地道。"他们在焚烧

粮仓！"

"什么？"贾迪尔大惊，一跃而起，冲下王座握紧阿邦的手臂，抓得卡菲特失声惨叫。"在哪里？"

"城北。"阿邦说。"你站在门口就能看到浓烟了。"

贾迪尔冲到门前台阶，立刻看到了远方发黑的浓烟。他转向贾阳。"快去，"他说，"扑灭火势，把下令烧仓的人给我全带过来。"

贾阳点头，跑上街道，一队训练有素的战士如同列队整齐的飞鸟般尾随而去。贾迪尔转身面对阿邦。

"大家想在这过冬的话，你需要那些粮食。"阿邦说道。"每颗种子、每粒碎屑。我警告过你。"

阿桑冲上前去，抓起阿邦的手腕，将他的整条手臂扭到身后。阿邦发出一声杀猪般的惨叫。"不准用这种语气对沙达玛卡说话！"阿桑吼道。

"够了。"贾迪尔说。

阿桑一放手，阿邦立刻跪倒，双手趴在台阶上，脑袋磕在两手之间，说道："由衷的道歉，解放者。"

"我听过你那不要在北方寒冬之际大举进攻的愚蠢建议，"贾迪尔在阿邦的呜咽声中说道，"但我不会为了……"他一脚踢起台阶上的积雪。"这种冰雪风暴而延误艾弗伦的旨意。如果我们需要食物，我们可以从附近的青恩手中抢来，他们囤积了很多食物。"

"当然可以，沙达玛卡。"阿邦对着地面说道。

"你应该更早些到的，卡菲特。"贾迪尔说。"我要你现在从俘房中找出你的联络人。"

"如果他们还没死的话应该没问题。"阿邦说。"只是街道上躺了好几百具尸体——"

13

贾迪尔耸耸肩。"都怪你来得太晚。快去，审问你的商人同行，找出这座城市的管辖官员。"

"只是我发号施令的话，达玛们立刻就会将我处决，就算有你为我担保也一样，伟大的沙达玛卡。"阿邦说。

这话说得没错。根据《伊弗佳》规定，任何胆敢指使位阶较高者的卡菲特都会被当场格杀。而贾迪尔的议会中有很多人都很嫉妒阿邦的地位，都诅咒他早点去死。

"我派阿桑与你同去。"贾迪尔说。"这样不管多疯狂的祭司都不敢违抗你的命令。"

阿邦在阿桑上前时吓得脸色发白，但他还是点了点头。"谨遵沙达玛卡旨意。"

第二章 阿邦

305—308 AR

那年，贾迪尔才九岁，戴尔沙鲁姆就带着他离开了家。即使在克拉西亚，九岁都还只是小孩子；但那一年卡吉部族折损了很多战士，若不尽快补充兵员，要不了多久，其他部族就会开始抢夺他们的地盘。

贾迪尔、他三个妹妹，以及他们的母亲卡吉娃，住在卡吉部落泥砖贫民窟那口枯井旁的单间小屋中，他的父亲霍许卡敏在两年前的战役中惨遭马甲部落杀害。依照传统习俗，同族战士会出面接收阵亡战士的寡妇，纳为妻妾，并且抚养他的孩子；但卡吉娃一连产下三个女儿，没有哪个男人愿意把如此破家克夫的女人领进家门。于是，他们就只能靠着地方达玛配给的口粮过活，一家人相依为命。

"阿曼恩·阿苏·霍许卡敏·安贾迪尔·安卡吉。"克伦训练官说道。"你要随我们前往卡吉沙拉吉找寻你的汉奴帕许——艾弗伦为你铺设的道路。"他和卡维尔训练官一起站在门廊前，两名高大冷峻的战士身穿黑袍，戴着训练官的红色面巾，面无表情地看着贾迪尔的母亲泪流满面地将他拥入怀中。

"从现在开始，你得成为家里的男人，阿曼恩。"卡吉娃对他说。"为了我，也为了你的几个妹妹，你知道的，我们没有人可以依靠。"

"我会的，母亲。"贾迪尔承诺道。"我会成为伟大的战士，为你建造一座很大的宫殿。"

"儿子，这点妈妈从来没有怀疑过。"卡吉娃说。"他们说我遭受诅咒，产下你后生了三个女儿，但我认为艾弗伦眷顾我们家族，赐给我们一个伟大得不需任何兄弟的儿子。"她紧紧拥抱他，泪水淌湿了他的脸颊。

"哭够了。"卡维尔训练官喊道，抓起贾迪尔的手臂，将他扯离母亲的怀抱。贾迪尔的妹妹们目瞪口呆地看着他们带他离开了小屋。

"每次都这样。"克伦说。"做母亲的总是不肯放手。"

"家里没有男人照顾她。"贾迪尔回道。

"没人叫你说话，小鬼。"卡维尔吼道，对准他的后脑狠狠捶了一下。贾迪尔双膝撞上街道上的砂岩，他忍住没有叫出声来。他在心里大声吼叫，想要出手还击，但他忍住了。不管卡吉部族有多需要新血，戴尔沙鲁姆都会为了这种冒犯之举而将他当场击毙，就跟踩死一只蝎子一样。

"克拉西亚所有的男人都会照顾她的。"克伦说，回过头去看向屋门。"在黑夜中抛头颅、洒热血，好让她可以安然无恙地为了儿子离开身边而潸然泪下。"

他们在街角转弯，朝大市集的方向前进。贾迪尔熟门熟路，因为他常跑市集，虽然身无分文。香料和香水的味道总是令他心旷神怡，而且他也很喜欢欣赏武器店里摆设的长矛和弯刀。有时他会和其他男孩打架，为有朝一日成为战士作准备。

戴尔沙鲁姆很少前往市集，到这种地方有失身份。女人、小孩以及卡菲特在训练官面前远远避开。贾迪尔仔细观察这两个战士，尽可能模仿他们的一举一动。

有朝一日，他心想，人们会在我面前点头哈腰的。

卡维尔看着一块写有粉笔字的石板，然后抬头望向一间大帐篷，其上挂满五颜六色的布条。"是这里了。"他说，克伦不屑地哼了一声。他们二话不说掀开门帘，大步走了进去，贾迪尔随即跟了进去。帐篷内部弥漫一股焚香的气味，地上铺着厚重的地毯，到处都是丝绸枕头、一排排的挂毯、绘有图案的陶器，以及其他各式各样的宝物。贾迪尔伸手触摸一匹丝绸，因那柔顺的触感而激动得战抖。

我母亲和妹妹应该穿这种布料的衣服。他心想，看着自己身上肮脏而破烂的褐色窄裤和背心，满心期待自己能早点换上黑战袍。

站在柜台后方的女子一看到训练官立刻失声尖叫，贾迪尔抬起头来，刚好看到她抓起面纱遮蔽自己的容貌。

"欧玛拉·娃哈曼·娃卡吉？"克伦问。女人战战兢兢地点头，目光中充满恐惧。

"我们来找你儿子，阿邦。"克伦说。

"他不在家。"欧玛拉说，但厚重的黑衣下唯一裸露在外的眼睛和手掌都在发抖。"我今天早上派他出远门送货了。"

"去后面搜。"克伦对卡维尔命令道。训练官点头，径直朝柜台后方的门帘走去。

"不，求求你！"欧玛拉哭喊着，上前阻挡他的去路。卡维尔不加理会，将她一把推开，消失在门帘后。屋里立即传来更多尖叫声，过了一会儿，训练官抓着一名男孩手臂走了出来，他身穿褐色背心、小帽以及窄裤——不过，他身上的布料可比贾迪尔要高档多了。他看起来约莫比贾迪尔大一两岁，身材矮胖，营养有些过剩。一群年纪较大的女孩跟着追了出来，两名身穿褐衣，三名身穿黑衣，头戴未婚女子的头巾，没有遮住容貌。

"阿邦·安哈曼·安卡吉,"克伦说,"你要跟我们前往卡吉沙拉吉寻找你的汉奴帕许,艾弗伦为你铺设的道路。"男孩听到这些话,吓得浑身发抖。

欧玛拉痛哭失声,呼天抢地扑向自己的儿子,试图将他抓回来。"拜托长官,他还太小了!再等一年吧,拜托!"

"闭嘴,女人,"卡维尔说道,将她推倒。"这孩子年纪够大,吃得也够肥。如果把他多留给你一天,他就会像他父亲一样变成卡菲特。"

"应该感到骄傲才对,女人。"克伦对她说。"你儿子将超越他父亲,进而服侍艾弗伦和卡吉。"

欧玛拉双手握拳趴在地上,默默啜泣。没有女人胆敢反抗戴尔沙鲁姆。阿邦的姐姐挤在她身边,痛哭失声。阿邦朝她们伸出双手,但卡维尔将他一把拖开。男孩哭哭啼啼地被他们架出帐篷。即使沉重的门帘垂下后,市集的喧嚣扰耳,贾迪尔仍然听得到女人们的哭声。

两名战士是在前面,直奔训练场,完全不理会两名男孩,任由他们跟随在后。一路上阿邦不停地哭泣,不住战抖。

"你哭什么?"贾迪尔问他。"前方的路充满光辉与荣耀。"

"我不想当战士。"阿邦说。"我不想死。"

贾迪尔耸肩。"或许你会成为达玛。"

阿邦浑身发抖。"那更糟糕,我父亲就是死在达玛手中。"

"为什么?"贾迪尔问。

"我父亲不小心洒了一滴墨水在达玛衣服上。"阿邦说。

"达玛就为了这个杀他?"贾迪尔问。

阿邦点头,大把的泪水顺着眼角流了下来。"他当场就扭断我父亲的脖子。一切发生得太快……他伸手,"喀啦"一声,我父亲应声倒地。"他咽下一大口口水。"现在我是家里唯一可

以照顾我母亲和姐姐的男人了。"

贾迪尔握住他的手。"我父亲也死了,他们说我母亲被诅咒,所以才一连生了三个女儿。但我们都是卡吉部族的男人。我们可以超越父亲的成就,为我们的女人带回荣耀。"

"但我很害怕。"阿邦呜咽道。

"我也怕,而且不止一点点。"贾迪尔低头承认。片刻过后,他又恢复神采。"我们订个约定吧。"

阿邦从小就在尔虞我诈的市集中长大,抬起头来一脸怀疑地看着他。"什么样的约定?"

"我们帮助彼此通过汉奴帕许。"贾迪尔说。"如果你跌倒,我会接住你。如果我失足,你……"他笑嘻嘻地拍打阿邦浑圆的肚子。"就当我的垫背。"

阿邦叫出声,揉揉肚子,但没有抱怨,讶异地看着贾迪尔。"你是说真的吗?"他一边问,一边伸出手背擦一把眼角的泪水。

贾迪尔很肯定地点了点头。他们本来走在市集遮棚的阴影底下,但他抓起阿邦的手臂,将他拉到阳光下。"我对着艾弗伦赐给的光明发誓。"

阿邦展颜欢笑。"那我就以卡吉的珍宝王冠起誓。"

"走快点。"卡维尔回头命令道。他们连忙跟上,只是如今阿邦心中多了一点自信。

通过沙利克霍拉大神庙时,训练官们凭空比画魔印,念念有词地向造物主艾弗伦祷告。训练场位于沙利克霍拉之后,贾迪尔和阿邦东张西望,四下打量战士操演的景象。有些在练习护盾、长矛或罗网,其他人则以整齐的步伐前进或是奔跑。侦察兵站在凭空耸立于地面上的钢顶梯顶端,锻炼他们的平衡感。更多戴尔沙鲁姆挥舞矛头以及魔印护盾,或是练习沙鲁沙克——徒手格斗术。

训练场四周一共有十二座沙拉吉，或称学校，每个部族一座。贾迪尔和阿邦属于卡吉部落，所以被带往卡吉沙拉吉。他们将在这里展开汉奴帕许，成为达玛、戴尔沙鲁姆，抑或是卡菲特。

"卡吉沙拉吉比其他沙拉吉大多了。"阿邦说，看着训练场中巨大的中军大帐。"只有马甲沙拉吉勉强可以媲美。"

"当然，"卡维尔说，"你们以为我们部族只是凑巧以解放者沙达玛卡的名字命名的吗？我们都是他一千名妻子的后裔，他的嫡传血脉。至于马甲部落——他冲着沙地吐口吐沫。"只是沙达玛卡辞世后，接手统治的懦夫之子。其他部落各个方面都比我们低等，永远记住这一点。"

他们被带往中军大帐，分发拜多布——一条白色腰带——他们的褐色服装被人取走烧毁。现在他们已成为奈沙鲁姆，不是战士，但也不再是男孩。

"一个月的稀粥和训练就能把你身上的肥膘刮尽，小鬼。"卡维尔在阿邦脱衣服时说道。训练官厌恶地捶打阿邦圆滚滚的肚皮。阿邦被这一拳打得向前扑倒，但贾迪尔在他落地前抓住他，一直抱着他，直到他的呼吸恢复正常。换好衣服后，训练官带他们前往军营。

"新血！"克伦在把他们推入一间挤满其他奈沙鲁姆的朴实大房间时叫道。"阿曼恩·阿苏·霍许卡敏·安贾迪尔·安卡吉，还有阿邦·安哈曼·安卡吉！他们现在成为你们的兄弟了。"

阿邦当场脸红，和在场所有人一样——贾迪尔立刻想到了原因。克伦没提阿邦父亲的名字，这和直接宣布阿邦的父亲是名卡菲特一样——那是克拉西亚社会中最低贱、最受人鄙视的

阶级。卡菲特是懦夫、孬种，没有资格踏上战士之道。

"哈！你带来了一个穿花衣服的人的胖儿子和一只瘦老鼠！"体型最高大的奈沙鲁姆叫道。"把他们赶回去！"其他男孩一阵哄堂大笑。

克伦训练官怒吼一声，对准男孩的脸上就是一拳。男孩重重摔倒在地，随即吐出一口鲜血。笑声戛然而止。

"等你脱下拜多布时再来嘲笑别人，哈席克，"克伦说道，"在那之前，你们全都是穿花衣服的卡菲特瘦老鼠。"说完之后，他和卡维尔转身离开军营。

"你们会为此付出代价，老鼠。"哈席克咕哝道，最后这个字像是某种奇怪的哨声。他自口中拔下松动的牙齿，一把扔向阿邦，阿邦只是闭上双眼，任由牙齿砸在身上。贾迪尔抢到他身前，怒声吼叫，但哈席克一伙人早就走远了。

他们抵达不久，就有人交给他们一个饭碗，粥锅也跟着摆了出来。贾迪尔饥肠辘辘，立刻朝粥锅前进，阿邦的动作比他还快，但一名年纪较长的男孩挡在他们面前。"你们以为可以比我先吃吗？"他问道。他将贾迪尔推到阿邦身上，两人同时摔成一堆。

"如果你们想吃饭的话，爬起来。"带粥锅过来的训练官说道。"排在队伍最后面的人没有饭吃。"

阿邦尖叫，两人连忙爬起来。但大多数男孩已经站好队伍，基本上是按照块头和力量来排的，站在最前面的就是哈席克。队伍后方，身材最瘦小的男孩争先恐后，担心被挤到最后的位置。

"我们该怎么办？"阿邦问。

"我们去插队。"贾迪尔说,抓起阿邦的手臂,将他朝队伍中间拖去,那里的男孩还是没有脑满肠肥的阿邦重。"我父亲说表露在外的弱点比真正的弱点还要糟糕。"

"但我不会打架!"阿邦抗议,浑身战抖。

"你很快就能学会。"贾迪尔说。"等我把人打倒之后,你就扑上去把他压在地上。"

"这个我会。"阿邦同意。贾迪尔领头走到一个对他们出声挑衅的男孩面前。对方抬头挺胸,面对阿邦,因为他的身材比较高大。

"滚到队伍后面去,小老鼠!"他吼道。

贾迪尔二话没说,一拳捶向男孩腹部,随即踢中他的膝盖。他跌倒后,阿邦立刻像沙袋一般把那男孩压在身下。阿邦起身时,贾迪尔已经插入刚刚男孩的站位。他瞪向排在后面的人,他们立刻帮阿邦挪出一个位置来。

他们的奖励就是一瓢倒在碗里的稀粥。"就这样?"阿邦震惊地问道。打饭的狠狠瞪了他一眼,贾迪尔立刻将他拉开。房间角落早已经被年长的男孩占领,于是他们退到一面墙边坐下吃。

"每顿吃这点东西我会饿死的。"阿邦咕哝道,搅拌着碗里淡而无味的稀粥。

"总比某些人好过。"贾迪尔说着指向两个灰头土脸、没有东西可吃的男孩。"你可以吃点我的。"看到阿邦依然闷闷不乐,他补充道。"我在家吃得也不比这里多。"

他们睡在军营中的砂石地板上,只有一条单薄的毯子帮助御寒。贾迪尔习惯与母亲和妹妹们挤在一起,于是蜷缩在阿邦

温暖的身躯旁。他隐约听见远方传来沙拉克的号角声，心知圣战已经展开。他撑了好久才终于睡着，梦见自己杀了无数恶魔……

贾迪尔在被一块薄毯罩在自己脸上时惊醒。他使劲挣扎，但毯子被人从后方紧紧扭住。他听见身边传来阿邦被蒙头狂揍时发出的沉闷尖叫声。

暴雨般的拳头从四面八方打来，打得他头昏脑涨。贾迪尔疯狂挥拳跺脚，尽管感觉有人被打中，仍完全没改变被群殴的局面。只有那么一会儿，他已经四肢软瘫，全靠有人拉着罩在头上的薄毯才不至于倒地不起。

当他以为自己再也承受不了，肯定会死在这里，永远别指望赢得进入天堂的权力与荣耀时，薄毯被拉开了，他们两人随即摔倒。一个熟悉的声音大哭道："老鼠，欢迎来到卡吉沙拉吉。"这个"鼠"字透过哈席克断掉的牙缝中挤了出来。

其他男孩哈哈大笑，钻回自己的薄毯，贾迪尔和阿邦则缩成一团，在黑暗中低声啜泣。

"抬头挺胸。"贾迪尔在等待晨练点名时轻声提醒阿邦。

"我没办法。"阿邦哀嚎道。"我一夜没睡，还被揍得全身发痛。"

"不要表现出来。"贾迪尔说。"我父亲说最软弱的骆驼会遭致野狼的攻击。"

"我父亲叫我躲起来直到野狼离开。"阿邦回答。

"不准说话！"卡维尔吼道，"达玛要来检查你们这群可悲的小鬼。"

他和克伦路过时完全不理会他们身上的伤痕。贾迪尔的左眼肿得完全睁不开，但训练官唯一注意到的只有阿邦垂头丧气的模样。"抬头挺胸！"克伦喊道，卡维尔为了强调这个命令而一鞭子抽在阿邦脚上。阿邦痛得大叫，差点摔倒，但贾迪尔及时扶住了他。

远处传来一阵窃笑，贾迪尔龇牙咧嘴转向哈席克，哈席克只是冷笑扮鬼脸。

实际上，贾迪尔自己也没有站得比阿邦稳，但他丝毫没有显露出来。尽管他头昏眼花、四肢疼痛，贾迪尔依然在凯维特达玛走近时挺直腰身，瞪大完好的眼睛直视前方。训练官退向一旁，毕恭毕敬地让祭司通过。

"看到卡吉部族的战士，沙达玛卡，解放者的嫡传血脉，退化到如此可怜的地步真是令人感叹。"达玛冷笑一声，朝地面吐出一口口水。"你们母亲肯定把骆驼尿和男人的种子搞混了。"

"你胡说！"贾迪尔无法克制地大声吼道。阿邦难以置信地看着他，但这种侮辱已超越他能承受的极限。眼看克伦迅速地朝他冲来，贾迪尔心知自己要遭惩罚了。训练官的皮带在他的皮肤上留下一道滚烫的红线条，将他击倒在地。

戴尔沙鲁姆并没有就此罢手。"如果达玛说你是骆驼尿的儿子，你就是骆驼尿的儿子！"他吼道，反复鞭打贾迪尔。贾迪尔身上只裹着一条拜多布，根本扛不住鞭子抽打。不管他如何闪避或护住某个受伤的部位，克伦总是可以找到另一块没打过的地方继续抽。贾迪尔放声惨叫，但训练官却越打越重。

"够了。"凯维特说。训练官立刻停手。

"你是不是骆驼尿之子？"克伦问。

贾迪尔挣扎站起，四肢软绵绵地如同湿面包。他一直盯着训练官手中那条随时准备再度挥下的皮带。他知道自己若再显露出一丝傲慢的态度，训练官会把他杀了。他会很悲催地死去，

灵魂会在天堂之门外与卡菲特共处千年,眼睁睁看着那些投入艾弗伦怀抱,等着投胎转世的人们。这个想法令他害怕,但他父亲的名声是他在世间唯一拥有的东西,他绝对不能背弃它。

"我是阿曼恩·霍许卡敏之子,辈属贾迪尔。"他尽可能保持语调冷静。他听见其他男孩讶异的抽气声,准备好承受接下来的攻击。

克伦的表情愤怒扭曲,扬起皮带,但在达玛轻描淡写的手势下停了下来。

"我认得你父亲,孩子,"凯维特说,"他是个男人,但在短暂的生命中并未赢得什么荣耀。"

"我将会为我们两人赢取荣耀。"贾迪尔斩钉截铁地回答道。

达玛咕哝一声。"或许你真的做得到,但不可能是今天,今天你甚至比卡菲特还不如,"他转向克伦,"把他丢到粪坑里,让真正的男人拉屎拉尿在他身上。"

训练官面露微笑,在贾迪尔的肚子上猛揍一拳。在他弯腰时,克伦一把抓住他的头发,将他朝粪坑拖去。贾迪尔一边移动,一边转头看向哈席克,以为会看见另一抹冷笑;然而一如所有在场的奈沙鲁姆,那个年长男孩脸上是一副难以置信而异常恐惧的苍白神情。

※

艾弗伦觉得奈冰冷而又黑暗,心中顿时寂寞。他创造了太阳,生产光明与温暖,驱散黑暗。它创造了阿拉,这个地球,让它围绕太阳转动。他创造了人类,以及陪伴人类的野兽,然后得意地看着自己的太阳为他们带来生命与爱。

但有一半的时间,阿拉得面对奈的黑暗,而艾弗伦创造的万物对此深感恐惧。于是他创造月亮与星辰，在黑暗中反射太阳的光辉，在黑夜里提醒万物他们并没有被遗忘。

艾弗伦如此做后，心满意足。

但奈也一样拥有意志，她看向万物，正驱散自己的世界，心中大为震怒。她伸手想要摧毁阿拉，但艾弗伦出手阻止，她的手掌随即凝止不前。

但艾弗伦还没有快到完全驱走奈。她黑暗的手指轻轻拂过，已在他完美的世界里如同瘟疫般滋长茁壮。她墨水般的邪恶渗入岩石和沙粒，随风而走，如同油垢般漂浮在阿拉洁净的水面上，横扫森林，融入冒出地底的熔岩火焰。

阿拉盖在阿拉上扎根成长。它们是黑暗的生物，奈支配下的躯壳，存在的唯一目的就是毁灭；在杀害艾弗伦的创造物中获取乐趣。

但是看呀，世界转动，太阳将光明与温暖洒落在奈冰冷黑暗的产物上，将它们烧为灰烬。

阿拉盖绝望地逃生，窜入阴影，渗入地底深处，污染地底世界。

在创造之心的黑暗深渊里，恶魔之母阿拉盖丁卡诞生了。身为奈的仆人，它等待世界再度转动，派遣自己的兵勇爬回地面，对神的创造物展开报复。

艾弗伦无所不知，于是伸手将邪恶逐出自己的世界，但奈起身反抗，他的手掌随即僵住不前。

但它，就和奈一样，最后一次接触世界，赐给人们方法，利用阿拉盖的魔法反制魔法本身，即赐给他们魔印。

接着，艾弗伦为了自己所有的创造物陷入挣扎，它别无选择，不得不全力扑到奈身上，与她殊死搏斗。

上界如此，下界也是如此。

贾迪尔待在沙拉吉的头一个月里,每天都一样——日出时,训练官带领奈沙鲁姆在烈日下站立好几小时,聆听达玛宣读艾弗伦的恩惠。男孩们因为残酷的出操训练累得饥渴难耐,以及因睡眠严重不足而导致的膝盖酸软,但他们不敢有任何怨言——只要一看到贾迪尔,鲜血淋漓、臭气冲天地从惩罚中回来,他们就知道绝对不要触犯任何条规。

训练官克伦狠狠地抽打贾迪尔。"你为什么受罚?"他问道。

"阿拉盖!"贾迪尔叫道。

克伦转身鞭打阿邦。"为什么要通过汉奴帕许?"

"阿拉盖!"阿邦叫道。

"没有阿拉盖,全世界都会变成天堂乐土,沉浸在艾弗伦的怀抱里。"凯维特达玛说道。

训练官的皮带再度甩到贾迪尔背上。自从第一天的傲慢无礼之后,他每天都要被抽两鞭子。

"你们这辈子生存的目的是什么?"克伦问。

"杀阿拉盖!"贾迪尔大叫。

他伸手紧锁贾迪尔的喉咙,将他拉到面前。"你会如何死去?"他低声问道。

"死在阿拉盖的爪下。"贾迪尔用几近窒息的语气挤出几个字来。训练官放开他时,他深吸一口气,随即立正站好,不让克伦另外找借口打他。

"死在阿拉盖的爪下!"凯维特叫道。"戴尔沙鲁姆不会老死在床上!他们不会死于疾病或饥饿!戴尔沙鲁姆死在战场上,赢得进入天堂的权力,徜徉在艾弗伦的荣耀中,在冰凉甜美的牛奶河里沐浴畅饮，还有数不清的美女可供享用。"

"阿拉盖去死吧！"男孩们大声喊叫，摇晃着拳头。"艾弗伦万岁！"

上完这些课后，会有人发给他们饭碗，抬出粥锅。粥永远不够所有人吃，每天挨饿的都不止一人。年长的壮硕男孩以哈席克为首，早已建立起他们的层级系统——尽管每人都只有一瓢粥吃，但他们拥有优先权，而且想得到更多食物，或在争夺的过程中洒出稀粥，就会引来愤怒的训练官无所不在的饭勺。

年长男孩吃饭时，最年轻和最弱小的奈沙鲁姆就会想尽办法挤进队伍。在第一天晚上遭人围殴以及第二天被抛入粪坑后，贾迪尔一连数日都无法动手抢饭；但阿邦已学会把体重当武器，即使是接近队伍后段，他也能帮着抢位置。

吃完粥，训练立即开始了。

有专为培养耐力而设的障碍课程，以及长时间练习的沙鲁金课程——一套套连贯沙鲁沙克招式的搏击术。他们学着在谨慎行军甚至是快速移动中作战。由于肚子里除了稀粥什么也没有，男孩们的身材越来越像矛头，与他们演练用的武器一样瘦长而坚韧。

有时候训练官会派遣数组男孩去偷袭临近沙拉吉的奈沙鲁姆，将他们打得鼻青脸肿。没有地方是安全的，就连蹲茅坑也一样。有时候哈席克和年长的男孩会从后面骑上其他部族的男孩，把他们当做女人一样强暴。这是极度龌龊的事，为了免遭这种罪，贾迪尔已经被迫踢开好几个想要攻击他双脚之间的敌人。曾有个马甲部族的男孩扯下阿邦的拜多布，但贾迪尔一脚将对方踢得鼻血直流。

"马甲部族随时都有可能发起突袭，抢占水井。"卡维尔在一次攻击后对贾迪尔说道。"或者南吉部族跑来强抢我们的女

人。我们须时刻保持警觉，不杀人，就被杀。"

"我讨厌这个地方。"阿邦在训练官离开后哀嚎道，几乎落泪。"我期待月亏到来，回家探望我的母亲和姐姐，就算只能过个新月也好。"

贾迪尔摇头。"他说得没错。粗心大意，哪怕只是打一会儿盹，你都可能招致横祸。"他握紧拳头。"我父亲或许犯过这种错误，但这种事绝对不会发生在我身上。"

当训练官结束一天的课程后，年长的男孩就会督导新人练习，而他们严厉的程度并不逊于戴尔沙鲁姆。

"转身的时候膝盖要弯，老鼠。"哈席克在贾迪尔施展一招复杂的沙鲁金时叫道。为了强调他的建议，他一脚踢中贾迪尔的膝盖后方，将他踢倒在地。

"骆驼尿的儿子连一个简单的转身都做不好！"哈席克哈哈大笑，对其他男孩叫道。他的发音依然因为缺牙而有破声。

贾迪尔怒吼一声，扑向年长的男孩。他或许得遵从达玛以及戴尔沙鲁姆的命令，但哈席克只是奈沙鲁姆，他绝对不容许这种角色侮辱他的父亲。

但哈席克比他年长五岁，再过不久就可以换下拜多布；他比贾迪尔强壮许多，且有多年徒手搏斗的经验。他抓住贾迪尔的手腕狠狠一扭，随即拉直，接着迅速转身，手肘使劲压向被他紧扣的手臂。

贾迪尔只听见咔嚓一声，看见骨头插出自己的皮肤。痛楚来袭前，他已经陷入一段很长的恐惧中，然后才嘶声尖叫。

哈席克的手掌盖住贾迪尔的嘴巴，捂住他的尖叫声，把他拉到面前。

"敢再对我出手，骆驼尿的儿子，我就杀了你。"他厉声喊道。

阿邦扶住贾迪尔完好的那只手臂，半拖半抱地带往位于训练场另一端的达玛丁营帐。帐门在他们接近时被掀开，仿佛里面的人在等待他们。一名从头到脚包覆在白布中的高个子女人拉着门帘，只有双眼和手掌裸露在外。她比向帐内的一张桌子，阿邦连忙将贾迪尔放在桌上。桌旁站着一名如同达玛丁般全身白袍的女子，但她并未遮蔽年轻美貌的脸蛋。

达玛丁通常不会和奈沙鲁姆交谈。

阿邦放好贾迪尔后，随即深鞠躬。达玛丁朝门帘点头，他几乎是跌跌撞撞地逃出大帐。传说达玛丁有能力占卜未来，单用肉眼就能看出一个男人将来的死法。

女人轻轻走到贾迪尔身前，在他的眼里留下一道白色的残影。他无法分辨她的年龄，是美还是丑，脾气是好还是坏。她似乎完全不为这些世俗琐事烦扰，她对艾弗伦的虔诚远远超越所有凡尘的规范。

旁边的女孩拿起一根包覆层层白布的小木棍放入贾迪尔口中，轻轻合上他的下巴。贾迪尔懂她的意思，于是紧紧咬住。

"戴尔沙鲁姆拥抱痛苦。"女孩在达玛丁走到桌前准备工具时，轻声说道。

贾迪尔在达玛丁清理伤口时感到一阵刺痛，接着又在她猛拧手臂接骨时感到一阵剧痛。贾迪尔紧紧咬住木棍，尽管他并不十分了解这是什么意思，但还是试图依照女孩的指示让自己拥抱痛苦。一瞬间，疼痛仿佛超越他能承受的极限，但随后一秒，那仿佛又成了遥远的感觉，一种他意识得到、却没有真正感同身受的东西。他张开下巴，木棍随即掉落在地上。

痛楚稍缓之后，贾迪尔转头看向达玛丁。她的动作很熟练，

一边缝合肌肉和皮肤,一边低声吟诵祷告。她将草药磨成膏状,在伤口上涂抹厚厚一层,然后拿一条浸泡过浓稠白色药水的干净白布包扎伤口。

她的力量出奇的大,将贾迪尔自桌上抱起,挪到一张硬木板床上放下。她把一个随身酒瓶送到他的嘴边,贾迪尔喝了几口,立刻感觉全身温暖,头晕目眩。

达玛丁转身离开,但女孩又在床边待了一会儿。"断过的骨头会更加坚硬。"她喃喃说道,安慰渐渐陷入梦乡的贾迪尔。

他醒来时,发现女孩还坐在自己的床边,她将一块湿布压在他的额头上,就是这个冰凉的感觉令他醒来。他双眼在她没有遮蔽的脸蛋上游移。他曾认为自己的母亲十分美丽,但和这个女孩相比差得太远。

"年轻的战士苏醒了。"她说着,冲他露出彩霞般的微笑。

"你说话了。"贾迪尔透过干裂的嘴唇说道。他的手臂似乎被包覆在白色的石头中,达玛丁包扎他的白布在他睡觉时变硬了。

"难道我是野兽,不该会说话吗?"女孩问。

"我是说对我说话。"贾迪尔说。"我也只是奈沙鲁姆,地位还不如你的一半。"他默默道。

女孩点头。"我也只是奈达玛丁。我很快就会赢得我的面纱,但暂时还没有资格,所以我可以和任何人说话。"

她放下湿布,拿起一碗热腾腾的粥喂到他嘴边。"我想你在卡吉沙拉吉里一定吃不饱,吃吧,这可让达玛丁的医术更有效。"

贾迪尔狼吞虎咽地解决了热粥。"你叫什么名字?"他吃完之后问道。

女孩面露微笑，拿块柔软的布擦拭他嘴角。"就凭你个刚够资格穿拜多布的男孩来说，胆子可不小。"

"我很抱歉。"贾迪尔说。

她笑道。"大胆不会带来悲伤，艾弗伦并不疼爱胆小的人。我叫英内薇拉。"

"艾弗伦的旨意。"贾迪尔翻译道，这是克拉西亚的惯用语。英内薇拉点了点头。

"阿曼恩。"贾迪尔自我介绍。"霍许卡敏之子。"

女孩慎重其事地点了点头，不过目光中透着笑意。

❧

"他很坚强，可以回去继续训练。"第二天达玛丁告诉克伦。"但他的伙食必须特别保障，另外如果他的手臂在我拆开绷带前再度受创，我一定会要你负责。"

训练官鞠躬。"谨遵达玛丁吩咐。"贾迪尔领到饭碗，并且获准排到队伍前面。哈席克在内的其他男孩都不敢质疑这个命令，但贾迪尔可以感受到身后传来他们怨恨的目光，他宁愿在手臂包覆绷带的情况下和人争夺食物，也不想要承受那种怜悯的目光，但达玛丁下令了。如果他不自愿吃饭，训练官绝对会毫不迟疑地将粥灌入他的喉咙。

"你不会有事吧？"阿邦在他们平常吃饭的墙角问道。

贾迪尔点头。"断过的骨头会更加坚硬。"

"我宁愿不要验证这种说法。"阿邦说。贾迪尔耸耸肩。"至少明天就是月亏了。"阿邦补充道。"你可以在家休息几天。"

贾迪尔看着绷带，感到无比的羞愧，他没法在母亲和妹妹眼前掩饰一切；才进沙拉吉不到一个月，就已经让她们蒙羞了。

月亏是新月期间的三天周期，传说奈的力量在这三天会达到最高峰。这几天，参加汉奴帕许之道的男孩会待在家里陪伴亲人，好让父亲们看看自己的儿子，提醒自己每天夜晚是为了什么而努力奋战。但贾迪尔的父亲去世了，而且他也怀疑自己是否能让父亲感到骄傲。他的母亲卡吉娃在他回家后完全没提受伤的事，但贾迪尔的妹妹们可没想那么多。

贾迪尔与其他奈沙鲁姆相处时，已习惯只穿拜多布和草鞋。但在全身除了脸和手统统包在褐袍中的妹妹面前，他觉得自己好像在裸奔，而且他那上了绷带的手放哪儿都藏不住。

"你的手怎么了？"最小的妹妹汉雅在他一进门时就问道。

"训练时弄断了。"贾迪尔说。

"怎么断的？"年纪最大，同时也和贾迪尔最亲近的妹妹英蜜珊卓问道。她伸出手抚摸他另一条手臂。

她的同情曾为贾迪尔带来安慰，现在却令他感到十倍的羞愧。他抽开手臂。"在练习沙鲁沙克时弄断的，不算什么。"

"几个男孩弄的？"汉雅问，贾迪尔想起某次在市集上自己为了汉雅而出手打倒两名年长男孩的事。"至少十个，我敢打赌。"

贾迪尔皱眉。"一个。"他大声说道。

他的二妹霍许娃摇了摇头。"对方一定有十英尺高。"贾迪尔真想大叫，以发泄心中的怨愤与苦闷。

"别烦你们哥哥！"卡吉娃说。"帮他摆好餐盘，让他一个人静一静。"

汉雅帮贾迪尔收好草鞋，英蜜珊卓拉开餐桌主位的板凳。凳子上没有坐垫，不过她铺了一块干净的布在上面让他坐。在沙拉吉的地板上坐了一整个月后，这块布座垫简直就成了奢华的享受。霍许娃连忙端来卡吉娃从热腾腾的汤锅舀到破陶碗里的粥。

贾迪尔一家人平常晚上只吃白煮粗麦，但卡吉娃省吃俭用，每到月亏时总是可以吃到时鲜蔬菜。而今天是贾迪尔前往汉奴帕许后的第一次月亏，他碗里甚至还会有几块看不出是什么肉的坚硬肉块。贾迪尔已经好一阵子没有看过这么多食物了，而且其中充满母亲的爱，但他发现自己没有什么胃口，特别是他注意到母亲和妹妹的碗里没有肉的时候。他强迫自己吞下食物，以免侮辱母亲，但只能用左手吃饭令他羞愧得无地自容。

吃完饭后，一家人聚在一起祷告，直到沙利克霍拉的尖塔上传来喊声——宣告黄昏的到来。《伊弗佳》规定，听到沙利克霍拉的喊声时，所有妇孺都要躲到地下去。

就连卡吉娃小小的土屋都有一间有魔印守护的地下室，并且连接到地下城，那是为了预防城破而建，与整座沙漠之矛的巨大洞穴网络贯通。

"躲下去。"卡吉娃对女孩们说。"我要和你们哥哥私下谈谈。"女孩们遵照指示走进地下室。接着卡吉娃叫贾迪尔来到挂有他父亲的长矛和盾牌的角落。

一如往常，武器和护具仿佛批判似地瞪视他。贾迪尔强烈地感受到绷带的分量，但心里还有某种更加沉重的负担。他转向母亲。

"凯维特达玛说父亲生前没有带来任何荣耀。"贾迪尔说。

"那么凯维特达玛对你父亲的认识没有我深。"卡吉娃说。"他从不撒谎，虽然我一连生下三个女儿，他从来不曾责骂我。他不断让我怀孕，供我们三餐温饱。"她凝视贾迪尔的双眼。"这些事情中都存在荣耀，与屠杀阿拉盖没有两样。在太阳下

重复我的话,并且牢牢记在心里。"

贾迪尔点头。"我会的。"

"你现在已经穿上拜多布了。"卡吉娃说。"《伊弗佳》告诉我们,在月亏时,恶魔之父阿拉盖卡会行走于阿拉上。"

"就连它也不可能突破沙漠之矛战士的防线。"贾迪尔说。

卡吉娃起身,自墙上取下长矛。"或许不能。"她说,将武器塞到他完好的左手中。"但如果它突破了,守护家门就是你的责任。"

贾迪尔在震惊中接过武器。卡吉娃轻轻点头,接着走进他妹妹们躲藏的地下室。贾迪尔立刻走到门口,抬头挺胸,彻夜未眠,接下来的两个晚上也是如此。

"我要有一个目标。"贾迪尔说。"等达玛丁拆掉我的绷带时,我得重回打饭队伍。"

"我们可以一起动手。"阿邦说。"就像从前一样。"

贾迪尔摇头。"如果靠你帮忙,他们会以为我不行了。我要让他们知道我比之前更强壮,不然每个人都会跑来找我麻烦。"

阿邦点头,思考着这个难题。"你得挑选比你离开前更前面的目标,但又不能前面到会激怒哈席克那一伙人。"

"你的想法世故得像个商人。"贾迪尔说。

阿邦微笑。"我本来是在市集里长大的。"

接下来几天他们都在观察打饭队伍的状况,目光落在队伍中央往前一点,也就是贾迪尔受伤前所在的位置。排在那里的男孩年龄都比贾迪尔大一点,也比他高大强壮。他们挑选了几个可能的目标,然后在训练时仔细观察他们的实战水平。

训练与之前一样艰苦。硬化的绷带在贾迪尔做障碍练习时固定他的手臂,而训练官要求他用左手投掷长矛和大网。他没有受到特殊待遇,也不希望受到特殊待遇。皮带还是照样抽到他背上,而贾迪尔欣然承受,拥抱痛楚,心知每一下都是在向其他男孩证明——尽管身上负伤,但我并不虚弱。

几个礼拜过去了,贾迪尔努力不懈,一有机会就练习沙鲁金,每晚睡觉前都要在脑中反复演练。意外的是,他发现自己左手投掷及攻击的能力一点也不逊于右手。他甚至会用硬绷带去捶打对手,享受着如同沙尘暴袭来般的快感。他知道等到达玛丁拆除绷带时,他的伤将会因此而愈合得更好。

"我想,就挑祖林,"贾迪尔拆除绷带的前一天晚上,阿邦终于说道,"他又高又壮,但打架时很愚蠢,喜欢靠蛮力取胜。"

贾迪尔点头。"或许。他动作慢,如果我打倒他,没有人会来找我麻烦,但我在考虑山杰特。"他朝排在祖林前面的瘦子点头。

阿邦摇头。"不要被他的身材骗了。山杰特排在祖林前面是因为,他的手脚打起人来像鞭子一样。"

"但他的攻击不够精准,"贾迪尔说,"而且只要一击落空就会失去平衡。"

"不过他很少挥空,"阿邦警告道,"对付祖林胜算较高,讨价还价太过分是做不成买卖的。"

第二天早上贾迪尔自达玛丁营帐回来时,男孩们已开始排队打饭了。贾迪尔深吸一口气,活动了一下右手手臂,迈开大步,直接朝队伍中间冲去。阿邦已经进入队伍了,距离他很远,不会出手相助,就像他们说好的一样。

最虚弱的骆驼会引来狼群——他曾听父亲说过。而这句简

练的口头禅扫清了他内心的恐惧。

"滚到后面去，废人！"山杰特在看到他走来时吼道。

贾迪尔不理他，强迫自己挤出一丝笑容。"艾弗伦眷顾你，谢谢你帮我占位子。"他说道。

山杰特脸上露出难以置信的惊愕之色。他比贾迪尔年长三岁，体型也壮硕许多。他一时迟疑，贾迪尔抓紧机会用力一推，将他推离队伍。

山杰特差点跌倒，但迅速反击，在恢复平衡的同时踢起一片尘土。贾迪尔本来可以趁他失去平衡时猛踢他的支撑脚，但想要破除自己因为受伤而变弱的谣言，他就不能乘人之危，捡便宜。

四周传来看热闹的欢呼声，打饭队伍弯成了一个圆，把两个男孩围在一个圈内。山杰特脸上的震惊神情迅速消失，扭曲成愤怒的神色，随即展开反击。

贾迪尔如同跳舞般闪避山杰特一连串攻击，他的动作就像阿邦警告过的那样灵活。最后，一如预期，山杰特挥出一记重击，结果在没有击中目标后失去平衡。贾迪尔让向左边，矮身闪过拳头，右手手肘如同长矛般顶中对方腰部。山杰特痛得大叫，跌向一旁。

贾迪尔紧跟而上，再度以手肘重击山杰特的背部，将他砸得趴在地上。他的手臂在绷带里包了几个礼拜，看起来又细又白，但骨头倒是真的坚硬如铁，就像达玛丁说的一样。

然而山杰特抓住贾迪尔的脚踝猛力一扯，让他整个人跌在自己身上。他们在尘土中摔打，山杰特的体重和攻击范围都占尽优势。他将贾迪尔的脑袋夹在腋下，左掌拉扯右拳，挤压贾迪尔的气管。

世界逐渐变暗，贾迪尔开始后悔自己挑错了对手，但和痛楚一样,他拥抱这种恐惧,绝不放弃奋斗。他使劲反脚后踢,一脚踢到山杰特胯下,对方在惨叫声中松开贾迪尔的脖子。贾迪尔挣脱束缚,紧靠在山杰特的关节附近,不让他有足够的空间施展拳脚。慢慢地,他挪动到山杰特背后,一看到脆弱的部位——眼睛、喉咙、肚子——立刻动手攻击。

终于分出胜负了,贾迪尔钳制山杰特的右臂,扭到他的身后,将全身力道放在双膝上,顶住年长男孩的背部。当他感觉到手肘扭到极限后,他用自己的肩膀将其固定,然后把山杰特的手臂向上顶起。

"啊!"山杰特疼得大叫,贾迪尔心知自己只要一用力就可以扭断男孩的手臂,就和哈席克当初折磨自己一样。

"你在帮我占位置,是不是?"贾迪尔大声问道。

"我要杀了你,老鼠!"山杰特大叫,另一只手不断击打地面,身体剧烈扭动挣扎,但没有办法甩开贾迪尔。

"说!"贾迪尔命令道,将山杰特的手臂顶得更高了。他感觉到这条手臂变得紧绷,心知它已经到了极限。

"我宁愿坠入奈的深渊!"山杰特叫道。

贾迪尔耸肩。"断掉的骨头会变得更加坚硬,好好去达玛丁那里享受享受吧。"他肩膀一顶,随即感受到对方骨头折断、肌肉撕裂。山杰特痛得大声嚎叫。

贾迪尔缓缓起身,环顾四周,在众人脸上寻找进一步挑衅的迹象。尽管有很多人瞪大眼睛看他,但没有人打算帮躺在地上惨叫的山杰特报仇。

"让开!"卡维尔训练官吼道,推开围观人群。他看看山杰特,然后转向贾迪尔。"看来你还有点希望,小鬼。"他嘟哝一声。"回去排队,统统回去。"他叫道。"不然我们就把粥都倒粪坑里去!"男孩们立刻冲回自己的位置,但贾迪尔在混乱中

朝阿邦招了下手，他的朋友立刻赶了过去。

"嘿！"排在身后的祖林叫道，但贾迪尔瞪了他一眼，他立刻识趣地向后退开，让出位置来。

卡维尔踢了山杰特一脚。"起来，老鼠！"他吼道。"你的脚没断，不要指望我会在你被比你矮小一倍的男孩打倒后把你抬去找达玛丁！"他抓起山杰特完好的手臂，一把将他拉起身，拖着他朝医疗大帐走去。打饭队伍里的男孩对他发出阵阵嘘声。

"我实在不懂。"阿邦说。"他干吗不投降算了？"

"因为他是个战士。"贾迪尔说。"面对阿拉盖的时候，你会投降吗？"

阿邦忍不住发抖。"那不一样。"

贾迪尔摇头。"不，没什么区别。"

贾迪尔拆除绷带后不久，哈席克和其他一些年长的男孩就被转去大迷宫城墙上训练了。一年后，他们在大迷宫中换下了拜多布，存活下来的人，包括哈席克在内，常常会在训练场附近穿着新发的黑袍转悠，跑去造访大后宫。就和所有戴尔沙鲁姆一样，在训练结束后尽可能与奈沙鲁姆划清界限。

对贾迪尔来说，时间过得很快，日子一天天无止境地飞逝。每天早上，他聆听达玛颂读艾弗伦及卡吉部族的荣耀，学习克拉西亚其他部族的历史，得知他们比卡吉部族低等的原因，最主要的，为什么马甲部族会误解艾弗伦的真谛。达玛有时也会提起其他国度，以及北方那些懦弱的青恩，说他们抛弃长矛，过着卡菲特般的生活，在阿拉盖面前摇首乞怜。

贾迪尔永远不满足于他们在打饭队伍里面的位置，总是处心积虑地向前挑战，好让碗里的粥能够多上那么一点点。他瞄准排在前面的男孩，然后一个接一个把他们送去达玛丁的营帐，且总是带着阿邦随他一起前进。等到贾迪尔十一岁时，他们已经排到队伍最前面，后面跟着几个年纪更大的男孩，而且全部都刻意躲得远远的。

下午的时间就是接受战斗训练，或充当戴尔沙鲁姆撒网兵的目标——拼命跑给他们模拟撒网抓捕。夜里，贾迪尔躺在卡吉沙拉吉冰冷的石板地上，拉长耳朵聆听外面阿拉盖沙拉克的声音，幻想有一天自己可以与其他男人并肩作战的场景。

随着汉奴帕许的日程推进，有些男孩被达玛挑选出来接受特别训练，让他们踏上身披白袍的道路。他们会离开卡吉沙拉吉，从此销声匿迹。贾迪尔没有获得这项荣耀，但他毫不介意。他一点也不想把时间浪费在研读卷轴或是赞美艾弗伦上。他注定要踏上与长矛相伴的人生道路。

达玛对阿邦比较感兴趣，因为他识字，也会算数。但他父亲是卡菲特，令他们深感厌恶，尽管理论上而言儿子不会继承父亲的耻辱。

"你还是当个战士好了。"达玛戳着阿邦厚实的胸膛，对他说道。阿邦的体型还是和从前一样巨大，但长期训练把他浑身脂肪练成了坚硬的肌肉。的确，他已经成为令人望而生畏的战士，而在确定自己没有机会白袍加身后，他着实松了一大口气。

所有太虚弱或反应过于迟钝的男孩会被赶出卡吉沙拉吉，成为卡菲特——被迫一辈子都穿着和小孩一样的褐色服饰。这是世上最凄惨的命运，不但令家族蒙羞，还失去了进入天堂的机会。其中有些怀抱战士之心的人会自愿担任诱饵兵，挑衅恶魔，把它们带入大迷宫中的陷阱。那会是短暂而惊险的一生，却为失去机会的人们提供赢得荣誉以及进入天堂的希望。

十二岁时，贾迪尔获准进入大迷宫实习。克伦训练官带领

最年长、最强壮的奈沙鲁姆爬上伟大的魔印城墙——一堵三十英尺高的砂岩高墙,俯瞰下方曾是克拉西亚一整块城区的恶魔屠宰场,那时人口数远比现在多。场上到处是古代遗留下来的小屋以及数十堵较为低矮的砂岩砌墙。这些墙有二十英尺高,墙面上刻有密密麻麻的魔印。有些墙很长,延伸至尽头处又转向,有些就只是一块大石板或墙角。这些墙形成了一座隐藏许多深洞的迷宫,专门用来囚禁阿拉盖,等待黎明的到来。

"你们脚下的城墙。"克伦说着大力踏步。"守护我们的女人和小孩,甚至守护卡菲特。"他对着墙边吐了一口吐沫。"不让阿拉盖染指他们。其他的墙,"他挥手指向大迷宫中横七竖八的墙,"作用在于把阿拉盖和我们困在一起。"他说话时拳头紧握,男孩们都感受到了他身上展现出来的无比骄傲。贾迪尔幻想着自己穿梭于迷宫,手持长矛和盾牌,禁不住心潮澎拜——荣耀就在血迹斑斑的沙地上等待着他。

他们沿着城墙顶端行走,最后来到一座借助大转盘拉起来的木桥边。这座桥通往一堵迷宫内部的墙面,而所有墙面间都有拱门相连,或距离近得可以跳过。迷宫墙面宽度较窄,有些甚至不足一英尺。

"墙顶对于年长的战士非常危险,"克伦说。"除了侦察兵以外。"侦察兵是克雷瓦克部族以及南吉部族的戴尔沙鲁姆。他们属于长梯兵,每个人都会背负一架二十英尺高的钢顶梯。梯子可以拉伸使用或折叠携带,而侦察兵必须像猴子一样肢体灵活,能在没有支撑的情况下站在梯顶查看战况。克雷瓦克侦察兵隶属卡吉部族掌管,南吉侦察兵则听从马甲部族号令。

"明年一整年,你们会协助克雷瓦克侦察兵训练。"克伦说。"追踪阿拉盖的行动,提醒大迷宫里的戴尔沙鲁姆,同时还要帮凯沙鲁姆传递命令。"

当天接下来的时间，他们在墙上训练奔跑。"你们得熟悉这些高墙，就像熟悉你们手中的长矛一样！"克伦边跑边说。奈沙鲁姆身手矫健，动作敏捷，一边高声呼喊，一边在高墙之间奔走跳跃，或者矮身穿越小型拱桥。贾迪尔和阿邦觉得这项训练很刺激，一起追逐较量。

阿邦有魁梧的身材，但平衡感不佳，结果在一座窄桥上失足坠墙。贾迪尔连忙伸手抓他，但来不及了。"奈抓走我了！"他在滑过贾迪尔手指时咒骂道，接着直坠而下。

阿邦落地前哀嚎一声，尽管距离二十英尺远，贾迪尔依然清晰地看到他的脚已摔断。

他身边响起一阵骆驼鸣叫般刺耳的笑声。贾迪尔转身看见祖林拍打着自己的膝盖，欢呼雀跃。"阿邦不像猫，更像骆驼。"祖林叫道。

贾迪尔怒吼一声，紧握拳头，但在他起身前，克伦训练官赶来了。"你把训练当成笑话？"他问道。祖林还没回话，克伦已经抓起他的拜多布，将他抛下墙。他尖声惨叫，叫声也跟着一路跌落二十英尺，最后重重坠地，动也不动地躺趴在地上。

训练官转身面对其他男孩。"阿拉盖沙拉克不是闹着玩的儿戏，"他严厉地吼道，"我宁愿你们全死在这里，也不要让你们在夜里去羞辱你们的兄弟。"男孩们当即后退，默默牢记训戒。

克伦转向贾迪尔。"快去通知卡维尔训练官，他会派人送他们去找达玛丁。"

"我们直接去救他们比较快。"贾迪尔大胆说道，心知这短短几分钟就足以决定阿邦的命运。

"只有男人才能进入大迷宫，奈沙鲁姆。"克伦说。"快去，不然戴尔沙鲁姆就得要救三个小鬼上来。"

那天晚上吃完稀粥后,达玛丁前来找克伦训练官交谈,贾迪尔尽可能凑近些,试图偷听只言片语。

"祖林摔断几根骨头,大量内出血,但他会痊愈。"她说,语气听起来像在讨论沙子颜色那样无关痛痒。她的面纱遮掩了所有表情。"另一个,阿邦,脚骨多处断裂。他可以走路,但或许跑不起来了。"

"他还能作战吗?"克伦问。

"暂时不好说。"达玛丁说。

"如果不能作战,你应该现在就杀了他。"克伦说。"死亡总比当卡菲特好。"

达玛丁对他伸出一根手指,训练官当即后退。"达玛丁营帐的事轮不到你来发号施令,戴尔沙鲁姆。"她厉声道。

训练官立刻像是祷告一样十指交扣,深深鞠躬,下巴差点碰到地上。

"我乞求达玛丁的宽恕,"他诺诺到,"我没有不敬的意思。"

达玛丁点头。"你当然没有。你是戴尔沙鲁姆训练官,死后将会坐在艾弗伦最光荣的仆人之间,为自己的一生增添荣誉。"

"达玛丁的话令我深感荣幸。"克伦说。

"尽管如此,"达玛丁说,"我还是得提醒你注意自己的言行。请凯维特达玛惩罚你,以阿拉盖之尾鞭抽二十下就够了。"

贾迪尔倒抽一口凉气。阿拉盖之尾是最厉害的鞭子——三条四英尺长的皮鞭绑在一起,整条鞭身上都挂满金属倒钩。

"达玛丁宽宏大量。"克伦说,依然维持鞠躬的姿势。贾迪尔趁被两人发现前溜开了。

"你不该来这里。"阿邦在贾迪尔矮身溜入达玛丁大帐时低声说道。"要是被抓到你就死定了!"

"我只是想要确定你安然无恙。"贾迪尔说道。这是实话,不过他的双眼还是仔细扫视一下营帐四周,他心知自己不该期望还能再看见英内薇拉。自从手臂被折断那次后,贾迪尔就再也没有看见她了,但他一直无法忘记她美丽的容颜。

阿邦看着自己紧紧包覆在坚硬绷带中的双脚。"我不知道还有没有机会好起来,我的朋友。"

"胡说,"贾迪尔说,"断掉的骨头会更加坚硬,你不久就会回到城墙上。"

"或许吧。"阿邦叹气道。

贾迪尔轻咬了一下唇。"我让你失望了。我承诺会在你跌倒时扶住你,我曾对着艾弗伦的光明发过誓。"

阿邦握起贾迪尔的手掌。"你可以接住我,我毫不怀疑。我也看见你跳过来抓我,但那不是你的错,你已经兑现了承诺。"

贾迪尔的眼眶中泛着泪光。"我不会再让你失望。"他承诺道。

就在此时,一名达玛丁走进他们的隔间,从大帐深处无声无息地飘了过来。她看向他们,与贾迪尔的目光迎了个正着。那一瞬间他的心脏仿佛停止了跳动,脸上血色尽失。他们相互凝视那一会儿——时间仿佛已停止。他完全看不出达玛丁不透明的白色面纱下的表情。

最后,她朝出口的门帘扬起下巴。贾迪尔点头,几乎不敢相信自己的好运。他捏了捏阿邦的手掌,随即矮身离开营帐。

"在城墙上,你们也许会遇到风恶魔,但不准轻举妄动。"克伦说,在奈沙鲁姆面前来回踱步。"尽管你们为所服侍的戴尔沙鲁姆工作,但了解你们的敌人很重要。"

贾迪尔仔细听着,坐在队伍最前方的老位子上,不过他总会想到阿邦不在自己身边的事实。贾迪尔是和三个妹妹一起长大的,并在进入卡吉沙拉吉的第一天就与阿邦结交。孤独对他而言是种很陌生的感觉。

"达玛告诉我们,风恶魔居住在奈的深渊里的第四层。"克伦对男孩们说道,举起长矛指向画在砂岩墙壁上的风恶魔画像。

"有些人,比如马甲部族中有些蠢货,因为风恶魔缺乏沙恶魔的沉重外壳而低估它们,"他说,"但你们不要上当了。风恶魔远离艾弗伦的目光,比沙恶魔更邪恶。它的表皮厚得足以撞弯男人的矛头,飞行的速度也快到人类望尘莫及。它修长的利爪,"他用矛头标示出恶魔终极的武器,"能在人类察觉前拧走对方的脑袋,而其鸟喙般的下颚能够将人脸撕裂。"

他转向男孩们。"那么,它的弱点在哪里呢?"

贾迪尔立刻举手。训练官对他点头。

"翅膀。"贾迪尔说。

"正确。"克伦说。"虽然和皮肤的材质一样,但风恶魔的翅膀在软骨和骨头间延展太稀薄。强壮的男人可以用长矛刺穿它的翅膀,并且趁它坠落地上时用锋利的刀刃将其斩首。还有什么弱点?"

这一次,贾迪尔又抢先举手。训练官的目光扫向其他男孩,但都没有人举手。贾迪尔是这些人里面年纪最轻的——最大的男孩甚至比他大上两岁,但所有人都不敢跟他争,就跟排队打饭一样。

"它们在地上的时候动作笨拙缓慢。"贾迪尔在克伦对他点头时说道。

"正确。"克伦说。"如果被迫落地,风恶魔需要一段距离助跑或攀爬到高处才能再次起飞。大迷宫中狭窄的空间就是特别为了对付它们而设计的。城墙上的戴尔沙鲁姆会找机会网住它们或是投掷流星锤缠住它们。你们的责任就是要对迷宫中的战士汇报风恶魔的位置。"

他望向孩子们:"谁能告诉我'风恶魔落地'的信号是什么?"

贾迪尔举手……

三个月后,阿邦和祖林再度回到奈沙鲁姆的行列。看到阿邦一拐一拐地走回训练场,贾迪尔皱紧了眉头。

"你的脚还痛吗?"他问。

阿邦点头。"我的骨头或许更坚硬了。"他说。"但没有变得更直。"

"现在还早。"贾迪尔说。"它们迟早会复原的。"

"英内薇拉。"阿邦说。"谁能看出艾弗伦的旨意呢?"

"你准备争夺打饭队伍的位置了吗?"贾迪尔问,朝粥锅后方的训练官点点头。

阿邦脸色发白。"还没有,拜托。"他说。"要是脚滑一下,我就会永远变成其他人的目标了。"

贾迪尔皱眉,但只是点了点头。"不要撑太久。"他说。"不采取行动一样会成为他人的目标。"他们一边说话,一边走向队伍前方,其他男孩就像遇上猫的老鼠一样让路给贾迪尔,

任由他们享用第一碗稀粥。有些人一脸怨气地瞪向阿邦,但没有人胆敢说话。

祖林就没那么好运气了,而贾迪尔只是冷冷地看着他,依然记得这个年长的男孩在阿邦坠墙时发出的笑声。祖林走路有点僵硬,但比起阿邦一拐一拐的要好多了。打饭队伍里的男孩瞪视着他,但祖林还是迈开大步,来到山杰特后方的老位置前。

"这个位置有人了,瘸子。"另一个服从贾迪尔命令的奈沙鲁姆伊森说道。"滚到队伍后面去!"伊森是个高个子战士,贾迪尔兴致勃勃地欣赏这场即将上演的大战。

祖林微笑着,伸出双手,好似讨饶,但贾迪尔看着他双脚摆开的站姿,并没有因此上当。祖林一扑而上,抓起伊森,将其压倒。打斗转眼间就已经结束,祖林又回到他原先的位置。贾迪尔点头。祖林是个不折不扣的战士。他看向阿邦,只见他已经吃光碗里的稀粥,一点也不关心眼前的打斗。贾迪尔哀伤地摇了摇头。

"过来集合,老鼠。"卡维尔在餐碗收好后命令道。贾迪尔立刻走向训练官,其他男孩紧跟过来。

"到底发生了什么事?"阿邦问。

贾迪尔耸肩。"很快就会知道。"

"你们即将面对一场男人级别的考验。"克伦说。"你们将在夜晚行军,我们会知道哪些人才是真正的战士。"阿邦惊恐地倒抽一口凉气。贾迪尔则感到无比的兴奋——每次考试都让他距离黑袍更近一步。

"数月前,巴哈卡德艾弗伦村已和我们失去联系了,我们担心阿拉盖已突破了他们的魔印力场。"克伦继续道。"巴哈人都是卡菲特,但他们都是卡吉的后裔,而达玛基指派我们去拯救他们。"

47

"他是舍不得他们卖给我们的贵重陶器。"阿邦喃喃道。"巴哈是陶器大师德拉瓦西的故乡,而他们的陶器成为克拉西亚所有的宫殿必不可少的装饰。"

"你脑子难道就只有肮脏的钱吗?"贾迪尔大声问道。"就算是阿拉上最低贱的一群狗,依然比阿拉盖高贵。应该接受我们的保护。"

"阿曼恩!"卡维尔吼道。"你有什么想要补充的吗?"

贾迪尔恢复立正姿势。"没有,训练官!"

"那就闭上你的鸟嘴。"卡维尔说。"再有下次,我会割掉你的舌头。"

贾迪尔点头。克伦继续说道。"前往巴哈的旅程为期一周,五十名自愿参与的战士由凯维特达玛率领。你们会跟去协助他们,运送他们的装备、喂食骆驼、帮忙煮饭,并且擦磨他们的长矛。"

他看向贾迪尔。"霍许卡敏之子,你会在这趟旅途中担任奈卡。"

贾迪尔瞪大双眼。奈卡,即"队长",这表示自己是第一奈沙鲁姆——不只是排在打饭队伍的第一位,就连在训练官的眼中也是如此——有权任意指挥并惩处其他男孩。自从哈席克赢得黑袍后,卡吉沙拉吉中已多年没有奈卡了。这是非凡的荣耀,绝不轻易授予,也无法轻松接受。因为这个职位不但拥有权力,同时也肩负使命——一旦其他男孩有什么闪失,克伦和卡维尔会唯他是问,并且加以惩罚。

贾迪尔深深鞠躬。"我深感荣幸,训练官。我向艾弗伦祈祷,绝对不会令你们失望。"

"你最好不要让我失望,如果不想让我的皮鞭辛苦的话。"卡维尔在克伦拿一条扎有绳结的皮绳绑在贾迪尔手臂上作为官

阶授权象征的同时说道。

贾迪尔的心几乎要蹦出心口来了。那不过是条皮绳，但在此时此刻，他感觉和卡吉之冠没有什么两样。贾迪尔想象着母亲去领配给粮食时达玛会怎么告诉她这个消息，不自觉间，脸上流下骄傲的汗水。他已经开始为家里的女人增添荣耀了。

而且不仅如此，他还得面对一场真正的男人考验，夜晚在野外行军。他会近距离面对阿拉盖，进而了解他的敌人，不再只是透过石板上的画像，或是在城墙顶上奔跑时远远看见的身影，这是他人生新的开始。奈沙鲁姆解散后，阿邦转向贾迪尔，他面带微笑，捶打贾迪尔的手臂以及绑缚其上的皮绳。"奈卡，"他说，"你当之无愧，我的朋友。你很快就会当上凯沙鲁姆，在战场上指挥真正的战士。"

贾迪尔耸肩。"英内薇拉。"他说。"明天的事情等到明天再说。今天已足够荣耀了。"

"你从前说的没错，"阿邦说，"当我看见卡菲特遭受的待遇时，我的心中会有点忿忿不平，而我曾经道出我的心声。我们应该保护巴哈人，我们应该为他们做更多实事。"

贾迪尔点头。"没错，"他说，"我也一样，说了不该说的话，我的朋友。我知道你绝不只是贪婪的商人。"他捏捏阿邦的肩膀，然后一起跑去准备漫长的旅程。

他们在正午时分出发，五十名卡吉战士，包括哈席克在内，加上凯维特达玛、卡维尔训练官、两名克雷瓦克侦察兵，以及贾迪尔手下的奈沙鲁姆精英。几名最年长的战士轮流驾驶骆驼拉的补给车辆，其他人全部徒步行军，穿越大迷宫，走向城门。贾迪尔和其他男孩坐在补给车辆上穿越迷宫，以免玷污这块神圣的土地。"

"只有达玛和戴尔沙鲁姆才能脚踏他们兄弟以及先祖的流血之地。"卡维尔警告道。"胆敢落地的人后果自行负责。"

出城后,训练官举起长矛敲打驮车。"所有人下车!"卡维尔吼道。"我们要徒步行军前往巴哈!"

阿邦难以置信地看向贾迪尔。"整整一星期穿越沙漠的旅程,我们就单凭一条拜多布抵御阳光!"

贾迪尔跳下驮车。"照耀训练场的也是同一个太阳。"他指向走在补给车辆前方的戴尔沙鲁姆。"我们只穿拜多布应该心存感激。"他说。"而他们要穿吸热的黑袍,另外还要背负长矛和盾牌,黑袍底下还要穿戴护具。如果他们可以行军,我们也可以。"

"来吧,难道包在绷带里面这么几个星期之后,你不想要伸展一下腿脚吗?"祖林拍拍阿邦的肩膀笑着说道,然后跳下车来。

其他奈沙鲁姆跟着跳下车,听从贾迪尔的号令调整步伐,与车辆以及战士们保持距离。卡维尔跟随在后,持续观察,但任由贾迪尔发号施令。训练官对他的信任令他十分自豪。

沙漠的道路是由一排古老木桩沿着沙地和硬土标示出来的路线。永不停歇的强风刮来阵阵热沙击打在他们脸上,热沙堆积在道路上,让他们难以行走。在阳光的照耀下,沙地热得透过草鞋滚烫如火。尽管如此,奈沙鲁姆们已经历多年的训练,毫无怨言地向前行进。贾迪尔看着他们,深感骄傲。

然而贾迪尔很快就发现阿邦跟不上行进的步调。他汗流浃背,重心倾斜,不时会跌上一跤。有一次,他跌在伊森身上,伊森很不客气地将他推到山杰特身上。山杰特又把他推回去,阿邦重重摔到沙地上。其他男孩在阿邦吐出口中沙粒时哈哈

大笑。

"继续前进,老鼠!"卡维特叫道,拿起长矛敲击盾牌。

贾迪尔很想过去扶他,但心知这么做只会让情况更糟。"起来!"他吼道。阿邦露出求助的目光,但贾迪尔只能摇头,并且为了他好而踢了阿邦一脚。"拥抱痛苦,爬起身来,蠢货。"他压低音量喊道。"不然你会像你父亲一样变成卡菲特!"

阿邦受伤的神情在他眼中如同刀割,但贾迪尔说得没错,阿邦自己也很明白。他大口吸气,挣扎起身,跌跌撞撞地跟在众人身后。他跟着走了一段时间,接着又开始落到队伍后方,不时撞上其他人,然后被推来挤去。卡维特将一切看在眼里,加快脚步来到贾迪尔身旁。

"如果他拖慢我们的速度,孩子,"他说,"我的鞭子将在众目睽睽下打在你身上。"

贾迪尔点头。"那是你该做的,训练官。我是奈卡。"卡维尔嘟哝一声,不再多说。

贾迪尔转向其他人。"祖林、阿邦,上车,"他下令,"你们刚才离开达玛丁的营帐,不适合高强度急行军。"

"骆驼尿!"祖林大叫,伸出手指指向贾迪尔的脸。"我不会因为穿花衣服的人的儿子跟不上队伍,而像个女人一样坐在车上。"

祖林话才说完。贾迪尔闪电般出手,抓起祖林的手腕,扭往他身后,朝肩膀狠狠推下。男孩如果出力反抗,立刻就会被贾迪尔折断手臂,于是只好被他摔倒在地。贾迪尔继续钳制他的手臂,一脚踏上祖林的喉咙,使劲拉扯。

"你上车是因为你的奈卡命令你上车。"他在祖林面红耳赤时大声说道。"要是再忘记这点,后果自行承担。"

祖林点头的时候,一张脸已经涨成酱紫色。在贾迪尔放开手后,他立刻大口喘气。"达玛丁要求你们每天都要适当走一点路,直到体力完全恢复。"贾迪尔谎称。"明天你要多走一小时。"他冷冷转向阿邦。"两人都一样。"

阿邦迫不及待地点头,两个男孩随即朝驭车走去。贾迪尔看着他们的背影,暗自祈祷尽快复原。他不能永远替他留面子。

他转向其他等着他的奈沙鲁姆,大声吼道:"我有叫你们停下吗?"男孩们立刻继续前进。贾迪尔加速调整步伐,直到他们跟上部队。

✥

夜晚即将到来之前,贾迪尔下令奈沙鲁姆准备晚餐并且铺好床,而达玛和深坑魔印师们则开始准备魔印圈。魔印圈准备好后,战士们就站在外缘,面向四周,紧握护盾和长矛,等待太阳西下后恶魔现身。

在如此接近城市的地方,沙恶魔成群结队地出没,朝戴尔沙鲁姆张牙舞爪,并朝战士们直扑上来。这是贾迪尔第一次近距离面对它们,他冷静地观察阿拉盖,在它们展开进攻时记住它们的动作。

深坑魔印师恪尽职守,魔印力场在一阵魔光中阻挡住了恶魔的攻势。趁它们攻击魔印力场时,戴尔沙鲁姆一声发喊,刺出长矛。攻击大多都被恶魔的外壳挡下,但有几次精准的攻击插入眼睛和张开的喉咙,一击毙命。这看起来像是战士们玩的游戏,试图在魔光闪耀的瞬间击中渺小的目标,而且他们会哈哈大笑,恭喜那些一击得手的战士。成功的战士便回来吃饭,而没有成功的就在恶魔越聚越多的同时持续尝试。贾迪尔注意到哈席克是第一批回来吃饭的人之一。

贾迪尔转向杀死恶魔后离开魔印圈外围的卡维尔训练官,

这是贾迪尔第一次看他盖起脸上的红色遮布。他与训练官目光相对,并且在对方点头要他过去时深深鞠躬。

"训练官,"他说,"这和我们所学的阿拉盖沙拉克不同。"

卡维尔大笑。"这根本不是阿拉盖沙拉克,孩子,这只是磨炼战技的游戏。《伊弗佳》指示我们只能在严阵以待的土地上展开阿拉盖沙拉克。这里没有恶魔坑,没有迷宫城墙或伏击点。我们如果离开魔印圈就太蠢了,但我们没有理由不送一些阿拉盖去见阳光。"

贾迪尔再度鞠躬。"谢谢你,训练官。现在我了解了。"

游戏持续了好几个小时,直到剩下的恶魔认定魔印圈没有缝隙,开始绕圈而行,或是蹲坐在长矛的攻击范围之外,静静等待。吃饱饭的战士开始守卫,高声嘲笑那些没有成功击杀恶魔的战士。

等所有人都吃饱饭后,半数的战士爬上床铺睡觉,剩下的一半就如同雕像般站在营区四周警戒。几小时后,已睡过的战士与守卫换班。

🌀

第二天,他们路过一座卡菲特村落。贾迪尔从来不曾见过绿洲——沙漠里有很多绿洲,大多数都位于卡拉西亚城的南部和东部,也就是一些水源渗出地面,形成一座小水塘之处。逃离城市的卡菲特通常会聚集在这种地方,不过只要他们自给自足,不跑来城墙外乞讨,或打劫路过商旅,达玛不会理会他们。另外还有一些规模较大的绿洲,有较大的水池,通常会聚集超过一百名卡菲特,通常都携家带眷。达玛不会对这种绿洲视而不见,各部族会像争夺城内水井一样宣示大片绿洲的所有权,以物产或是劳力等形式向卡菲特索取财物,以换取居住权。达玛偶尔会前往城市附近的绿洲，拉走年幼的孩子踏上汉奴帕许之道，以及最美貌的女孩进入大后宫担任吉娃沙鲁姆。

他们路过的村落没有城墙，只有在村落边缘放置一系列刻有古老魔印的巨石。"这是什么地方？"贾迪尔在行军时大声问道。

"他们称呼这些村落为砂岩村。"阿邦说。"这里住了三百多名卡菲特，人称深坑狗。"

"深坑狗？"贾迪尔问。

阿邦指向地上的一个大坑，村里一共有好几个这种大坑，许多男男女女在里面工作，用铲子、铁锹和锯子挖掘砂岩。这些人个个肩膀宽厚、肌肉结实，与贾迪尔在城内见过的那些卡菲特大不相同。小孩子也和大人一起工作，帮忙把砂岩搬上车，用骆驼把砂岩拉出深坑。他们都身穿褐服——男人和男孩都穿着一样的背心和帽子，女人和女孩则穿褐色连衣裙，没留下多少想象空间，脸部、手臂甚至大腿几乎都遮得严严实实的。

"他们个个身强体壮。"贾迪尔说。"这些人为什么会变成卡菲特？他们是懦夫吗？这些女孩和男孩呢？他们为什么没有结婚或是踏上汉奴帕许之道？"

"他们的祖先或许是因为种种原因沦落为卡菲特，我的朋友，"阿邦说，"但这些人却生下来就是卡菲特。"

"我不懂，"贾迪尔说，"没有人生下来就是卡菲特。"

阿邦叹气。"你说我满脑子都是生意人的想法，而你却是太少去想做生意的事了。达玛基想要这些人生产砂岩，也需要一些壮健的人来做这个工作。交换条件就是命令达玛不要来抓这些卡菲特的小孩。"

"这等于是宣判这些家族世世代代都得当卡菲特。"贾迪尔说。"他们的父母为什么会接受这种条件？"

"当有人来带走孩子时，父母是没有办法才屈辱就范的。"阿邦说。

贾迪尔想起自己母亲的泪水，以及阿邦母亲的尖叫，他没有反驳。"尽管如此，这些人都有能力成为优秀的战士，这些女人都可以产下壮健的儿子。这样实在太浪费了。"

阿邦耸耸肩。"至少在有人受伤的时候，亲兄弟毕竟是血浓于水，可以手足相依。"

又经过了六天的行军，他们来到一座悬崖，这座悬崖面向供给巴哈卡德艾弗伦村水源的河流。一路上他们没有经过其他卡菲特村落。阿邦的家人曾与很多这种村落交易，据说这是因为有一条地下河流供应城市附近绿洲的水源，但那条河道没有延伸到东边这么远的地方。大多数村落位于城市南方，介于沙漠之矛和遥远的南部山脉之间，顺着那条河道延伸。贾迪尔从来没有听说过什么地下河的事，但他相信他的朋友。

他们面前的河流并非地下河，不过它在漫长的岁月里冲刷出一座很深的河谷，贯穿数不清的砂岩和黏土地层。他们可以看见位于下方深处的河床，不过从这个高度看去，河水不过是一条涓涓细流。

他们沿着悬崖向南而行，直到看见向下通往村落的道路。这条路不到近处根本看不出来。这时戴尔沙鲁姆已吹响问候的号角。但直到经过狭小陡峭的道路前往村落广场时，他们没有收到任何回应；即使抵达村落中心，仍不见任何居民。

巴哈卡德艾弗伦村建于开凿在悬崖表面的层层平台上。一条宽敞蜿蜒的阶梯扶摇直上，连接每层平台上的土坯房子。村里没有一丝生命迹象，布门帘在微风中轻轻飘舞。这景象让贾迪尔想起沙漠之矛的某些区域；由于人口锐减，沙漠之矛中有不少城区沦为废墟。那些古老建筑都是卡拉西亚从前人口众多的见证。

"这里发生了什么事？"贾迪尔问道。

"不是很明显吗？"阿邦说。贾迪尔好奇地看着他。

"别只是盯着村子看，放宽你的视野。"阿邦说。贾迪尔转过身去，看见河水之所以看起来稀少并非只是因为高度的关系。河水的深度几乎不及河床的三分之一。

"雨水不足。"阿邦说。"或是上游的河道转向，这些改变都可能剥夺了巴哈人赖以为生的渔业。"

"这无法解释为何整座村落沦为废墟。"贾迪尔说。

阿邦耸肩。"或许是水量减少导致水质恶化，卷起河床上的淤泥。总之，不管是疾病还是饥饿，巴哈村的人口必定减少到了没法维修魔印的地步。"他指向某些建筑物土墙上残留的爪痕。

卡维尔转向贾迪尔。"在村里搜搜看有没有幸存者。"他命令道。贾迪尔鞠躬，转向他的奈沙鲁姆，将他们分配成两人一组，每组负责搜巡一层平台。男孩们就像在大迷宫的墙顶上奔跑似的轻松踏上崎岖的台阶。

不久，他们就发现阿邦说的没错。几乎所有房子中都有恶魔出没的迹象，墙壁和家具上留有爪痕，满是打斗的痕迹。

"不过没有尸体。"阿邦发现道。

"吃掉了。"贾迪尔说，指向地板上一块看起来像黑色的石头，不过表面凸起一些白色固体的东西。

"那是什么？"阿邦问。

"恶魔粪。"贾迪尔说。"阿拉盖会吃掉猎物，然后在粪便中排出他们的骨头。"

阿邦一手捂住嘴，冲到房间角落去呕吐。

他们将发现汇报给卡维尔训练官，训练官则毫不意外地点了点头。"跟我来，奈卡。"他说。贾迪尔立刻跟随训练官走到达玛凯维特和凯沙鲁姆面前。

"奈沙鲁姆确认没有幸存者，达玛。"卡维尔说。凯沙鲁姆的官阶比他高，但卡维尔是训练官，远征队伍中成员几乎都是他训练出来的，包括凯沙鲁姆在内。俗话说得好，遮红布人说话比遮白布人更有分量。

凯维特达玛点了点头。"阿拉盖突破魔印力场的时候就已经对这块土地施加了诅咒，将卡菲特的灵魂囚禁在人世间。我可以听到他们的惨叫。"他抬头看向卡维尔。"月亏即将到来。我们先花两日两夜的时间备战，并为亡者祷告吧。"

"月亏第三天呢？"卡维尔问。

"第三天晚上，我们展开阿拉盖沙拉克。"凯维特说。"净化地面，释放他们的灵魂，让他们能够投胎转世，晋升到更好的阶级。"

卡维尔鞠躬。"当然，达玛。"他抬头看向开凿于悬崖边的阶梯和房子，以及下方通往河岸的广场。"这里会出现的多半是土恶魔。"他猜测道。"可能还有一些风恶魔和沙恶魔。"他转向凯沙鲁姆。"如果你允许的话，我就要求戴尔沙鲁姆在广场上挖掘魔印恶魔坑，然后在阶梯上设置伏击点，将阿拉盖逐下悬崖，跌入深坑，等待太阳。"

凯沙鲁姆点头。训练官转向贾迪尔。"让奈沙鲁姆清理房屋，寻找所有可以做屏障的垃圾。"贾迪尔点头并转身离开，卡维尔拉住他的胳膊。"不要让他们窃取任何物品。"他警告道。"所有东西都要成为阿拉盖沙拉克的祭品。"

"你和我清查第一层。"贾迪尔对阿邦道。

"七这个数字比较幸运。"阿邦说。"让祖林和山杰特清查第一层吧。"

贾迪尔怀疑地看着阿邦的脚。阿邦努力跟上行军的速度,但走路还是一拐一拐地,而且贾迪尔常常看到他在自以为没人看到时按摩自己的腿。

"你的脚还没完全好,我认为第一层比较恰当。"贾迪尔说。

阿邦双手叉腰。"我的朋友,你的话很伤人!"他说。"我就像大市集中最好的骆驼那样强壮。你每天把我逼到极限的做法是对的,而爬上七层平台只会帮助我的伤势恢复得更快。"

贾迪尔耸肩。"你喜欢就好。"他说道,接着他对其他奈沙鲁姆下达指令,然后随阿邦一起爬上凿在悬崖上的阶梯。巴哈村不规则的石阶是直接由山壁上开凿而出的,靠砂岩和黏土的特定部位加以支撑。有时台阶窄得只有成年人的脚掌大,有时又要走好几步才能抵达下一阶。台阶上有不少驮兽载运货车经过时留下的痕迹。每上一层平台,阶梯就会改变方向,并且会分岔出通往该层住宅的小路。

他们没走多远,阿邦已经开始气喘吁吁,圆脸也涨得通红。他的腿瘸得更加严重,到第五层的时候,他每踏出一步都发出痛苦的呻吟声。

"或许我们已经走够了。"贾迪尔小声说道。

"胡说,我的朋友。"阿邦说。"我可是……"他嘟哝一声,吐出一大口气。"……和骆驼一样强壮。"

贾迪尔微笑,轻拍他的肩膀。"我们还是有机会把你打造

成真正的战士的。"

当他们终于抵达第七层时,贾迪尔转身看向矮墙下的景象——遥远的下方,戴尔沙鲁姆弯下腰去,以短铲挖掘宽敞的恶魔坑。这些坑都位于第一层平台的边缘,好让从像贾迪尔所处的崖壁上跌落的恶魔直接摔入其中。尽管贾迪尔和其他奈沙鲁姆都不能参战,但他对于即将到来的战斗还是充满期待。

他转向阿邦,但他的朋友已经沿着平台走去,完全对下方布置战场的景观没有任何兴趣。

"我们应该开始清查这些房子。"贾迪尔说。但阿邦似乎没有听见,心事重重地跛着走开了。贾迪尔在阿邦于一座大拱门前停步时赶上了他,只见阿邦面带喜色地看着雕刻在拱门上方的符号。

"第七层,我就知道!"阿邦说。"就和天堂与阿拉之间耸立的巨柱数目差不多。"

"我从未见过这种魔印。"贾迪尔说,指着那些符号。

"那不是魔印,是文字。"阿邦说。

贾迪尔好奇地看着他。"就像写在《伊弗佳》里的文字?"

阿邦点头。"《伊弗佳》上面说:'位于向万物之主表达敬意的阿拉上第七层平台,此地为德拉瓦西大师的制陶工坊。'"

"你之前提到的陶艺匠?"贾迪尔吼道。阿邦点头,动手推开挂在门口的亮眼布帘,但贾迪尔抓起他的手臂,将阿邦扯过来面对自己。

"为什么只要有利可图,你就能忍受痛楚,却不能为了争取荣誉而忍痛?"他厉声喊问道。

阿邦微笑。"我只是比较现实,我的朋友。荣誉太虚无了。"

"在天堂就可以了。"贾迪尔说。

阿邦嗤之以鼻。"我们不能从天堂照顾我们的母亲和姐姐。"他挣脱贾迪尔的手,走进工坊中。贾迪尔无奈,只得跟着进去,结果撞在阿邦身上,因为他一进门立刻就停下了脚步,目瞪口呆地看着屋内。

"货物毫发无伤。"阿邦低声说道,双眼绽放出贪婪的光芒。贾迪尔顺着他的目光看去,不禁跟着瞪大了双眼。眼前所见,整整齐齐叠在大货板上的,是他这辈子见过最精美的陶器。整间房里堆满了陶器——陶罐、花瓶、大酒杯、油灯架、餐盘以及碗。每件陶器都涂有亮眼的色釉以及绘有金灿灿的叶子……

阿邦兴奋得摩拳擦掌。"你知道这些东西值多少钱吗,我的朋友?"他问。

"值多少钱都无所谓。"贾迪尔说。"又不是我们的。"

阿邦看向他,仿佛把他当作傻瓜。"物主死了就不能算偷窃,阿曼恩。"

"那比偷窃还要糟糕,掠夺死人的物品,"贾迪尔说,"这是亵渎。"

"把艺术大师的作品堆在这荒野里当垃圾才是亵渎,"阿邦说,"我们可以找到很多垃圾区建立屏障。"

贾迪尔打量着那些陶器。"好吧,"他终于说道,"就把它们留在这里。让它们诉说这位伟大的卡菲特工匠的故事,让艾弗伦见证他的作品,让他来世投胎到更高的阶级。"

"如果艾弗伦无所不知,又何必要留下东西来诉说故事?"阿邦反问。

贾迪尔握紧拳头。阿邦吓得立刻后退。"我不准任何人亵渎艾弗伦,"他吼道,"就算是你也不行。"

阿邦高举双手做乞求状。"没有亵渎的意思,我只是说这

些陶器不管放在达玛基的宫殿还是这个遭人遗忘的工坊里,艾弗伦都看得见。"

"或许没有,"贾迪尔承认道,"但卡维尔说所有东西都将成为阿拉盖沙拉克的祭品,包括这些陶器。"

阿邦的目光瞟向贾迪尔依然紧握的拳头,点了点头。"当然,我的朋友,"他同意道,"但如果我们真的尊重这名伟大的卡菲特工匠,并且期望他能够进入天堂,就用他的陶罐去帮挖掘恶魔坑的戴尔沙鲁姆运送沙土。这样做可以让这些陶器参与阿拉盖沙拉克,让艾弗伦见证德拉瓦西的价值。"

贾迪尔松了一口气,紧握的拳头松开来。他对阿邦微笑点头。"这是个好主意。"他们挑选最合适搬土的陶器,将它们搬回营地。剩下的就整整齐齐地留在原地,分毫未动。

贾迪尔和其他人一起全心投入他们的工作,两天两夜很快就在阿拉盖沙拉克战场逐渐成形中度过。每天晚上他们都待在魔印圈内研究那些恶魔,制订详细战术。村落的层层平台变成由垃圾堆所组成的迷宫,掩盖戴尔沙鲁姆用来当作伏击点的魔印凹槽。他们会跳出伏击点,将恶魔赶下平台,使其跌入恶魔坑中,或是将他们困在携带式魔印圈内。每层平台上都有魔印守护的补给站,奈沙鲁姆就待在其中静静等待,随时准备提供给战士新的长矛和网罩。

"待在魔印后方,直到有人叫你。"卡维尔指示众奈沙鲁姆。"必须穿越魔印时,动作一定要快,直接冲向下一个有魔印守护的区域,直到抵达目的地。把身体压低,尽量躲在墙后,充分利用所有掩护。"他强迫男孩们记下临时迷宫的地形,确保他们能在双眼紧闭的情况下找到所有魔印凹槽,以防万一。

战士们会点燃篝火，借以看清地形及战况，并驱退沙漠夜晚的严寒。但战场上还是有很多阴暗处，为能在黑暗中视物的恶魔提供了强大的庇护所。

没过多久，夕阳西下，贾迪尔和阿邦已经蹲在第三层的某个补给点中等待。悬崖面东，所以他们可以看到悬崖的阴影逐渐笼罩河谷，如同墨汁般慢慢涂黑远方的峭壁。就在河谷的阴影中，阿拉盖开始现身。

魔雾从泥土与砂岩间渗出，凝聚成恶魔的形体。贾迪尔和阿邦入迷地看着恶魔在三十英尺下方的广场上成形，戴尔沙鲁姆燃烧巴哈村里所有可燃物品的火光，照亮了它们的身影。

这是第一次，贾迪尔真正了解到多年来达玛告诫他们的话。阿拉盖是邪恶之物，藏身在艾弗伦之光照耀不到的地方。要不是它们邪恶的玷污，整个阿拉都会成为造物主的天堂。他对于地心魔域产生一股强烈的厌恶，心知自己不惜牺牲性命也要摧毁它们。他抓起藏身处中的一根备用长矛，想象有一天自己可以和其他戴尔沙鲁姆兄弟一起猎杀它们。

阿邦紧握贾迪尔的手臂，贾迪尔转向他的朋友，看见阿邦举起战抖的手指指向数英尺外的土墙。魔雾沿着土墙浮现，一头风恶魔逐渐在墙边凝聚成形。它现身时蜷伏在地，翅膀收拢。这两个男孩从来没有靠恶魔这么近，这种景象令阿邦恐惧不已，但贾迪尔心中只感到一阵愤怒。他握住长矛的手越来越紧，盘算着自己该如何扑上，在恶魔完全成形前将它推下悬崖，让它跌入下方的恶魔坑。

阿邦紧握贾迪尔的力道大得令他疼痛。贾迪尔转向他的朋友，发现阿邦直视他的双眼。

"别做傻事。"阿邦说。

贾迪尔回头去看恶魔，但转眼间他已错失良机，因为阿拉

盖的利爪已放开岩壁,向下跳入黑暗中。他听见突如其来的拉扯声,接着看见风恶魔一飞冲天,巨大的蝠翼遮蔽了天上的星光。

不远处,一头橘色的土恶魔成形,攀在土墙上,几乎难以辨认。土恶魔矮小精壮,体型不比小狗大多少,却是拥有结实肌肉、利爪,以及一层厚重的硬壳。它抬起浑圆的脑袋,用力嗅闻空气。卡维尔说过土恶魔的脑袋几乎能撞穿任何东西,撞碎石头、压弯上好的精钢。当恶魔冲向他们时,他们终于亲眼见证了土恶魔的力量,眼睁睁地看着对方一头撞上藏身处外围的魔印圈。银色魔光如同蛛网般自撞击点向外扩张,土恶魔向后弹开。不过它立刻又扑了回来,利爪插入峭壁中,脑袋不断向前冲撞,击中魔印力场,凭空掀起阵阵魔光涟漪。

贾迪尔举起长矛,插入恶魔的喉咙中,就像他在旅途中看见戴尔沙鲁姆的做法。但恶魔动作迅速,立刻抓住矛头。金属矛头在恶魔使劲甩头下如同黏土般弯曲,接着又被扯离贾迪尔手中,差点把他也带了出去。恶魔甩动脑袋,将长矛抛入黑暗中。

哈席克在平台另一边将这一切看在眼里。他担任诱饵兵,很快就会跳出藏身处,引诱恶魔进入诱捕他们的圈套。

"老鼠,再浪费一根长矛,"他叫道,事隔多年,他说这个"鼠"字时,依然口齿漏风,"我就把你扔下去捡!"贾迪尔羞愧难当,鞠躬,缩回身去,等待进一步指令。

稳稳站在梯子上的克雷瓦克侦察兵,可以快速地从一层平台移动到另一层平台。他们居高临下观察战场,对凯沙鲁姆比了个讯号,凯沙鲁姆随即吹响沙拉克之号,下令开战。

哈席克立刻冲出藏身所,四下吼叫跳跃,吸引附近恶魔的注意。贾迪尔看得入迷。不管他对哈席克有什么成见,这人确实算得上一个不折不扣的勇士。

数头土恶魔在看见他时嘶声吼叫,一拥而上;它们短小有力的四肢奔跑起来速度惊人。但哈席克毫不畏惧地站在原地,直到它们全部展开追逐后才发足狂奔,朝前方位于第一道屏障后的伏击点冲去。贾迪尔藏身处附近墙上的土恶魔在他跑过时扑了上去,但哈席克随即转身,高举盾牌,不但挡下突袭,甚至还调整角度,将恶魔弹向矮墙,在一阵尖叫声中坠入恶魔坑——当晚第一头死亡的恶魔。

哈席克冲入迷宫,以不合乎其高大身材的速度在层层屏障间穿梭。他迅速离开贾迪尔和阿邦的视线范围,但他们听见他抵达伏击点时发出的"欧特"讯号。这是诱饵兵的老口号,让伏击点的戴尔沙鲁姆知道阿拉盖逼近了。

只听见吼声震天,魔光大作,藏身在伏击点的战士对毫无所觉的恶魔展开攻击。黑夜中充斥着阿拉盖的惨叫声,而这种声音令贾迪尔不寒而栗。他渴望自己也能让阿拉盖痛苦惨叫,总有一天……

正当他陷入沉思时,侦察兵尔戴突然自他们面前的矮墙底下冒出头来。十二英尺高的楼梯刚好能让他们从一层平台爬上另一层平台。

尔戴拉开绑在手腕上的坚韧皮带,回头将梯子拉上平台。他转移阵地,将梯子靠墙放好,准备爬往下一层,接着在上方传来的吼叫声中停止移动。他抬头观看,刚好看见一头土恶魔直扑而下。

贾迪尔全身紧绷,但他根本无须担心。侦察兵的动作如同大蛇般灵活,迅速将梯子横举身前,近距离阻挡恶魔的攻势。尔戴顺势踢出,将阿拉盖踢开。

趁着恶魔起身前,尔戴迅速后退数步,在两者间拉开十二

英尺的距离。恶魔再度扑上,但尔戴用梯顶架起恶魔,随即反身举起梯子,轻松将小恶魔抛出矮墙。转眼间他又回去把梯子架设起来。

"送备用长矛去给广场上的推进兵。"他在跳往下一层时对他们叫道,双手几乎没碰到梯子的横杆。

贾迪尔抓起两根长矛,阿邦也一样,但贾迪尔看出他眼中的恐惧。"跟紧我,我怎么做就跟着做。"他对朋友说道。"这和我们每天练习的没什么区别。"

"除了现在是晚上以外。"阿邦说。但他还是在贾迪尔四下打量并冲向哈席克藏身处时跟了上去,一路压低身形,隐身在矮墙后方,避免引来盘旋在村庄上空的风恶魔的攻击。

他们抵达下一个藏身处,然后沿着阶梯往下抵达广场。土恶魔在戴尔沙鲁姆的驱赶下如同雨滴般从天而降。伏击点的位置挑选得十分精确,大多数阿拉盖都直接坠入临时恶魔坑中。剩下的土恶魔,以及直接在广场上现身的沙恶魔,则被推进兵利用长矛和盾牌赶入恶魔坑中。每个恶魔坑的洞口及洞底都绘制了单向魔印,阿拉盖可以进去,但出不来。战士的长矛无法刺穿恶魔的外壳,但他们可以刺痛、推挤或反复撞击恶魔,迫使它们跌入坑内。

"小鬼!长矛!"卡维尔大叫,贾迪尔发现训练官手中的长矛断成两截,身前还站了一头沙恶魔。卡维尔看起来丝毫不以为意,以极快的速度甩出矛柄,深深插入恶魔的肩膀,从髋关节串出,让它无法稳定身形或找到立足点。卡维尔持续推进,流畅地转动施力点,增加突刺的力道,并且善用盾牌,迫使恶魔朝坑洞边缘退去。

尽管训练官应付前方的恶魔似乎绰绰有余,身后还是不断有其他恶魔坠落地面,在这得尽快解决恶魔的时刻里,不称手的武器只会拖累他的反击速度。

"阿哈!"贾迪尔大叫,抛出一根新的长矛。卡维尔一听见这声发喊,立刻将断掉的矛柄插入恶魔的喉咙,顺势转身接住新矛,随即以新武器展开攻击。片刻后,沙恶魔惨叫一声,坠入深坑。

"别他妈傻站在那里!"卡维尔大叫。"干完活,赶紧回去!"贾迪尔连忙点头,急奔离开,和阿邦一起将武器交给其他战士。

发完长矛后,他们转身冲向台阶。还没跑多远,身后已传来巨响。贾迪尔回过头,看见一头愤怒的土恶魔翻身而起,摇晃脑袋。它距离推进兵很远,而且已经发现阿邦和贾迪尔这两个比较容易得手的猎物。

"伏击点!"贾迪尔叫道,指向推进兵在恶魔开始落地前藏身的魔印凹槽。在土恶魔疾冲过来时,两名男孩拔腿就跑,恐惧至极的阿邦甚至超过贾迪尔,跑到了他的前面。

但就在抵达藏身处前,阿邦双脚一绊,痛得叫出声来。他重重地跌倒在地,显然没法及时爬起来。

贾迪尔加速前进,在阿邦挣扎起身时扑上去一把抱住他。他借助冲击的力道,带动阿邦一同翻身,随即将冲势化作一个完美的沙鲁沙克抛掷势,将阿邦巨大的身躯抛入藏身处中。

贾迪尔完成这个动作后随即趴在地上。一如他的预期,恶魔跟随动作幅度大的猎物,朝阿邦扑去,撞上藏身处的魔印力场。

贾迪尔在恶魔甩开魔印带来麻痹感的同时迅速起身,但恶魔转身时发现了他,更糟糕的是,恶魔站在他与安全魔印凹槽之间。

贾迪尔没有武器和巨网,心里很清楚,在空旷的地方,恶

魔肯定跑得比自己快。他心中升起一股恐慌，随即想起克伦训练官的话——"阿拉盖不懂得运用谋略，"他的老师教过他，"它们或许比你强壮，比你敏捷，但它们的脑袋笨得跟猪一样。它们的一举一动都会透露出自己的意图，最简单的假动作都足以愚弄它们。只要懂得随机应变，你就可以看到明天的太阳。"

贾迪尔假装奔向最近的恶魔坑，接着突然转向冲往台阶。他凭借记忆在垃圾和屏障之间左闪右躲，无暇辨别方向，只能跑到哪算哪。恶魔吼叫一声，展开追逐，但贾迪尔已经将它抛到脑后，全神贯注在前方的道路上。

"欧特！"他在哈席克的藏身处映入眼帘时叫道，宣告身后恶魔的到来。他可以躲在那里，让哈席克把恶魔引往伏击点。

但哈席克的藏身处空无一人。战士必定又出去扮演诱饵了，此刻正在伏击点作战。

贾迪尔知道自己可以躲在这个藏身处，但这头恶魔该怎么办？最理想的情况是，他可能会逃离战场，最糟糕的情况，它可能会在某个戴尔沙鲁姆或是奈沙鲁姆察觉前突袭对方。

他低下头去，拼命逃跑。

他在临时迷宫中想办法和土恶魔拉开一点距离，但在看见伏击点时，恶魔依然紧跟在后。

"欧特！"贾迪尔叫道。"欧特！欧特！"他展开最后冲刺，希望伏击点中的战士听见他的呼叫，准备出来迎击。

他矮身闪入最后的屏障，一双手掌立刻将他一把抓住，甩向一旁。"你以为这是游戏吗，老鼠？"哈席克大声喊道。

贾迪尔没有回话，而当恶魔闯入伏击点后，他也不用再回话。一名戴尔沙鲁姆撒出网罩，将它绊倒。

恶魔猛烈挣扎，将紧紧交织的马毛网绳如同细线般轻易咬断。就在它即将逃脱时，数名战士一拥而上，将它压倒在地。

一名戴尔沙鲁姆脸上中了一爪，惨叫着退开，但另一名立刻补位，抓起恶魔身上层层交叠的硬壳，徒手向外扳开，露出其下柔软的皮肤。

哈席克抛开贾迪尔，冲入战团，对准开口处一矛插下。恶魔尖声惨叫，痛苦扭动，但哈席克毫不留情地扭转矛身；恶魔最后一次抽动后躺在地上不动了。贾迪尔欢呼一声，高举拳头。

不过兴奋的情绪很快就被打断了，只见哈席克放开长矛，任由它插在死去的阿拉盖身上，怒气冲冲地冲到他身前。

"你把自己当成诱饵兵，奈沙鲁姆？"他问道。"你可能会害死其他人，私自引诱阿拉盖进入还没重置好的陷阱。"

"我没有——"贾迪尔开口，但哈席克一拳揍在他的肚子上，接下来的回话变成一脸痛楚。

"我没有准许你这样对我说话，老鼠！"哈席克大叫。贾迪尔见他怒气腾腾，明智地保持缄默。"你得到的命令就是待在藏身处，不是把阿拉盖引到没有准备好的战士背后！"

"他在出声警告的情况下把阿拉盖带来这里，总比把它留在外面闲晃要好，哈席克。"杰森说。哈席克瞪他一眼，但没有顶嘴。杰森是经验老到的战士，或许已经年过四十，卡维尔或是凯沙鲁姆不在的时候，其他战士就唯他马首是瞻。他脸上被恶魔抓伤的地方还在淌血，但他没有显露任何痛楚的神情。

"你或许根本不会受伤，如果——"哈席克张嘴欲言，但杰森打断他。

"这不是我身上的第一道恶魔伤疤，缺牙。"他说。"每道疤痕都是值得珍惜的荣耀。现在回你的岗位上去，今晚还有恶魔要杀。"

哈席克皱着眉头，不过还是鞠了个躬。"如你所说，夜晚还很漫长。"离开伏击点时，他的目光如同长矛般射向贾迪尔。

"你也回去自己的岗位，孩子。"杰森说着，在贾迪尔的肩上拍了一拍。

☙

黎明终于到来，所有人通通聚集在恶魔坑旁欣赏阿拉盖燃烧。巴哈卡德艾弗伦面临东方，东升的旭日很快就洒满整座河谷。恶魔在阳光充斥天际的同时凄声惨叫，皮肤开始冒出黑烟。

戴尔沙鲁姆的盾牌内侧都擦得像镜子般光亮，当凯维特达玛为巴哈人的灵魂祷告时，战士们一个接着一个反转盾牌，调整角度将阳光折射到恶魔坑中，直接照射恶魔。

☙

恶魔一旦见到阳光，便立刻化为烈焰。所有阿拉盖通通起火燃烧。奈沙鲁姆齐声欢呼。当艾弗伦的阳光点燃恶魔时，他们有些人甚至扯下拜多布，朝恶魔身上撒尿。贾迪尔这辈子从来没有如此兴奋过，他转身找阿邦分享内心的喜悦。但他连阿邦的身影都没看到。想到他的朋友可能还躲在昨晚的藏身所，贾迪尔赶紧跑去找他。阿邦只是有伤在身，这和懦弱是两码事。咱们可以不去理会其他奈沙鲁姆的冷嘲热讽，直到阿邦伤势复原，到时候他们会去找说闲话的人算账，终结所有嘲弄。

他把整个营地搜了个底朝天，竟然找不到阿邦的身影——最后还是在一辆拉补给品的驮车底下找到了他。

"你在干什么？"贾迪尔惊奇地问道。

"喔！"阿邦说，惊讶地转过身来。"我只是……"

贾迪尔不理会他，推开阿邦，看向车底。阿邦在那里缠了一张大网，里面摆满他们当作工具使用的德拉瓦西陶器，外层包覆布块，以免陶器在回程的旅途中发出撞击声或被撞烂。

阿邦在贾迪尔转过身来时摊开双手，面带微笑。"我的好兄弟……"

贾迪尔打断他。"你给我放回去。"

"阿曼恩。"

"放回去，不然我就打断你的另一条腿。"贾迪尔说道。

阿邦叹气，不过更像是恼羞成怒，而不是打算屈服。"我的好兄弟，我再一次求你实际一点。我们都知道，我的腿在这种情况下，想要帮助我的家人，就得依靠获利，而非荣誉。就算我有办法成为戴尔沙鲁姆，我能支持多久呢？更何况前来马哈萨克的战士中最强悍的老鸟都不可能全部活着回家。对于我而言，能够活过第一夜已经算是非常幸运的事了。万一我在毫无光荣的情况下离开人世，我的家人该怎么办？我不希望母亲到头来除了我的鲜血没有任何财物可以为我的姐姐们陪嫁，而得把她们当成吉娃沙鲁姆变卖。"

"吉娃沙鲁姆是变卖而来的？"贾迪尔惊疑地问道。想起自己的妹妹们，远比阿邦的姐姐还要穷困——吉娃沙鲁姆是团体妻子，待在大后宫里供所有戴尔沙鲁姆享用。

"你以为会有女人那样自贱吗？"阿邦问，"身为吉娃沙鲁姆对年轻貌美的女人来说或许是光荣的事，但她们都不知道自己肚子里怀的是谁的孩子。而一旦容颜老去，她们的光荣也将随之而逝。最好还是找个好老公，就算是卡菲特也比那种命运好多了。"

贾迪尔没有说话，思索着他的话。阿邦移动脚步，凑上前去，一副想要透露什么秘密似的，虽然附近根本没有其他人。

"我们可以平分利益，我的兄弟。"他说。"一半给我母亲，一半给你母亲。她和你妹妹们上次吃肉是什么时候？上次有比破布温暖的东西盖是什么时候？荣誉或许在多年后可以帮助她

们，但唾手可得的利益立刻就能解决她们的温饱。"

贾迪尔怀疑地看着他。"这几只陶罐能值多少钱？"

"这些可不是随处可见的破罐，阿曼恩。"阿邦说。"想一想！德拉瓦西大师最后的作品，曾被戴尔沙鲁姆用来帮他复仇，并且解放马哈萨克村民的灵魂。它们是无价之宝！就连达玛基也会想要买回去收藏。我们甚至不用清理它们！马哈萨克的尘土比任何釉彩还要鲜亮。"

"卡维尔说所有战利品都要献祭，以净化马哈的土地。"贾迪尔说。

"所有战利品都要献祭，"阿邦说，"这些只是工具，阿曼恩，和戴尔沙鲁姆用来挖坑的铲子没什么两样。保留我们的工具与夺取死人的财物是两码事。"

"那为什么要我们像贼一样藏在车底下？"

阿邦微笑。"要是哈席克那帮家伙知道了，你以为他们会让我们得手吗？"

"我想不会。"贾迪尔承认道。

"那就这样说定了。"阿邦说，拍拍贾迪尔的肩膀。他们迅速将剩下的陶器装上秘网。

快要装完的时候，阿邦拿起一个精致的陶杯，故意放在沙土里摩擦。

"你在干吗？"贾迪尔问。

阿邦耸耸肩。"这个杯子太小，不可能用来挖土。"他说着举起陶杯，欣赏其上的尘土。"但巴哈的尘土可以让它的价格翻上十倍。"

"但那是骗人的行为。"贾迪尔说。

阿邦眨眼。"买主永远不会知道真相，我的哥们。"

"我会知道！"贾迪尔大叫，抢过陶杯，掷向远处。陶杯落地时，化为碎片。

阿邦尖叫。"你这白痴，你知道那玩意儿值多少钱吗？"但在看到贾迪尔愤怒的目光后，他立刻明智地举起双手，后退一步。

"当然，我的兄弟，你做得对。"他同意道。为了强调自己的说法，他举起另一个类似的陶杯，在地上摔成碎片。

贾迪尔看着陶杯碎片，轻叹一声。"不要送钱到我家，"他说，"我不要贾迪尔的血脉接受来自这种……低贱行为的利益，我宁愿妹妹咀嚼硬壳粮也不要她们吃被玷污的肉食。"

阿邦难以置信地看着他，最后只是耸了耸肩。"那就这样吧，我的朋友。但如果你改变心意……"

"如果真有那么一天，而你真是我兄弟，你就会拒绝我。"贾迪尔说。"如果再让我发现你做这种事情，我会亲手把你交给达玛。"

阿邦看着他一脸坚毅的表情，点了点头。

※

夜晚，站在克拉西亚城墙上，贾迪尔可以感受到来自四面八方的战斗冲击。想到自己有朝一日将会以卡吉战士的身份死去，他就感到无上荣耀。

"阿拉盖落地！"侦察兵尔戴叫道，"东北区！第二层！"

贾迪尔点头，转身面对其他男孩。"祖林，通知第三层的马甲部族荣耀将近。山杰特，让安吉哈部族知道马甲部族将要出击。"

"我可以去。"阿邦自愿道。贾迪尔怀疑地看着他。他知道若是不让他去，会让朋友颜面无光，但从巴哈村回来后已过了好几个星期，阿邦瘸腿还是没有减轻的迹象——阿拉盖沙拉克

可不是游戏。

"暂时待在我身边。"他说。

其他男孩笑嘻嘻地得令而去。

克伦训练官注意到这种情况,嘴角一撇,不屑地看向阿邦。"让自己有点用处,小鬼,去解开那些绳网。"

在阿邦奉令而去后,贾迪尔走到克伦身边,假装没有注意到阿邦瘸腿的背影。

"你不能永远护着他。"训练官小声说道,举起他的望远镜搜寻远方的夜空。"让他死在迷宫里总比带着羞愧离开城墙要好。"

贾迪尔思索着。到底该怎么做?如果派阿邦传令,他很可能无法完成使命,反而导致迷宫中的战士面临危机。但如果不派他出去,克伦迟早都会将他贬为卡菲特——远比死亡还要凄惨。阿邦的灵魂会被挡在天堂大门之外,永远无法体会艾弗伦的慈爱,或许要等上千年才有投胎转世的机会。

自从克伦任命他为奈卡后,贾迪尔就开始肩负重担,曾和自己肩负同样荣誉的男人哈席克是否也曾感受同样的压力。大概不可能,如果是哈席克,阿邦早被除掉了,要么死了,要么出局了。

他叹了口气,决定派遣阿邦传讯下一道命令。"死总比当卡菲特好。"他喃喃说道。这句话让他心里觉得十分苦涩。

"当心!"克伦在一头风恶魔俯冲过来时大叫道。他和贾迪尔及时俯身,但尔戴迟了一步。他的脑袋沿着城墙滚向贾迪尔,身体则坠入大迷宫中。阿邦愤怒地尖叫。

"它掉头过来了!"克伦警告道。

"阿邦!绳网!"贾迪尔大声喊道。

阿邦立刻动手,将重心放在没有受伤的脚上,拖着沉重的绳网交给克伦。贾迪尔注意到,他将绳网折成适合投掷的形状,至少也算是那么回事。

克伦一把抓起绳网,目光始终盯在折返的恶魔身上。贾迪尔盯着他的目光,知道训练官正在计算恶魔的速度以及行进方向。他整个人紧绷得如同张满的弓弦,贾迪尔知道他绝对不会失手。

阿拉盖进入射程时,克伦如同眼镜蛇般突然蹿起,迅速地抛出绳网。但绳网展开得太快了,贾迪尔立刻看出原因:阿邦的脚不小心缠在绳网中。他被克伦投网的力量扯得腾空飞起。

风恶魔突然上升,避开展开的绳网,翅膀迅速拍打绳网以及克伦。阿拉盖转眼消失了踪迹,训练官摔倒在地,被缠在绳网中无法起身。

"让奈抓走你,小鬼!"克伦气得大声咒骂,从绳网中出脚踢中阿邦的小腿。阿邦惨叫一声,再度坠落城墙,这一次则是坠向挤满阿拉盖的大迷宫中。

在贾迪尔有时间反应前,远方传来一阵吼叫,他知道阿拉盖已经调转方向,再度来袭。克伦被困在地上,城墙上已经没有戴尔沙鲁姆可以阻止它了。

"趁有机会的时候快逃!"克伦叫道。

贾迪尔不去理他,冲向阿邦折好的绳网。他举起一张网子,发出吃力的声响。他和其他男孩练习用的网子比这轻得多。

风恶魔拍击翅膀,掠过他们上空,接着掉头,俯冲过来。一时间,恶魔遮蔽了月光,消失在夜空中,但贾迪尔并未因此上当,而是冷静地计算它的位置。如果非死不可,也要光荣战死,与这头阿拉盖同归于尽,为自己赢得进入天堂的权力。

当恶魔接近到贾迪尔可以看清它的牙齿时,他抛出绳网。马毛绳网在被重重扯开的同时急速旋转,风恶魔迎头撞入网中。

贾迪尔拉扯绳索、收紧绳网、顺势转身避开风恶魔,紧盯着对方坠入迷宫。

"阿拉盖落地!"他叫道。"东北区!第七层!"片刻过后,下方传来回应的呼喊。

正当他要回头解开克伦身上的绳网时,黑暗中一阵骚动引起了他的目光。阿邦挂在城墙顶端,指甲流着鲜血,使劲抓住大石。

"不要让我掉下去!"阿邦叫道。

"如果掉下去,你就会像个男人一样死去,千秋大业后会进入天堂!"贾迪尔说。他就差没说这是阿邦唯一可以看见天堂的机会。克伦一定会让他以卡菲特的身份离开汉奴帕许,从此被挡在天堂的门外。贾迪尔心如刀割,但他还是转身离开。

"不!拜托!"阿邦哀求,泪水如同小河淌过他那般脏兮兮的脸颊。"你发过誓!你以艾弗伦的光明发誓一定会接住我。我不想死!"

"死总比当卡菲特好!"贾迪尔吼道。

"我不在乎当卡菲特!"阿邦说。"别让我摔下去!拜托!"

贾迪尔怒吼一声,面露厌恶,但依然不情愿地弯下腰去趴在城墙边,抓住阿邦的手臂使劲拉扯。阿邦拼命挣扎,终于爬回到城墙上。他一把抓住贾迪尔,不住啜泣。

"艾弗伦祝福你,"阿邦哭道,"我欠你一条命。"

贾迪尔将他推开。"你真让我瞧不起,胆小鬼,懦夫。"他说。"从我眼前消失,以免我改变主意,把你再推下去。"阿邦惊讶地瞪大双眼,鞠了个躬,以瘸腿所能达到最快的速度大步离去。

正当贾迪尔看着他离开时,一只拳头狠狠击中他的腹部,将他击倒。他全身剧痛无比,但他拥抱这阵疼痛,在疼痛逐渐消失的时候,他转头面对攻击自己的人。

"你应该让他摔死。"克伦说。"今天晚上你根本不是在帮他。戴尔沙鲁姆的职责不单是帮助弟兄生,同时还要帮助弟兄死。"他对贾迪尔的肩膀吐口水。"罚你三天没粥吃。"他说。"现在把望远镜给我,阿拉盖沙拉克永远不会等待懦夫和蠢材。"

第三章　青恩

332 AR

一段时间过后，阿邦、贾阳以及阿桑一同回来。他们拖着数名北方青恩以及一名达玛走进临时行宫。

"这是拉金达玛，穆罕丁部族。"贾阳说着将祭司推上前来。"就是他下令焚烧粮仓。"他用力把达玛按得跪倒在地。

"烧了几座？"贾迪尔问。

"在他被阻止前，三座。"贾阳说。"他还打算继续烧。"

"损失呢？"贾迪尔转向阿邦。

"我要一段时间才能估算出来，沙达玛卡。"阿邦说。"但应该将近两百吨谷粮，足以供养数千人度过寒冬。"

贾迪尔看向达玛。"你有什么话说？"

"《伊弗佳》的战争论述指示我们要烧光敌人的存粮，不让他们有机会东山再起。"拉金达玛说。"剩下的粮食喂饱我们的人马绰绰有余。"

"蠢材！"贾迪尔吼道，反手就是一耳光。房间里响起一阵惊讶的吸气声。"我要征召北方人，不是饿死他们或杀光他们！真正的敌人是阿拉盖——你已经遗忘了这点！"

贾迪尔一把扯下达玛的白袍。"你不再是达玛了。你已经烧掉你的白袍，一辈子都带着羞辱穿着褐服。"

男人在尖叫声中被拖出屋外，丢在雪地中。如果其他达玛没有抢先动手杀他，他极有可能也会自寻短见。

贾迪尔再度转向阿邦。"给我损失和剩余粮食的确切数据。"

"剩下的食物或许不够喂饱所有人。"阿邦警告道。

贾迪尔点头。"如果没有足够的粮食，就杀掉太老而无法工作或战斗的青恩，直到粮食足够。"

阿邦面无血色。"我会……尽力想办法弄出粮食。"

贾迪尔微笑，不过毫无笑意。"我想你会有办法的。你带这些青恩来做什么？我要领导人，但这些人看起来都像卡菲特商人。"

"北方是由商人统治的，解放者。"阿邦说。

"太恶心了。"阿桑说。

"不管恶不恶心，事实就是如此。"阿邦说。"这些就是可以帮助你接管此地的人。"

"我父亲不需要……"贾阳张嘴说道。但贾迪尔挥手打断他，他指示守卫带上青恩。

"你们中谁的地位最高？"贾迪尔以北方人的野蛮语言问道。囚犯们瞪大双眼，接着开始互相对看。最后，其中一人走向前来，抬头挺胸面对贾迪尔的目光。他的头有些秃，蓄有灰色胡子，身穿肮脏破烂的丝袍。他的脸被打得血迹斑斑，左手吊在临时拼凑的吊腕带上。他的身高几乎比贾迪尔矮足一英尺，但看起来依然像是习惯发号施令的男人。

"我是来森堡公爵，人民的统治者伊东七世。"男人说道。

"来森堡已经不存在了。"贾迪尔说。"这块土地现在叫艾弗伦恩惠，而它归我所有。"

"没有这回事！"公爵吼道。

"你知道我是谁吗，伊东公爵？"贾迪尔轻声问道。

"克拉西亚公爵,"伊东公爵说,"阿邦声称你是解放者。"

"但你不相信?"贾迪尔问。

"解放者不会带来谋杀、强暴和掠夺。"伊东啐道。

屋内的战士神情紧张,以为贾迪尔即将发飙,但他只是点头。"懦弱的北方人会期待一个懦弱的解放者并不令人惊讶。"他说。"但这不是重点。我并不要你相信我,只要你服从我。"

公爵难以置信地看着他。

"只要你在我面前跪下,将一切交给艾弗伦,那么我就饶了你的性命,以及你那些子民的性命。"贾迪尔说。"你们的儿子会接受训练成为戴尔沙鲁姆,他们将拥有超越所有北方青恩的荣誉。我会归还你的金钱及资产,不过要扣掉一点效忠我的税金。我提供这一切是为了要你帮助我统治绿地。"

"如果我拒绝呢?"公爵问。

"那么你的所有财产都将归我所有。"贾迪尔说。"你会眼睁睁地看着我的手下处死你的儿子,强暴你的妻女,然后你会一辈子衣衫褴褛、吃屎喝尿,直到有人可怜你,出手取走你的狗命。"

来森堡公爵,人民的统治者伊东七世,成为第一个在阿曼恩·贾迪尔面前跪下磕头的北方公爵。

❦

贾迪尔坐在王座上,看着阿邦再次带领一批青恩来到他面前。手下最不可或缺的一员竟然是个肥胖的卡菲特,实在是件非常讽刺的事;但贾迪尔的手下少有人会说北方话。有的卡菲特会讲一点,但真正流利的,只有阿邦和贾迪尔的心腹。而这些人当中只有阿邦愿意和青恩交谈,而不是老想杀光他们。

这些青恩都饥肠辘辘、伤痕累累,身上只有破烂衣衫御寒,就跟所有阿邦找到的囚犯一样。"这些人也是卡菲特商人领主?"贾迪尔问。

阿邦摇头。"不,解放者。这些人是魔印师。"

贾迪尔瞪大双眼,迅速坐直身体。"他们为什么会受到如此的待遇?"他大声问道。

"因为在北方,绘制魔印被视为一种手艺,就像挤牛奶或制作木工艺品的一样。"阿邦说。"洗劫城市的戴尔沙鲁姆也无法辨认他们与其他青恩的不同,很多魔印师惨遭杀害,或是带着他们的工具逃走了。"

贾迪尔轻声咒骂。在克拉西亚,魔印师是战士阶级的精英,根据《伊弗佳》指示,他们应该拥有最高的荣誉。想要赢得沙拉克卡,他就得善待北方魔印师。

他转向北方人,流畅地说出他们的苦衷,点头鞠躬。"我为各位遭受的对待向各位道歉。你们会获得食物及上好的衣服,并且取回你们的土地和女人。如果早知道你们是魔印师,我们一定会尊重你们应有的地位。"

"你们杀了我的儿子,"其中一人哽咽说道,"强暴我的妻子和女儿、烧掉我的房子。而你现在来向我道歉?"他吐出一口口水,直接喷在贾迪尔的脸上。

门口的守卫大叫一声,压低矛头,但贾迪尔挥手要他们退开,冷静地擦掉脸上的口水。

"我会支付你儿子的死亡抚恤费。"他说。"并且补偿你的其他损失。"他大步走向痛苦的男人,耸立在他面前。"但我警告你,不要继续挑战我的容忍度。"他指示守卫,把一众魔印师带走。

"实在太遗憾了。"他说着沉重地坐回王座。"我们在北方的第一场胜利竟然这样虐待魔印师。"

"我们可以和他们谈判,阿曼恩。"阿邦很机警地凑上去进言,一看情况不对随时准备跪倒,但贾迪尔只是摇摇头。

"绿地人人数众多。"他说。"只是来森堡的男人就比我们男人多八倍不止。如果他们有时间思考,即使我们战技卓越,也不可能在可接受的损失范围内攻占这座城市。现在公爵投入艾弗伦的怀抱,直到我们出发征服建立在绿洲上的青恩城市,附近的村落应该不会太难解决。"

"雷克顿。"阿邦提醒道。"但我提醒你,这个所谓的绿地'湖',从各方面来看,都比任何绿洲还要大得多。信使曾经告诉我,即使天气晴朗,那片水域依然大得完全看不到边,而城市本身距离湖岸太远,远远超过巨蝎的射程范围。"

"他们只是吹牛而已。"贾迪尔说。"如果这些……渔夫和来森人的战斗技巧相差不多,到时候雷克顿也会轻易拿下。"

这时,一名戴尔沙鲁姆步入房中,矛柄重击地面。

"原谅我的打扰,沙达玛卡。"战士说,双膝跪地,将长矛平放身旁,接着双手贴上地面。"你要求在你妻子们抵达时向你通报。"

贾迪尔皱起眉来。

第四章　告别拜多布

308 AR

　　因为没把阿邦推下去摔死一事，贾迪尔遭受阿拉盖之尾鞭挞，精钢倒钩撕开了他背上的皮肉，三天没东西吃更是难熬，但就跟面对所有痛苦一样，他拥抱这些惩罚。这些统统无关紧要，因为他网中了一头阿拉盖。其他战士割下风恶魔的翅膀，将它钉在魔印圈中，等待阳光洒落；但击落它的人是贾迪尔，所有人都知道这件事。他可以从其他奈沙鲁姆敬畏的目光中看出这点，并在戴尔沙鲁姆的眼中看出勉强的敬意。就连达玛们都会在自认没人注意时偷看他。

　　直到第四天，贾迪尔走向打饭队伍，身体因为饥饿而虚弱无比。他很怀疑自己有力气对付最弱小的男孩，但依然抬头挺胸地走向队伍最前方的老位置。其他人纷纷后退，充满敬意地垂下目光。

　　他伸出自己的饭碗时，克伦抓住他的手臂。

　　"今天你没粥吃。"训练官说。"随我来。"

　　贾迪尔肚子里好像有头沙恶魔试图爬出来似的，但他没有抱怨，只是将饭碗交给另一个男孩，然后跟随训练官穿越营地，朝卡吉大帐而去。

　　贾迪尔脸色发白。这不可能。

　　"已经三百年没有你这种年纪的男孩进入战士帐篷了。"克

伦仿佛看穿他的心思般说道。"我认为你还太年轻,这或许是你的末日,是卡吉部族的重大损失,但法规就是法规。当一个男孩在城墙上网下第一头恶魔后,他就要应召参加阿拉盖沙拉克。"

他们进入大帐,数十名身穿黑衣的男人转身看他,然后又回头去面对他们的食物。有女人在服侍他们吃饭,但和贾迪尔曾见过那些全身包在厚重黑布下的女人不相同。这些女人的头巾是薄纱,而她们柔软的身体曲线外罩着鲜艳透明的丝绸。她们的手臂和肚子裸露在外,除了珠宝没有任何遮掩,而她们的裤子旁边开有高叉,光滑修长的大腿一览无遗。

贾迪尔感觉脸颊发烫,但其他人似乎都不觉得这种景象有什么不对。其中一名战士看了服侍他的女人一会儿,接着丢下手中的烤肉串,一把抓起她,将她扛在肩膀上。她咯咯娇笑,任由他将自己扛入一间门口挂有帷幔、放满亮眼枕头的房间。

"你也拥有那种权力,只要你活过今天晚上。"克伦说道。"卡吉部族需要更多战士,而提供战士是男人的职责。只要表现良好,你可以为自己赢得妻子、建立家庭,但所有戴尔沙鲁姆都有义务让自己部族的吉娃沙鲁姆怀孕生子。"

看着这么多身穿暴露服饰的女人贾迪尔有些不知所措,他在她们年轻的面孔中搜索,只怕看见自己的妹妹。当训练官带他来到一张大餐桌旁的枕头上坐下时,他已经完全说不出话来。

桌上摆着比他一辈子见过还要多的食物:枣子、葡萄干、米饭、用香料烤熟的羔羊和串烧,还有蒸麦粉及葡萄叶包蒸肉。他的肚子在饥饿和欲望的煎熬下咕噜作响。

"好好吃,好好休息。"克伦建议道。"今晚你会和男人们并肩作战。"他拍拍贾迪尔的肩膀,离开大帐。

贾迪尔试探地伸手去拿一串烤肉串,但一双手迅速将其抢走。他看向动手的人,发现哈席克正在瞪着自己。

"那一晚算你幸运,老鼠。"哈席克说。"趁现在快向艾弗伦祈祷,因为只靠运气你休想在大迷宫里撑过一晚。"

✢

贾迪尔随其他战士一同前往沙利克霍拉神庙,在夜晚的战争来临之前接受达玛基的祝福。他从来不曾进入过这座英雄骸骨堆积而成的神庙,里头的景观令他所见过的一切黯然失色。

沙利克霍拉神庙中的一切都是用阿拉盖沙拉克中战死的戴尔沙鲁姆的骸骨建造而成,只是要经过漂白以及上漆处理过后。大圣坛上的十二张达玛基座椅椅脚都是战士的小腿骨,下方还连有脚掌的骨头;椅臂都曾握过屠杀恶魔的长矛和盾牌。座椅本身是守护战士心脏的光滑肋骨,椅背则是用在黑夜中屹立不倒的脊骨所制;头垫的部分是由在天堂中长伴艾弗伦左右的战士头骨制成。十二张座椅围绕安德拉的王座而立,而安德拉王座则由凯沙鲁姆——阿拉盖沙拉克指挥官的头骨堆砌而成。

数百颗头骨和脊骨组成了数十盏巨大的吊灯,数百张骨制长椅提供信徒祷告。圣坛、餐杯、墙壁、巨大的圆顶天花板,难以计数的战士以他们的肉体守护着这座神庙,并以他们英雄的骸骨制成了这座神庙。

巨大的神庙正厅是圆形的,墙壁上留有数百个小型壁炉,其中的骨台上陈列着完整的骷髅。这些都是克拉西亚第一勇士——沙鲁姆卡的骸骨。

在达玛的监督下,凯沙鲁姆指挥个别部族的战士,但当太阳西下时,则由安德拉任命的沙鲁姆卡统率所有凯沙鲁姆。现任沙鲁姆卡就和贾迪尔一样隶属卡吉部族——这个事实令他倍感荣耀。

贾迪尔双掌战抖地欣赏着眼前的一切，整座阴森的神庙诉说着荣耀与光辉。他的父亲，死于马甲部族的攻击，而非阿拉盖沙拉克，因此没有资格进入此地供人瞻仰，但贾迪尔梦想着有一天自己的骸骨也可以进入这座神庙，为他的父亲带来荣誉，让自己的牺牲能够流芳百世。世上最荣誉的事莫过于成为战士英灵，不管是在这个世界还是死后的世界，与那些在他之前牺牲性命的人一起，以及那些尚未出生、未来数世纪里准备奉献生命的战士一同受人瞻仰。

沙鲁姆立正站好。达玛基则为了即将展开的战事祈求艾弗伦，以及第一任解放者卡吉的祝福。

"卡吉，"他们呼喊道，"艾弗伦之矛——沙达玛卡，在第一时代里统一世界，并且带领人类脱离阿拉盖魔爪的解放者，自天堂看顾这些夜晚外出继续永恒战斗，如同艾弗伦在天堂对抗奈一般，在阿拉上对抗盖的英勇战士。赐给他们勇气与力量吧，让他们骄傲地站在黑夜中，见到黎明的阳光。"

这面魔印盾和沉重的长矛是克伦能找到最小也最轻的装备，但贾迪尔在他们面前依然感到渺小。他只有十二岁，而其他集合在这里的战士最年轻的还比他年长五岁。他假装没有什么不对劲之处，走过去和战士们站在一起，但就连身材最矮小的人也比他高出许多。

"奈沙鲁姆进入大迷宫的第一个晚上要与另一名战士绑在一起。"克伦说。"确保第一次面对阿拉盖的时候不会意志崩溃。就连最英勇的战士也得面对这项心智的考验。指派给你的战士会成为你的阿金帕尔，你的血誓兄弟。你必须遵守他所有的命令，携手并肩直到战死。"

贾迪尔点头。

"如果你活过今晚，达玛丁会在黎明时前来找你。"克伦继续。

贾迪尔突然看向自己的老师。"达玛丁？"他问。他不害怕面对阿拉盖，但达玛丁仍令他心生恐惧。

克伦点头。"一名达玛丁会前来预知你未来的死亡。"他说，压抑着一股战抖的欲望。"你要有她的祝福才能成为戴尔沙鲁姆。"

"她们会告知我们的死期？"贾迪尔一脸惊恐地问道。"我不想知道。"

克伦哼了一声。"她们不会告诉你，孩子。未来只有达玛丁有权得知，她们会在你脱下拜多布前得知你将死得像个懦夫还是伟人。"

"我不会死得像个懦夫。"贾迪尔说。

"当然。"克伦同意道。"我不认为你会。但如果你不听从阿金帕尔的指导，或是不够警觉，你可能死得连条狗都不如。"

"我会仔细听从指示的。"贾迪尔承诺道。

"哈席克自愿担任你的阿金帕尔。"克伦说着指向该名战士。

脱下拜多布的两年之间，哈席克又长高了许多。他今年十七岁，在戴尔沙鲁姆里的肉山酒池前长了许多坚硬的肌肉。他至少比贾迪尔高一个头，体重则起码重他两倍。

"不要担心。"哈席克微笑道。"骆驼尿之子和我在一起会很安全。"

"骆驼尿之子击杀第一头阿拉盖时整整比你当年年轻三岁，漏风者。"克伦提醒他。哈席克保持微笑，但嘴角抽动。

"他会为卡吉部族带来荣耀，"哈席克同意道，"但条件是，

如果他能活下来的话。"

贾迪尔还记得当时被哈席克折断手臂的声音,以及事后的威胁。他知道哈席克会想尽办法找出他不服从的理由或借口杀了他,以免他有机会脱下拜多布成为戴尔沙鲁姆。

贾迪尔决定忍受哈席克侮辱的言语,一如他忍受当年手臂被折断的痛苦般心平气和地看待,绝不要在自己多年来追求的荣耀唾手可得时遭人激怒而错失良机。只要能够熬过今晚,他就会成为戴尔沙鲁姆,有史以来最年轻的戴尔沙鲁姆,而哈席克会面对凄惨的命运。

他们的小队位于第二层,躲在伏击点中静静等待。一块小空地的中央挖有一个隐秘的恶魔坑,不久就会塞满等待致命阳光照射的阿拉盖。贾迪尔紧握长矛,摆正盾牌,减轻肩膀的负担。但众多沉重的装备中,最沉重的还是那条拴绳。四英尺的皮绳两端分别绑在他的脚踝和哈席克的腰上。他不太自在地移动脚步。

"如果你跟不上我的动作,我就一矛把你戳死,然后砍断绳子。"哈席克威胁道。"我的荣耀不能被你拖垮。"

"我会如影随形地跟着你。"贾迪尔承诺道。哈席克嘟哝一声,从长袍底下取出一个小水壶,拔下瓶盖,喝了一大口。他将水壶递给贾迪尔。

"喝点这个,可以增加勇气。"他说。

"什么东西?"贾迪尔问道,一边接过水壶,闻闻壶口。味道类似存放过期的肉桂,但十分刺鼻。

"库西,"哈席克说,"发酵的麦壳和肉桂。"

贾迪尔瞪大双眼。"凯维特达玛说,《伊弗佳》禁止饮用发酵的麦壳或是水果。"

哈席克大笑。"大迷宫中的戴尔沙鲁姆百无禁忌！喝吧！夜晚已经快要来临了！"

贾迪尔怀疑地看着他，但伏击点里还有其他战士都拿着外形差不多的水壶在喝。他耸了耸肩，将水壶放到嘴边，仰起脖子喝了一大口。

库西酒令他的喉咙灼烧得很难受，他马上咳嗽不止，一口吐了出来。他感觉到烈酒在体内燃烧，并且如同毒蛇般在他肚子里面翻滚。哈席克哈哈大笑，拍拍他的背。"现在你已经准备好面对阿拉盖了，老鼠！"

库西性烈，贾迪尔抬起头时已经目光呆滞。随着太阳西下，大迷宫中满是阴影。贾迪尔看着天空转红，接着变紫，最后完全变黑。他可以感觉到阿拉盖在城墙外凝聚成形，因此身体忍不住微微发抖。

伟大的卡吉——艾弗伦之矛，他祈祷道。如果我真的承袭了你无数世纪的血脉，请赐给我勇气吧，为你以及我的祖先增添荣耀。

不久，他听见号角声，伴随着外墙投石器攻击的声音，大迷宫中开始回荡阿拉盖的吼叫。"留神！"上方传来一声呼喊，贾迪尔认出那是山杰特的声音。"诱饵兵接近！四头沙恶魔，一头火恶魔！"

贾迪尔咽了一下喉咙，荣耀即将到来。

就听见一声"欧特！"，诱饵兵侧身穿越伏击点，微微转向避开恶魔坑。上方，侦察兵点燃位于金属镜前方的火盆，附近区域当即亮如白昼。

沙恶魔成群而来，长长的舌头舔着锐利的牙齿。它们的体型跟人类差不多，但由于四肢着地的关系看起来比较矮小；长

长的利爪抓裂大迷宫的沙岩地面，长有尖刺的尾巴在空中来回甩动，沙砾般的外壳上几乎找不到弱点。

火恶魔体形较小，与小男孩差不多，长着畸形的利爪，但速度快得惊人。身上披着层层如同钻石般坚硬的七彩鳞片。它圆睁的眼睛和血腥的大嘴绽放橘色光芒，贾迪尔想起课程中提到这种怪物致命的火焰唾液。伏击点后面有一个小池塘，战士们会试图将火恶魔淹死于其中。

这一次，看见阿拉盖的身影时，贾迪尔感到无比憎恨。这种怪物是阿拉上的瘟疫。今晚，他会和其他人一同将它们送回深渊。

"稳住。"哈席克感受到他体内的紧张，警告道。贾迪尔点头，强迫自己放松。库西酒持续发挥效力，帮助他抵御沙漠地区夜晚的寒意。

阿拉盖越过他们，继续追逐诱饵兵。其中两头恶魔直接跳上恶魔坑的油布，在尖叫声中坠入陷坑。其他沙恶魔立刻跃起，但火恶魔绕过恶魔坑，跳到动作比较慢的诱饵兵背上。它的利爪深深抓入男人的肌肉中，随即对准对方的肩膀狠狠咬下。战士一声不吭地跌倒在地。

"动手！"凯沙鲁姆喊道，领头冲出伏击点。

贾迪尔从胸口爆出一声高呼，与其他兄弟的吼叫一同响彻云霄，随即跟着众人冲上前去。他们从后方冲击两头沙恶魔，将它们推下恶魔坑。

凯沙鲁姆转身，挥出长矛，击落诱饵兵背上的火恶魔。另一名诱饵兵将他拖入魔印守护的安全地点，竭尽所能地帮助他止血。

贾迪尔听见一声吼叫，转身发现第一头坠入恶魔坑的沙恶魔抓住坑缘，因为隔着油布，所以不受魔印影响。它轻轻松松地跳出深坑，一口咬下附近战士的小腿。该名战士惨叫一声，撞向同伴，在盾牌铁壁中打开一道缺口。恶魔大叫一声，蹿入缺口，四下挥舞利爪。

"举起盾牌！"哈席克叫道，贾迪尔遵命行事，刚好挡下恶魔的冲势。他被撞倒，但盾牌上魔光大作，将阿拉盖弹了回去。恶魔蜷缩落地，随即再度朝他扑上，但贾迪尔俯卧在地，刺出长矛，笔直击中恶魔胸前的外壳之间。他将矛柄抵在地面作为支撑，利用恶魔本身的冲势将它甩开。

恶魔还没落地，六名战士已经朝它抛出流星锤，它被紧跟在后方的战士刺出的长矛重重推倒。他开始以牙齿撕咬绳索，贾迪尔可以听见绳索在恶魔鼓胀的肌肉外根根断裂。或许用不了多久恶魔就会挣脱。

凯沙鲁姆发出号令，两名战士脱队应付火恶魔，剩下的战士则在沙恶魔外围以盾牌围成一圈铜墙铁壁。每当恶魔攻击某位战士时，位于它后方的战士就会从盾牌后刺出长矛。长矛无法刺穿它的外壳，但依然会刺痛它们。当它转身面对攻击者时，他们的盾牌立刻防御得水泄不通，而恶魔身后的战士又发起攻击。

深坑魔印师已经移走恶魔坑上方的油布，防止其他阿拉盖逃出深坑，战士们开始以盾壁将恶魔一步步逼入深坑中。到最后，恶魔退到坑旁，后方的战士随即让道。

贾迪尔与其他战士一同挺出长矛，将恶魔赶入单向魔印坑中。"艾弗伦之光焚烧你！"他边刺边叫。恶魔不断后退，直到坠入深坑。

那是他此生最光荣的一刻。

贾迪尔环顾伏击点。两名戴尔沙鲁姆以矛柄将火恶魔压在一滩浅池中。池水在恶魔挣扎下冒出阵阵白烟，滚烫沸腾。战

士将它稳稳压在水中，直到不再挣扎。

负伤的诱饵兵看起来没有大碍，但腿被咬断的战士莫许卡马躺在血泊中，气喘吁吁，脸色惨白。他看见贾迪尔的目光，对他和哈席克招呼，他们来到他面前。

"动手吧。"他喘息道。"我不希望变成瘸子苟延残喘。"

贾迪尔看向哈席克。

"动手。"哈席克命令道。"让他受苦是不对的。"

贾迪尔想起阿邦——自己的朋友会因为自己没有赐给他光荣的战士之死而承受多少苦难？

"戴尔沙鲁姆的职责不光是要帮助兄弟生，同时还要帮助兄弟死。"克伦如此说过。

"我的灵魂已经准备好了。"莫许卡马嘶声说道。他伸出无力战抖的手指，拉开长袍，将戴在衣服上的陶土胸甲推向一旁，露出他的胸口。贾迪尔凝视他的双眼，看见了他那令人仰视的荣誉与勇气——阿邦完全欠缺的两样东西。

他怀着骄傲的心情刺下了长矛。

"你表现得不错，老鼠。"宣告大迷宫里已没有阿拉盖还活着或逃窜的号角响起时，哈席克说道。"我以为你会尿湿拜多布，但你像个男人扛住了。"他又喝了口库西，将水壶递给贾迪尔。

"谢谢。"贾迪尔说，喝了一大口，然后假装烈酒没有在自己喉咙中灼烧。哈席克依然令他不安，但训练官说得没错：在大迷宫里并肩作战可以改变一切。现在他们已经成为并肩作战的兄弟了。

哈席克来回踱步。"每当阿拉盖沙拉克过后，我就会热血沸腾。"他说。"可恶的奈达玛基将大后宫封闭到黎明才开。"数名战士发出同样的抱怨声。

贾迪尔想起那天早上将一名吉娃沙鲁姆扛到帷幔后方的战士,登时满脸通红。

哈席克看见他的表情。"想起这种事情很兴奋吧,老鼠?"他大笑。"骆驼尿之子想要尝尝他的第一个女人?"

贾迪尔没有回应。

"不管有没有拜多布,我认为这家伙到明天还会是个孩子!"另一个战士曼尼克笑道。"他太年轻,不可能知道枕边舞者到底是怎么回事!"

贾迪尔张嘴欲言,接着又闭上嘴。他们在故意拿他开涮。不管在大迷宫里发生过什么事,在达玛丁预见他的死亡之前,他都还是奈沙鲁姆。只要表现出丝毫傲慢,这里任何一名战士都有借口杀他。

意外的是,哈席克竟然帮他出头。

"不要招惹这只老鼠。"他说。"他是我的阿金帕尔。嘲弄他,就等于嘲弄我。"

曼尼克当即起身,但哈席克年轻力壮。他们互瞪片刻,接着曼尼克朝地面吐口水。

"呸!"他说。"犯不着为了嘲弄一个小鬼而把你开膛破肚。"他转身大步离去。

"谢谢。"贾迪尔说。

"那没什么。"哈席克回应,一手放在他肩膀上。"阿金帕尔的职责就是要互相照应,你也不是第一个不怕阿拉盖却怕枕边舞者的男孩。达玛丁会教导吉娃沙罗姆性爱技巧,但训练官在沙拉吉里可没安排这种课程。"

贾迪尔面红耳赤,想象着推开帷幔,掀起面纱后到底有些

什么事在枕头旁边等待他。

"不要害怕。"哈席克说，轻拍他的肩膀。"我来教你怎么样让女人叫床。"

他们喝光壶里的酒，哈席克的脸上露出诡异的笑容。"来吧，老鼠，我知道我们可以趁这个空当找些什么乐子。"

※

"我们要去哪里？"贾迪尔问，跌跌撞撞地跟着哈席克穿过大迷宫。库西令他头昏眼花，四肢无力。墙壁似乎都会自动转动。

哈席克转身，脸上的微笑更夸张，嘴里在贾迪尔抵达卡吉沙拉吉的头一天晚被克伦打落的齿缝在月光下看来就像深渊。

"去哪儿？"哈席克问。"我们到了。"

贾迪尔困惑地环顾四周，就在那一瞬间，哈席克迎面痛击，打得他眼前爆出一片眩目的星星。

在他反应过来之前，哈席克已经扑到他身上，将他的脸压在尘土中。"我说过要教你如何让女人叫床，"他说，"现在，就把你自己当作女人。"

"不！"贾迪尔大叫，拼命挣扎，但哈席克抓他的头撞向地面，撞得他的耳朵嗡嗡作响。身躯沉重的哈席克扭过贾迪尔的一条手臂，凭借一手的力量压制贾迪尔，然后伸出另一手扯开贾迪尔的拜多布。

"看来你一个晚上会脱掉两次拜多布，老鼠！"他哈哈大笑。

贾迪尔嘴里尝到了鲜血和沙石的味道。他试图放开心胸，拥抱这种苦楚，但这一次，痛楚超乎他所能承受的极限，他的叫声在大迷宫中远远传开。

达玛丁走近的时候,他还未停止哭泣。

她如同鬼魅般飘来,白袍轻轻拂过地面的沙土。贾迪尔停止啜泣,抬头看她。接着突然回到现实,他手忙脚乱地拉起拜多布,羞愧难当地伸手掩面。

达玛丁噗噗哧了两声。"站起来,男孩!"她大声说道。"你在阿拉盖面前毫不退缩,却为了这种小事像个女人般哭泣?艾弗伦需要戴尔沙鲁姆,不是卡菲特!"

贾迪尔希望大迷宫的高墙坍塌,将自己压成肉酱,但没有人能够违背达玛丁的命令。他站起身来,抹去泪水,擦干鼻涕。

"这才像话。"达玛丁说。"我不希望大老远跑来这里,只是为了预见一名懦夫的死法。"

这句话刺痛贾迪尔——我才不是懦夫。"你怎么找到我的?"

她面露不屑,对他挥了挥手。"我早在几年前就知道要上哪儿去找你了。"

贾迪尔凝望着她,心下存疑,但从她的表情中可以明显看出她根本不在乎他相不相信。"过来,男孩,让我好好看看你。"她命令道。

贾迪尔遵命行事,达玛丁抓起他的脸颊,反复改变角度,让月光洒落在他脸上。"年轻力壮,"她说,"但所有走到这一步的人都年轻力壮。你比大多数人都要年轻,不过这未必算是好事。"

"你是来预见我的生死的吗?"

"胆子也很大。"她喃喃说道。"或许你还有点希望。赶紧跪下,男孩。"

他照做。达玛丁在地上铺了一块白布,以免玷污自己的白袍,像他一样跪下。

"我何必关心你的死亡?"她问。"我是来预见你的人生,死亡是你和艾弗伦之间的事。"

她把手伸进白袍中,取出一个黑色的厚毛毡袋。她解开袋口的细绳,在一阵碰撞声中将里面的东西倒在另一双手中。贾迪尔看到十几样物品,如同黑曜石般漆黑光滑,上面刻有在黑暗中绽放红光的魔印。

"阿拉盖霍拉。"她说,将手中的物品举到他面前。贾迪尔一听见这个名称,立刻倒抽一口凉气并且微微退缩。她握着使用光滑的恶魔骸骨切割成多面形状的骰子。即使没有碰触它们,贾迪尔也能感受到其中蕴含的神奇魔法。

"又变成懦夫?"达玛丁轻声问道。"如果不把阿拉盖的魔力收为己用,我们要魔印来做什么?"

贾迪尔鼓起勇气,凑向前来。

"伸出你的手臂。"她命令,将毛毡袋放到大腿上,并把骰子放在袋子上。她把手伸进白袍中,取出一把刻有魔印的锋利弯刀。

贾迪尔伸出手臂,尽量压抑住手臂的战抖。达玛丁手起刀落,挤压伤口,让鲜血流到她的手掌心。然后,她将阿霍拉放到手掌中,开始摇晃。

"艾弗伦,光明与生命的赐予者,我恳求你,让这名低贱的仆人预见未来。告诉我阿曼恩·霍许卡敏之子,卡吉第七子,贾迪尔血脉最后子孙的命运。"

摇晃骰子的同时,骰子上的魔印越来越亮,透过她的指缝闪耀,直到看起来像是一堆烧着的煤炭般红艳。她掷出骰子,两人面前的土地上随即散落一地骨骰。

达玛丁将双手放上膝盖，弓身向前，打量着发光的魔印。她瞪大双眼，口中"嘶嘶"作响。突然间达玛丁热切地爬向前去，似乎毫不介意尘土弄脏白袍，在缓缓脉动的魔印逐渐暗淡的同时专研其上的图案。"这些骨骰肯定见过阳光了。"她喃喃自语，收起骨头。

再一次，她划开他的手臂，施展魔法，使劲摇晃，骰子也再度发光。她再次掷出骰子。

"不可能！"她叫道，一把捡起骰子，掷出第三次。就连贾迪尔也看得出来骰子组成的图形完全一样。

"怎么了？"他鼓起勇气问道。"你看见了什么？"

达玛丁抬头看他，眯起双眼。"你没有资格得知未来，男孩。"她说。贾迪尔在她愤怒的语气中感到了一丝恐惧，不确定她是因为自己不恰当的行为还是骰子预示的未来而生气。

或许两者皆是。骰子到底预见了什么？他的心里不自觉地想起自己在巴哈卡德艾弗伦村允许阿邦窃取那些陶器的事，不知道她能不能看见那桩罪行。

达玛丁捡起骰子放回袋中，随即起身。她将袋子收起，然后抖落白袍上的尘土。

"回去卡吉大帐，将今晚接下来的时间用来祷告。"她命令道，接着转眼消失在黑暗中，动作快得贾迪尔也说不清她到底是不是真的曾出现。

克伦在四周的战士都还在沉睡时将他踢醒。"起来，老鼠。"训练官说。"达玛要见你。"

"我要脱下拜多布了吗？"贾迪尔问。

"大家都说你昨晚表现很好，"克伦说，"但我无权决定这

种事，只有达玛可以赐予奈沙鲁姆黑袍。"

训练官带领他前往沙利克霍拉的一间内室中。贾迪尔的光脚下冰冷的石块地板闪耀着神圣光辉。

"训练官，我可以请教一个问题吗？"贾迪尔说。

"这可能是我最后一次以指导员的身份回答你的问题。"克伦说。"挑个好问题。"

"达玛丁来找你的时候，她掷了几次骰子？"

训练官凝视着他。"一次。她们只会掷一次骰子，骰子从不说谎。"

贾迪尔还有话想说，但他们走过一个转角，凯维特达玛已经等在那里。凯维特是所有指导员中最厉害的一员，当初就是他开始叫贾迪尔骆驼尿之子，并且为了惩罚他的傲慢而把他丢进粪坑的。

训练官一手放在贾迪尔的肩膀上。"不想失去舌头的话，就不要乱讲话，孩子。"他喃喃说道。

"艾弗伦与你同在。"凯维特向他们招呼道。训练官鞠躬，贾迪尔也跟着鞠躬。达玛点头，克伦随即转身离开。

凯维特带领贾迪尔来到一间没有窗户的小房间，里面摆着一叠叠纸张，满是墨水和油灯的气味。这里看起来比较像卡菲特或女人的房间，尽管如此，这个房间依然随处可见男人的骨头。这些骨头组成贾迪尔奉命坐下的椅子，以及凯维特面前的办公桌。就连固定纸张的纸镇都是骨头所制。

"你令我惊奇不断，霍许卡敏之子。"凯维特说。"当你说你会为自己和父亲赢得足够的荣耀时，我本来并不当一回事，但你的表现一次次证明我是错的。"

贾迪尔耸肩。"我只是做了很多战士都会做的事。"

凯维特轻笑。"我认识的战士没有如此谦逊的。一次完全击杀、五次助攻纪录，你几岁？十三？"

"十二。"贾迪尔说。

"十二。"凯维特重复。"昨晚你还帮助莫许卡马赴死，很少奈沙鲁姆有胆做这种事。"

"他的时候到了。"贾迪尔说。

"一点也没错。"凯维特说。"莫许卡马没有儿子。身为他的死亡兄弟，你有义务帮他清理骸骨，进入沙利克霍拉。"

贾迪尔鞠躬。"我的荣幸。"

"昨晚你的达玛丁来找我。"凯维特说。

贾迪尔神情热切地抬起头来。"我可以脱下拜多布了吗？"凯维特摇头。"她说你太年轻了，在缺乏进一步训练的情况下让你回到阿拉盖沙利克只会导致卡吉损失一名战士。"

"我不怕死。"贾迪尔说。"如果那是英内薇拉。"

"你说的话就像真正的沙鲁姆。"凯维特说。"但事情没有那么简单。根据她的建议，在你长大前都不能再进入大迷宫。"

贾迪尔皱起眉。"所以我在和男人并肩作战后还得带着耻辱回到卡吉沙拉吉？"

达玛摇头。"律法明文规定。进入过沙鲁姆大帐的男孩都不能再回到沙拉吉。"

"但如果我不能去沙拉吉，也不能和男人并肩作战……"贾迪尔张嘴欲言，接着他突然了解自己目前的处境有多糟糕了。

"我……会变成卡菲特吗？"他问道，生命中第一次，他感受到一种赤裸裸的恐惧。对达玛丁的恐惧完全不能与此刻相提并论。他想起阿邦为了活命苦苦哀求的模样，感觉这是一次莫大的讽刺。我宁愿死。他心想。我要攻击第一个见到的戴尔沙鲁姆，让他除了杀我别无选择；死总比当卡菲特好。

"不，"达玛说，贾迪尔感到自己的心脏开始恢复跳动，

"或许达玛丁根本不在乎这种事,其实就连最低贱的卡菲特地位都比女人要高,我绝对不能容许任何有天赋的战士沦落到那种地步。打从沙达玛卡的年代以来,曾在大迷宫中杀过恶魔的男孩没有一个得不到黑袍的。达玛丁的命令是对所有战士的羞辱,不管是不是艾弗伦的女侍,她都只是个女人,绝对无法了解这种命令会对所有沙鲁姆造成什么影响。"

"那我会面对怎样的命运?"贾迪尔问。

"你会进入沙利克霍拉,"凯维特说,"我已经和阿马戴弗伦达玛基谈妥了这件事。在他的祝福下,就连达玛丁都无法拒绝这个决定。"

"我要成为祭司?"贾迪尔反问道。他试图掩饰自己的难过,但他的语气战抖着。他知道自己掩饰得并不成功。

凯维特轻笑。"不,孩子,你的命运依然在向大迷宫迈进,但在你准备好之前,你会待在这里与我们一起训练。只要用心学习,你就可以在其他同年的男孩依然身穿拜多布时当上凯沙鲁姆。"

"这里就是你的房间。"凯维特说,带领贾迪尔来到沙利克霍拉深处的某个房间中。这是个于沙岩中开凿出来十几平方英尺的房间,墙角摆着一张硬邦邦的木床。门口有扇厚重的木门,但门上没有门闩或是锁。唯一的光源来自走廊上的油灯,透过门上的铁杆窗口洒落。如果不是因为他是带着羞耻来到这里,并且曾见识卡吉大帐那些拿得到、摸不到的享受,这个地方与卡吉沙拉吉的共用空间和石板地相比简直堪称奢华。

"你先在这里休息,消除心中的杂念。"凯维特说。"明天早上开始受训。"然后,他的脚步声在走廊上渐行渐远。最后一切恢复死一般的宁静。

贾迪尔爬上床铺，双手交叉抱在身前，然后撑起他的脑袋。但他没法不想起哈席克，愤怒和羞愧就像浓浓的黑暗，将他淹没，让他窒息。他跳起身来，大声吼叫，抓起床上的被单，甩到墙上。他将床掀翻过来，踢烂木板。撕裂床单，直到他站在一堆碎木和烂布中嘶哑喘息。

贾迪尔突然意识到自己做了什么，立即挺直身体，但完全没人过来理他。他将破烂的床铺丢到角落，开始练习沙鲁金。一系列沙鲁沙克的动作比任何祷告更能为他带来平静。

过去一个星期所发生的事在他脑中萦绕——阿邦沦为卡菲特了。贾迪尔为此感到羞愧，但他拥抱这种感觉，看清底下的真相。阿邦一直都是卡菲特，汉奴帕许早已揭示这个结果。贾迪尔只能拖慢艾弗伦的旨意，完全无力阻止它；没有人可以。

"英内薇拉……"他心想，然后拥抱这份痛楚。

他再次想到在大迷宫中对抗恶魔的荣耀与骄傲，坦然接受自己或许还要多年后才能再度感受到那股喜悦的事实；骰子已经说话了——英内薇拉。他再度想起哈席克，但这次没有英内薇拉了。那是他的失败，在大迷宫中喝下库西酒是愚蠢的行为，相信哈席克十分愚蠢，放下警觉十分愚蠢。他已经拥抱了肉体上的痛楚并为此流血，甚至也拥抱了羞愧的感觉。他曾在沙拉吉见过其他男孩被骑，他可以拥抱那种感觉。他没办法拥抱的是哈席克至今依然大摇大摆地走在戴尔沙鲁姆中，认定自己已经赢了，而自己再次输得一败涂地。

贾迪尔皱眉。或许我被击溃了。他沉默地承认。但断过的骨头会更加坚硬，我要报仇雪恨。

夜晚降临，走廊的油灯熄灭，他的房间陷入一片彻底漆黑。贾迪尔并不害怕黑暗——世界上没有任何魔印力场能与沙利克

霍拉的魔印媲美，就算没有魔印，还有数不清的战士英灵在守护神庙；任何胆敢涉足这个神圣场所的阿拉盖都会像遭受阳光照射一样化为灰烬。

贾迪尔就算真的想睡也睡不着，于是他继续练习沙鲁金，一再反复演练那些动作，直到它们成为自己的一部分，如同呼吸一样自然。

房门开启时，贾迪尔立刻察觉。他想到自己抵达卡吉沙拉吉的第一天晚上，于是在黑暗中悄然移动到门侧，摆出战斗的架势。如果奈达玛们打算以类似的手段欢迎他，他们一定会后悔。

"如果我想伤害你，就不会安排你来此受训。"一个熟悉的女子声音说道。红光绽放，前一天晚上见过的那名达玛丁走了进来。她手持一颗小的火恶魔头骨，其上刻有在黑暗中绽放光芒的魔印。在光芒的照射下，贾迪尔发现她凝视着自己的双眼，仿佛她早就知道自己身在何处。

"不是你派我来的。"贾迪尔大胆说道。"你叫凯维特达玛让我带着耻辱回去卡吉沙拉吉！"

"我也知道他绝对不会照做。"达玛丁说，忽略他责难的口吻。"他也不会让你沦为卡菲特，他唯一的选择就是把你送到这来。"

"在荣誉尽失的情况下。"贾迪尔说，紧握拳头。

"在安然无恙的情况下！"达玛丁嘶声斥道，举起阿拉盖头骨。魔光更加耀眼，甚至从下颚后方冒出一团火焰。贾边尔感到一阵热风迎面袭来，不自觉地战抖着后退。

"不要任意评判我，奈沙鲁姆。"达玛丁说。"我以自认最恰当的方式行事，而你要按照我的安排去做。"

贾迪尔感觉自己的背部碰上了墙壁，自己已经没有退路；

他点头。

"利用你在这的所有时间尽力学习，"她离开时命令道，"沙拉克卡即将来临。"

这句话如同拳头击中贾迪尔——沙拉克卡——最终战役即将到来，而他会参与此役。当她关上房门，再度将他留在黑暗中的同时，所有世俗的烦恼通通消失得无影无踪。

※

一会儿，走廊上的油灯再度亮起，门上传来一阵轻轻的敲门声。贾迪尔打开房门，看见凯维特最小的儿子阿山站在门外，他是个瘦小的男孩，身穿拜多布，不过身前的布匹向上拉起，裹住一边肩膀，表示他是奈达玛，一名受训的祭司。他的嘴上围着白色面巾，贾迪尔知道这表示他还处于受训的第一年，奈达玛在这段期间不能说话。

男孩点头示意，随即看向墙角的床铺残骸。他眨了眨眼轻轻鞠躬，仿佛贾迪尔在不知情的情况下已通过一项秘密测试。阿山朝走廊点头，然后自己先走了出去。贾迪尔看懂了他的意思——跟在他身后。

他们来到地面铺有光滑大理石的大厅。数十名达玛以及奈达玛，或许是部族中所有的达玛，都在里面，双脚踏稳地面，练习沙鲁金。男孩挥手示意贾迪尔跟上，接着两人加入队伍中，一起练习缓慢的动作，一个接着一个变换姿势，整座大厅所有人的呼吸完全一致。

他们做了许多贾迪尔并不熟悉的动作，整体感觉与他所习惯的粗暴课程完全不同，没有克伦和卡维尔对着男孩大吼大叫，或抽打任何姿势不完美的人，不断要求他们加快速度。达玛默默地练习，唯一的指示来自领头的达玛以及彼此。贾迪尔认为

祭司都习惯于安逸，显得十分懦弱。

一个小时过后，课程结束。厅内顿时热闹起来，达玛们三五成群地边说边离开大厅。贾迪尔的伙伴指令他待在原地，接着他们与其他奈达玛集合。

"你们多了一名新弟兄。"凯维特达玛指着贾迪尔对其他男孩说道。"今年十二岁，还穿着拜多布，贾迪尔，霍许卡敏之子，手中已经沾染过阿拉盖的血液，他会留在这里学习达玛之道，直到达玛丁认为他的年纪足以穿上黑袍。"

其他男孩默默点头，对贾迪尔鞠躬。

"阿山。"达玛说道。"贾迪尔的沙鲁沙克需要指导，就请你来教他。"

贾迪尔轻哼一声。一名奈达玛？教导我？阿山的年纪并不比自己大，而我在奈沙鲁姆的打饭队伍里可以排在很多年长的男孩之前。

"你认为自己无须指导？"凯维特问道。

"不，当然不是，高贵的达玛。"贾迪尔立刻说道，朝祭司鞠躬。

"你是认为阿山没有资格指导你？"凯维特继续问道。"毕竟他只是奈达玛，一个资历还没有资格开口说话的新手，而你曾在阿拉盖沙拉克中与男人一同并肩作战。"

贾迪尔无助地耸了耸肩，他确定如此认为，但又担心这是个陷阱。

"非常好，"凯维特说，"那么你就和阿山比画比画。只要你能打败他，我就指派另一个资深教练给你。"

其他新手立即向后退开，在光滑大理石上围成一圈。阿山站在圈子中央，对贾迪尔鞠躬。

贾迪尔又看了凯维特达玛一眼，然后鞠躬回礼。"很抱歉，阿山。"他在双方接近时说道。"但我得击败你。"

阿山没有回应，摆开沙鲁沙克的预备势。贾迪尔也摆出一样的架势。

凯维特拍了一下手，叫道："开始！"

贾迪尔疾扑而上，僵硬的手指插向阿山的喉咙。这招会在瞬间击倒对手，又不会造成永久性伤害。但阿山的反应超出他的预期，动作流畅地转身避开贾迪尔的扑势，并且一脚踢中他腰侧，将他踢倒在地。

贾迪尔翻身而起，暗自咒骂自己低估了对手。他再度出手，这次做好了充分的防御的准备，对准阿山的下颌虚晃一拳。当阿山出手防御时，贾迪尔立刻转身，手肘朝对手另一边腰侧佯攻。阿山再度变换姿势，移到理想的防御位置。贾迪尔再次回旋，展开真正的攻击——横扫一腿，外加手肘击胸，打算一举击倒对方。

但贾迪尔横扫的那一腿没有掠过该扫的地方，只击中空气。阿山抓住他的腿，利用贾迪尔自身的力量和招式反制他。贾迪尔倒地时，阿山一手肘击中他的胸口，将其肺中的空气通通挤出体外。他重重地摔倒在大理石地板上，头部遭受撞击，但还没感到痛楚就已试图起身——绝不允许自己遭人击败。

然而他的手脚在有机会撑地前就被踢倒。他再度趴在地上，感到一只脚踩在自己背上。他踢起左脚，但就像他的右手一样遭人钳制，接着阿山用力一扯，作势要令他脱臼。

贾迪尔大叫，视线因为疼痛而模糊。他拥抱这种感觉，等到视线清晰后，他看见一名达玛丁的身影，站在走廊的拱门阴影中凝视着他。

她摇摇包着头巾的头，转身离开。

待在沙利克霍拉里，贾迪尔无法辨识黑夜与白昼。达玛叫他睡觉他就睡觉，给他食物他就吃，遵守他们的所有规则。神庙中还有几名戴尔沙鲁姆在里面接受凯沙鲁姆的训练，但只有他一个是奈沙鲁姆。他是这里地位最低贱的人，当他想到那些曾经接受他命令的人，山杰特、祖林，还有其他人，此刻或许都已经脱下他们的拜多布时，他就感到一股难以承受的羞辱。

第一年里，他是阿山的影子。在毫不出声的情况下，奈达玛教导贾迪尔如何在其他祭司中生存。什么时候该祈祷、什么时候该下跪。如何鞠躬，以及如何战斗。

贾迪尔大大低估了达玛的战斗技巧。他们或许不能使用长矛，但就连最弱的达玛都能徒手击倒两名戴尔沙鲁姆。

不过战斗是贾迪尔的强项。他一头栽入训练中，将羞辱埋在无止境的战斗姿势里。即使每天夜里油灯熄灭后，贾迪尔依然会在黑暗的小房间里练习沙鲁金好几个小时。

皮匠割光莫许卡马的皮肤之后，贾迪尔和阿山接手尸体，在油锅中煮沸，捞出骸骨，放置在高耸在天空中的尖塔顶端，在烈日下暴晒漂白。吉娃沙鲁姆为他流满了三个泪瓶，他们将泪水混入涂抹在骸骨上的亮光漆中，然后交给手艺工匠处理。莫许卡马的骨头和哀悼者的泪水会为沙利克霍拉增添荣耀，贾迪尔幻想着自己有一天也能与圣庙融为一体。

他还有其他工作，一些搏击术以外的学习任务——他每天都要花费好几小时的时间学习如何在纸上交谈，一边反复吟诵《伊弗佳》的圣谕，一边拿根棒子在沙箱中抄写圣谕。这似乎是种毫无用处的技艺，与战斗没有一毛关系，但贾迪尔谨记达玛丁的命令，努力学会写字。接下来他学会算术、历史、哲学，最后学会绘制魔印的技巧。他如饥似渴地学习各种技巧,任何可以伤害或阻挡阿拉盖的知识都可以引起他的兴趣。

克伦训练官一星期会来看他好几次,花几小时的时间训练他的矛术,而达玛博学大师则教导他战术及解放者年代所流传下来的战争史。

"战争不只是在战场上表现卓越,"凯维特达玛说道,"《伊弗佳》告诉我们,战争的关键在于迷惑对手。"

"迷惑对手?"贾迪尔问。

凯维特点头。"就像你使用长矛佯攻一样,睿智的领导人也得在战斗开始前诱导敌人。兵力强大的时候,他必须表现得弱小。势单力薄时,要让敌人以为他胜券在握;接近到可以发动攻击的距离,要让敌人以为他远在天边。重新集结的时候,要让敌人相信我们随时都可以进攻,如此就能在消耗敌人战力的同时将自己的损失降到最低。"

贾迪尔侧过脑袋。"与敌人正面冲突不是更加光荣吗?"

"若要正面冲突,我们就无须建立大迷宫了。"凯维特说。"胜利才是最光荣的事,想要取得胜利,你就必须把握所有优势,不论大小。这是战争的本质,而战争则是一切的本质,从最低贱的卡菲特在市集里讨价还价到安德拉在王宫中聆听请愿都一样。"

"我了解了。"贾迪尔说。

"迷惑敌人的重点在于保密。"凯维特继续。"如果间谍掌握了你的秘密,就等于夺走了你的力量。一名伟大的领导人必须谨慎保守秘密,不到开战时绝对不让他的心腹,有时候甚至包括他自己,提起那些秘密。"

"但为什么要战争,达玛?"贾迪尔大胆问道。

"呃?"凯维特回答。

"我们都是艾弗伦的子民。"贾迪尔说。"敌人是阿拉盖。我们需要所有男人共同对抗它们,但每天白天里我们都会自相残杀。"凯维特看着他。贾迪尔不确定达玛喜不喜欢这个问题。

"团结,"达玛终于回应道,"战时男人会联手作战,而强大的战力就是出自这种团结的力量。卡吉征服绿地时曾说过:'团结是最有价值的优势。在对抗黑夜以及奈的军团时,十万名并肩作战的男人比十亿名畏缩的男人更有战力。'永远记得这点,阿曼恩。"

贾迪尔鞠躬。"我会的,达玛。"

第五章　吉娃卡

313—316 AR

三名奈达玛自三个方向直逼过来，尽管他看不见达玛丁，贾迪尔还是感觉得到她在观察他——她总是躲在暗处观察他。

他就像拥抱痛楚般拥抱这种时刻，将所有世俗的烦恼抛到脑后。在沙利克霍拉待了五年多后，他可以轻而易举地进入这种宁静的状态——无我，无人，无他——唯一存在于世界上的只有无处不在的战斗。

阿山首先展开进攻，但贾迪尔假意抵挡，随即转身跳向一旁，击中哈尔范的胸口。阿山那一脚则完全落空。他抓住哈尔范的手臂，轻易地将他扭倒在地。他本来可以将手臂扭到脱臼，但让对手毫发无伤又是更严格的挑战。

席瓦里等到阿山恢复平衡后才开始进攻，两人以一波能令所有戴尔沙鲁姆由衷佩服的攻势联手出击。

但是否联手无关紧要。贾迪尔的身手如同鬼影一般迅捷，他们格挡的声响如同鼓鸣，而贾迪尔则随着攻击的节奏迈向早已注定的结局。在第五波攻击的时候，席瓦里喉咙露出的破绽被贾迪尔抓住，制伏。接下来，就和往常一样，只剩下贾迪尔和阿山单独对决。

阿山十分清楚贾迪尔的速度，于是决定近身扭打，但岁月在贾迪尔的骨头上增加了不少肌肉。现在他十七岁了，身材比

大多数男人还要高大,而持续的训练也将他纤细的肌腱转化为壮健结实的肌肉。他们才刚近身,阿山已经被压倒在地。

阿山大笑,他早就已经过禁言阶段了。"总有一天我们会击败你的,奈沙鲁姆!"

贾迪尔伸手扶起他。"你永远等不到那一天。"

"这是真的。"凯维特达玛说。贾迪尔在所有男孩以及指导员退到两旁的同时转身,看见祭司大步走来,身旁跟着还是那名神秘的达玛丁。贾迪尔感觉脸颊变得冰凉——达玛丁手中抱着一套黑袍。

达玛丁带他来到一间隐秘的石室,亲手解开他的拜多布,将其脱下。贾迪尔试图拥抱她的手指触摸自己的皮肤的感觉,她是这辈子唯一曾如此亲密触碰过的女人。这也是他这些年来第一次如此悸动。他的身体在她的触摸下出现反应,他深恐她会为了自己的不敬而处死自己。

但达玛丁毫不理会他的勃起,拿一块黑色缠腰布取代他的拜多布,然后帮他穿上裤管较宽的窄裤沉重黑色裤子,穿上凉鞋,以及戴尔沙鲁姆之袍。

穿了拜多布八年之久,贾迪尔知道身穿其他衣服会觉得不习惯,但他没想到戴尔沙鲁姆的护甲袍会这么重。整件长袍上到处缝有陶土制成的护甲和护条。贾迪尔知道这些护具可以吸收强大的攻击,一旦受创易开裂或粉碎,因此每次被攻击后都要换上新的。

他心潮起伏,甚至没有注意到她缠在自己喉咙上的遮布是白色的。当他发现这点时,他惊讶地倒抽一口凉气。

"你以为和达玛一起生活的这段日子毫无意义吗,霍许卡敏之子?"达玛丁问。"你会以指挥官的身份回到戴尔沙鲁姆弟兄之间,凯沙鲁姆。"

"我才十七岁!"贾迪尔说。

达玛丁点头。"数百年来最年轻的凯沙鲁姆。就像你以最小的年纪网罗风恶魔,以最小的年纪通过阿拉盖沙拉克。谁知道你还能取得什么成就?"

"你知道。"贾迪尔说。"骰子告诉你了。"

达玛丁摇头。"我只能看见你的灵魂所指的方向——一条危机重重的道路,你随时都有可能半途而废。"她拉过白色面巾,遮住他的脸。她的触摸如同爱抚。"你还得面对许多挑战,现在将心思放在处理眼前的问题。今天当你回到卡吉大帐时,会有一名沙鲁姆出面挑战你。你必须——"

贾迪尔举起一只手,打断她的话。达玛丁的双眼因为他的无礼燃起怒火。

"恕我冒昧。"贾迪尔说,回想起卡马吉沙拉吉的打饭队伍,"沙鲁姆的世界我很了解。我会公开击溃挑战者,不让任何人胆敢仿效他。"

达玛丁凝视他片段,然后耸肩,眼中掠过一丝笑意。

❀

贾迪尔一脸骄傲地步入卡吉训练场,身后跟着凯维特达玛以及达玛丁。戴尔沙鲁姆停下操练动作,不少人在认出贾迪尔的容貌时开始交头接耳。其中一人哈哈大笑。

"看呀!老鼠回来了!"哈席克叫道。这么多年后,他在说"鼠"字时依然会口齿漏风。壮硕的战士用力敲击长矛和盾牌。"他只花了五年的时间就脱掉了拜多布!"这话引来数名战士一阵嘲笑。

贾迪尔保持微笑。沙鲁姆测试新进凯沙鲁姆的勇气是例行挑战，而由哈席克出面测试更是英内薇拉。这名又高又壮的战士还是比贾迪尔魁梧高大。但贾迪尔在对方接近时并未感觉到丝毫恐惧。

哈席克冷冷瞪着他，毫无畏惧。"尽管你的脖子上系着白遮布，但你在我眼中还是骆驼尿之子。"他嗤之以鼻，声音大得所有人都听得到。

"啊，哈席克，我的阿金帕尔！"贾迪尔大声说道。"他们还在叫你'漏风者'吗？如果你希望的话，我很乐意帮你多打掉几颗牙齿来解决这个问题。"

四面八方传过来沙鲁姆的笑声。贾迪尔环顾四周，看见许多自己担任奈卡时期的战士。

哈席克大吼一声，一扑而上，但贾迪尔向旁避让，侧身回旋，一脚将壮硕的战士踢倒。他耐心地站在原地，等待哈席克满脸怒容地爬起来。

"我要杀了你。"哈席克叫道。

贾迪尔依然面带微笑。哈席克的一举一动在他的观察下有如在沙地上写字那样清晰。哈席克直扑而上，举起长矛狠狠刺出，但贾迪尔身体急旋，将矛头带向一旁，导致哈席克重心不稳，冲过他的身边。哈席克立刻转身，如同舞棍般挥舞长矛，但贾迪尔好似风中的棕树般向后弯身，双手抓紧长矛，一脚踢出，将厚实的木柄踢成两段。这一脚踢势不止，接着又击中对方的脸。

哈席克的下颌碎裂，发出清脆悦耳的声响，但贾迪尔并未就此罢手。他抛下矛头，但举起矛柄，在哈席克挣扎起身时大步迈近。

哈席克挥拳攻击，贾迪尔难以相信自己以前竟然会跟不上这种出拳速度。在和达玛一同训练数年后，这种拳速就和爬行没有两样。他扣住哈席克的手腕使劲一扭，感觉对方的肩膀脱离肩窝。哈席克在贾迪尔挥动矛柄，击碎他的膝盖时放声惨叫。哈席克摔倒在地，贾迪尔一脚踢中他的肚子。他有权击杀哈席克，而围观众人也都期待他这么做，但贾迪尔没有忘记哈席克在大迷宫里对自己做的事。

"现在，哈席克，"他说，"在所有卡吉部族戴尔沙鲁姆的见证之下。我来教你如何当个女人。"他举起矛柄。"这矛柄就是你的男人。"

❈

"注意不要让他在屁股上插着矛柄时坐下。"当哈席克在羞愧的痛苦哀号声中被抬往达玛丁大帐时，贾迪尔对山杰特喊道。"我不要看到我的阿金帕尔受到任何永久性伤害。"

"谨奉凯沙鲁姆号令。"山杰特答道。"不过他得等到矛柄拔出来后才能坐下了。"他笑嘻嘻地向贾迪尔鞠躬，然后快步跟上受伤的战士。贾迪尔以目光跟随山杰特，惊讶于两人这么快恢复以往的关系，尽管山杰特早在几年前就已赢得黑袍，而自己却到今天才换上黑袍。

贾迪尔计划报复哈席克已经很多年了，每当他在沙利克霍拉的小房间里练习沙鲁沙克时脑中想的都是这件事。只是击败他还不够，贾迪尔必须拿出残酷的报复手段，以震慑任何胆敢动念挑战他的人才行。如果哈席克没有出面挑战他，他还得把对方找出来主动挑战。

在艾弗伦的公正裁决下，每个步骤完全按照他的想法在上演，但当他取得胜利后，得到的满足感却不比当初在奈沙鲁姆打饭队伍里击倒山杰特要强多少。

"看来一切都在你的掌握中。"凯维特达玛说着拍拍贾迪尔的背。"今晚的战斗开始之前,先去卡吉大帐里找个女人。"他笑道。"找两个!吉娃沙鲁姆将会迫不及待地和千年来最年轻的凯沙鲁姆上床。"

贾迪尔强迫自己大笑点头,虽然他觉得腹部有点抽痛;他从来没有和女人上过床。除了在卡吉大帐那天晚上瞄了吉娃沙鲁姆几眼,他从没见过裸体的女人。不管是不是凯沙鲁姆,他完全得面对最后一项男人的考验,而和击败哈席克以及屠杀阿拉盖不同,他完全不曾接受过相关的训练。

凯维特离开了。贾迪尔深吸一口气,转而望向卡吉大帐。

她们只是女人。他对自己说道,向前迈出一步。她们是来取悦我的,不是我要取悦她们。他的第二步已经比第一步更自信。

"我要和你谈谈⋯⋯"达玛丁轻声说道。她的半句话引起了他的注意——解脱以及恐惧的感觉立刻涌上心头——他怎么会把她给忘了?

"私下谈。"她说,贾迪尔点头,随她一起前往训练场的边缘,远离所有戴尔鲁姆的耳目。

现在他已经比她高大许多,但她依然令他感到不安。他想起她那颗冒火的火恶魔头骨,试图说服自己,她的阿拉盖魔法在白天对自己没有用处,因为伊弗伦的光明守护着我们。

"我在拿黑袍给你之前掷过阿拉盖霍拉。"她说。"如果你和吉娃沙鲁姆睡觉,就会死在其中一人的手中。"

贾迪尔从来没有听说过这种事,瞪大双眼问道。"为什么?"

"骨骸不会告诉我们'为什么',霍许卡敏之子。"达玛丁说。"它们告诉我们目前的状况,以及可能会发生的事——或许是哈席克的爱人试图报复,或许是某个与你们家庭有血海深仇的女人。"她耸耸肩。"想和吉娃沙鲁姆睡觉就得要自行承担风险。"

"所以我永远不能和女人上床?"贾迪尔问。"这对男人来说算是什么人生?"

"不要小题大作,"达玛丁说,"你还是可以,我会掷骨骸帮你找个合适的女人。"

"你为什么要这么做?"贾迪尔问。"这对男人来说算是什么人生?"

"我有我的理由。"达玛丁说。

"代价呢?"贾迪尔问。"《伊弗佳》所有关于将霍拉魔法使用在沙拉克以外用途的故事都会提到某种隐藏的代价。"

"啊,"达玛丁说,"你已经不像从前那样单纯了,这样很好。代价就是我要作你的妻子。"

贾迪尔僵在原地,脸色发白。娶她为妻?实在太难以想象了。她让人恐惧。

"我不知道达玛丁是可以结婚的。"他说,一边借助一些问题拖延时间,一边脑中飞快地运转。

"我们可以,只要我们想结。"她说。"史上第一名达玛丁就是解放者的妻子。"

贾迪尔再次凝视她,厚重的白袍完全隐藏了她所有的轮廓与曲线。她的头巾遮蔽所有头发,不透明的面纱拉到鼻子上,就连声音都听不清楚。唯一看得见的只有她的眼睛,闪闪发光,充满活力。那双眼睛带有某种熟悉的东西,但自己甚至无法猜出她是否年轻,自然也看不出她是否貌美。她是处女吗?家庭背景如何?自己一切都无从得知。达玛丁从小就被带离母亲身边,在隐密的地方抚养成人。

"男人在娶妻前总可以看看妻子的容貌吧。"他说。

"这次不行。"达玛丁说。"你是否喜欢我的相貌,我的子宫是否适合生育都无所谓。你的未来危机四伏。我会成为你的吉娃卡,没有我的辅助,你会惨遭横祸。"

吉娃卡。她不只是想要嫁给自己,她还想要成为我的第一妻室——吉娃卡有权审查及拒绝吉娃森的资格,也就是其后入门的所有妻妾地位都在她之下。她会完全掌控他的家务以及子孙,地位仅次于他,而贾迪尔可没有蠢得以为她不会试图控制自己。

但我能够拒绝吗?我不畏惧面对面的挑战——但战争的关键在于欺敌。凯维特如此说,并非所有男人都用长矛和拳头与敌人对抗。一杯下毒的酒、一把偷袭的刀,他就会在荣耀勉强足够进入天堂去见艾弗伦时,让自己像条狗一样死掉,一文不值——而我的母亲和妹妹什么也分享不到。

再说沙拉克卡即将到来。

"你要求我将自己的一切通通交给你?"他口干舌燥,声音沙哑地问道。

达玛丁摇头。"我把沙拉克留给你。"她说。"沙鲁姆只须关心那个就够了。"

贾迪尔凝视着她良久。最后,他点头同意。

☙

达成协议后,达玛丁不再浪费时间。不到一星期,贾迪尔已经站在凯维特达玛面前,看着她念诵婚礼誓言。

贾迪尔凝视达玛丁的双眼。她到底是谁?她是否比自己母亲还老?她的年纪有没有年轻得能为自己生儿子?当他们躺上喜床时,他会看见什么景象?

"我依照《伊弗佳》的指示，为我俩的婚姻献上自己。"她说。"如同艾弗伦之矛——卡吉所立下的典范，卡吉长伴于艾弗伦身边，直到他于沙拉吉卡的年代重生。我在此诚心发誓，会成为你顺从并忠心的妻子。"

她这些话是真心的吗？贾迪尔怀疑。抑或是在我身披黑袍后的另一种控制的手段？

凯维特转向他。贾迪尔愣了愣，支支吾吾地念诵婚礼誓言。"我在艾弗伦，"他说，强迫自己说出这些话，"万物的创造者面前起誓，同时也在卡吉，沙达玛卡面前起誓，我会迎娶你进门，并且成为你慈悲宽容的丈夫。"

"你愿意接纳这名达玛丁成为你的吉娃卡吗？"凯维特问道。他的语气令贾迪尔想起自己请求达玛主持婚礼时他所说的话。

"你确定你想要这样做吗？"凯维特问道。"达玛丁可不是能任你使唤的正常妻子，你也不能在她不听话时打骂她。"

贾迪尔吞咽口水。我确定吗？

"我愿意。"他沙哑地说道。齐聚一堂的戴尔沙鲁姆一声发喊，举起长矛敲打盾牌。他的母亲卡吉娃和他妹妹们抱在一起骄傲地哭泣。

❦

贾迪尔感觉自己心跳加快，他宁愿身处大迷宫中，大跳阿拉盖沙拉克之舞，也不想面对眼前这个光线昏暗、摆满枕头的小房间。

"不要害怕，明天还是会有阿拉盖沙拉克的！"山杰特笑道。"今晚你要面对另一场不同的战争！"

"你看起来很紧张。"达玛丁在掀起身后沉重的布帘时

说道。

"我不应该紧张吗?"贾迪尔苦涩地问。"你是我的吉娃卡,而我甚至不知道你的名字。"

达玛丁大笑,这是他第一次见她笑,那是美妙动人的声音。"你不知道吗?"她问,脱下她的面纱和头巾。他瞪大双眼,不过不是为了妻子的年轻貌美,而是因为他真的认识她。

"英内薇拉。"他惊奇地叫道,想起许多年前曾在大帐中与他交谈的那名奈达玛丁。

她点头,对他微笑,那美艳远远超越他的想象。

"我们相识的那晚,"英内薇拉说,"我刚好刻好我的第一副阿拉盖霍拉。那是命中注定——艾弗伦的旨意,一如我的名字。恶魔骨是在全黑暗的环境下刻成,要刻成一颗骰子可能要花好几星期,要刻好一副要好几年。而且只有到了那个时候,一整副都刻好后,才能测试骰子有没有问题。如果失败了,暴露在光线下,就得要重新雕刻。如果成功了,奈达玛丁就会成为达玛丁,披上我们的面纱。"

"那天晚上,我完成我的骰子,得询问一个问题。测试看看骰子是否带有命运的力量。但要问什么问题?接着我想起了那天遇上的那个目光炯炯、盛气凌人的男孩,当我摇晃骰子时,我问:'我还有没有机会与阿曼恩·贾迪尔再度见面?'"

"那天之后,"她说,"我就知道我会在你第一次参与阿拉盖沙拉克后在大迷宫里找到你,还有,我会嫁给你,为你生下许多子女。"

说完后,她抖抖肩膀,褪下白袍。贾迪尔原本十分恐惧这一刻,但当摇曳的火光洒落在她裸露的雪白肌肤上时,他知道自己会像面对之前所有男人的挑战一样通过最后的测试。

THE DESERT SPEAR

"贾迪尔，带你的手下前往第十层。"沙鲁姆卡说。

那是个愚蠢的决定。披上白面巾三年以来，所有在场的凯沙鲁姆都知道贾迪尔的部队是全克拉西亚最勇敢、最剽悍的部队。贾迪尔对手下要求严格，但戴尔沙鲁姆甘之如饴，杀敌总数超过其他三支部队的总合。他们待在第十层是种浪费，从来没有阿拉如此深入大迷宫。

沙鲁姆卡不屑地瞪着贾迪尔，挑衅的意味十分浓厚。但贾迪尔拥抱这种羞辱，将它抛在脑后。"谨遵沙鲁姆卡号令。"他说，在坐垫上鞠躬，额头碰触第一武士接见室中厚重的地毯。坐回原位后，他的表情真诚，没有透露丝毫对于眼前这个男人的厌恶。沙鲁姆卡理应是全城最强的战士，而这个男人显然不是。他灰发斑斑，脸上如同达玛基一样皱纹密布。他已多年不曾踏足大迷宫，而这个事实反映在他肥大的肚皮上。第一武士应该在阿拉盖沙拉克中率领战士冲锋陷阵，同袍血战，而不是待在宫殿高墙后运筹帷幄。

但无论如何，只要他还戴着白色面巾一天，他在夜晚所下达的命令就绝对不可违背。

他部队里的祭司阿山达玛，以及他的左右手哈席克和山杰特，都在沙鲁姆卡的宫殿外等着护送贾迪尔回到卡吉大帐。他只是个凯沙鲁姆，但嫉妒他的对手至今已多次派人刺杀过他，甚至还有自己部族的凯沙鲁姆之一。贾迪尔阻碍了许多年长凯沙鲁姆升迁的希望。

自从英内薇拉安排阿山、哈席克、山杰特这三个男人和贾迪尔的妹妹们结婚后，他们就会常伴于他的左右护卫。几年前贾迪尔离开沙利克霍拉时，英蜜珊卓、霍许娃、汉雅都还穿着

破烂衣衫,现在她们都已成为他最信任的心腹的吉娃卡,并且产下他的外甥女以巩固他们的忠诚。

"我们的命令?"山杰特问。

"第十层。"贾迪尔说。

哈席克对着尘土吐口吐沫。"沙鲁姆卡在侮辱你!"

"冷静一点,哈席克。"贾迪尔轻声说道,壮硕的战士立刻闭上嘴。"拥抱侮辱,接受磨练,它会让你看清艾弗伦的道路。"

哈席克点头,跟在贾迪尔身后,随他一起离开宫殿。三年前自达玛丁大帐回来后,哈席克就彻头彻尾地变了个人。他仍是卡吉部族最剽悍的战士之一,但就像所有被驯服的野狼一样,他完全效忠贾迪尔——这是在落败的耻辱中维护荣誉的唯一方法。

"沙鲁姆卡惧怕你。"阿山说道。"他应该要怕。如果你不断创造奇迹,安德拉或许会对让一个虚弱的老头统领部队感到厌倦,允许你向他提出挑战。"

"而只要他喊'开始',新的第一武士就此诞生。"山杰特说。

"那是不可能的事。"贾迪尔说。"安德拉和沙鲁姆卡是多年老友。就算达玛基联合提出要求,安德拉也不可能出卖自己忠心的仆人。"

"那我们该怎么办?"哈席克问。

"你回到我妹妹那里,享受她为你准备的晚餐吧。"贾迪尔说。"在夜晚来临时,我们前往第十层,祈祷艾弗伦送我们几头阿拉盖来见阳光。"

一如往常，当贾迪尔抵达自己位于卡吉宫殿里的住所时，英内薇拉就已经在等他了，她褪下长袍，露出乳房让女儿阿曼娃吸奶。贾迪尔的儿子贾阳和阿桑紧紧抓着她的长袍，聪明而又结实。

贾迪尔半蹲下去张开双臂，男孩们立刻扑入他的怀中，在他举起他们的时候哈哈大笑。他将他们放回地上，他们随即跑回母亲身边。他看着自己的儿子，平静的内心突然波涛汹涌，不过他很快就抚平了自己的情绪。沙鲁姆卡玷污的不只是他的名声，同时也是他们家族的名声。

"有事困扰着你，我的丈夫？"英内薇拉问。

"一些无关紧要的小事。"贾迪尔说。

但英内薇拉啧啧两声。"我是你的吉娃卡。"她说。"你在我面前无须压抑情绪。"

贾迪尔凝视着她，放松自己紧绷的神经。

"今晚沙鲁姆卡派我驻守第十层。"他啐道。"把最强的部队安排在没有敌人的地方，他会因此折损多少人马？"

"这是好兆头，丈夫。"英内薇拉说。"这表示沙鲁姆卡惧怕你的能力与野心。"

"他剥夺了我所有争取荣誉的机会，"贾迪尔说，"这算什么好兆头？"

"你不能让他这么做。"英内薇拉同意道。"此刻你比从前更该在大迷宫中寻求荣誉，骨骰告诉我第一武士不久后即将死去。当他去见艾弗伦时，你的荣誉必将凌驾所有人，如果你想要取而代之的话。"

"在第十层对着空气挥舞长矛，怎么争取荣誉？"贾迪尔愤

愤道。

英内薇拉耸耸肩。"沙拉克是你的,你得自己想办法。"

贾迪尔咕哝一声,随即点头。她说得对,有些事不是达玛丁可以提供建议的。

"太阳还有几小时才会下山。"英内薇拉说。"做个爱、睡个觉,可以帮你放松一下,理清头绪。"

贾迪尔微笑着走向她:"我可以让我母亲照顾孩子们。"

但英内薇拉摇头,移步避开他的拥抱。"不是和我。骨骰说艾佛拉莉雅正在排卵,如果你用力从后面上她,她就会帮你怀个强壮的儿子。"

贾迪尔皱起眉。

艾佛拉莉雅是他第三个老婆,他们订婚前英内薇拉甚至没有带她过来给他看看,只说挑选吉娃森的条件在于能不能生,以及阿拉盖霍拉所预见的机运,美貌并非必备条件之一。

"每次都是骨骰说!"贾迪尔大声说道。"我今天要和我老婆上床!"

英内薇拉耸肩。"喜欢的话就找塔拉佳。"她说。塔拉佳是他比较漂亮的第二个老婆。"她也在排卵。我只是以为你比较想要儿子,不想再要个女儿。"

贾迪尔咬牙切齿。英内薇拉才是自己想上的女人,但如同凯维特警告过的——不管是不是妻子,英内薇拉是达玛丁,丈夫不能像上其他女人一样随意上她。他张开嘴,接着又闭了起来。

她真的什么事都掷过骨骰吗?有时候他觉得英内薇拉只是利用骨骰的预知能力在操纵他,但截至目前,她还没有说错任何事,而且如果想要让贾迪尔的血脉恢复往日荣耀,就得生更多儿子才行。至于生孩子,上哪个妻子有差别吗?艾佛拉莉雅从后面看也不错。

他走向卧室，脱下了长袍。

&c;

他们等待。

当外面城区传过来战斗的声音，风恶魔在天上尖声呼啸时，他们等待。

当其他男人迎向艾弗伦的怀抱时，他们等待。

"没有看见阿拉盖。"山杰特传达讯息，随即回应城上的奈沙鲁姆。

"不会看见阿拉盖的！"哈席克吼道，贾迪尔的手下不情愿地认同道。五十名卡吉部族顶尖的战士和他们一起缩在伏击点内，白白浪费大好战力。

"如果我们加入其他部队，还有时间争取荣誉。"祖林说。

贾迪尔心知自己得在这个念头在其他人心中生根之前彻底铲除。他以矛柄击中祖林两眼之间，将他击倒。

"我会亲手杀掉任何没奉号令擅离职守的人。"他大声说道。其他人纷纷点头，眼看祖林捂着血淋淋的脸颊挣扎起身。

贾迪尔看着自己的手下，沙漠之子里最顶尖的戴尔沙鲁姆，感觉十分愧对他们——沙鲁姆卡的嫉妒是针对自己，但真正受苦的是这些弟兄。一群为了杀阿拉盖而生的男人，被一个害怕丧失权力的老头剥夺了他们的机会。这已经不是贾迪尔第一次幻想杀掉第一武士了，不管是不是公平比试，然而这样做是犯下不荣誉的罪行，很可能会赔掉他的性命以及他的一切。

就在此时，一阵号角响起，贾迪尔立刻集中精力——号角的节奏告诉他那是求援讯号。

"侦察兵！"他喊道。队伍中的两名侦察兵，安卡吉和克里

弗，立刻冲上前来。转眼间将十二英尺高的钢顶梯连接在一起，然后伸向城墙。没多久，安卡吉已架好梯子，克里弗随即爬上，一次跨越几条横杠，仿佛飞鸟一般。他转眼间抵达墙顶，观察四周情况。侦察一会儿后，他传信号表示附近安全，请贾迪尔上梯。

贾迪尔刚开始领导部队时对侦察兵总保持戒心，因为他们来自其他部族——克雷瓦克。现在他已了解他们的心意，知道安卡吉和克里弗就像贾迪尔的族人一样对他忠心耿耿，全心投入阿拉盖沙拉克中。克雷瓦克部族完全效忠卡吉部族，而与他们为敌的南吉部族则效忠马甲部族。

根据法律规定，两名侦察兵不分日夜常驻在贾迪尔的部队之内，因为侦察兵受过特殊武器与战技的专业训练，并且拥有对任何凯沙鲁姆都很有用处的技巧，如杂耍特技、情报收集、作战以及暗杀。

安卡吉固定好梯子，贾迪尔和山杰特爬上城墙。克里弗将望远镜交给贾迪尔。

"沙拉奇部族，第四层。"他边指边说。

"进一步侦察。"贾迪尔下令，接过望远镜。克里弗得令而去，不摇不晃地穿越窄墙。侦察兵身上没带长矛或盾牌，克里弗一会儿就消失在视线之外。

"沙拉奇是个小部族。"山杰特说。"他们只派遣二十多名战士参与沙拉克阿拉盖，只有笨蛋才会将人数如此稀少的部族布置在第四层。"

"就像沙鲁姆卡那种笨蛋。"贾迪尔冷笑着回应道。

片刻过后，克里弗回报。"一群阿拉盖进入他们的伏击点，但避开了恶魔坑。沙拉奇部族已经损失许多战士，附近的部队都在交战中，没有人赶往支援。要不了多久他们就会全军覆没。"

贾迪尔咬牙切齿。"不，他们不会，叫弟兄们作好准备。"

山杰特伸手戳他的手臂。"沙鲁姆卡命令我们守卫第十层。"他提醒贾迪尔，但看到贾迪尔默默点头，他脸上随即展开了笑容。

"我们不可能及时赶到第四层，凯沙鲁姆。"克里弗说，以锐利的目光扫视大迷宫。"中间有太多交战，路途并不畅通。"

"那就放下绳子。"贾迪尔命令道。"我要所有人都上墙。"

⚜

五十名全副武装的成年战士，像奈沙鲁姆一样在城墙上奔跑。此举对于身手矫健、光着脚、全身只穿拜多布的男孩而言已经够危险了，对于脚穿凉鞋和身着沉重的护甲长袍、携带长矛和盾牌的男人而言是异常危险的。

但这些人都是卡吉部族的戴尔沙鲁姆，是贾迪尔麾下的精英。他们毫不畏惧地奔跑，过高墙的同时开心地呼啸，任由晚风扑面来袭，随时准备像男人一样战死沙场。

领头狂奔的贾迪尔，心里百感交集。尽管沙鲁姆卡会大发雷霆，但他绝对不能为了满足第一武士的虚荣而眼睁睁地看着整个部族的战士全军覆没。

这段艰难的奔袭在大迷宫中会耗费很多时间，但在高墙上奔跑只需十几分钟，沙拉奇部队很快就已经映入眼帘。突击点里的阿拉盖总数超过一打，阻隔了所有逃身通路。起码半数沙拉奇战士已经倒地，剩下的人竭力守护，背靠背、盾挨着盾，恶魔则从四面八方朝他们发起攻击。

他们勇猛顽强地抵御强势的阿拉盖大军，直把贾迪尔的克拉西亚之心看得热血沸腾——今晚绝对不会再让任何一名戴尔

沙鲁姆白白牺牲。

"别担心，沙拉奇！"他叫道。"卡吉部族来支援你们！"他第一个挂好挂钩，放下绳索，转眼间人已滑下二十英尺的高墙。他甚至没有等待手下落地，便举魔印盾牌杀入敌阵，一举击中一头沙恶魔的背部，魔光闪烁，将恶魔从节节败退的沙拉奇部队面前赶走。

贾迪尔不再理会麻痹的怪物，朝另一只恶魔刺出长枪，一连串瞄准对手弱点的精准攻击逼得对方连连败退。他听见身后五十名手下的呼喊声，心知自己已无后顾之忧。

"艾弗伦因你们坚守阵地而骄傲，兄弟！"贾迪尔朝沙拉奇部队的凯沙鲁姆叫道，对方的白色面巾已染得一片血红。"去照料受伤的朋友吧！我们会完成各位开启的光荣使命，确保沙拉奇部族明日还能再战！"

贾迪尔攻向第三头转身冲来的恶魔，对方张嘴咬住了他的长矛，将木柄咬断。贾迪尔这下失去了重心，怪物立刻伸出爪子钩住他的盾牌。它手臂肌肉鼓胀，护盾皮带应声而断。贾迪尔重重摔倒在地，侧身翻滚，躲过恶魔的攻击。一时间恶魔占了上风，但沙拉奇凯沙鲁姆从侧面一扑而上，将它撞开他身前。

"沙拉奇部族将会战到最后，我的兄弟！"凯沙鲁姆叫道。但沙恶魔展开反击，尾巴自下方袭击而来。将对手摔倒在地。它蓄势待发，准备痛下杀手。

贾迪尔左顾右盼。他的手下都在交战中，身边没有备用武器。

我生下来就注定要死在阿拉盖的利爪之下。他提醒自己，随即大吼一声，跳起身来，凌空挡下朝沙拉奇凯沙鲁姆扑去的沙恶魔。

恶魔比沙拉奇凯沙鲁姆强壮许多，但它全凭本能作战，完全不懂沙鲁沙克战技。贾迪尔抓住它的上肢，踏步回旋，将它攻击的力量引向一侧，然后把它投入伏击点中央，十五英尺外的恶魔坑里。阿拉盖在吼叫声中坠入坑内，就此被困在其中，直等太阳东升，将它彻底烧为灰烬。

另一头沙恶魔朝贾迪尔扑来，但他狠狠击中它的喉咙，踢中它的膝盖后方，抓住恶魔并将它压倒在地，在恶魔挣扎同时闪躲对方的尖牙利爪。

恶魔粗糙的外壳割穿他的长袍，割破他的皮肤，他的肌肉也因为用力而疼痛不已，但贾迪尔持续在恶魔身后伸长手臂，直到他认为双掌可以交扣，这才站起身来。他身高比恶魔要高，手掌在它脑后交扣，轻松将它抬离地面。恶魔狂踢猛叫，但贾迪尔抓着它四下乱甩，闪避它的后脚，跌跌撞撞地朝恶魔坑移动。

他大吼一声，将第二头恶魔抛进深坑，心满意足地看着他的手下已经将大多数恶魔赶入其中。恶魔坑底满是鳞片和利爪，墙面的魔印不断发出愤怒的魔光，阻挡它们爬出坑外。

"我要亲眼看着太阳烧死你们！"贾迪尔叫道。

他转身面对战场，体内充满胜利的喜悦，准备继续作战，但只剩下少数几名战士还在作战，而他们都已经占了上风。

其他人只是站在原地，瞪大双眼看着他。

☙

当晚结束战争之后，贾迪尔和沙拉奇凯沙鲁姆站在恶魔坑口看守恶魔，他们的手下聚在身边。当太阳照入坑内时，众人欢声雷动。恶魔开始惨叫着冒烟，最后终于着火燃烧，男人们骄傲地见证艾弗伦之光将它们烧成虚无的原形。

贾迪尔和其他沙鲁姆扯下面巾，在太阳下应当如此毫无遮

掩，沙拉奇部族在马甲部族的庇荫下，是卡吉部族的世仇。贾迪尔谨慎地看着凯沙鲁姆。在大迷宫这种中立区自相残杀对他们两族而言都是不光彩的事，但并非不曾发生过。

结果，沙拉奇的指挥官鞠躬。"我和我的手下每人都欠你一条命。"

贾迪尔摇头。"我只是遵奉艾弗伦的旨意行事。戴尔沙鲁姆不会抛弃任何兄弟，而所有男人在夜晚都是兄弟。"

"沙鲁姆卡派你前往本应由我们驻守的第十层时，我在现场。"沙拉奇指挥官说。"你们大老远跑来，为我们担负很大的风险。"

所有恶魔都燃烧完后，其他部族战士在离开大迷宫时路过他们，看见两族血敌并肩而立。人们开始聚集，贾迪尔听见他们彼此交头接耳。不止如此，他听见自己手下向沙拉奇族人讲述自己徒手对付阿拉盖的故事。故事每讲一次就夸大一次，没过多久人们就开始传说他赤手空拳杀掉五头恶魔。贾迪尔曾见过战士们夸大其词。等到傍晚，故事就会变成他丢了十几头恶魔进入恶魔坑。一个月后，会被吹成五十头。

一名马甲部族的凯沙鲁姆走到他们面前。"我代表马甲部族，"他说，"感谢你守护沙拉奇部族，沙鲁姆卡……不该让他们身陷这种危险。"

对方的话几乎已经算叛变了，但贾迪尔只是点点头。"沙拉奇奋勇作战。"他说。"他们能够活下来再度作战是英内薇拉。"

"英内薇拉，"马甲战士同意道，以超越凯沙鲁姆应有的礼仪对贾迪尔鞠躬。"你真的徒手把六头恶魔扔下坑去？"

贾迪尔摇头，张嘴欲言，结果却被一名为第一武士开道的沙鲁姆卡精英侍卫的叫声打断。"你违反命令，擅离职守！"沙鲁姆卡吼道,指向贾迪尔。

"沙拉奇部族发出求援讯号,而我们没有具体的交战任务。"贾迪尔说。"《伊弗佳》告诉我们夜晚最重要的事就是保护自己的弟兄。"

"不要向我炫耀圣典。"沙鲁姆卡大声道。"你父亲还在包拜多布的时候,我就已经在教我儿子读圣典了,我对圣典的理解比你深刻!圣典中没有任何内容叫你抛下半个大迷宫外无人看守的据点,带着手下翻越高墙穿越大迷宫。"

"无人看守!"贾迪尔瞪大双眼。"第八层就已经没有恶魔了,第十层连恶魔屎都看不到!"

"你无权违抗命令,寻求不属于你的荣耀,凯沙鲁姆!"沙鲁姆卡吼道。

贾迪尔怒不可抑。"如果下达命令的人不是躲在宫殿里等待黎明,或许我就不会接到如此愚蠢的命令。"他吼道,而这么说的同时,他知道这就和直接拔出长矛没有两样。如此侮辱第一武士是绝对不容许的行为。如果他还算是个男人,他此刻已经拔起长矛攻击贾迪尔,在大庭广众下取他性命。

但沙鲁姆卡年老力衰,而人们又在风传贾迪尔单凭沙鲁沙克就杀掉半打恶魔。贾迪尔不能主动攻击第一武士,但如果沙鲁姆卡挑衅,贾迪尔就有权杀死他,并且很有可能霸占他的宫殿,取而代之。在想这会不会就是英内薇拉的骨骰所预卜的命运。

他们怒目相对,贾迪尔知道沙鲁姆卡心里所想和自己一样,也知道对方没有胆量主动进攻。他不屑地哼了一声。

"逮捕他!"沙鲁姆卡下令道。他的侍卫立刻奉命行事。

贾迪尔双手受缚,这是奇耻大辱,尽管对侍卫露出牙齿表达不满,他还是没有拒捕。围观战士发出一阵不满的嘘声,就

连马甲部族也是一样。他们抓紧长矛，举起盾牌，人数远远超过第一武士的侍卫。

"你们干什么？"沙鲁姆卡大声问道。"退下！"

但不满的声浪越来越大，人们移动脚步，把大迷宫的出口堵的水泄不通。沙鲁姆卡迟疑地后退一步。贾迪尔直视他的目光，面露微笑。"不要轻举妄动。"贾迪尔大声说道，目光维持在沙鲁姆卡脸上。"沙鲁姆卡下达命令，所有沙鲁姆都要遵守。艾弗伦会决定我的命运。"

勇士们慢慢安静下来，让到两旁，沙鲁姆卡在看到人们全部听从贾迪尔号令后更加愤怒。贾迪尔再度发出不屑的哼声，试图激怒他主动攻击。

"带走！"沙鲁姆卡吼道。贾迪尔抬头挺胸，一脸不屑，任由侍卫抓紧他的手臂，带他离开大迷宫。

※

贾迪尔抵达时，达玛丁英内薇拉已经在安德拉宫殿里等他。*今天会发生的事，她是否早在多年前就已预见？*他心想。

她走过来时，侍卫们使劲抓紧贾迪尔的手臂，不过不是因为害怕他会做出什么事。真正令他们恐惧的是达玛丁。

"走开。"达玛丁命令道。"告诉你们主人，我丈夫一小时后会在安德拉的接见厅中与他会面。"

侍卫们立刻放开贾迪尔的手臂并且鞠躬。"谨遵达玛丁号令。"其中一人结结巴巴地说道，接着两人匆忙离开。英内薇拉轻哼一声，拔出魔印匕首，割断绑在他身上的绳索。

"你昨晚做得很好。"她边走边说。"接下来也要保持下去。觐见安德拉的时候，你必须一边示弱，一边以言语刺激沙鲁姆卡。激怒他，但不要给他攻击你的借口。"

"我绝对不会这么做。"贾迪尔说。

"你在大迷宫里已经做过了?"英内薇拉大声说道,"此时此刻这非常重要。"

"你能预见一切。"贾迪尔说道。"但如果你认为我会杀了他,那么你什么都不了解,当时我是在挑衅他来攻击我。"

英内薇拉耸耸肩。"喜欢的话就那样做,但不要真的动手。他永远不敢主动攻击你,然而一旦你构成威胁,他的手下就会把你剁成肉酱。"

"你当我是白痴吗?"贾迪尔反驳道。

英内薇拉嗤之以鼻,"只要激怒他,结果就是英内薇拉。"

"听从达玛丁的指示,"贾迪尔叹息道。

英内薇拉点头。他们来到一间放满枕头的等候室。"在这里等,"她命令道,"我趁你的审判开始前先去私下觐见安德拉。

"审判?"贾迪尔问,但她已经离开房间。

※

贾迪尔从来没有接近到足以看清楚安德拉长相的距离。他确实很衰老,满脸皱纹,稀疏花白的胡子。但他是个十足的大胖子,显然生活过得很安逸。他臃肿得令人作呕,贾迪尔得提醒自己,这个男人是他那个年代最顶级的沙鲁少克大师,击败过当时所有武功高强的达玛基,进而赢得了骷髅王座。待在接受祭司训练期间,贾迪尔见过卡吉部族的达玛基阿马戴佛伦,一个六十岁的男人,在沙鲁沙克练习场上击倒半打年轻力壮的达玛。

他仔细观察,在安德拉举手投足间找寻当年受训的迹象,单从无处不在的保镖和仆役看来,他早已停止练习。就是现在,

他都一边吃着蜜枣一边审视着大厅里的人众。

贾迪尔的目光瞟向安德拉的王座两侧。他的右手边站着十二名达玛基，克拉西亚所有部族的领袖。他们身穿白袍头戴黑头巾，低声抱怨着太阳刚刚冒出地平线时就被唤来宫殿。安德拉的左边，距离王座两步之外，站着一排达玛丁。就和达玛基一样，她们戴着黑色头巾和面纱，与她们的白袍形成强烈对比。与达玛基不同的地方在于，她们异常沉默，以仿佛能洞察一切的目光静静地观察。

她们也知道我的命运吗？贾迪尔心想，接着看向他的吉娃卡，站在他的身边。还是她们只知道英内薇拉告诉她们的事？

"霍许卡敏之子。"阿马戴佛伦达玛基对贾迪尔发问道。"请告诉我们昨晚事情的经过。"他是卡吉部族达玛基兼安德拉的总管大臣，可以算是克拉西亚仅次于安德拉的祭司。照理说安德拉代表所有部族，他有权指派第一武士以及总管大臣，而贾迪尔从课堂上得知已经几百年不曾有过任何安德拉将这两个职位指派给和自己不同部族的人，这样做会被视为懦弱的象征。

沙鲁姆卡皱起眉头，显然他认为应该由他先陈述事发经过才对。他冲到仆役为他准备的茶具前，一把抓起茶杯。贾迪尔可以从摇摆不定的蒸汽看出，他被气得发抖。

"昨天晚上凯沙鲁姆晚餐时，沙鲁姆卡下达命令，就和往常一样。"贾迪尔说道。"我的手下勇猛善战，准备将更多阿拉盖化为灰烬，送回奈的身边。"

达玛基点头。"我们都看到了你的战功。"他说。"而你在沙利克霍拉的老师对你都是赞誉有加，继续。"

"让我们很失望的是，我们被派去守卫第十层。"贾迪尔说。"不久之前，我们还站在第一层，所有战士都能以一当百。前不久，我们被移派到第二层，很快又被要求退守第三层。我们服从命令，所有位于下方的楼层都有足够的荣耀。但昨晚沙鲁姆卡没像预期中将我们派往第四层，反而派沙拉奇部族驻守第四层，将我们派往以前由他们驻守的第十层。"

贾迪尔看见沙拉奇部族的克维拉达玛基面露不悦——没法确定这是因为他们部族不太光荣的缘故，还是因为其他缘故。

他看向达玛基丁，但她们戴着面纱，无法辨识哪个属于沙拉奇部族——哪个都无关紧要，达玛基丁没人对自己的话有任何反应。

"沙拉奇部族的男人都是英勇的战士，"他说，"他们带着骄傲接受这项任务。但沙拉奇没有足够的战士参与阿拉盖沙拉克，他们就连驻守一个第四层伏击点的人数都不够。"

看到沙拉奇达玛基点头，贾迪尔感到松了一口气。

"那你是怎么做的了？"阿马戴佛伦反问。

贾迪尔耸肩。"沙鲁姆卡下达命令，我们自当遵守。"

"骗子！"沙鲁姆卡吼道。"你擅离职守，你这个骆驼尿之子！"

自从贾迪尔击败哈席克后就没人胆敢用这个绰号，这番羞辱令他怒发冲冠。一时间，他真的很想冲过去亲手杀掉对方，尽管这么做很可能会让自己转眼间被安德拉侍卫就地处死。结果他拥抱这种羞辱。

"我们大半夜都待在第十层。"贾迪尔说，好似完全没有听见对方说话。"侦察兵没有在我们的辖区、第九层或第八层看见阿拉盖，但我们依然等待。"

"骗子！"沙鲁姆卡再度吼道。

这次贾迪尔转头看他。"你们在现场吗？第一武士，你能证明我说谎吗？你昨晚去过大迷宫里吗？"沙鲁姆卡双眼圆睁，脸上浮现出愤怒的神情。这些话的真实性比任何攻击还要有力。

沙鲁姆卡张开嘴巴意图反驳。但安德拉嘘了一声。所有目光全都转移到他的身上。

"冷静,我的朋友。"安德拉对沙鲁姆卡说。"让他说他的故事。你可以待会儿再补充。"

贾迪尔突然窥探到了这两个男人有多亲近。他们都在各自的宫殿里住了将近二十年。贾迪尔本来期望安德拉或许还会有心换个强壮的沙鲁姆卡,但看他那脑满肠肥的模样令他对此存疑。如果安德拉本人已经遗忘战士之道,他会为了这种事而责难他心中的沙鲁姆卡吗?

"我们听见了求援的号角。"贾迪尔说。"由于我们没有交战,我爬上高墙,看看能不能派侦察兵前去打探后回报,但那时,沙拉奇部族寡不敌众,很快就会全军覆没。"

他稍停片刻。"所有戴尔沙鲁姆都愿意在大迷宫中捐躯。一个晚上损失十几名、二十几名,甚至一百名战士,只要是在执行艾弗伦的旨意,这一切又有什么关系?"

"但损失一名战士和损失一整个部族还是不同。如果我们不去救援,还谈得上什么荣誉?"

"你自己也说路都被挡住了。"阿马戴佛伦提到。

贾迪尔点头。"但我的侦察兵能过去观察情况,而我还记得在当奈沙鲁姆的时候和弟兄一起在墙顶奔行的情况。我问自己,这等事情连小孩做得到,难道真正的男人做不到吗?于是我们在墙顶奔跑,向艾弗伦祈祷我们能及时赶到。"

"当你们抵达时,看到什么情形?"阿马戴佛伦问。

"半数沙拉奇战士已经阵亡,"贾迪尔说,"剩下不足十人,而且都身负重伤。他们面对数量差不多的阿拉盖,恶魔坑已经露馅,恶魔都避得远远的。"

再一次,贾迪尔望向沙拉奇达玛基。"剩下的男人在夜里英勇作战。他们体内全流着沙拉奇的血液，是与沙达玛卡并肩作战的勇士。"

"然后呢？"达玛基继续道。

"我的手下加入沙拉奇弟兄的阵容，我们攻击阿拉盖，将它们推入坑内，送它们去见黎明的阳光。"

"听说你徒手杀了几头。"阿马戴佛伦说，证据中满是骄傲。"单凭沙鲁沙克。"

"只徒手葬送两头恶魔。"贾迪尔说。他知道妻子正在面纱下皱眉，但他不在乎。他不愿欺骗他的达玛基，或是巧言诓取不属于自己的荣耀。

"尽管如此，还是值得一提的战绩。"阿马戴佛伦说。"沙恶魔的力气超过常人数倍。"

"我在沙利克霍拉期间学过借力打力的战技。"贾迪尔鞠躬回道。

"这也不表示他不是叛徒！"沙鲁姆卡吼道。

"我背叛什么了？"贾迪尔问。

"我下达的命令！"沙鲁姆卡叫。

"你下达了愚蠢的命令！"贾迪尔回道。"你的命令浪费了顶尖的战力，还会导致沙拉奇部族的灭亡，而我依然奉命行事，之后舍身救援！"

马甲部族的达玛基阿雷维拉克站起来，他是位老人，比阿马戴佛伦还要年长。他的身如长矛，瘦高而昂然挺立，根本不像一位年近七十岁的老者。

"我唯一看到的叛徒只有你。"阿雷维拉克对沙鲁姆卡大声说道。"你理应维护克拉西亚所有沙鲁姆的荣誉，但结果你却为了打击对手而不惜牺牲沙拉奇部族。"

沙鲁姆卡朝达玛基踏出一步，但阿雷维拉克不仅没有后退，

反而迎上一步，摆出沙鲁沙克的架势。与贾迪尔这个小小的凯沙鲁姆不同，达玛基有权挑战并杀死沙鲁姆卡，进而重新选拔继承者。

"够了！"安德拉叫道。"全部站回去！"两个男人遵命，顺从地低下头去。

"我绝不让你们在我的王座厅里打架，像是……像是……"

"像男人一样？"英内薇拉说道。

这种大厅的审判氛围令贾迪尔紧张得差点窒息，但安德拉只是皱皱眉，没有出声斥责。

安德拉叹气，神情十分疲惫。贾迪尔可以看见岁月在他身上留下的痕迹。希望艾弗伦赐他早死，他默默祈求。

"我没看见任何罪行。"安德拉最后说道。他若有所指地看向马甲达玛基。"两边都没有。沙鲁姆卡依照职责下达命令，凯沙鲁姆则在战阵中根据具体情况下达决定。"

"他在我的手下面前羞辱我！"沙鲁姆卡叫道。"单是这点，我就有权处死他。"

"不好意思，沙鲁姆卡，但规矩并非如此。"阿马戴佛伦说。"他的羞辱让你有权亲手杀他，而不是派其他人将他处死。如果你这么做，这件事早已落幕。我可以请问你为什么没有这么做吗？"

沙鲁姆卡安静片刻，不知该如何作答。英内薇拉以手肘轻推贾迪尔一下。

贾迪尔看了她一眼。我们还没赢吗？他以眼神询问。但她以坚决的目光示意他挑战。

"因为他是懦夫。"贾迪尔大声说道。"没有足够的实力捍卫白头巾，他躲在宫殿里，派遣其他人代他出阵送死，像个卡菲特似的等死，而不是像沙鲁姆一样在大迷宫里英勇战死。"

沙鲁姆卡双眼圆睁，咬牙切齿，脸上和脖子上的青脉暴起。贾迪尔全身戒备，等待对方朝自己扑来，心中幻想各种杀死这个老头的招式。

其实，他没有必要这么做，因为沙鲁姆卡抓着自己的胸口摔倒在地，身体扭曲，口吐白沫，最后动也不动地躺在地上。

"你知道会发生这种事。"贾迪尔在他们独处时质问道。"你知道只要我激怒他，他就会像条死狗样蜷缩在地板上，口吐白沫，然后死去。"

英内薇拉耸肩。"就算知道又怎样？"

"蠢女人！"贾迪尔吼道。"如此杀死一个男人根本没有荣誉可言。"

"你说话给我放小心点。"英内薇拉警告，扬起一根手指。"你还没成为沙鲁姆卡，没有我的话，你永远别做梦。"

贾迪尔皱眉，不知道她的话有几分可信。我是否命中注定要成为沙鲁姆卡？若是果真如此，命运可以改变吗？"这件事过后，我还保得住凯沙鲁姆的职位就已经很幸运了。"他说。"我害死了安德拉的朋友。"

"胡说八道。"英内薇拉说，脸上露出不怀好意的微笑。"安德拉是……懂得变通的人。现在职位出缺，而你赢得的荣耀连与你敌对的马甲部族都不得不恭认。我会让他明白只有你担任沙鲁姆卡才能让他感到荣耀。"

"怎么做？"

"交给我吧。"英内薇拉说。"你有其他的事情要应付——当安德拉为你缠上白头巾时，你发表的就职演说，你必须提出从每个部族迎娶一名妻子的要求，借以作为团结的象征。"

贾迪尔惊讶无比。"与低贱部族配种，玷污解放者卡吉的血脉？"

英内薇拉用力戳他的胸口。"只要你停止愚行，按照我的吩咐去做，你将会成为沙鲁姆卡。如果你能够拥有其他部族的后代……"

"克拉西亚各部族将会像兄弟一样结为一家。"贾迪尔点头道。"我可以请达玛基帮我挑选妻子，"他思索着。"这样足以赢得他们的效忠。"

"不，"英内薇拉说。"挑选妻子必须交给我。达玛基只会依据各自的利益和政治野心挑人，阿拉盖霍拉才是艾弗伦的最终选择。"

"还是投骨骰。"贾迪尔喃喃说道。"难道卡吉本人也是骨骰选的吗？"

"当初就是卡吉赐给我们预知魔印的。"英内薇拉说。

第二天，贾迪尔再次被请去出席安德拉召集的王厅会议。当他走进会议厅时，众多达玛基纷纷交头接耳，达玛基丁则默默地注视着他。

安德拉躺在自己的王座上，把玩着沙鲁姆卡的白头巾。头巾内侧的网环在安德拉的长指甲轻弹之下发出清脆的叮当声。

"沙鲁姆卡是名伟大的战士。"安德拉仿佛看穿他的心思似的说道。他自王座上站起。贾迪尔立刻屈膝跪倒，双手伏地。

"是的，安德拉阁下。"他说。

安德拉一脸轻蔑地朝他挥手。"在你的印象里，他当然不是这样的人。当你还穿着拜多布时，他已经比大多数沙鲁姆还要年长，再也不能和年轻人一样对抗阿拉盖了。"

贾迪尔低头不语。

"年轻人不该仅以力量评判男人。"安德拉说。"你也这么评价我？"

"请您原谅，阁下，"贾迪尔说道，"但你不是沙鲁姆。沙鲁姆是你夜晚的手臂，而那条手臂得保持强壮。"

安德拉嘟哝一声。"大胆。"他说。"不过我想任何敢娶达玛丁为妻的男人都是大胆。"

贾迪尔沉默不语。

"你打算挑衅他攻击你。"安德拉说。"显然你认为这才是勇士应有的死法。"

每一次，贾迪尔都只听不说。

"但如果他攻击你，那只会表示他的愚蠢。"安德拉说。"而艾弗伦对于蠢材没有什么耐心。"

"是的，安德拉阁下。"贾迪尔说。

"现在他死了。"安德拉说。"我的大英雄，一个曾送无数阿拉盖面对阳光的男人，毫无尊严地死在地板上，只因你不尊敬他所赢得的荣耀！"

贾迪尔咽下一大口口水。安德拉一副准备攻击他的模样。情况和英内薇拉说的不同，而这个关键时刻她偏偏没有出席。他环顾大厅，寻求支援；但安德拉讲话时，所有达玛基都低头聆听，而达玛基丁神情更木讷，如同趴在地上的贾迪尔只是一只小虫。

安德拉叹了口气，似乎有点伤心，蹒跚着走回王座，重重地坐下。"我很难看到一个生前有如此荣耀、如此成就的男人落得如此悲惨的结局。我的内心渴望复仇，但事实是沙鲁姆卡死了——我不能充当一头蠢笨的骆驼，我不能无视数百年来第一次所有达玛基在沙鲁姆卡继承人选上完全取得共识的事实。"

贾迪尔再度看向达玛基，或许出于幻觉，但他似乎看到阿马戴佛伦轻轻对他点头。

"你会成为沙鲁姆卡。"安德拉简短说道。"黑夜就交给你去面对了。"

贾迪尔摊开双手，膝盖着地爬上前去，将额头磕在王座前的厚厚地毯上。"我会成为你在夜里的强壮手臂。"他承诺道。

"今晚我会在沙利克霍拉正式宣布。"安德拉说。"你可以走了。"

贾迪尔再度磕头，想起英内薇拉的指示。达玛基已开始交头接耳。如果他要说话，一定要趁现在。

"阁下，"他开口道，眼看安德拉恼怒地将视线转回到他身上，"我恳求你及达玛基赐予祝福，让我自所有部族中迎娶一名妻子，作为所有沙鲁姆团结的象征。"

安德拉瞪大眼看着他。达玛基也一样。就连达玛基丁都为这突如其来的请求微微骚动。

"这倒是个不寻常的请求。"安德拉终于说道。

"不寻常？"阿马戴佛伦大声道。"闻所未闻！你是卡吉部族的人！我绝对不会祝福你迎娶那些——"

"你无须祝福。"阿雷维拉克笑嘻嘻地插嘴道。"如果沙鲁姆卡想要娶马甲部族的女人，我非常乐意举行仪式。"

"毫无疑问，你很乐意稀释卡吉部族的血脉。"阿马戴佛伦吼道，但阿雷维拉克并没有被激怒，只是微笑。

"我也愿意祝福沙拉克之女的婚礼。"沙克吉部族的克维拉达玛基说。很快地，剩下的达玛基纷纷表示赞同，大家都迫不及待想在第一武士的宫殿里挣得一席之地。

"你当然不可能允许这种事！阿马戴佛伦。"安德拉说。"如果沙鲁姆卡想要团结部族，而各族的达玛基也都有同意，我看不出拒绝的理由。就像我一样，第一武士戴上头巾后就不再隶属任何部族。"

安德拉转而望向达玛基丁——这也是贾迪尔第一次看到他这么做。"此事属于女人的管辖领域，不是拿长矛的男人可以决定的，"他说，并没有特别朝哪一名达玛基丁。"各位达玛基丁对于这个提议有什么看法？"

女人转身背对男人，围成一圈，低声商议，没有人听得懂她们在说什么。片刻过后，她们结束讨论，回过身来面对安德拉。

"达玛基丁没有异议。"其中一人宣布道。

阿马戴佛伦满脸怒容，贾迪尔知道自己已经得罪此人，或许完全没有回旋的余地，但此时此刻他什么也不能做。他已经娶了三个卡吉部族的妻子，包括他的吉娃卡在内，已经够多了。

"那就决定了。"阿雷维拉克说。"沙鲁姆卡，我的孙女今年十四岁，容貌美艳，还是处女。她会为你生育强壮的儿子。"

贾迪尔深深一鞠躬。"我很抱歉，达玛基，但选择妻子是我的吉娃卡的职责。她会抛掷阿拉盖霍拉，确保艾弗伦祝福每一桩婚事。"

诸位达玛基再度议论起来，阿雷维拉克的微笑消失，其他达玛基也一样。但现在提出抗议已经太迟了。阿马戴佛伦的怒容倒更像是有点幸灾乐祸了。

"讲够新娘的事了！"安德拉吼道。"你得偿所愿，沙鲁姆卡。在你进一步打扰我的宫殿前尽快离开！"

贾迪尔躬身退出大厅。

※

"你是白痴吗？"贾迪尔还没退出安德拉的宫殿，年长的阿

马戴佛伦达玛基已经追上来，将他拉到一间隐密的房间大声问道。

"当然不是，我的达玛基。"贾迪尔说。

"看来再过几小时就不是'你的'达玛基了。"阿马戴佛伦说道。

贾迪尔耸肩。"作为卡吉部族的一员，我依然受到达玛基管辖，而你是达玛基座谈会之首。但身为沙鲁姆卡，我得代表所有部族的战士。"

"沙鲁姆并不代表战士，沙鲁姆卡统治他们！"阿马戴佛伦厉声回道。"而你身为卡吉部族的一员就表示艾弗伦卡希望卡吉部族统治他们！你不能破坏祖制。"

"为了全克拉西亚的利益着想，我必须如此。"贾迪尔说。"我不会成为你的懦弱傀儡，就像上一任沙鲁姆卡那样。战士们想要壮大就得要团结，齐心协力是唯一赢得战争的方式。"

"你是在背叛自己的部族！"阿马戴佛伦叫道。

"不，我是在面对其他部族。"贾迪尔说。"我想求你，和我一起面对。"

"面对我们的血敌？"阿马戴佛伦说，满脸惊恐。"我宁愿羞愧地死去！"

"卡吉的年代里，克拉西亚只有一个部族。"贾迪尔提醒他道。"我们的血敌也是我们的血亲。"

"你是卡吉的血脉中的杂种。"阿马戴佛伦说，对着贾迪尔的脚吐口水。"沙达玛卡的血脉在你的血管里已经沦为骆驼尿。"

贾迪尔脸色阴沉，一时间，他真想狠狠揍他。阿马戴佛伦是沙鲁沙克顶级大师，但贾迪尔年轻力壮，身手矫健。他可以杀死这个老头，但他还未成为沙鲁姆卡，杀死阿马戴佛伦只会破坏英内薇拉的计划，赔上他和长矛王座。

难道我一生注定必须在受尽这些老朽的欺辱之后才能成功？他压抑住心里的怒火暗自解嘲。

"沙鲁姆卡死了！"安德拉对在沙利克霍拉中集合的战士们说道。在大神庙中列队集合的沙鲁姆齐声呼喊，矛盾交击，吵闹声中，送第一武士投入艾弗伦的怀抱。

"但我们不能像懦弱的北方人一样，放弃黑夜！"安德拉在众人逐渐安静后训道。"我们是克拉西亚人！沙达玛卡的血脉！我们会抗争到解放者回来，或是最后一位奈沙鲁姆手中的长矛倒下，哪怕克拉西亚埋葬于沙漠中！"

战士们高举长矛，仰头齐声呐喊。

"因此，我将选择一名新的沙鲁姆卡领导阿拉盖沙拉克。"安德拉说。"此人在奈沙鲁姆受训期间就已经担任奈卡，十二岁时就站上高墙，打破百年来最年轻的纪录！半年不到，他又网下了一头击倒训练官的风恶魔。为此，他被带往卡吉大帐，这又破了大回归以来最年轻的纪录。他参与阿拉盖沙拉克的第一天晚上战功优异，于是被派往沙利克霍拉，与达玛共同进修五年，以凯沙鲁姆的身份首度披上黑袍，这是解放者年代以后最年轻的纪录！"

卡吉部族的战士开始交头接耳，因为他们都很敬佩贾迪尔的成就。安德拉暂停片刻，任由激动的情绪蔓延，然后继续道。"前天晚上，他带领英勇的士兵救援面临灭族危机的沙拉奇部族，在手下还未备妥长矛前徒手击毙阿拉盖！"

士兵们开始躁动起来。克拉西亚所有男人、女人、小孩都听说过这些振奋人心的英雄故事了。

"阿曼恩·阿苏·霍许卡敏·安贾迪尔·安卡吉,请站到骷髅王座之前!"安德拉喊道,战士们欢呼雀跃,用矛拍打盾牌,迎接贾迪尔出场,他身穿沙鲁姆黑袍,头上没戴头巾。

英内薇拉默默走在他身旁,随他一同迈向骷髅王座,并且在他拜倒时一同跪下。在他磕头前将安德拉的《伊弗佳》圣典放在他额头下方。圣典是以凯沙鲁姆的人皮所制,以戴尔沙鲁姆的鲜血写成,并且以沙鲁姆卡的皮制成绳装订。传言:如果谁在接触它时胆敢说谎,他的头骨将被烧焦。

"你是否无论在任何情况下都愿意服侍艾弗伦?"安德拉问。

"是的,安德拉阁下。"贾迪尔承诺道。

"你愿成为它的强壮胳臂,将所有荣誉献给沙利克霍拉的王座?"

"我愿意,安德拉阁下。"

"你愿意指挥阿拉盖沙拉克,直到沙达玛卡再临,或是你升入天堂?"

"我愿意,安德拉阁下。"

"那么请起身,"安德拉说,高举沙鲁姆卡的白头巾,让所有的人看见。"黑夜召唤它的沙鲁姆卡。"

贾迪尔站起来。安德拉转向英内薇拉,将白头巾交给她。她则将白头巾缠在贾迪尔头上。

沙鲁姆一起跺脚欢呼。但贾迪尔几乎没有注意到他们。安德拉为什么没有按照传统亲手为他缠上头巾?为什么将这份荣耀赐给英内薇拉?

"不要被荣耀冲昏头脑,准备好发表就职演讲吧。"英内薇拉把他从沉思中拉回现实,低声说道。贾迪尔微微一惊,接着转身面对大殿中的沙鲁姆——将近六千位手持长矛的战士。不久前还在一万以上，但前任沙鲁姆卡指挥失职让不少人付出了代价。贾迪尔暗自发誓，自己绝对不犯同样的错误。

"我的兄弟们。"贾迪尔说。"这是身为沙鲁姆的光荣时刻！各自为战，克拉西亚各部族能令阿拉盖恐惧战抖，但团结合作之后，我们将无所不能！"

战士们齐声欢呼起来。贾迪尔等待呼声渐歇。"但当我看着你们，我却看到了手足相残！"他感慨道。"马甲部族与卡吉部族仇深似海；甲马部族与坎金部族也是矛盾重重——所有部族都能在这座大厅中找到自己所谓的敌人！其实，我们原本都是黑夜里的生死兄弟，但各位有谁自愿与近年来人数锐减的沙拉奇部族并肩作战吗？"

现场一片死寂，战士们不确定该如何回应。他们都知道他说的没错，但部族间血仇太深，就算有人有心放下，也不能说忘却就忘却——而与自己一样想法的人并不多。

"沙鲁姆卡理应不属于任何部族，"贾迪尔继续道。"但对我而言，这种情况更加糟糕！没有部族的我还指望谁会效忠？《伊弗佳》告诉我们唯一的忠诚来自血族。因此，"他挥手指向身后坐在王座上的安德拉以及达玛基。"我请求我们的领袖让我的血脉融入所有部族。"

"在安德拉的祝福下，"贾迪尔说。"各族达玛基都答应让我迎娶一名适合生育的女子，为我产下沙鲁姆之子，而我会踏实地守护他们。"

所有人震惊得说不出话，接着大厅中爆出一股认同的声浪，除了卡吉部族，所有人欢声雷动。不管《伊弗佳》怎么说，很显然卡吉部族的战士怀疑贾迪尔会像以前一样效忠自己的部族。

让他们抱怨吧，贾迪尔心想。我会在大迷宫里赢回他们的心。

"所以,"他高声喊道,压下神庙中的喧嚣声,"等我的吉娃卡挑选完我的新娘,达玛基就会举行婚礼仪式。"

然而就在此时,英内薇拉毫无预警地踏步向前,不但出乎沙鲁姆以及众领袖的意料,就连贾迪尔也大吃一惊。她打算公开说话吗?不管是不是达玛丁,任何女人在沙利克霍拉中公开说话都是闻所未闻的事。

不过英内薇拉所做的一切几乎都是闻所未闻。

"此事无须拖延。"她大声说道。"就让沙鲁姆卡的新娘们站出来!"

贾迪尔惊讶得下巴都快掉下来了。她这么快就已经为我挑选好新娘了?不可能!

但十一名女子大步踏上沙利克霍拉大圣坛,在她们目瞪口呆的部族达玛基面前下跪。贾迪尔看着她们,内心一沉——她们全都是达玛丁。

沙鲁姆卡的宫殿比卡吉宫殿稍小,但卡吉宫殿里住了数十名凯沙鲁姆、达玛,以及他们的家人,而这座宫殿完全属于贾迪尔。他想起睡在卡吉沙拉吉拥挤的石板地上,裹着脏被单的日子——眼前的奢华景象让他目瞪口呆。他脚上踏的是长绒毛、天鹅绒以及丝绸地毯,用餐时使用精致得他都不敢碰的瓷盘,喝酒就用镶有宝石的金杯;还有喷泉!在克拉西亚最珍贵的东西就是清水,现在连他母亲的卧房都听得见悦耳的流水声。

他将夸莎抛入一堆枕头中,兴奋地抓紧她丰满的胸部,透过半透明的上衣,她那包裹在同样材质的薄纱中双脚。刮得干干净净……喷了香水的下体隐约可见。欣赏着眼前的无限风景,让他欲火中烧,一把扑到她身上,心想娶十二个达玛丁精灵并不像自己想的那般枯燥乏味。

　　沙拉奇部族的夸莎是所有新妻子中最得他宠幸的一位。她几乎和英内薇拉一样美貌，但远比英内薇拉善解人意。只要他一句话，她马上就会脱个精光。尽管她的肚子还是平的，但结婚才六星期，她就已经怀了个儿子——即将成为新妻子中第一个出世的小孩。他知道他现在应该去找别的妻子，让宫殿里住满大肚子的女人，借以获得各部族的忠诚，但怀孕的夸莎却让贾迪尔欲望更加高涨。英内薇拉似乎并不在乎，她不太管她的达玛丁吉娃森，随便贾迪尔想和谁上床就和谁上床。他喜欢让夸莎跟在身边，因为跟她在一起就像一般的平民夫妻那样温馨。

　　夸莎哈哈大笑，将他推倒，恣意地骑到他身上。

　　"看在艾弗伦圣骨的分上，女人！"贾迪尔大叫，在她骑上来时重重喘息。

　　"我在和沙鲁姆卡行房时还要装出一本正经的模样吗？"夸笑着莎问道，轻轻起身，重重坐下。"昨天晚上，安德拉本人还提起了你升职后在大迷宫中赢得的荣耀；能每晚呵护你的长矛是我的荣耀。"她凑上前来，很有节奏地蠕动着。

　　"女人有可能同时怀下两个孩子。"夸莎在满是香气的热吻中低语道。"或许你可以在我体内种下另一个儿子。"贾迪尔张口欲言，但她咯咯娇笑。好一阵子，他们累得大汗淋漓，进行着唯一可以和阿拉盖沙沙克相提并论的激烈战争。

　　结束后，夸莎翻下他的身体，抬起双脚，让他的种子滞留在体内。

　　"昨天傍晚我离开时，你留在了宫殿内？"看了一会儿过后，贾迪尔说道。

　　夸莎凝望着他，楚楚动人的脸上掠过一丝恐惧，随即又换上一副做爱时的可爱和妩媚。

"是的。"她承认道。

"那你什么时候见到安德拉的?"贾迪尔问。"就算是达玛丁,怀孕的女子晚上都不能离开自己的宫殿。"

"我说错话了。"夸莎说。"不是昨天晚上。"

"哪天晚上?"贾迪尔逼问道。"你是哪天晚上在不被允许的情况下带着我未出世的儿子离开安全的宫殿的?"

夸莎站起身来。"我是达玛丁,不须向你——"

"你是我的吉娃!"贾迪尔吼道,吓得她浑身发抖。"《伊弗佳》并没有赐予达玛丁不须服从丈夫的权力!"只是英内薇拉没事引用圣法就已经很糟糕了,贾迪尔绝对不能让所有妻子都拥有同样的特权。他是沙鲁姆卡!

"我没有离开魔印守护!"夸莎叫道,高高举起双手。"我发誓!"

"那就是你捏造安德拉的言语吗?"贾迪尔问,紧握拳头。

"没有!"夸莎叫。

"那么安德拉来过我的宫殿?"贾迪尔问。

"求求你,我被要求对这事保密的。"夸莎说着,屈服地垂下目光。

贾迪尔粗暴地抓着她,强迫她正视自己的眼睛。"没有人能在我面前禁止你做任何事!"

夸莎用力挣扎,挣脱他的手掌,身形一晃,跌倒在地。她泪如泉涌,双掌遮面,浑身战抖。她看起来如此脆弱,如此恐惧,他满腔的怒火顿时一扫而空。他半跪在地,轻轻将双掌放上她的肩。

"所有妻子里,"他说,"我最宠爱你。我只希望你对我忠诚——不管你怎么回答,我都不会惩罚你,我保证。"

她抬起头来,一双噙满泪水的大眼睛凝望着他,而他拨开她的发丝,以大拇指擦拭她的泪水。她推开他,低头望向地面。但她开口说话时,声音几乎细不可闻。

"夜晚的沙鲁姆卡宫殿并非总是寂静无声。"她说。"当宫殿的主人身处阿拉盖沙拉克时。"

贾迪尔压抑一股怒火。"宫殿下次骚动会在什么时候?"

夸莎摇头。"我不知道。"她抽噎道。

"掷骨骸,预卜一下。"贾迪尔命令道。

她抬头看他,神情愤慨。"我不能这么做!"

贾迪尔吼叫一声,怒气再度爆发,暗自后悔娶达玛丁为妻这事儿。就算她没有身怀他的骨肉,贾迪尔也不能殴打夸莎,她很清楚这点——奈的深渊里有一层是专门为伤害达玛丁的男人所准备的。

"你别挑战我的忍耐极限,吉娃。"他说。"掷骨骸,不然我就把沙拉吉部族派往第一层,你的部族将被黑夜吞噬。你们的孩子会被逐出汉奴帕许,沦为卡菲特,女人则供低贱部族玩弄贱踏。"

他不会这么做,但她实在没把握。

"你不敢!"夸莎说。

"当你玷污我的荣耀时,我为什么要赐给你的部族荣耀?"贾迪尔大声道。

夸莎放声哭泣,但还是伸手取出所有达玛丁随身携带的黑色口袋,她的以一圈彩珠系在自己裸露的腰间。

贾迪尔已经十分熟悉掷骨程序,于是走过去拉起沉重的丝绒窗帘,遮蔽任何可能破除魔法,导致骨骸失效的阳光。

夸莎点燃一根烛灯。她凝视着他,目光充满恐惧。"对我发誓,"她哀求道,"发誓你永远不会告诉吉娃卡我为你掷过骨骸。"

英内薇拉。贾迪尔当然知道宫殿里的一切肯定与她有关，但得知真相依然令他心伤。他现在位居沙鲁姆卡，但还是没有资格得知她的计划。

"我以艾弗伦以及吾子之血立誓。"贾迪尔说。

夸莎点头，抛掷骨骰。贾迪尔看着它们邪恶的魔光，第一次怀疑它们究竟是否代表艾弗伦在阿拉上的声音。

"今晚。"夸莎低声道。

贾迪尔点头。"收起骨骰，我们再也别提这事。"

"沙拉吉部族呢？"夸莎问道。

"我永远不会将怒气发泄在我儿子的部族上。"贾迪尔说，伸手触摸她的腹部。夸莎松了口气，脑袋靠上他的肩膀，随之紧张的气氛消散而放松心情。

当太阳沉入沙丘时，贾迪尔轻轻离开在枕头床上沉睡的夸莎，穿上黑袍，戴上白头巾。他挑选最喜爱的长矛和盾牌，下楼去和凯沙鲁姆共进晚餐。

他们享受由贾迪尔的母亲、达玛丁妻子以及姊妹所供应的腌肉及冰水。他的那些达玛丁妻子无疑躲在暗处聆听他们交谈，不管是不是吉娃，她们不会自贬身份服侍男人用餐。他的顾问阿山坐在桌子对面，与他遥遥相对。继任贾迪尔在卡吉部族之位的忠诚属下凯沙鲁姆的山杰特坐在他右手边，而他的护卫哈席克坐在他左手边。

"昨晚我们损失多少战士？"贾迪尔一边慢慢品茶，一边问道。

"第一武士，我们昨晚损失四名战士。"阿山说。

贾迪尔惊讶地看着他。"卡吉部族损失了四名？"

阿山微笑。"不，我的朋友。克拉西亚损失四名。两名诱饵兵以及两名侦察兵，都是度过巅峰时期的戴尔沙鲁姆前去面对他们的荣耀。"

贾迪尔报以一笑。自从晋升沙鲁姆卡以来，每晚折损的人数逐渐降低，恶魔的击杀数目则逐渐提升。

"阿拉盖呢？"他问。"有多少头被阳光烧死？"

"超过五百头。"阿山说。

贾迪尔大笑。他怀疑真正数目不到一半，因为所有部族都习惯虚报击杀数目，但这个数字依然很不错，比前任沙鲁姆卡的成就要好多了。

"镇守第八层的部族依然争取不到荣耀。"阿山说。"我们考虑今晚延长开启的时间，确保所有人都有阿拉盖可杀。"

贾迪尔点头。"多开十分钟。如果这样不够，明天再增加十分钟。今晚我会待在城墙上检查新的巨蝎和投石器。"

阿山鞠躬。"遵奉沙鲁姆卡号令。"

晚餐过后，他们前往沙利克霍拉，接受达玛基的祈福，保佑今晚的战役成功。当战士们迈向大迷宫时，贾迪尔留下他的两名心腹。

"今晚你戴白头巾，哈席克。"贾迪尔说。

哈席克的目光燃起狂野的光芒。"遵奉沙鲁姆卡号令。"他鞠躬。

"你举动是认真的！"阿山说。"让戴尔沙鲁姆假扮沙鲁姆卡是违背我们神圣誓言的行为！"

"胡说八道。"贾迪尔说。"《伊弗佳》中有几个故事提到卡吉本人不希望别人得知自己的行踪时，亦常采用这个方法。"

"原谅我，第一武士。"阿山说。"但你并不是解放者。"

贾迪尔微笑。"或许。但如果《伊弗佳》不是沙达玛卡留

给我们学习的典籍，它又算是什么呢？"

阿山皱眉。"万一哈席克被发现怎么办？"

"不会的。"贾迪尔说。"只要戴上黑夜面巾，投石器部队根本不会认出他，因为他们很少有机会近距离和我接触。然而所有人都只会看见我站在城墙上，不会有任何沙鲁姆质疑我今晚有没有前往大迷宫。"

"如果你失算，他会被判处死刑。"阿山警告道。

贾迪尔耸肩。"哈席克杀过数百头阿拉盖。如果他命该如此，他会在天堂中警醒。"

"我不怕，沙鲁姆卡。"哈席克说。

阿山语气不屑。"笨蛋很少害怕。"他喃喃说道。"但你要去哪儿，"他问贾迪尔，"当其他人以为你在城墙上时？"

"啊，"贾迪尔说，接过哈席克的黑头巾同时缠起面巾，"这点任何其他人无须知道。"

夜晚的克拉西亚堡街道一片死寂，真正的男人通通前赴沙场，而剩下的卡菲特、女人以及小孩则深藏在地下城中。就和所有城内的宫殿一样，沙鲁姆卡的宫殿拥有自己的围墙和魔印，位于地下的楼层有好几处入口通往地下城。这座宫殿就像世界上所有宫殿一样不怕阿拉盖威胁——何况恶魔还必须突破克拉西亚的外墙才有可能威胁到它。而据贾迪尔所知，这种事情从来不曾发生过。

贾迪尔藏身在黑影中，戴尔沙鲁姆的黑袍便于他在黑暗里潜伏。就算有人在旁边看，也不会发现他的行踪。

他的宫殿大门紧闭着，但多年奈沙鲁姆的经验让他可以轻松翻墙而过。转眼间，他已经隐没在围墙内侧的黑影中。

当他穿越通往宫殿的庭院时,乍看起来没有不寻常的地方。窗户一片漆黑,里面寂静无声。尽管如此,夸莎的话一直刺激着他——夜晚的沙鲁姆卡宫殿并非总是寂静无声。

贾迪尔像个盗贼一样在自家走廊上借着黑影无声无息地行走,用上所有在大迷宫中猎杀阿拉盖的技巧。他所到之处,就连帷幔都没有半点飘动,一间接着一间,他察看接见厅和会客室——任何适合提供胆敢违背宵禁者聚集的场所——但什么人都没找到。

本当如此,他沉思道。她们都反锁在地下室,按照律法规定。你跑回家实在太蠢了。阿山说得没错,你逃离岗位,只为了满足一己好奇。当你在自己家中鬼鬼祟祟时,男人们却在黑夜中英勇奋战。

正当他打算赶回大迷宫时,他听见自己卧房中传来一声异响。他越走越近,声音越来越大。他自帷幔后偷看,发现两名身缚代表安德拉私人侍卫白腰带的凯沙罗姆站在自己卧房门口。现在声音清清楚楚传入他的耳中,他知道那是什么声音。

英内薇拉的娇喘。

愤怒瞬间席卷全身,强烈得超乎他所想象。在察觉自己动手之前,他的拳头已经击碎了一名凯沙鲁姆的背脊。对方"嘟哝"一声,但随着他跌倒在地,喉咙又被贾迪尔补上一脚后,顿时哑了。

另一名战士迅速转身,身手优雅得一看就知道曾在沙利克霍拉受训,战士试图擒抱。但贾迪尔的愤怒似狂风暴雨,他矮身躲过对方的手臂,闪到对方身后,一手抓住对手的下颌,一手紧抓他的后脑。他狠狠一扭,对方当场死去,摔倒在地毯上。

贾迪尔转身回旋,使劲踢中房门。房门由内反锁,但他一咬牙,再度出脚,这次蹬断了门闩,房门应声而开。

他瞬间扫视房内景象，感觉胸口像插了根长矛般剧疼。他以为会看见安德拉压住英内薇拉霸王硬上弓，但情况恰恰相反，英内薇拉一丝不挂，如同夸莎早上骑在自己身上那样欢愉地骑在那头肥猪身上。安德拉恐惧地抬头看他，但他被英内薇拉压在床上。她转向他，在盛怒中他不知道是出于自己想象，还是她真的在剥夺自己体内最后一丝荣耀的同时还能咧嘴微笑。

如果之前他的怒火如同火焰般猛烈，此刻已变成奈的第五层深渊的炙热地狱。他大步冲向墙上的武器架，抽出一根突刺用的短矛。当他转回身来时，安德拉已从英内薇拉身下爬起。他赤身裸体地站在贾迪尔的卧房中，软绵绵的阳具完全被巨大的肚子遮住。这景象令贾迪尔恶心不已。

"住手！我命令你！"安德拉在贾迪尔扑上时叫道。但贾迪尔毫不理会，以矛柄挥中对方下颌。

"就连你也不能剥夺我当丈夫的这种权利！"贾迪尔在安德拉倒地的同时吼道。"今晚我要为克拉西亚清理你这头恶魔！"他高举短矛，准备刺死对方。

英内薇拉抓住他的手臂。"笨蛋！"她叫道。"你会摧毁你所拥有的一切！"

贾迪尔转身反手甩了英内薇拉一巴掌，将她打得摔向一边。"不要怕，不忠的吉娃。"他说着，转身面对安德拉。"我的矛很快就会满足你无尽的欲望。"

他再度高举长矛，安德拉放声大叫，但四周突然一片橘红，贾迪尔受到一股难以想象的魔力冲击，整个人从安德拉身前飞了出去。缝在黑袍上的陶土护甲承受了巨大冲力，但当他撞上墙壁，从冲击中恢复过来后，却发现自己的黑袍着火了。他大叫一声，撕下长袍。

他转向英内薇拉，只见她手中握着第一次在沙利克霍拉里见面时携带的火恶魔头骨。她毫无羞耻地裸身站在两名男子身前，即使在这种情况下，她依然十分清楚自己的美貌无与伦比。憎恨与性欲在贾迪尔体内激荡。他迫切地想要占有对方。

"停下这种愚行！"她大声喊道。

"我不再接受你的号令。"贾迪尔说。"哪怕你烧掉这座宫殿，我还是会杀掉那头肥猪，然后在他的尸体上操你！"安德拉呜咽一声。但贾迪尔对他怒吼，吓得他立刻闭上了嘴。

英内薇拉面不改色，另一手取出另一件煤块似的物品。直到上面的魔印开始发光，贾迪尔才知道那是块阿拉盖霍拉。黑色头骨嗞啦作响，接着爆出一道银色魔光，迳直蹿向贾迪尔。

贾迪尔被凭空掀起，撞向墙壁，身体被包裹在一股超乎自己想象的痛苦中。他试图拥抱那种痛苦，但痛苦几乎在开始的同时就已经结束，只在他的心里留下赤裸裸的恐惧。他转身面对英内薇拉。但她再度举起头骨，闪电再度袭来。而他也再次在攻击过后挣扎起身。他第三次挣扎着走上前的时候，他的四肢已完全不听使唤，肌肉不受控制地抽搐。

"我们终于取得共识了。"英内薇拉说。"我乃艾弗伦的意志，你最好不要妄想抗拒我。如果和一头肥猪上床能帮你取得白头巾，那你该感谢我的牺牲，而不是试图摧毁这一切。"

"肥猪？！"安德拉大声说道，终于站起来。"我是——！"

"——是因为我要你活着所以还能活着。"英内薇拉说，扬起恶魔头骨。火焰自头骨的嘴与眼中呼呼喷出，吓得安德拉脸色发白。

"我要你支持贾迪尔，直到他赢得沙鲁姆和其他部族达玛基的支持。"她说。"但现在夸莎怀孕了，沙鲁姆会把他视为所有人黑夜与白昼的兄弟。现在你再也不能废除他了。"

"我是安德拉！"男人大叫。"我只要一挥手就能铲平这座

宫殿!"

英内薇拉大笑。"那你就会面临一场内战。而且就算你真的想除掉阿曼恩,他的达玛丁妻子又要如何处置?你打算依照传统强暴并且屠杀她们?《伊弗佳》里明文记载胆敢伤害达玛丁会面对什么下场。"

安德拉皱起眉头,一时无言以对。

"天堂之门已经关闭,"她说,顺手拿起一件丝绸衣服披在身上,裹住裸露的身体,"或许下次我需要你宣布什么事情时会再度开启,又或许我会派遣阿曼恩去用你的鲜血写下我的公告。但在那之前,带着你萎靡不振的老长矛滚回你的宫殿去。"

安德拉甚至顾不得穿上衣衫,抓起衣服拔腿就跑。

英内薇拉走向贾迪尔,跪倒在他身边。刚刚拿来发射闪电的恶魔头骨已化为乌有,她微微讶异地将灰烬拍落掌心。"你很强壮。"她说。"没有人遭受电击后还能爬起来,更别说是连续三次了。今晚我得挑颗大块的头骨来刻新的。"

她对他伸手,轻抚他的头发,抚摸他的脸颊。"啊,亲爱的,"她哀伤地说道,"我真希望你没目睹这种场面。"

贾迪尔努力移动舌头,感觉舌头好像肿得堵满了整个口腔。"为什么?"他终于嘶声问道。

英内薇拉轻叹一声。"安德拉本来打算将你处死,因为你用了激将法气死他的朋友。我采取必要手段救你一命,并且帮你掌权;但不必害怕,你坐上他的王座之日已经不远了,到时候,你可以亲手割下他那萎缩的阳具。"

"你……"贾迪尔张嘴,却说不出话来。他用力吞咽口水,试图润润舌头,但就连这个动作都做不到。

英内薇拉拉他起身,帮他倒了杯水,灌入他口中,按摩他的喉咙,帮助他吞咽。她撩起自己的丝袍擦他嘴时,露出她那丰满雪白的乳房。他很怀疑自己怎么可能到了这个地步还想要和她上床,但他无法否认这种想法。

"你知道事情会发展到这个地步吗?"他问。"当你要我杀掉沙鲁姆卡的时候?"他再次试图移动四肢,尽管它们仍丝毫不受支配。

英内薇拉再度叹息。"你不过二十几岁,亲爱的,但就连你都记得克拉西亚拥有一万名戴尔沙鲁姆的年代,最年长的达玛基甚至记得十万人的年代,而古老文献记载在大回归前我们拥有百万雄师。我们的人民逐渐凋零,阿曼恩,因为他们缺乏领导。他们需要的不只是战技卓绝的沙鲁姆卡,不只是手段强势的安德拉。他们需要沙达玛卡,不然奈会将我们通通埋入黄沙中。"

英内薇拉暂停片刻,挪开目光,似乎在谨慎挑选接下来的字词。"第一次见面的那天晚上,我亲自询问骨骰会不会再度与你相见。它告诉我,'我问的是克拉西亚堡中有没有一个男人可以带我们逃脱灭族的命运,重新迈向光荣的道路。'而它们给我指出一个多年后会在大迷宫中哭泣的男孩。"

"我是解放者?"贾迪尔嘶哑地问。

英内薇拉耸肩。"骨骰从不撒谎,但它也从来不会提示绝对之道。在某些未来里,人们深信你是,并且在你的领导下团结一致。或许未来,他们接受另一个男人的领导,也有可能完全不接受任何人领导。"

"那么骨骰有什么用处?"贾迪尔问。"如果是英内薇拉,命运自然会决定一切。"

"你理解的命运并不存在世间。"英内薇拉说。"除了最终战役沙拉克卡即将到来,而且为期不远之外,我们无法左右未来的发展。你穿上拜多布后,我就一直在观察你,亲爱的。你

是最有可能成为克拉西亚救赎者的人。而我会帮你躲过所有难关，就算得牺牲我自己肉体的荣耀，或是你的。"

贾迪尔瞪大双眼凝视着她。他说话的能力就像四肢一样不受控制。

英内薇拉弯腰亲吻他的额头，她的嘴唇柔软而冰凉。她站起身来，在他持续在地板上挣扎时，哀伤地看着他。"我所做的一切都是为了你，也是为了沙拉克卡。"她说完离开了房间。

第六章　伪预言

332 AR　冬

"青恩是完美的奴隶。"贾阳说。"就连最低贱的青恩都很怕死，永远不会鼓起勇气反抗。这真是场伟大的胜利，父亲。你的荣耀如太阳般普照众生。"

贾迪尔摇头。"扰动几粒微尘永远没法达到太阳伟大的景象，没什么值得一提的。"

"尽管如此，"贾阳继续道，"这一战我们获得全面的胜利，完全没有牺牲。"

房间对面，阿邦在小小的写字桌后轻哼一声。

"你有什么想要补充的吗，卡菲特？"

"没有，王子殿下。"阿邦立刻回答，目光从账本上抬起。他站起身来，撑着他的骆驼头拐杖，深深鞠躬。只是咳嗽。

"不，"贾阳说。"请告诉我们，我们战士无一伤亡，而你为什么还是不高兴？"

阿邦望向贾迪尔。贾迪尔点头。"或许没有损失戴尔沙鲁姆，王子殿下，但我们肯定有损失。"阿邦说。"食物、衣服、住所、交通工具。维持如此庞大的部队活动需要难以计数的开销。你父亲或许握有十二部族的财产，以及艾弗伦恩惠的财富，然而即便如此，他的钱还是有花完的一天。"

阿桑点点头。"《伊弗佳》告诉我们：当一个男人的口袋空

了，敌人胆子就会变大。"

贾阳大笑。"谁胆敢反抗父亲？再说，沙达玛卡为什么要花钱购买任何东西？我们已经征服这片土地了，我们可以想拿就拿。"

阿邦点点头。"这样说也没错，但遭人洗劫的商人缺乏资金补充货源——你可以取走蜡烛商所有的蜡烛，但如果你不支付足够他们进货的成本，当最后一根蜡烛耗尽时，你会发现自己也坐在黑暗中。"

贾阳嗤之以鼻。"烛灯是给嗜好夜读卷轴的懦弱卡菲特用的。对战士来说，夜里有没有烛灯并不重要。"

"那就拿打造长矛用的木柴和钢铁来比喻吧。"阿邦耐心地说道，仿佛在给小孩讲课。"缝制制服的面料及制作护甲的陶土、制作马具的皮革和油料，这些东西都不会凭空出现，如果我们现在抢走所有的种子和山羊，明年我们就没有东西可吃了。"

"我不喜欢你的语气，穿花衣服的家伙。"贾阳吼道。

"闭嘴，专心听他说话。"贾迪尔突然吼道。"卡菲特在提供智慧，我的儿子，听聪明人的话，并把他的话放在心上。"

贾阳惊讶地看向父亲，但立刻点头。"当然，父亲。"然后，将他那利如匕首的目光投向阿邦。

贾迪尔转向阿桑，他在整个过程中一言不发。"你呢，我儿？你对卡菲特的话有什么看法？"

"低贱之人说的很有道理。"阿桑承认道。"还有一些达玛基对于你的崛起怀恨在心，减少口粮会被他们当作发泄情绪的借口。"

贾迪尔点头。"你觉得该如何处理这个问题？"

阿桑耸肩。"在不忠的达玛基采取行动之前抢先除掉他们。"

"这样做就会激发更大范围的暴动。"贾迪尔提醒道。他转向阿邦。

"让部队聚集在城内负担太重了。"阿邦建议道。"我们得将他们分散到外围村庄。"贾迪尔的儿子们难以置信地看着臃肿的商人。

"解散部队？这是多么愚蠢的建议！"贾阳大声问道。"父亲，这个卡菲特真是条懦夫兼笨蛋！求你让我杀了他！"

"白痴小鬼！"贾迪尔训道。"你以为这个卡菲特敢说任何我不认同的话吗？"贾阳惊讶地看着他。

"有朝一日，我儿，"贾迪尔说，目光在贾阳和阿桑之间游移，"我会死去。如果你们打算在我死后继续存活，你们就必须听取来自各方面的智慧。"

贾阳转向阿邦，向他鞠躬。那是个极不情愿的动作，几乎连点头都称不上，而且他望向肥胖商人的目光流露出死亡的威胁。"卡菲特，请分享你的智慧。"

阿邦鞠躬回礼，拄着拐杖，因身体太过肥胖，动作仍不明显。"由于损失了几座粮仓，主城没有能力在不减粮的情况下养活所有克拉西亚人，我的王子殿下。但还有几百座小村庄如同轮辐般围着主城向外扩散。我们让绿地公爵提供一份清单，然后将他们分配给所有部族。"

"这样我们要固守的领土就变得很大了。"阿桑提出。

阿邦耸肩。"固守什么？担心部队威胁我们？如同王子所言，青恩是完美的奴隶。最好还是让沙达玛卡的部队解编，直到需要时重新集结，这样就不用为军粮的问题苦恼。他们可以拥有自己的领土，筹备粮草并且征收赋税，晚上就猎杀阿拉盖。他们可以建立绿地训练营，在他们的领土上训练男孩，春天的

时候就让女人和老人去种农作物。一年后，加上数千名新的奈沙鲁姆，各部族都会变得比从前更加富足。不断供给各部族财富，而非减粮，等到新兵年龄增长，沙达玛卡会掌控从古至今最庞大的部队，绝对效忠。而最重要的，在于他们自给自足。"

贾迪尔转向他的儿子们。"现在你们了解卡菲特的用意了吗？"

"是的，父亲。"男孩回答，同时鞠躬。

阿山达玛基步入王座室，迅速下跪拜倒，额头磕在地面上。他的白袍有血迹，黑头巾之下的双眼流露敬意。

"起身，我的好兄弟。"贾迪尔说。阿山一直是他最忠诚的顾问，在他掌权前已经如此。现在他代表克拉西亚势力最庞大的部族——卡吉部族发声。而他的长子，他与贾迪尔妹妹英蜜珊卓所生的阿苏卡吉，也将继承他们的荣誉。世上除了贾迪尔本人，没有谁比他地位高。

"沙达玛卡，有件事情得向你汇报。"阿山说。

贾迪尔点头。"我永远欢迎你的谏言，说吧。"

阿山摇头。"解放者，你最好直接去听听那帮犯人的供述吧。"

贾迪尔扬起一边眉毛，点了点头，跟随阿山离开行宫步入冰封的城市街道。贾迪尔行宫不远处有座青恩崇拜场所。与壮丽的沙利克霍拉相比，这座圣堂可谓朴实寒碜，但以北方人的标准来看已非常雄伟——三层楼高的石造建筑，其外绘有强力魔印。

阿山带头进入，贾迪尔发现达玛不只是征用了这间圣堂，他们已用沙漠之矛后战死的戴尔沙鲁姆经处理的骸骨来装饰圣堂内部。在英勇逝者的灵体守护下，北方没有任何建筑比这里更安全。

他们踏上向下的石阶，前往位于建筑地下的墓穴迷宫。

"青恩将他们光荣的逝者葬于此地。"阿山在贾迪尔打量墙上空荡荡的凹槽时解说道。"我们已经清出那些低贱的秽物，将这些地道用作其他用途。"

仿佛呼应他这句话，一个男人突然尖声惨叫，痛苦的声响在深邃的走道中回荡。阿山毫不在意这阵惨叫，带领贾迪尔穿越走道，来到一间特别的房间。房间中，数名北方祭司——人称"牧师"——手腕上铐，被吊在房间中的屋梁下。他们上半身的圣袍都被扒光了，身上满上阿拉盖之尾抽出的鞭痕——那是一种凶残的鞭子。

阿山挥手支开戴尔沙鲁姆拷问者，大步走到一名囚犯身前。"你，"他说着伸手指向对方，"胆子够大的话，就把刚刚对我说的话说给沙达玛卡听。"

牧师虚弱地抬起头来。一只眼睛肿得无法睁开，另一只眼睛泪流不止。泪水淌过脸上的血块和脏污。

"下地狱去见恶魔吧。"他含糊不清地说着，试图对阿山吐口水。可惜他力不从心，吐出来的鲜血只能沿着下唇淌下来。

拷问者立刻反应，抓起一把钳子迎上前去。他牢牢固定牧师的脸，强迫他张开嘴巴，用钳子夹住他的一颗门牙。男人的惨叫声随即回荡在房内。

"够了。"过了会儿，贾迪尔说道。拷问者立刻住手，鞠躬退回墙边站立。牧师软弱无力的身躯也垂下头来。贾迪尔走到他面前，哀伤地看着他。"我乃沙达玛卡，受慈悲的艾弗伦派遣而来。告诉我实话，我就终止你的苦难。"

牧师抬头看了他一眼，似乎找回一点力气。"我听说过

你,"他嘶声道,"你自称解放者,但你们根本不是。"

"你怎么知道?"贾迪尔问。

"因为解放者早已降临人间。"牧师说。"魔印人行走于黑夜中,恶魔全都望风而逃。他解救了面临毁灭的解放者洼地,而他迟早会出面解决你。"

贾迪尔讶异地看向阿山。

"不止有他这么说而已,沙达玛卡。"达玛基说。"还有其他青恩提到这个满身魔印的异教徒。想要确立你的地位,你就必须毁灭这个伪预言,而且要快。"

贾迪尔摇头。"听起来你怎么像我的妻子了?"

第七章 绿地人

326 AR

"总有一天,我会成为沙鲁姆卡!"贾阳大叫,一矛刺向贾迪尔给他的假人。绑缚的假人在屋梁下剧烈地晃动。

贾迪尔大笑,愉快地看着神采飞扬的儿子。贾阳现年十二,已经换上了拜多布,永远不会在打饭队伍中挨饿。贾迪尔的儿子们学会走路那天就开始教导他们沙鲁金。

"我想当沙鲁姆卡。"十一岁的阿桑叹息说道。"我不想当什么愚蠢的达玛。"他拉扯披在一边肩膀上的白布说道。

"啊,但你会成为沙鲁姆卡和艾弗伦之间的联络人。"贾迪尔说。"或许有朝一日,成为卡吉部族的达玛基,甚至是安德拉。"他微笑着说道,但内心深处他同意孩子的说法。他希望儿子成为战士,而不是祭司;沙拉克卡即将展开。

最初,英内薇拉希望贾阳披上白袍。但贾迪尔直截了当地拒绝了她。那是他少数几次争赢她的时刻,但他很怀疑这到底代表多大的胜利;那感觉就是她本来就打算让阿桑穿白袍。

其他男孩聚集在附近,敬畏地看着他们的兄长。贾迪尔大多数儿子都还没达到开始汉奴帕许的年纪,要继续等待自己的道路。所有妻子生的第二个儿子会成为达玛,其他人则是沙鲁姆。当天是月亏的第一夜,传说这天奈的大军力量处于巅峰,而且阿拉盖还会在大地行走。夜晚最能为战士带来力量的事就

是看着自己的儿子。

夜晚最能为战士带来力量的事就是看着自己的儿子和女儿。他心想，转向英内薇拉。如果我的女儿们也能在每月的月亏时回家，我会更开心。

英内薇拉摇头。"绝对不能打扰她们的训练，丈夫。奈达玛丁的汉奴帕许……非常严苛。"的确，女儿们在比儿子年幼许多时就被带离家园，他已经很多年没有见过自己的长女了。

"她们当然不可能全都成为达玛丁。"贾迪尔说。"一定要有些嫁给忠心的部下才行。"

"你会有的。"英内薇拉回答道。"没有人胆敢伤害你的女儿，对你的忠诚更胜你的女儿。"

"而对艾弗伦的忠诚又胜过她们的父亲。"贾迪尔喃喃说道。

"当然。"英内薇拉说，他可以感觉到妻子在面纱后微笑。他正想要反驳，阿山却走了进来，他的儿子阿苏卡吉和阿桑同年，身穿奈达玛的拜多布随他而来。阿山向贾迪尔鞠躬。

"沙鲁姆卡，凯沙鲁姆有事请你定夺。"

"我在陪我儿子，阿山。"贾迪尔说。"不能等等吗？"

"很抱歉，第一武士，但我认为拖延不好。"

"好吧。"贾迪尔叹气道。"什么事？"

阿山再度鞠躬。"我认为还是请沙鲁姆卡亲自去训练场看看比较好。"他说。

贾迪尔扬起一边眉毛。阿山向来不吝于提供自己的看法，就算他知道贾迪尔不会认同时也一样。

"贾阳！"他叫道。"拿我的长矛和盾牌来！阿桑！我的长袍！"

贾迪尔站在原地等着男孩们急急忙忙地领命进去。令他惊讶的是，英内薇拉竟然也跟着起身。"我陪你一块儿过去。"

阿山鞠躬。"当然，达玛丁。"

贾迪尔突然转身看她。她知道些什么？那些可恶的骨骰又预见今晚之事了吗？

三人留下小孩立即出发，走下沙鲁姆卡宫殿到沙鲁姆训练场的石阶。训练场对面就是沙利克霍拉，侧面长长一整排则是各部族的大帐。

台阶下端的平地，他们在宫殿围墙中看见一群沙鲁姆和达玛围着两名卡菲特。贾迪尔一看就火大——卡菲特的脏脚玷污沙鲁姆卡宫殿就是一种侮辱之举。他想把这话说出口，却刚好看清那名卡菲特的长相——阿邦。

贾迪尔已经很多年没有想起这个老友，仿佛那个男孩真的死在他违背誓言的那天晚上。那天晚上已过去十五年了。如果说贾迪尔已经不再是当年那个身穿拜多布、又瘦又小的男孩，阿邦的改变更加明显——这名前任奈沙鲁姆现在发福了，几乎和安德拉一样丑得令人作呕。他仍穿着卡菲特的褐色上衣，戴着小帽，还穿着鲜艳的短衫及五颜六色的丝绸窄裤，圆锥形褐帽外还系有红丝巾，并在中央镶了颗宝石。他的皮带和软鞋都是蛇皮制的。他挂着一根象牙拐杖，形状颇似站立的骆驼，腋下衬在骆驼的驼峰之间。

"你凭什么自认有资格和男人站在一起？"贾迪尔大声问道。

"很抱歉，伟大的沙鲁姆卡。"阿邦说，伏身拜倒，额头磕地。身为凯沙鲁姆的山杰特哈哈大笑着，在他屁股上踢了一脚。

"看看你，"贾迪尔怒道。"穿得像个女人，还敢在战士面前公然炫耀肮脏的财富，仿佛那对我们所信仰的一切并非一种侮辱，我当初应该让你摔死。"

"拜托,伟大的主人,"阿邦说,"我没有侮辱的意思,我只是来充当翻译。"

"翻译?"贾迪尔抬头看向阿邦身边的另一名卡菲特。

但另一个男人根本不是卡菲特。他立刻从对方白净的肤色和金黄的发色、穿着,以及他携带的陈旧长矛看出了这点。

"一个青恩?"贾迪尔问,转向他的达玛阿山。"你叫我来和一名青恩交谈?"

"听他说吧。"阿山劝道。"你会了解的。"

贾迪尔打量绿地人,他从来不曾如此近距离观察青恩。他知道北方信使偶尔会造访大市集,但那并不是男人该去的地方;而他的儿时记忆早已因为饥饿与羞耻的缘故而封闭。

和贾迪尔想象中不同,这个青恩很年轻——不比贾迪尔第一次换上黑袍时年长——而且身材也不特别壮硕,但他有股剽悍的气势。他的站姿和动作看起来都像个战士,毫不畏惧地迎向贾迪尔的目光,如同一个男人应有的态度。

贾迪尔知道北方男人已经放弃阿拉盖沙拉克,像女人一样躲在魔印后方,但克拉西亚的沙漠绵延数百里,途中没有任何避难所。一个穿越沙漠而来的男人必定得夜复一夜地面对阿拉盖——他或许不是沙鲁姆,但他至少不会是个懦夫。

贾迪尔低头看向阿邦摇尾乞怜的模样,压抑住心中作呕的冲动。"说话,说快点。我一看到你就觉得恶心。"

阿邦点头,转向北方人,压低音量简短说了几句话。北方人坚定地回应,以长矛撞击地面强调自己的决心。

"这位是亚伦·阿苏·杰夫·安提贝溪。"阿邦说,转过头来面对贾迪尔,但目光一直盯着地上。"自北方的来森堡出发,来此向你问好,并请求让他参加今晚的阿拉盖沙拉克,与克拉西男人们并肩作战。"

贾迪尔惊讶莫名——一个想要参战的北方人？这可是从来不曾听说过的事。

"他是个青恩，第一武士？"哈席克吼道。"出自懦夫的种族，他没有资格作战。"

"他如果是懦夫，根本不会来这儿。"阿山说道。"很多信使都曾造访克拉西亚，但只有这个人来到你的宫殿。如果他想战斗，而不让他参战将是对艾弗伦的侮辱。"

"我绝不会在战场上背对绿地人。"哈席克咕哝道，朝信使的脚上吐口水。许多沙鲁姆纷纷点头，发出认同的声音，不理会达玛的言语。看来祭师的权威毕竟是有极限的。

贾迪尔仔细考虑。这下知道阿山为什么要把这个决定交给自己了，因为不管如何决定都会有人反对。

他再度看向绿地人，好奇地想知道，他在战场上的能力如何。英内薇拉曾预言有朝一日他会征服绿地，而《伊弗佳》教导男人要在开战前了解自己的敌人。

"丈夫，"英内薇拉小声说道，碰了一下他的手臂，"如果这名青恩想要像沙鲁姆般站在大迷宫里，就得让我为他占卜未来。"

难怪她想跟来。她知道这个男人十分特殊，需要他的血液来占卜。贾迪尔眯起双眼，怀疑她有什么没告诉他。但她提供了一个下台阶的机会，他如果不把握就太傻了。他转过头面对阿邦，只见对方仍趴在脚下的地上。

"告诉青恩，达玛丁会为他掷骨骰。如果艾弗伦允许，他就可以参战。"

阿邦点头，转过头去面对绿地人，以难听的北方语言解释。青恩的脸上露出不悦——贾迪尔很清楚那种感觉，因为他大半辈子都成了骨骸的奴隶。他们交谈片刻，接着青恩咬了咬牙，

点头同意。

"带他到宫殿掷骨骰占卜。"英内薇拉说。

贾迪尔点头。"我陪你进行仪式,随身保护你。"

"没有必要。"英内薇拉说。"没有男人胆敢伤害达玛丁。"

"克拉西亚男人不敢。"贾迪尔纠正道。"天知道这些北方野蛮人会干出什么事情。"他撇嘴一笑。"我可不希望只因让你和这样的人物独处,就让你纯洁的声誉遭到玷污。"

贾迪尔知道她面纱底下的脸色一定十分难看,但他不在乎。不管她和绿地人之间会发生什么事,他一定要亲眼见证。他指示哈席克和阿山随他们一起回去,不给她任何机会趁四下无人时将他支开。阿邦被人拖着跟上,虽然他的身体玷污了宫殿的地板。若要清理这种污渍,他们得血洗地板才行。

没过多久,贾迪尔、英内薇拉以及青恩三人便同处在一间阴暗的房子里。贾迪尔转向绿地人。"伸出手臂,亚伦——杰夫之子。"

青恩只是好奇地看着他。

贾迪尔伸出自己的手臂,比了一个刀割的手势,然后将手臂举在阿拉盖霍拉上。

青恩皱起眉,但毫不迟疑地卷起衣袖,站上前去伸出手臂。

比我第一次还要勇敢。贾迪尔心想。

英内薇拉一刀割下,不久,骨骰就在她手中绽放耀眼的光芒。英内薇拉瞪大双眼专注地看着眼前的景象。她掷出骨骰,贾迪尔迅速观察结果。他没有受过达玛丁的训练,但在沙利克霍拉的课堂上学过不少骨骰上的符号所代表的意义。每颗恶魔骨上都只有一个魔印——预知魔印。其他符号都只是单纯的文字。这些文字和它们组成的图形讲述一个未来的故事……至少是可能的未来。

贾迪尔在英内薇拉收回骨骰之前看见了代表"沙鲁姆"、"达玛"、"第一"等符号。沙达玛卡。那是什么意思？一个青恩当然不可能成为解放者，难道他和我之间有某种关系吗？

令贾迪尔意外的是，英内薇拉再度摇骰，再度抛掷。自从大迷宫的那天晚上后，他就不曾看她或是任何达玛丁做过这种事。她维持着达玛丁应有的冷静态度，单是第二次掷骰这个动作已明白显示事情非比寻常。

就像当初在自己面前三次掷骰一样。

不管她看到了什么，贾迪尔心想。她想要非常肯定。

贾迪尔转向绿地人。他也在仔细观察掷骰的过程，但显然只把此事视为一些蒙昧宗教的简单仪式。

阿，杰夫之子，真要那么简单就好了。

"他可以参战。"英内薇拉说，自长袍中取出一只陶瓶，在青恩的伤口上涂抹一种味道难闻的药膏，然后以干净的布块包扎好。

贾迪尔点头，并没有期待她会说出行或不行以外的答案。他陪伴青恩走出房间。

"卡菲特。"他呼唤阿邦。"告诉杰夫之子他可以从城墙上开始。等他网下一头阿拉盖后，他就可以进入大迷宫。"

"当然不行！"哈席克说。

"艾弗伦已经下了结论，哈席克。"贾迪尔大声说道。战士立刻冷静下来。

阿邦迅速翻译。青恩只是轻哼一声，仿佛网下风恶魔不是什么大不了的事。贾迪尔微笑，他或许会喜欢这个男人。

"回你爬出来的那个狗洞去吧。"他对阿邦道。"杰夫之子或许有资格站在城墙上，但你已经失去了——得学会长矛的语言才行。"

阿邦鞠躬，转向绿地人慢慢解释。青恩抬头看向贾迪尔，点头表示理解。他的表情严肃，但贾迪尔读懂了他目光中的那股渴望。他拥有戴尔沙鲁姆在黄昏时的那种表情。

贾迪尔随其他人一起准备朝训练场前进。英内薇拉走过来抓起他的手臂。阿山和哈席克转过身来，面露迟疑。

"你们先走，看看能不能教会青恩一些我们作战时的手势。"贾迪尔说。"我等会儿就去和你们会合。"

"那个青恩会在你成为沙达玛卡的过程中扮演重要的角色，"英内薇拉在他们独处时立刻说道，"把他当作兄弟般对待，但随时提防他。如果你想要成为真正的解放者，你得杀了他。"

贾迪尔凝视自己高深莫测的妻子。你到底有什么没告诉我？他心想。

※

当天太阳下山时，绿地人没有露出丝毫恐惧或是惊慌的神情。他抬头挺胸站在高墙上，迫切地望向沙漠，等待着第一头恶魔凝聚成形。

真的，他与贾迪尔心中的胆小懦弱的北方人形象大不相同。克拉西亚人有多久没踏足绿地，亲眼见过任何绿地人了吧？一百年？还是两百年？大回归以来，有任何人曾离开过沙漠之矛吗？

两名战士在他身后窃笑。他们隶属穆罕丁部族，马甲部族以外最强大的部族。穆罕丁部族全心投入远程武器的研究；他们建造投石器以及巨蝎刺——用作投掷的巨石，并且打造巨大的巨蝎刺——能在一千英尺外射穿沙恶魔外壳的巨矛。虽然使用长矛的技巧没有其他部族纯熟，但他们的荣耀永无止境，因为穆罕丁部族杀死的阿拉盖比卡吉和马甲部族加起来还要多。

"我担心他在被阿拉盖杀死前撑不了多久。"其中一名穆罕丁战士调侃道。

"可能在阿拉盖现身时就吓得屁滚尿流，逃之夭夭了。"另一人嘲笑道。

绿地人看向他们，显然很清楚他们在嘲笑自己，但他并不理会那些战士，而是将注意力转移到不停变动的沙漠上。

当目标触手可及时，他会拥抱痛苦的。贾迪尔心想，想起自己第一天进入大迷宫时承受的嘲弄。

贾迪尔走到两名战士身边。"太阳下山了，而你们除了嘲笑你的长矛弟兄外没有别的事好做了吗？"他大声质问道。城墙上所有人都扭过头来看。

"但沙鲁姆卡，"其中一名战士争辩道。"他只是个野蛮人。"

"当你们像卡菲特那样在背后窃笑时，那个野蛮人可是一直都在全身心面对敌人！"贾迪尔吼道。"敢再嘲笑他，你们就准备在达玛丁营帐里躺上几个礼拜，学学文明人的说话方式。"他说话的语气十分冷静。但戴尔沙鲁姆却像遭受五雷轰顶般战战兢兢。

绿地人一声大喊，引起贾迪尔的注意。对方以矛柄敲击地面，大声地以那难听的语言吼叫。他指向沙漠，贾迪尔立刻理解——阿拉盖开始现身了。

"各就各位！"贾迪尔下令。穆罕丁战士立刻转身面对巨蝎。

燃油点起，透过镜子反射照亮战场，带给穆罕丁战士足够的光线一展所长。

绿地人仔细观察巨蝎部队，只见一个男人拉扯弹簧，另一

人将蝎刺放在定位，第三人瞄准射击。穆罕丁战士能够在数秒内完成整个程序。

当第一根蝎刺刺穿沙恶魔时，绿地人欢呼一声，高举拳头，一如贾迪尔身为奈沙鲁姆时第一次目睹这种景象时的反应。

北方没有巨蝎。他推测，将这则情报记在心里。

一时间，蝎刺呼啸，投石部队也将巨石放至定位，砍断绳索、释放平衡锥，将巨石投入越来越多的阿拉盖群中，一次压死一头或是一群恶魔。

但一如往常，远程攻击就像在沙丘上扔沙粒。城外共有数十头火恶魔和风恶魔，而沙恶魔多得像足以吹垮高山的猛烈风暴。

穆罕丁部族在大迷宫大门外留出一块弧状空地，准备开门迎接阿拉盖。当阿拉盖被赶入迷宫时，贾迪尔对一名奈沙鲁姆传令。奈沙鲁姆立刻吹起响亮的沙拉克之号。城门几乎是立刻开启。部族中最年长的战士站在城门内，敲打手中的盾牌，激怒恶魔，引诱它们展开追逐。

他们有步骤地开战，让绿地人赞叹不已。

阿拉盖一声发喊，冲入大迷宫。诱饵兵一路呼啸狂奔，引诱恶魔深入横七竖八的迷宫，前往所属部族战士伏击点。

数分钟后，贾迪尔下令关闭城门。巨蝎清理城门口的所有恶魔。城门在一声巨响中再度关闭。

"拿网来。"贾迪尔命令奈沙鲁姆。"我们深入大迷宫，测试绿地人的实力。"

但男孩没有移动。贾迪尔不高兴地看他一眼，在对方脸上看见无比的恐惧。他顺着男孩的目光转身，发现很多手下的战士都是一脸目瞪口呆。

"你们在……"贾迪尔开口叫道。但就在此时，在火光的照射范围中，他看见一头阿拉盖穿越沙丘，朝城墙冲来。

那不是头寻常的恶魔。即使距离遥远，贾迪尔还是看得出它身驱巨大。沙恶魔的体形比火恶魔、风恶魔都要大，就算是沙恶魔也不过一个正常人大小，而且它们像狗一样用四肢行走，立起来时肩膀高度约莫三英尺。

正在逼近的这头恶魔以两条后腿站立，比三个巨人还要高。单是那条满布尖刺的尾巴比一个成年人的身体要长。它的魔角似长矛，利爪似屠刀，黑色甲壳又厚又硬。其中一条手臂弯肘而断——变成一根足以击碎战士头骨的巨锤。

贾迪尔从来没有想过世界上会有如此巨大的恶魔。他的手下全都僵在原地——看不出是出于恐惧还是惊讶。唯有绿地人处变不惊，以毫不掩饰的憎恨怒视着巨大的恶魔。

为什么？这头恶魔与青恩一同出现在克拉西亚，这实在不像是巧合。他和这头恶魔究竟有什么关系？

贾迪尔咒骂自己竟然不懂绿地人野蛮的语言。

"你们在等什么？"他对巨蝎部队吼道。"阿拉盖就是阿拉盖！杀了它！"

他的命令惊醒了身边吓得发呆的战士。战士们立刻行动。绿地人握紧拳头，看着他们瞄准巨蝎，射出巨大的矛身以及沉重的网。他们瞄向高处，长矛在空中画出一道弧线，以雷霆万均之势疾坠而下。

起码有十几支蝎刺命中巨魔，但全都在巨型恶魔的外壳上化为灰土。对方根本不痛不痒，发出愤怒的吼叫，步步进逼。

突然之间，整座城市危如垒卵。贾迪尔曾在沙利克霍拉中学习绘制魔印，心知每个魔印都只有针对某种特定恶魔才能发挥功效。刻在克拉西亚城墙上的魔印年代久远，从来不曾攻破，但它们能抵挡住这种恶魔吗？

他抓起绿地人的肩膀，令他转身面对自己。"你知道些什么？"他大声问道。"可恶，这是什么东西？"

绿地人点头，似乎理解他的问题，开始东张西望。他移动到一台投石器旁，伸手碰触旋转其上的巨石。接着他指向恶魔。"阿拉盖。"他说。

贾迪尔点头，走到操作该投石器的穆罕丁战士面前。"你打得中它吗？"贾迪尔问。

戴尔沙鲁姆哼了一声。"这么大的阿拉盖？如果你想要，我可以射下它另一条手臂。"

贾迪尔拍击他的背部。"射它的头部，日后浸泡焦油把它制成标本。"

"开始煮焦油吧。"战士说道，调整投石器的拉力与角度。

绿地人冲到贾迪尔身边，气急败坏地说着难听的语言。他挥舞手臂，似乎因为无法清楚表达自己的意思而越来越急躁。一次又一次，他指向投石器，大声吼着多半是他唯一会讲的克拉西亚词："阿拉盖！"

"他叫得像头骆驼。"哈席克说。

"安静。"贾迪尔叫道。他眯起双眼，不过投石兵已经叫道："准备！"

"发射。"贾迪尔说。绿地人跳向准备砍断绳索的战士，但哈席克抓起他，粗暴地将他拖开。

"我就知道不能相信青恩，第一武士。"他吼道。"他想保护那头恶魔！"

贾迪尔不是那么肯定，冷冷地瞪着他，只见他疯狂地试图挣脱哈席克。他再度伸出手指，这次指向下方的城墙，叫道："阿拉盖！"

贾迪尔突然想起许多早已沦为传奇的历史——关于第一任

解放者年代攻击过克拉西亚城墙的巨型恶魔的故事,一切突然变得清晰无比。绿地人不是在指投石器,他是在指石头。

"石恶魔。"贾迪尔恍然大悟。

"石恶魔!"他大叫,但已经太迟了。他听见投石器发射的声响,无助地转身观看。绿地人在他身后发出哀号。

巨石冲入空中,一时间仿佛人类和阿拉盖通通屏息以待。独臂石恶魔抬头看向巨石——一块需要三名战士才能放到定位的大圆石。

接着,众人面露难以置信的表情——看着恶魔以完好的手臂接下巨石,随即以惊人的力道往回抛来。

大圆石击中大城门,击穿一个大洞,并且朝四面八方裂出蛛网般的裂缝。石恶魔直冲而来,一再攻击同一个位置。魔法喷洒火星,绽放光芒,但魔印早已损毁,根本没有多少实际效用。城门随着它每一下攻击而猛烈战抖。最后,一边的铰链脱落,整个城门被撞得粉粹。

石恶魔穿门而过,一边吼叫一边冲进大迷宫。其他恶魔纷纷跟在它身后拥进城来。

贾迪尔脸颊一阵火热,随即变得冰冷无比。在他的印象中,克拉西亚大城门从来不曾被攻陷过。受困于大迷宫中的戴尔沙鲁姆会被当作动物一样猎杀。而这一切都是因为他没听懂绿地人的话。

我带领我的族人注定要迈向毁灭之道。他心想,一时间,他唯一能做的就是呆滞地看着阿拉盖潮水般涌进大迷宫。

拥抱恐惧,你这个白痴!他对自己吼道。我们还没有一败涂地!

"巨蝎队!"他叫道。"转移阵地,在我们封闭缺口时提供支援!投石器队!我们要用石头压扁所有冲入的阿拉盖,并阻

挡其他阿拉盖的去路。"

"我们不能在这么近的距离射击。"其中一名投石兵说。其他人点头。贾迪尔在他们脸上看见自己之前感到的那种恐惧——他们需要更加迫切的危机才能回过神来。

他一拳击中投石兵的脸,将他击倒在城墙上。"就算你们得徒手抬石头去丢我也不在乎!照我命令去做!"

投石兵的黑色面巾染满鲜血,说话含糊不清,但依然一拳拍在自己胸口,挣扎着起身,领命奔去。其他穆罕丁战士连忙照做,让恐惧消失在忙碌当中。

他转向奈沙鲁姆。"吹奏城墙突破的讯号。"在男孩举起号角的同时,他为了自己下达这种命令而感到挫败及耻辱。

但他很快就将这种感觉抛到脑后,还有太多事要做。他转向哈席克。"尽可能召集战士和魔印师,在城门口与我们会合。我们得去封闭缺口。"

哈席克咕哝一声,得令而去,似乎非常兴奋能够冲入一堆阿拉盖中。贾迪尔沿着城墙奔向交给山杰特指挥的嫡系部队作战的位置。他需要自己手下的支持。其他卡吉部族的人或许对于贾迪尔的背叛怀恨在心,但夜复一夜与他并肩作战数年的手下依然对他忠心耿耿。

天上传来一声怒吼,绿地人叫道:"阿拉盖!"

男人看向贾迪尔,两人一同摔在城墙上。风恶魔蝠翼疾掠而过,在贾迪尔的头顶掀起一阵劲风。

贾迪尔在咒骂声中翻身而起,四下找寻绳网,但遍寻不着。绿地人比他动作更快,手持长矛,弓身而立,等待风恶魔空中回转,再度进攻。

他不是勇士,就是白痴。贾迪尔心想。在没有绳网的情况下,他又能做什么呢?

但当恶魔来袭时，绿地人突然跪倒，狠狠刺出长矛。矛头自肩窝处刺穿阿拉盖的薄翼，接着扭转矛柄，将长矛当作支杆，利用恶魔本身的冲势将它甩到了墙上。

恶魔伤势不重，但绿地人动作迅速，抓起挂在手臂上的盾牌皮带，将绘有魔印的牌面压在恶魔胸口。

盾牌刚与恶魔接触，立刻魔光大作，震得怪物剧烈战抖，疯狂惨叫。贾迪尔没有浪费时间，便将长矛插入动弹不得的怪物眼中。它尖叫着乱瓜狂踢。贾迪尔拔出武器，插入另一只眼中不停扭转，直到怪物不再挣扎。

绿地人抬头看他，眼中闪烁着兴奋的光芒，说了一句让贾迪尔听不懂的北方语。

贾迪尔大笑，拍击他的肩膀。"你真令我无比惊讶，亚伦·杰夫之子。"

他们一同穿越城墙，朝贾迪尔的手下奔去。

※

举目所及，大迷宫中到处都是为了生存而战的战士，但贾迪尔没有时间拯救他们。如果不尽快封闭城门，太阳升起时就会发现大迷宫中堆满沙鲁姆残缺的尸体。

"不要白白牺牲！"他在自己的手下们路过身边时叫道。"艾弗伦都看在眼里！"

一阵突如其来的吼叫声与伴随而来的惨叫声在大迷宫中回荡，似乎撼动了每一道墙壁。他们身后的某处，石恶魔正在残杀他的手下。

"跳过面前的障碍，"他对自己说道，"眼下最紧要的是封闭缺口。"

他们抵达时，大城门后的天井已沦为废墟。阿拉盖和戴尔

沙鲁姆尸骨到处都是,死在巨蝎的蝎刺下,或被尖牙利爪撕成碎片。穆罕丁战士在破碎的城门前堆放了不少障碍物,但张牙舞爪的阿拉盖还是源源不断地涌入。

"退下!"贾迪尔叫道,仅存几名还在天井中奋战的戴尔沙鲁姆立刻停下交战,退向两旁。

贾迪尔的手下盾牌交扣,形成十英尺宽、十英尺深的盾墙,全速冲向缺口。绿地人和他在第一排并肩疾冲,仿佛一辈子都和戴尔沙鲁姆一同受训般配合他们的步伐。他或许是个青恩,但这个男人对长矛和盾牌毫不陌生。

位于边缘的战士在奔跑中加快步伐,形成一个大大的 V 字阵形包围闯入的沙恶魔,将它们朝城门逼退。

撞上第一波阿拉盖时,盾墙上传过来一阵冲击,但盾牌上的魔印闪烁,阿拉盖被弹了回去。战士大声呐喊,后方的战士加大推进力道,在他们与恶魔间形成一道耀眼的魔光屏障。贾迪尔的百人部队慢慢开始朝城门推进。

"后排部队!"贾迪尔叫道。位于后方的阵营立刻向两侧排开,盾牌交扣,开始前进,在前线和后线间保持一块宽敞的空间,让深坑魔法师作业。戴尔沙鲁姆精英放下长矛,将盾牌甩到背上,从沙场袋中取出上漆的魔印陶板。两名魔印师在缺口前方的空地上依序旋转陶板。其他两名魔印师拿起长矛,当作测量木棍,一个接着一个校准陶板的位置。

贾迪尔一矛插入一头沙恶魔眼中——这是阿拉盖身上稀有的弱点之一。在他身边的绿地人找到另一头弱点,将矛头插入一头正在吼叫的恶魔喉咙中。利爪透过魔光和盾牌的空隙攻击过来,迫使他们不得不左闪右躲才不至于血溅当场。

接近城门时,贾迪尔瞪大双眼,看着聚集在外的大批恶魔。沙丘上已经挤满了沙恶魔,争先恐后想要闯进来。蝎刺和巨石砸入阿拉盖阵地，可惜就和抛入池塘中的小石子一般微不足道，转眼消失。

接着魔印师下令，贾迪尔和他的手下开始撤退。"明晚再战。"贾迪尔对撞上陶板魔印圈的恶魔说道。"克拉西亚明天会持续奋战。"

他转过身去。发现天井里已经没人在交战。剩下的恶魔通通逃入大迷宫去了。

"侦察兵！"贾迪尔离开队伍，大声叫道，克里弗没过多久就从城墙上垂下梯子，跑过来回报。

"情况不妙，第一武士。"侦察兵说。"马甲部族在第六层集结，对抗沙恶魔的主力部队，但大迷宫各处都有零星的部族队伍在战斗，大多处于劣势。巨恶魔深入迷宫，势如破竹地朝内城门奔去。它刚刚抵达第八层了。"

"它不可能熟悉大迷宫的通路。"贾迪尔说。

"它似乎在追踪某种气味，第一武士。"克里弗说。"它会停下脚步，嗅闻空气，至今没有转错一个弯。有几头沙恶魔和火恶魔跟在它身后跃跃欲试，但它毫不理会它们。"

贾迪尔掀起面巾，吐出口中的黄沙。"回城墙上，安排侦察兵帮我规划一条路径，让我们一边赶去支援马甲部族，一边聚集跑散的部队。"

克里弗一拳拍胸，跑向梯子，爬回城墙上。贾迪尔转身召集部队，发现绿地人试图与一名深坑魔印师沟通，他拼命挥动手臂，战士则一脸困惑地看着他。

"这次月亏，奈的力量太强大。"贾迪尔大叫，吸引所有人的目光。"但艾弗伦更强大！我们要相信艾弗伦会带领我们迎接阳光的，不然整个阿拉都会被奈吞噬！让阿拉盖知道与沙漠之矛的战士对抗会是什么下场，记住天堂等待着你们！"

他将长矛高举空中。众沙鲁姆立刻照做,齐声呐喊,跟随贾迪尔冲入大迷宫。

贾迪尔的部队一整晚不断攻击恶魔,将它们赶入魔印深坑,与走散的幸存者汇合。在与坚守通往第六层入口狭窄通道的马甲部族会合时,他身后已经集结了上千名战士。

贾迪尔的部队从后方强袭阿拉盖,利用盾牌在众阿拉盖中挤出一条通路。马甲部族在盾墙中找到一道缺口,贾迪尔的部队如同在沙拉吉内演练般鱼贯而入。

"情况怎么样?"贾迪尔对马甲部族的一名凯沙鲁姆说道。

"我们坚守阵线,第一武士。"指挥官说道。"但我们无法将阿拉盖逼入魔印坑,然后前往东七层协助巴金部族。"

"你要去哪里?"凯沙鲁姆问。

"找出巨恶魔,把它送回奈的深渊。"贾迪尔说。他带走马甲部族能够腾出的人手,赶往内城门;祈祷自己能够及时赶到。

独臂石恶魔站在通往内城的主城门前,猛力敲击魔印力场,耀眼的魔光照亮黑夜,撞击声震撼全城。但古老的魔印宛如铜墙铁壁。恶魔发出无助的怒吼。

战士在它脚边攻击,以坚硬的沙漠钢矛猛刺,但恶魔完全不受影响。贾迪尔眼睁睁地看着恶魔随意甩动尾巴,砸烂盾牌,击飞长矛,将英勇的战士甩入空中。

"艾弗伦守护我们。"贾迪尔喃喃道。

"至少城门看来还撑得住。"山杰特说。

贾迪尔咕哝一声。"但撑得到黎明吗?我们敢赌吗?"

"我们还能怎么做？"山杰特问。"就连巨蝎也刺不穿它的外壳，又没有那么大的恶魔坑可以困得住它。它的脑袋会露在坑外！"

"去，不过就是一头大恶魔！"哈席克说。"只要有足够的战士，我们就能将它击倒，把它的两臂捆绑起来。"

"只有一臂，"山杰特纠正道，"那样我们会损失很多战士，而且不保证有用。我从来不曾见过如此强壮的阿拉盖。我怀疑它就是阿拉盖卡本身，趁着月亏降临大地。"

"胡说八道。"贾迪尔说。在手下争辩时观察恶魔，*我对艾弗伦发誓一定要找终结你的办法*，他默默起誓道。

正当他打算下令进攻，尝试以人海战术击倒对方时，手下一名深坑魔印师冲到他面前。

"请你原谅，第一武士，青恩有个计划。"男人说道。贾迪尔再度转身看向正和魔印师们疯狂比手画脚的绿地人。

"什么计划？"贾迪尔问。

"你不会还打算相信他吧。"哈席克问。

"你有任何不必牺牲人命去和那个来自深渊的怪物正面冲突的计划吗？"贾迪尔反问。见哈席克没有回应，他转身面对魔印师。"他有什么计划？"

"那个青恩懂得绘制魔印。"魔印师说。

"当然懂。"哈席克喃喃说道。"青恩从小就只会躲在魔印后方。"

"闭嘴。"贾迪尔大声喊道。

魔印师当作没有听见两人对话。"绿地人拥有可以困住那头怪物的魔印石，只要我们能把它诱入死角，然后揭开遮布。石恶魔的魔印和沙恶魔很像，在黎明前大迷宫的高墙应该可以充当魔印坑。"

贾迪尔接过魔印石，仔细研究。没错，石头上的魔印和沙恶魔很像，只是比较大，角度也不太一样，其中一条线中央留有空隙。他伸出手指沿着刻痕触摸线条。

"离此两个弯道之外的第十层有个死角。"他说。

"我知道在哪，第一武士。"魔印师说着鞠躬。

贾迪尔转向哈席克和山杰特。"盯紧恶魔。除非魔印或是城门出现崩溃的迹象，不然什么都不要做。如果出现那种状况，我要求大迷宫中所有战士通通上阵迎敌。"

两名战士拍胸鞠躬。贾迪尔挑选三名顶尖的魔印师，护送绿地人前往死角。当他们五人确认高墙和入口处的魔印撑得住后，他们就把魔印石放至定位，然后用可以迅速掀开的沙色油布遮蔽起来。

贾迪尔再次对北方人深感佩服。在克拉西亚，绘制魔印是一项精英技能，只有达玛以及他们所挑选的少数战士才能学习。

"你到底是谁？"他问，但绿地人只是耸肩，好似听不懂他问什么。

他们回到前线，只见恶魔还在持续攻击城门每一部分，试图寻找弱点。

贾迪尔看着巨大的阿拉盖，心中浮现一丝恐惧——既然我是第一武士，绝没理由要求其他人去引诱怪物。

我应当是解放者，不然就不是。他告诉自己道，努力让自己相信。但他心知英内薇拉什么谎话都敢说，这件事又有什么不能撒谎的？

他鼓起勇气，凭空比画魔印，然后向前踏上一步。

"不，沙鲁姆卡！"哈席克叫道。"我是你的贴身侍卫！让我来引诱恶魔！"

贾迪尔摇头。"你勇气可嘉，但这是我的职责。"

绿地人说了几句话,比了一个砍下自己手臂的手势,但破解他语意的时刻已过。贾迪尔拥抱自己的恐惧,朝恶魔迎去,一边大声吼叫,一边以矛盾交击。

恶魔毫不理会,继续攻击城门。

贾迪尔快步冲刺,对准恶魔膝盖后方的外壳接缝狠狠插下,但怪物只是对他甩甩尾巴,就像马尾驱赶苍蝇一样。

贾迪尔闪向一旁,在长满尖刺的尾巴挥过时矮身闪避。他看向长矛,发现矛头已经折断。

"骆驼尿。"他喃喃说道。回到阵线中,自哈席克手中接过一根长矛。

"第一武士,看!"他的贴身侍卫大叫,伸手指向前方。贾迪尔转身看见绿地人朝恶魔大步奔去。

"笨蛋!"他叫道。"你想干吗?"

但绿地人似乎完全没有听见他的叫声,当然也不可能理解他在说什么。他跑到恶魔攻击范围边缘,大叫一声。

恶魔一听见他的声音,立刻停下攻击,侧过脑袋,嗅闻空气。它转头看向绿地人,诡异的双眼中绽放出似曾相识的目光。

"奈的鲜血,"哈席克喘息道,"它认得他。"

怪物怒吼一声,发足狂奔,挥出完好的那只手臂的利爪,但绿地人迅速跳向一旁,转身奔向陷阱死角。

"让路!"贾迪尔叫道。他和手下同时让到两旁。恶魔路过时,贾迪尔随后跟上,所有战士也尾随其后。

大迷宫在恶魔的脚步声中震颤不已,沿路掀起大片尘土,几乎看不清绿地人的身影。但恶魔不断吼叫狂奔,所以贾迪尔只能假设青恩依然跑在前面。

他们转了两个急弯,透过油灯昏暗的光线,贾迪尔看见绿地人已转入死角。恶魔跟了进去,深坑魔印师一跃而出,揭开

魔印。

石恶魔看着自己的猎物受困，发出胜利的吼叫，朝绿地人扑去，而绿地人则是转身冲向恶魔。

魔光闪耀，大恶魔的利爪自绿地人盾牌上滑开。绿地人被这爪的力道击倒，随即如同大猫般翻身而起，在恶魔有机会回头再度攻击前绕过它身边。

此时魔印已经揭开，但贾迪尔发现石恶魔进入时踩碎了一块磨印石——已没法修补了。

绿地人也看见了那块魔印石。贾迪尔以为他会在恶魔转身前冲出陷阱死角，但绿地人再度做出惊人之举。他以长矛指向碎掉的魔印石，用他的语言大叫了一句话，随即转身面对阿拉盖。

"修补魔印！"贾迪尔大叫。

深坑魔印师已经开始在石板上绘制新的魔印。他们可以在一分钟内完成修补。

再一次，恶魔进攻。再一次，绿地人闪向一旁，盾牌只被对方的利爪顺势带到一点。但这一次，恶魔有备而来，立刻又将另一条断臂当作巨棒挥下。绿地人及时扑倒，避开攻击，但恶魔抬起大脚，打算在他倒地时将它踏成肉酱。贾迪尔心知他不可能及时起身。

魔印师即将修补完毕。绿地人将会如同英雄般光荣战死，克拉西亚会逃过一劫。贾迪尔只须将勇敢神秘的绿地人弃之不顾，转身离开就好。

但他却一声发喊，跳入死角中。

第八章　帕尔青恩

326—328 AR

石恶魔怒声咆哮，长有利爪的脚掌狠狠踩下。贾迪尔屈膝滑入对方脚底，以肩膀顶起魔印盾牌，举在两人身上。

这一脚的力道令他牙根发酸。他感到自己肩膀毁了，持盾的手臂顿时软瘫。

但魔光闪动，巨大的阿拉盖向后弹开，失去平衡。它撞上一堵高墙，墙上的魔印启动，将恶魔弹向对面，对面的墙也大放魔光。它愤怒吼叫，如同小孩的皮球般弹来弹去。

绿地人立刻起身，抓起贾迪尔没有受伤的肩，拉他站起。这时深坑魔印师已完成修补，他们趁着恶魔挣扎的时候跌跌撞撞地逃出死角。

片刻过后，石恶魔站稳脚步，朝他们扑去，但绿地人的魔印照亮黑夜，将它狠狠弹开。绿地人朝怪物吼了一句话，并且比画出一个贾迪尔猜想在北方和克拉西亚同样表示下流的手势。他再度大笑。

"侦察兵有什么消息？"贾迪尔问山杰特。

"恶魔占领了大半个迷宫。"山杰特回应道。"少数战士藏身在伏击点的魔印后方，大多数已投入艾弗伦的怀抱。马甲部族坚守第六层，阿拉盖没有办法突破那里的魔印。"

"我们损失了多少战士？"贾迪尔问，害怕听到这个答案。

山杰特耸肩。"黎明之前无法估计,要等战士离开藏身处后,凯沙鲁姆才能清点人数。"

"估计个数字。"贾迪尔说。

山杰特皱眉。"超过三分之一,或许一半。"

贾迪尔面露不悦。大回归之后克拉西亚从来不曾在一夜之间损失如此惨重。安德拉一定会将我斩首示众的。

"撤出迷宫,把伤员护送到达玛丁大帐。"他说。

"你也应该去疗伤,第一武士。"山杰特说。"你的肩膀……"

贾迪尔低头看向自己的手臂,它软绵绵地垂在身侧。他早已拥抱痛苦,将这一切抛在脑后。现在这么一提,肩膀随即传过来一阵剧痛,直到他再度咬牙忍住。

他摇头。"我的手可以等,叫侦察兵来此见我。太阳即将升起,我要看着巨型阿拉盖燃烧。"

山杰特点头离开,大声发号施令。贾迪尔转身打量石恶魔,只见对方捶打魔印,愤怒吼叫,依然在试图攻击绿地人。绿地人冷冷地站在它面前。两个家伙——一个人类和一头阿拉盖——彼此对望,眼中充满同样的憎恨之情。

"你们之间究竟有什么过节?"贾迪尔问,心知绿地人根本听不懂。

意外的是,男人转身面对他,或许是透过语气猜出他的疑问,再度做出砍断手臂的动作。他举起右手,以另一手掌作势砍落,击中手肘正中的位置。

明白绿地人的意思后,贾迪尔当即瞪大双眼。"你砍下了它的手臂?"其他人听见这话,纷纷抬头。

当绿地人点头时,贾迪尔听见身边战士们的窃窃私语声,心知这个故事即将如同沙尘暴席卷全城。

"我低估你了,我的朋友。"他说。"很荣幸能成为你的阿金帕尔。"

绿地人耸肩微笑,听不懂他在说什么。

不久后,夜空中浮现黎明即将到来的阴暗色彩。石恶魔也发觉这点,抬头挺胸,仿佛集中注意力。贾迪尔见过不下千次这种景象,至今还看不腻。要不了多久,恶魔就会发现大迷宫的沙地下所铺的琢石将阻挡它们回到位于阿拉中奈的深渊。它会大吼大叫、拼命挣扎、攻击魔印,但终究逃不过太阳的掌心而被艾弗伦的光明烧为灰烬。

阿拉盖确实发出叫声,不过接下来它做了一件贾迪尔闻所未闻的事。它挖掘大迷宫的沙地,找到数世纪前埋下的巨大石板。接着它高举利爪,击穿石板、扯开碎石。

"不!"贾迪尔大声叫道。绿地人和他一起高声怒吼,但他们的叫声无法改变事实。早在太阳升起到足以构成威胁之前,怪物已然逃回地心。

当他们一拐一拐地走回训练场时,英内薇拉已经等候多时了。看见他的手臂无力地垂在身侧,她当即转向哈席克。

"带他回宫殿。"她说。"如果他不肯就把他架走。"

哈席克鞠躬。"谨遵达玛丁号令。"

贾迪尔在哈席克催促下的同时转向山杰特。"去把阿邦带来。等他抵达后,带他和绿地人前往我的接见厅。"

山杰特点头,派遣信差去找人。贾迪尔和哈席克朝宫殿前进,但还没走第一级台阶,训练场中已挤满治疗伤痛的达玛丁,以及因为找不到丈夫与儿子而痛哭的沙鲁姆的女人。

接着跑出来的是达玛,他们迅速向大迷宫回来的沙鲁姆召

集自己的族人。片刻过后,夜里齐心抗敌的部队再度被区分成白天相互对立的部族。

贾迪尔没有走完一半台阶,几顶轿子已来冲到现场。那是十二个部族的达玛基以及安德拉本人,由奈达玛抬轿,旁边围绕着他们最忠心的祭司。

贾迪尔停下脚步,心知不管伤得多重,他都得先汇报这个遭受诅咒的夜晚所发生的事。但我该怎么解释呢?我损失了克拉西亚至少三分之一的战士,但成就了什么战功?

"怎么回事?"安德拉冲到他面前大声问道。英内薇拉立刻出现在贾迪尔身旁。但在白昼的阳光下,又有所有达玛基作为后盾,时逢贾迪尔遭遇惨败,安德拉连她的面子也顾不上了。

即使多年过后,看到这胖子还是让贾迪尔感到憎恨与恶心。但英内薇拉预见,他会以长矛戳死此人并且砍下他的阳具,现在看来,那一切似乎成了天方夜谭。今天没被贬为卡菲特就已经算很走运了。

"昨晚外城门失守。"贾迪尔说。"导致阿拉盖涌进大迷宫。"

"你丢了城门?"安德拉大声问道。

贾迪尔点头。

"损失?"安德拉问。

"还在清点。"贾迪尔说。"至少数百人,或许上千人。"

达玛基开始窃窃私语。整个训练场所有沙鲁姆和达玛都在注视这一幕。

"我要把你的脑袋插在城门上!"安德拉怒道。

在贾迪尔回应前,哈席克已经跨到他身前,朝安德拉拜倒,额头抵上台阶。

"你在干什么,笨蛋?"贾迪尔大声问道。但哈席克不理会他。

"请你原谅,我的安德拉,"他说,"此事并非第一武士的责任。没有阿曼恩·贾迪尔,我们昨晚会全军覆没!"

聚集而来的围观战士发出认同的呼喊。"他把我从恶魔坑中拉上来!"一名战士叫道。"第一武士率领手下拯救我的部队!"另一名叫道。

"那并不能解释城门怎么会失守!"安德拉吼道。

"昨晚阿拉盖卡攻击城墙。"哈席克说。"它接下了一颗巨石,抛回城墙,击碎外城门。如果不是第一武士应变及时,恶魔早已血洗全城。"

"昨晚是月亏,但阿拉盖卡已经有三千年不曾现身克拉西亚了。"阿马戴佛伦达玛基说道。

"对方不是阿拉盖卡。"贾迪尔说。"只是来自北方的石恶魔。"

"即便如此,还是闻所未闻。"阿马戴佛伦说。"石恶魔怎会从北方绿地来到离家如此之远的南方沙漠?"

哈席克抬起头来,扫视群众。贾迪尔要他噤声,但他的手下再次抗拒他的命令。

"他。"哈席克说着指向绿地人。

所有目光全部转向绿地人。对方后退一步,发现自己已经成为目光焦点。

"一个青恩?"安德拉说。"青恩为什么会和克拉西亚沙鲁姆站在一起?他应该像卡菲特一样待在大市集棚户区。"

一名达玛在阿马戴佛伦耳边轻声汇报。"我听说他昨晚来找第一武士,请求参与作战。"达玛基说。

"而你允许了?"安德拉质问贾迪尔,带着一脸难以置信的表情。

英内薇拉意欲上前。但贾迪尔出手拉住她。她在卧室中或许强势得很，但就算是达玛丁，一名女子在众多战士和达玛面前为他辩护，肯定只会把情况越弄越糟。

"是。"他说。

"那么我们会发生这种灾难完全是我的错！"安德拉叫道。"青恩的脑袋会和你一起挂上城门，让秃鹰啄食你们的眼珠！"

安德拉转身就走，尽管贾迪尔还有话要说。他已经为自己牺牲太多，绝不能让他在此刻遭人处决。英内薇拉说过我们的命运紧紧相连，就让我们紧紧相连吧。

他的手臂依然剧痛，昨晚的战斗令他疲惫不堪、伤痕累累。他头昏眼花、天旋地转，但他拥抱所有痛楚，将其抛向一旁。日后他会投入艾弗伦的怀抱休息，但此刻时候未到。

"难道我应该拒绝他吗？"他大声问道，让所有人听见。"他与阿拉盖为敌，请求和我们并肩作战，而我们应该不理会吗？我们到底是男人还是卡菲特？"

安德拉停步，转身面对贾迪尔，他的脸色十分难看。"他带来了一头石恶魔！"安德拉叫道。

"就算他的敌人真是阿拉盖卡我也不在乎！"贾迪尔吼回去。"如果我们因为畏惧而拒绝在夜里帮助一个男人——就算是青恩也一样，那么克拉西亚就完蛋了！"

他朝绿地人招呼，要他来到台阶这边，让所有人都能看见他。他紧握长矛，似乎随时准备面对准备攻击自己的人群。他坚定的目光明白表示他绝不会束手就擒。

他毫无畏惧。贾迪尔心想，还有人比他更适合与我的命运紧紧关系的吗？

"这个北方人并非懦夫，"贾迪尔说，"他是帕尔青恩，一个如同戴尔沙鲁姆般顶天立地的勇敢的外来者！让阿拉盖卡来吧!仅从它追寻这名绿地人的鲜血这点,就足以让任何在艾弗伦面前抬头挺胸的人出面阻止它!"

山杰特发出支持的呐喊,贾迪尔的百人嫡系部队立刻呼应。没过多久,所有戴尔沙鲁姆都高举长矛,呼声震天。

"我们昨晚英勇地与奈抗争,并且击退奈强大的仆人。"贾迪尔说。"此时此刻,它正怀着失败与沮丧的心情爬回深渊,因为沙漠之矛的戴尔沙鲁姆而恐惧畏缩。"

安德拉气急败坏地试图出言驳斥,但还是不管他说什么,都会被包括达玛在内的群众吼叫声淹没。

安德拉皱起眉,在如此强烈支持贾迪尔的声浪之前,他什么也不能做。他转过身去,重重坐回自己的轿子。奈沙鲁姆们撑起轿杆往回走去,在他庞大的身躯下发出吃力的呻吟。

"这是场危险的游戏。"阿马戴佛伦在他们将安德拉抬出听力所及的范围外时说道。

"沙拉克对我而言并非游戏,达玛基。"贾迪尔说。

❦

"刚才做得好。"英内薇拉边说边扶他躺上她的医疗台。"你让那头肥猪夹着尾巴逃跑。"她笑着剪开他的长袍。他的肩膀和手臂都有一大片变得漆黑。

"在你面前,我很少有表现能力的机会。"贾迪尔说。

英内薇拉轻哼,抓起他的手臂用力转回定位。贾迪尔早有准备,痛意如同温暖的微风般席卷全身。

"你要咬树根吗?"她问。

贾迪尔轻哼一声。

"真强壮。"她柔声说道,手掌在他身上抚摸,寻找其他伤口。贾迪尔全身都有瘀青和擦伤,不过似乎没什么大碍,英内

薇拉脱下长袍,爬上桌子,跨开双腿骑在他身上。

没有什么比胜利更能激发她的性欲。

"我的第一武士,"她娇喘道,亲吻他坚硬的胸膛,"我的沙达玛卡。"

✿

贾迪尔在长矛王座上,凝视着向他汇报的凯沙鲁姆。他的左手吊着系带,尽管全神贯注时只感到些微疼痛,但无法使用这条手臂令他十分恼怒。他的妻子们会希望他今晚不要参与阿拉盖沙拉克,但他绝不妥协。

此刻站在他面前的是伊瓦克,沙拉奇部族的凯沙鲁姆。

"由于只剩下四名戴尔沙鲁姆,我怀着沉痛的心情告知沙鲁姆卡,沙拉奇部族已没有足够的战士组成自己的队伍。"伊瓦克羞愧地低头道。"我们要多年的时间才能恢复元气。"他没有说出所有人共同的想法:沙拉奇部族很可能永远无法恢复元气,也许会永远消失,也许被其他部族兼并。

贾迪尔摇头。"昨天晚上许多部队元气大伤。我会召集戴尔沙鲁姆挺身而出,以他们的长矛向沙拉奇弟兄致敬。今天晚上会有足够的战士接受你的指挥。"

凯沙鲁姆瞪大双眼。"你实在太宽宏大量了,第一武士。"

"胡说。"贾迪尔道。"不这样做我良心不安。另外,我会自掏腰包购买女人协助你们恢复元气。"他微笑。"如果你们族人在这方面能像在阿拉盖沙拉克里表现得一样英勇,沙拉奇部族很快会尽复旧观。"

"沙拉奇部族永远感恩不尽,第一武士。"男人道说着伏身拜倒,额头着地。

贾迪尔步下王座台,伸出完好的手放在他肩上。"我是沙拉奇部族的人，"他说，"就和夸莎所生的三个儿子及两个女儿一样，我不会让我们的部族消失在黑夜中。"战士亲吻他穿着凉鞋的脚背，贾迪尔感到他眼中坠落的泪滴。

"卡吉部族和马甲部族不会贩卖女人给其他部族。"伊瓦克离开后，阿山说道。"但穆罕丁部族拥有很多女子，而且完全效忠沙鲁姆卡。昨晚他们损失并不惨重。"

贾迪尔点头。"他们愿意出售多少？钱不是问题。其他部族也需要新血才能振作。"

阿山鞠躬。"我会照办，但重建部族不是达玛基的责任吗？"

贾迪尔心照不宣地看向他。"好了，我的朋友，你和我一样清楚，即使到了现在这种局面，那些老头绝对不会互相帮助。沙鲁姆得自己照顾自己的弟兄。"

阿山再度鞠躬。

他们听取了很多汇报，大多都很糟糕。贾迪尔不厌其烦地聆听，提供给所有人援助，担心今晚黄昏之前来集结的部队状况。

终于，在最后一名指挥官离开后，他深深叹了一口气。

"带帕尔青恩和卡菲特进来。"他说。

阿山给守卫做了个手势。两人随即被带了进来。戴尔沙鲁姆粗野地将阿邦推倒在王座台前的地上。

"你要为沙鲁姆卡翻译，卡菲特。"阿山说。

"是的，我的达玛。"阿邦脑袋抵在地上说道。

绿地人对阿邦说了几句话，阿邦含糊不清地回应。

"他说什么？"贾迪尔问。

阿邦咽口水，迟疑片刻。

阿邦身后的守卫以长矛击打他的背部。"沙鲁姆卡问你问

题，骆驼尿之子！"

阿邦痛苦惨叫。绿地人大叫一声，推开战士，挡在两人中间。他和该名战士互瞪片刻。战士神情不定地瞄向贾迪尔。

贾迪尔不理他们。"我不会再问第二遍。"他对阿邦道。

阿邦擦拭额头上的汗珠。"他说：'你这样卑躬屈膝是不对的。'"他翻译道，随即缩头闭眼，仿佛等着挨打。

贾迪尔点头。"告诉他你曾在大迷宫中为自己及家人带来了耻辱，再也没有资格与其他男人并肩而立。"

阿邦点头，迅速翻译。绿地人回应，阿邦再度翻译。"他说那无关紧要，男人不该像狗一样趴在地上。"

阿山摇头。"野蛮人的习俗真是奇特。"

"没错。"贾迪尔说。"但我们今天不是来讨论如何对待卡菲特。阿邦，但你的双手可以不用伏在地上。"

"感谢你，第一武士。"阿邦说着挺直腰身。绿地人似乎松了口气，与守卫同时向后退开。

"你昨晚表现得十分出色，帕尔青恩。"贾迪尔说。阿邦迅速翻译。

绿地人鞠躬，直视贾迪尔目光，以沙哑的声音回应。"能与如此英勇的男人并肩作战令我深感荣幸。"阿邦翻译。

"北方人也像我们一样作战吗？"贾迪尔问。

绿地人摇头。"我的族人只有在必要时才会主动作战，为了拯救自己的性命，有时也为了拯救他人。"阿邦说。绿地人皱起眉，补充一句，并朝地板吐了一口口水。"有时就算到了这种地步也不挺身而出。"阿邦说。

"他们是懦夫的民族，如同《伊弗佳》记载。"阿山说。阿邦张着大嘴不知该如何应对。

达玛抓起高脚杯砸过去。他身上的上好丝绸当即染满深色花蜜。"那个不要翻,白痴!"绿地人握紧拳头,但将目光停留在贾迪尔脸上。

"你为何如此不同?"贾迪尔问。阿邦翻译,但绿地人只是耸肩,没有回应。"你真的砍断了石恶魔的手臂?"

绿地人点头。"在我小时候,"阿邦翻译,"我从小就离家出走了。太阳下山时,我绘制了一个魔印圈,当时四面八方都是地心魔物……"

贾迪尔扬起一手。"地心魔物?"

阿邦鞠躬。"绿地人的语言里是如此称呼阿拉盖的,第一武士。"他说。"意思是'居住在地心的生物'。他们相信奈的深渊位于阿拉的地心,就和我们一样。"

贾迪尔点头,指示男人继续说下去。

"那天晚上,石恶魔想要吃掉我。"阿邦翻译。"而我蠢到主动去挑战它,跳来跳去,嬉笑嘲弄。后来我滑了一跤,压花一个魔印。地心魔物发动攻击,抓伤了我的背。但我在它有机会穿越魔印前补好魔印。魔印圈重新启动时,它的手臂便被削了下来。"

阿山嗤之以鼻。"不可能,青恩显然在说谎,沙鲁姆卡。没有人能在这种怪物的攻击下存活。"

绿地人看向阿邦。但卡菲特没有翻译。绿地人转向贾迪尔,并指向阿山。"他说了我一句话。"

"这名圣徒说了什么?"阿邦翻译道。

贾迪尔看了阿山一眼,然后转回绿地人。"他说你是个骗子。"

绿地人点头,仿佛料到对方会有这种反应。他放下长矛,撩起上衣,转身背对他们。

"奈的黑心呀。"阿邦叫道,在看见对方背上几道深而宽的

疤痕时吓得脸色发白。尽管疤痕早已随着岁月而变淡，但毫无疑问，那是由远比任何沙恶魔的利爪还大的爪子抓出来的。

绿地人转过身来，冷冷凝视阿山。

"你还认为我是骗子吗？"阿邦翻译。

"道歉。"贾迪尔低声命令道。

阿山深深鞠躬。"我很抱歉，帕尔青恩。"

绿地人在阿邦翻译时点了点头。

"之后恶魔就一直跟着你？"贾迪尔问。

绿地人点头。"到现在差不多七年了，"阿邦翻译道，"总有一天，我会送它去见太阳的。"

贾迪尔点点头："你为什么没告诉我们有这么厉害的敌人在追你？你让我的城市陷入危难。"

绿地人回应，阿邦瞪大双眼。他回了几句话，但绿地人只是摇头，然后再度说话。

"你不是来这里和人聊天的，卡菲特！"贾迪尔叫道，从王座上站起。门口的戴尔沙鲁姆压低矛头，大步走来。

"我很抱歉，第一武士！"阿邦大叫，额头再度压回地板。"我只是想要弄清他的意思！"

"我来决定什么地方要弄清楚。"贾迪尔说。"下次你再任意说话，我就砍下你们的大拇指。现在把刚刚说的都翻译出来。"

阿邦连忙点头。"绿地人说：'那只是头石恶魔。它们在北方十分常见，我不认为一头石恶魔和我有过节是什么值得一提的事。'我回应道：'你一定是在夸大其词，我的朋友！世界上绝对不可能有两头那么可怕的阿拉盖。'接着他说：'不，在北方的山区里有很多这种恶魔。'"

贾迪尔点头。"石恶魔的弱点在哪？"

"据我所知,"绿地人通过阿邦说道,"没有弱点,我已经很仔细地研究过了。"

"我们会找到的,帕尔青恩,"贾迪尔说,"一起找。"

※

"我不能接受这种程度的沟通。"贾迪尔在绿地人走后说道。

"帕尔青恩学习能力很强。"阿邦说。"他已开始用心学习我们的语言,我保证他很快能学会。"

"不够好。"贾迪尔说。"还会有其他绿地人前来,而我也要和他们交谈。既然我们的学者……"他轻蔑地看向阿山。"都不屑学习野蛮人的语言,只好由你负责教导我们,从我开始教。"

阿邦脸色发白。"我?"他尖声说道。"教你?"

贾迪尔心生厌恶。"不要扭扭捏捏。没错,就是你!还有其他人会说吗?"

阿邦耸肩。"这在大市集里是种宝贵的技能。我妻子和女儿会说一点,好让她们偷听信使交谈。大市集里很多女人会这么做。"

"你要沙鲁姆卡去向女人学吗?"阿山大声问道。

贾迪尔咽下心中的讽刺感。如果不是英内薇拉,自己至今仍是个糊涂的戴尔沙鲁姆。

"那就再找另一个商人。"阿邦说着。"我不是唯一和北方人交易的人。"

"但你是和北方人做交易最多的人。"贾迪尔说。"这个事实很明显,你看看你身上那些五颜六色的衣服,就像个扭扭捏捏的女人,妻子人数竟然超过大多数战士;更重要的是,帕尔

青恩认识你,并且相信你。除非有个真正的男人会说绿地语,不然就是你了。"

"但……"阿邦说着,露出祈求的目光。贾迪尔举起一手,他立刻闭上嘴。

"你说过你欠我一命,"贾迪尔说,"现在该是你还债的时候了。"

阿邦深深鞠躬,额头重重地磕在地板上。

夜幕降临时,城门已经修葺完毕,尽管巨型石恶魔持续攻击城墙,投石器部队再也没有朝它丢掷任何可以用来突破魔印的弹药。当天晚上,帕尔青恩再度勇敢不惧阿拉盖沙拉克,接下来一星期中的每天晚上也一样。白天的时候,他就和戴尔沙鲁姆一起接受严格的训练。

"我不知道其他绿地信使怎样,"卡维尔训练官说,朝地上吐口水。"但帕尔青恩受过严格的训练。他的矛技卓然出众,而他学习沙鲁沙克进展快得好像天生就会。我本想让他和奈沙鲁姆一起练习,但他的招式已经超越了那些准备接受城墙试练的男孩。"

贾迪尔点头。这些早就在他预料中。

好像知道他们在讲他一样,帕尔青恩来到他们面前。

阿邦则恭敬地尾随而来。他鞠躬说话。"我明天就要启程回北方去,第一武士。"阿邦翻译道。

把他留在身边。英内薇拉的话回荡在贾迪尔的脑中。

"这么快?"他问。"你才刚到而已,帕尔青恩!"

"我也这么觉得。"帕尔青恩说。"但我答应别人要运送货物和信件,不能辜负他们的委托。"

"青恩的委托算什么！"贾迪尔脱口而出，话才出口就察觉自己犯了错。那是种莫大的侮辱，他不知道绿地人会不会因此攻击他。

但帕尔青恩只是扬起一边眉毛。"那有什么差别吗？"他透过阿邦问道。

"不，当然没有。"贾迪尔说，出乎众人意料地深深鞠躬。"我很抱歉，只是不希望你离开。"

"我很快就会回来。"帕尔青恩承诺道。他拿出一叠用皮绳捆绑的纸。"阿邦帮了很多忙，我有很多单词要背。下次见面时，希望我已经更熟悉你们的语言。"

"毫无疑问。"贾迪尔说。他拥抱帕尔青恩，亲吻他光滑的脸颊。"克拉西亚永远欢迎你，我的兄弟，但如果你留一撮男人的胡子就不会那么引人注目了。"

帕尔青恩微笑。"我会的。"他承诺。

贾迪尔拍他的背。"来吧，我的朋友。夜晚即将降临，我们在你横跨火热沙漠前再去杀阿拉盖。"

※

帕尔青恩离开后的几个月当中，贾迪尔开始更仔细地观察其他来自北地的信使。阿邦在大市集里耳目众多，一有北地人抵达立刻就会报信过来。

贾迪尔邀请每一名信使前往他的宫殿——这是从来没人听说过的殊荣。在数世纪遭受比卡菲特还不如的待遇后，北地男人们纷纷迫不及待地造访他的宫殿。

"我把握所有可以练习北地语的机会。"他在信使们坐在餐桌旁，由他的妻子亲自服侍时说道。他与每个信使长谈，确实是为了练习北方语，不过同时也在套问更多讯息。

而用完餐后，他总会提出同样的请求。

"你像男人般携带长矛。"他说。"今晚当我们的弟兄，来大迷宫与我们并肩作战吧。"

信使们凝视着他。他可以从对方的眼神中看出他们完全不了解这是多么难得的荣耀。

像商量好似的，他们全部回绝。

另一方面，帕尔青恩信守承诺，每年至少来访两次。有时他只会待上几天，有时他会在沙漠之矛以及周边村落待上好几个月。一次又一次，他来到训练场，请求参与阿拉盖沙拉克。

帕尔青恩是北方唯一真正的男人吗？贾迪尔心想。

深坑魔印师在一片血雨中倒下，不过落地前帕尔青恩就已经替补他的位置。他出脚钩住沙恶魔的脚，随即扑倒，以流畅的沙鲁沙克动作顺势扭动。恶魔双膝交扣，摔入恶魔坑。

仿佛一切早已排练好了，帕尔青恩取出一根炭棒，修补受损的魔印，在其他恶魔有机会逃出去前重新封印。接着他立刻冲到魔印师身边，割开他的长袍，将缝在面料中用来抵挡阿拉盖利爪的钢板丢向一旁。这种金属护甲是深坑魔印师独享的防护，虽然比不上长矛和护盾来得实用。深坑魔印师得用双手才能工作。

帕尔青恩的手掌和手臂已染满鲜血，但他丝毫不以为意，伸手在沙场袋中翻找草药和工具。贾迪尔讶异地摇头，这已经不是绿地人第一次在大迷宫里治疗伤者了；北方人都是魔印师兼达玛吗？

魔印师虚弱地挣扎。但帕尔青恩跨坐在他身上，以膝盖固定他的身躯，持续清理伤口。

"帮我！"帕尔青恩以克拉西亚语叫道。但戴尔沙鲁姆都困惑地傻看着，贾迪尔也是同样的感觉。这伤不轻，难道他看不出魔印师就算活下来也会残废一辈子吗？

贾迪尔走到他们身边。帕尔青恩一边以手肘压住绷带，一边试图用钩针缝合伤口。身下的战士持续挣扎，让他难以工作。

"压住他！"帕尔青恩看见他来，立刻叫道。贾迪尔不理会他，直视战士的双眼。戴尔沙鲁姆微微摇头。

贾迪尔突然挺矛刺穿了男人的心脏。

帕尔青恩放声尖叫，抛下针线扑向贾迪尔。他抓住贾迪尔的长袍，用力推向后方，将他压在大迷宫墙上。

"你做什么？"帕尔青恩大声问道。

伏击点里所有战士通通举起长矛，迎上前来——没有人可以攻击第一武士。

贾迪尔扬起一手阻止他们，目光停留在完全不知自己有多接近死亡的绿地人脸上。

在与帕尔青恩目光相对之后，贾迪尔改变了这个想法。或许他十分清楚，只是并不在乎。杀死魔印师让绿地人失去理智。

"我是让男人光荣地死去，杰夫之子。"贾迪尔说。"他不想要你的帮助，他不想要。他尽忠职守，现已置身天堂。"

"根本没有天堂。"帕尔青恩低头道。"你只是谋杀一个男人。"

贾迪尔双手一抖，轻易挣脱帕尔青恩。两年来对方的沙鲁沙克进步神速，但他还不是大多数戴尔沙鲁姆的对手，更不可能敌得过曾在沙利克霍拉受训的人。他击中帕尔青恩的下颚，顺势闪过他的反击。他将对方的手臂扭到身后，将他摔倒。

"仅此一次，"他在帕尔青恩耳边低语，"我会假装没有听见你说那种话。你要是敢在克拉西亚再讲那种绿地人的异教言

论，我就杀了你。"

把他留在身边，英内薇拉曾不止一次如此说过，但贾迪尔每次都失败了。

贾迪尔独自站在城墙上，看着阿拉盖在太阳升起前逃回深渊。他的手下称之为阿拉盖卡的巨型石恶魔在修葺过的城墙前来回踱步。只是，这时的魔印力场已牢不可破。要不了多久，它也会深入奈的深渊，度过另一个白昼。

贾迪尔不断想起帕尔青恩眼中的绝望，试图拯救魔印师的渴望神情。贾迪尔知道自己结束了魔印师的性命，确保对方不会因为残废而失去荣耀是正确的做法，但他同时也知道自己这么做是在刻意激怒帕尔青恩。

在自己的族人中，如此对待他人是司空见惯的事，不会有人为了某个残废的性命而攻击领导人。但贾迪尔一再发现绿地人与自己族人有很多不同之处，就连帕尔青恩也是一样。他们不会如同拥抱生命般拥抱死亡。他们对抗死亡，就像任何戴尔沙鲁姆对抗阿拉盖。

这或多或少也算是种光荣的做法。达玛说绿地人都是野蛮人并不正确。不管英内薇拉怎么说，贾迪尔喜欢帕尔青恩。他们之间的冲突令他困扰，他烦恼着该如何加以补救。

"我就知道能在这里找到你。"身后传过来一个声音。贾迪尔轻笑。绿地人总是有办法在他想到对方时突然出现。

帕尔青恩站在城墙上瞭望下方。他喉间咕哝一声，吐出一口浓痰，击中位于下方二十英尺以外的石恶魔脑袋。恶魔朝他怒吼，他们在它深入沙丘中时同声大笑。

"有一天它会死在你脚边。"贾迪尔说。"艾弗伦之光会烧尽它的尸身。"

"没错。"帕尔青恩同意道。

两个男人默默站了一段时间，沉浸在各自的思绪中。绿地人应贾迪尔的建议留了一脸胡须，但他那张白脸上的黄毛比原先不留胡子更说明了外来者的身份。

"我是来道歉的。"帕尔青恩终于说道。"我无权批评你们的习俗。"

贾迪尔点头。"我也一样。你的行为高尚，我不该如此贬低。我知道自从学会我们的语言以后，你和魔印师的交情与日俱增。他们从你那边学了不少东西。"

"我也从他们身上获益良多。"帕尔青恩说，"我没有不敬的意思。"

"看来我们的文化先天就会羞辱彼此，帕尔青恩。"贾迪尔说。"如果想要继续互相学习，我们就得抗拒遭受冒犯的冲动反应才行。"

"谢谢你，"帕尔青恩说。"这对我意义重大。"

贾迪尔挥了挥手。"这件事情无须再谈，我的朋友。"

绿地人点头，转身打算离开。

"所有绿地人都和你有同样的想法吗？"贾迪尔问。"天堂不存在？"

帕尔青恩摇头。"北方的牧师宣扬一个住在天堂中、凝聚信徒灵魂的造物主，就和你们的达玛差不多。大多数人都相信他们的说法。"

"但你不信。"贾迪尔问。

"牧师同时也宣称地心魔物是种瘟疫。"帕尔青恩说道。"因为人类罪孽深重，所以造物主派遣恶魔降临世间惩罚我们。"他摇头。"我不相信这种说法。而如果牧师的一种说法不

可信，我又怎么相信他们其他的说法呢？"

"那你为何而战，如果不是为了争取造物主的荣耀？"贾迪尔问。

"我不需要牧师告诉我地心魔物是必须摧毁的邪恶。"帕尔青恩说道。"它们杀害我的母亲、击溃我的父亲。它们杀了我的朋友、邻居，以及家人。而世上某个地方，"他伸手挥过地平线，"藏有摧毁它们的方法。我会持续寻找，直到找到为止。"

"质疑你们的牧师是正确的，"贾迪尔说，"阿拉盖不是瘟疫，它们是试炼。"

"试炼？"

"是的。测试我们对艾弗伦是否忠诚的试炼。测试我们的勇气，以及对抗奈的黑暗的决心。但你同时也弄错了一点，摧毁他人的方法并不是藏在世上的某处。"他轻蔑地挥过地平线。"而是在这里。"他伸出了根手指，戳向帕尔青恩的心脏。"当所有人找到自己的决心，并团结一致的那天到来，奈会没有能力与我们对抗。"

帕尔青恩沉默很长一段时间。"我期待那天的到来。"他终于说道。

"我也是，我的朋友。"贾迪尔说。"我也是。"

首度造访沙漠之矛两年多后，帕尔青恩再次回到此地。贾迪尔的目光从绘制作战计划的石板上抬起，看着对方穿越训练场而来，感觉像自己的亲兄弟刚自漫长的旅途中返乡。

"帕尔青恩！"他叫道，摊开双手迎了上去。"欢迎回到沙漠之矛！"他的北方语现在已说得十分流利，虽然他依然觉得这种语言十分难听。"我不知道你回来了,今晚阿拉盖会害怕得发抖!"

这时贾迪尔才注意到帕尔青恩随阿邦一同前来,不过他们不再需要肥胖的卡菲特帮忙沟通。

贾迪尔厌恶地看着阿邦。他比贾迪尔上次见到他时候要胖,而且身上还是穿着色泽鲜艳丝绸,如同达玛基最宠幸的妻子。相传他主宰了大市集的交易,而部分原因就在于他在北方有很多业务。他是只水蛭,比起艾弗伦、荣誉,以及克拉西亚,他更看重利益。

"你怎么敢来这里与男人站在一起,卡菲特?"他大声问道。"我没有传唤你。"

"他是跟我来的。"帕尔青恩说。

"他不必再跟着你了。"贾迪尔冷冷地说。阿邦鞠躬,快步离开。

"我不知道你干吗在那个卡菲特身上浪费时间,帕尔青恩。"贾迪尔啐道。

"在我的家乡,人们并不只以长矛来评断男人的价值。"亚伦说。

贾迪尔大笑。"在你的家乡,帕尔青恩,人们根本不会去碰长矛。"

"你的提沙语也比以前进步多了。"帕尔青恩注意到。

贾迪尔咕哝一声。"你们青恩的语言真不好学,特别是当你不在的时候,我还得去找个卡菲特来练习。"他皱眉看着阿邦的背影。"看看那家伙,打扮得像个女人。"

"我可没见过穿成那个样子的女人。"帕尔青恩说。

"那是因为你不肯让我帮你找个可以让你揭开面纱的老婆。"贾迪尔说道。他已经多次试图帮帕尔青恩找个妻子,将

他束缚在克拉西亚,把他留在身边,如同英内薇拉吩咐的那样。

有一天,你得杀了他——英内薇拉的声音在他脑中回荡,但他不愿相信。如果贾迪尔可以为他找个妻子,绿地人就可以摆脱青恩的过去,以戴尔沙鲁姆的身份重生,或许这样的"死亡"就等于应验了预言。

"我怀疑达玛会让你们的女人嫁给不属于任何部族的青恩。"帕尔青恩说。

贾迪尔挥手。"胡说八道。"他说。"我们曾一起在大迷宫中流血,我的兄弟。如果我要你加入我们部族,就连安德拉本人也不敢表示任何异议!"

"我现在还不打算结婚。"他说。

贾迪尔皱起眉——尽管两人交情深厚,他还是经常弄不懂绿地人的想法。对他的族人而言,战士的欲望不管在不在战场上都同样高涨;他没有看出帕尔青恩任何好色的迹象,但他明显对于战场更有兴趣。

"好吧,别等太久,不然大家会以为你是普绪丁。"他说。这个称谓是"假女人"的意思。因艾弗伦的教诲里,与另一名男子交合并非罪孽,但普绪丁完全不与女人交合,不帮部族履行传宗接代的义务——这是他们族人不能接受的行为。

"你进城多久了,我的朋友?"贾迪尔问。

"才几小时。"帕尔青恩说。"我刚把信送到宫殿。"

"然后你就带着长矛前来助阵啦!看在艾弗伦的分上,"贾迪尔大叫,让所有人都听见。"帕尔青恩体内一定流着克拉西亚的血!"他抓起他的手臂一起大笑。

"随我走走。"贾迪尔说,一手拍上帕尔青恩的肩,暗自盘算着今晚的作战计划,想为自己这位骁勇善战的朋友挑选一个光荣的位置。

"巴金部族昨晚折损了一名深坑魔印师，"他说。"你可以取代他的位置。"

"我比较想当推进兵。"帕尔青恩回道。

贾迪尔摇头，但面带微笑。"你总是想挑选最危险的职务。"他指责道。"如果你死了，谁帮我们送信？"

"今晚没那么危险。"帕尔青恩说。取出捆卷起来的布匹，将其摊开，露出一根长矛。

那不是根普通的长矛——矛身是亮眼的有色金属所制，矛头和矛柄上所刻的魔印在阳光下闪闪发光。贾迪尔经验老到的目光沿着矛身打量，感觉心脏在胸口中猛跳。许多魔印他都没见过，但他可以感应到它们的力量。

帕尔青恩骄傲地站在原地，等待贾迪尔反应。贾迪尔压抑住满心的讶异，敛藏贪婪的目光，希望他的朋友没有看出来。

"有帝王气势的武器，"他同意道，"但击败黑夜的是战士，帕尔青恩，不是长矛。"他一手搭上对方的肩，凝望他的双眼。"不要太信任你的武器。我见过比你更经验老到的战士，他们也曾在武器上绘制各种魔印，但结果还是面对凄惨的下场。"

"这根长矛非我所制。"帕尔青恩说。"我是在安纳克桑找到的。"

贾迪尔猛跳的心脏突然一停。是吗？他强迫自己哈哈大笑。

"解放者的诞生地？"他问。"卡吉之矛只是虚无缥纱的神话，帕尔青恩，失落之城早已深埋在沙漠之下。"

帕尔青恩摇头。"我去过了，我还可以带你去。"贾迪尔迟疑片刻。帕尔青恩从来不会说谎，而他的语言中不带任何戏谑；他相信自己所说的一切。一时间，他的心里浮现一个景象：自己和帕尔青恩站在沙漠上，一起寻回古老的战斗魔印。他勉强忆起自己的职责，把那个画面抛开。

"我是沙漠之矛的沙鲁姆卡，帕尔青恩。"他回道。"我不能就这么打包行李，骑头骆驼深入沙漠，只为了寻找一座存在于古老文献中的城市。"

"我想入夜后我就能说服你。"帕尔青恩说。

贾迪尔扬起嘴角，面露微笑。"向我保证你不会尝试任何愚蠢的行为。不管有没有魔印长矛，你都不是解放者——埋葬你会让我非常伤心。"

※

"今晚就是转折点。"英内薇拉说。"很久以前我就已经预见。杀了他，夺取长矛。破晓时，你就能自封达玛卡，一个月后，你就会统治克拉西亚。"

"不。"贾迪尔说。

一时间，英内薇拉没有听见他说什么。"……沙拉奇部族立刻会承认你的地位，"她说，"但卡吉和马甲则会反对……"她开口。

"预言还说……"她开口。

"去它的预言。"贾迪尔说。"我不会杀害我的朋友，不管那颗恶魔骨对你说了什么，我不会抢夺他的东西，我是沙鲁姆卡，不是黑夜里打劫的盗贼。"

她一巴掌甩在他脸上，声音在石墙间回荡。"你是个蠢货！"她厉声喝斥。"此刻是你人生的飞黄腾达的转折，让可能的未来变为现实。破晓时，你们其中之一会成为解放者。你得决定是要让沙漠之矛的沙鲁姆卡当解放者，还是让给一个来自北方的盗墓者。"

"我受够了你的的预言和转折。"贾迪尔说。"你和所有达玛丁！一切都只是企图将男人玩弄于股掌间。我不会为你背弃我的兄弟，不管你假装在那些阿拉盖的魔印中看见了什么！"

英内薇拉大叫一声，再度扬手朝他攻击。但贾迪尔抓住她的手腕，高高举起。她挣扎片刻，但贾迪尔的手就像铁镣铐铐般一动不动。

"不要逼我伤害你。"贾迪尔警告道。

英内薇拉眯起双眼，突然扭动身体，扬起另一只手，食指和中指径直插入他的肩井。箝制她手腕的手臂立刻麻痹，她挣脱他的束缚，后退一步，抚平长袍。

"你老是以为达玛丁手无缚鸡之力，我的丈夫。"她在他惊恐的神情面前说道。"但你应该比所有人还要清楚事实才对。"

贾迪尔惊恐地低头看向自己的手臂。它垂在身侧，完全不听使唤。

英内薇拉走到他身前，握起他麻痹的手掌，另一手压上他的肩。她扭动他的手臂，用力一压，麻痹感当即被一阵刺痛取代。

"你不是贼，"她同意道，语气再度恢复平静，"你只是收回本来就属于你的东西。"

"我的？"贾迪尔问，看着恢复正常的手掌。

"谁才是贼？"英内薇拉问。"盗了卡吉陵墓的青恩，还是你——卡吉后裔——夺回失窃物的人？"

"我们不能确定他手中拿的就是卡吉之矛。"贾迪尔说。

英内薇拉双手抱胸。"你其实很清楚。你一看到它的同时就深信不疑，就像你一直都知道这一天会到来。我从很早以前就向你透露过这个转折。"

贾迪尔沉默不语。

英内薇拉温柔地抚摸他的手臂。"想要的话，我可以在他的茶里下药；他会死得非常痛苦。"

"不！"贾迪尔大叫，抽回自己的手臂。"你总是想要采取最不光荣的手段！帕尔青恩不是卡菲特，不能死得像条狗！他应该死得像战士！"

"那就让他光荣地死去吧。"英内薇拉劝道。"现在就去，在阿拉盖沙拉克打开前，人们见识到长矛的力量之前。"

贾迪尔摇头。"如果一定要这么做，我要在大迷宫里动手。"

但当贾迪尔离开她时，仍不确定自己该不该这么做——如果必须踏着朋友的尸体往上爬，以后怎么以沙达玛卡的身份自居？

✦

"帕尔青恩！帕尔青恩！"

欢呼声撼动了大迷宫。贾迪尔站在城墙上看着绿地人带领戴尔沙鲁姆赢下一场场胜利，没有阿拉盖能对抗卡吉之矛。

今晚他是个英勇的外来者，贾迪尔心想。明天就会成为沙达玛卡，甚至位居自己之上……

然而或许这是艾弗伦的旨意？当他从奈的虚无中塑造世界时，难道没有创造青恩吗？难道他没有为我们安排计划吗？

"但帕尔青恩根本不信艾弗伦。"他大声说道。

"一个不向造物主鞠躬的人怎么配做解放者？"哈席克问。

贾迪尔深吸一口气。"他不能。去找山杰特和最忠诚的部属。为了全世界的未来着想，绝对不能让他成为解放者。"

✦

贾迪尔找到他时，帕尔青恩正带领一群叫喊着他名字的戴尔沙鲁姆穿越大迷宫。他全身沾满恶魔体液，但双眼绽放着欢愉的神采。他高举长矛致意，贾迪尔一想到他必须对自己的阿金帕尔所做的事，就感到心里一阵绞痛——这比哈席克曾对他做的事要卑鄙得多了。

"沙鲁姆卡！"帕尔青恩叫道。"今晚没有恶魔可以活着离开大迷宫！"

战争就是欺敌。贾迪尔提醒自己，强迫自己大笑，高举长矛回礼；他走上前再一次拥抱对方。

"我低估你了，帕尔青恩。"他说。"我不会再犯同样的错误了。"

帕尔青恩微笑。"你每次都这么说。"

他身边的战士都是沉浸在胜利中的战士。贾迪尔不能让这些人参与接下来的必要之恶。

"戴尔沙鲁姆！"他对战士们叫道，指向躺满一地的恶魔尸体。"汇集这些恶心的东西，拖到外城墙上去。我们的投石部队需要练习！让城外的恶魔看看攻击克拉西亚堡的蠢材会有什么下场！"

战士们欢声雷动，迅速领命下去。他们离开的同时，贾迪尔转向帕尔青恩。"侦察兵回报，有个伏击点附近的战争还没结束。"他说。"你还有力气作战吗，帕尔青恩？"

帕尔青恩面露野兽般凶狠的微笑。"带路吧。"

他们和戴尔沙鲁姆分道扬镳，迅速穿越大迷宫，跑过一条已经清空的路径。就像诱饵兵一样，贾迪尔带领帕尔青恩走向布置好的陷阱。最后，他们终于抵达伏击点。"欧特。"贾迪尔叫道，随着这声信号，哈席克暗中踢了青恩一脚，让他摔倒在地。

绿地人跌倒顺势翻滚，立即起身。但这时贾迪尔最忠心的部下已截断了他的退路。

"这是干吗?"帕尔青恩大声问道。

贾迪尔心痛不已地看着朋友脸上遭受背叛的神情。这是自己应受的处罚,但现在陷阱已经挑明,自己已没有回头的余地。

"卡吉之矛属于沙达玛卡,"他说,"你不是他。"

"我不想和你动手。"帕尔青恩说。

"那就不要,我的朋友。"贾迪尔恳求道。"交出武器,去牵你的马,天一亮立刻离开,永远别回来。"英内薇拉会为他妇人之仁而骂他白痴。就连他的心腹也惊讶得窃窃私语,但他不在乎。他期望他的朋友接受这个条件,虽然他心里清楚他不可能接受,杰夫之子不是懦夫。他身后的恶魔坑中传过来一声吼叫,一个战士的死法正在等着他。

他在戴尔沙鲁姆的攻击下奋力抵抗,战士的骨头遭击碎,然而即使到了这个地步,他仍不愿亲手杀人。贾迪尔袖手旁观,内心充满羞愧与惋惜。

最后,挣扎结束了,帕尔青恩受制于哈席克和山杰特,贾迪尔则弯下腰捡起解放者长矛,紧握矛柄时,他立刻感受到了它的力量——没错,这就是卡吉的武器,而卡吉的第七子就是家族血脉的先祖。

"真的很抱歉,我的朋友。"他说。"我希望事情不是如此收场。"

帕尔青恩一口啐在他脸上。"艾弗伦把你的背叛都看在眼里!"

贾迪尔感到一股愤怒。帕尔青恩不信天堂,却在对自己提起他的名称。他没有妻子或子女,没有家庭与部族的羁绊,但他自认知道什么才是对全人类最好的;简直狂妄自大极了。

"不准你提艾弗伦的圣名,青恩。"贾迪尔说。"我是它的沙鲁姆卡,你不是。少了我,克拉西亚会沦陷。"

他们趁着黎明前的微光出城——大多数阿拉盖已回到深渊，但某头沙恶魔必定听见他们接近的声音而留下来等，因为它在黎明前数分钟自沙丘的阴暗中跳出来攻击他们。

贾迪尔不慌不忙，矛柄的防护魔印在他挡下对方攻击时魔光聚闪。阿拉盖被震回地底前，贾迪尔已经跳下马背，一矛将它刺穿。

魔印矛头在刺穿粗糙的恶魔外壳时爆出一道耀眼的强光，贾迪尔感觉整根长矛在自己手中活了过来。一道能量如同英内薇拉的闪电石般从手臂传遍全身，闪电石带给他痛苦，这道能量则带给他喜悦。他立刻感觉更加强壮、更加敏捷。早已被他抛到脑后的伤口和已经习惯不以为意的痛楚，突然间消失得无影无踪，让他忘了它们的存在。他感觉永生不衰、天下无敌。他轻轻挥动双臂，将恶魔的尸体抛到三十英尺外，等待旭日东升。

强大的魔力在杀光恶魔后迅速流失，但痊愈的效果依然存在。贾迪尔已过三十岁，但突然回到自己二十几岁时的状况，不明白自己怎么会遗忘那种活力。

这一切都来自一头沙恶魔，他沉思。帕尔青恩在大迷宫里杀掉数十头阿拉盖时又是什么感觉呢？

他们在黎明前将昏迷不醒的帕尔青恩头朝下丢在沙丘，距离城堡数里之遥，离最近的村庄也超过一天的路程。

贾迪尔低头看他。绿地人的话再次浮上心头——艾弗伦把你的背叛都看在眼里！

"你为什么不识趣，我的朋友？"贾迪尔感叹——一个昏迷中的帕尔青恩不会回答自己的问题了。

贾迪尔在哈席克和山杰特爬上马背时无奈地打量他的朋友。他自鞍角上取下水袋，丢到绿地人的身旁。

"你干什么？"阿山问。"我们应该现在就宰了他，不能放虎归山。"

"我不会杀害昏迷不醒的战士。"贾迪尔说。"水袋不会帮助他穿越沙漠，找到避难所，当他醒来时，然后喝水，等到阿拉盖出现时，他就会像个男人一样死去，并找到通往天堂的道路。"

"万一他杀回城来，怎么办？"山杰特问。

"派遣穆罕丁战士巡逻城墙——格杀勿论。"贾迪尔说。

他回头去看。但你会回城，是吧，帕尔青恩？他心想。你拥有沙鲁姆的灵魂，会徒手对抗阿拉盖直到战死。

"他只是个青恩，"阿山说。"一个没有信仰的人。你怎么会以为艾弗伦会在天堂迎接他？"

贾迪尔举起长矛，反射朝阳的耀眼光芒。"因为我是沙达玛卡，我说会就会。"

其他人惊讶地瞪大双眼——没有人敢质疑他的话。

英内薇拉几小时前说的话再度回到他的脑海——破晓时，你就能自封沙达玛卡。

他回头看向帕尔青恩。

光荣战死，他祈祷。在天堂重逢时，如果我没有完成我们俩的梦想，到时我们再一决高下吧。

他掉转马头，骑回城市——他的国度。

第九章　沙达玛卡

329 AR

"不要再前进了，叛徒。"安德拉的长子——艾佛罗达玛说道，迎上来挡在贾迪尔通往安德拉王座厅的入口，可以肯定会在阿马戴佛伦去世后继任达玛基，之后也可能会成为安德拉。他现年五十，体格强健，发色乌黑，据说是克拉西亚第一的沙鲁沙克大师。

如果贾迪尔想杀死那个肥胖老头，艾佛罗是他必须除掉的最具挑战性的一名安德拉之子。

从自贾迪尔全身染满恶魔血，在迷宫中自封"解放者"后，至今不到一个月。近百分之八十的沙鲁姆当场支持授予他封号。半数的达玛也一样，而且人数每天都在增加。其他人跟随部族达玛基，一开始还试图守护他们的宫殿，但随着贾迪尔的势力逐渐彭胀，他们通通通入地下城，躲入安德拉宫殿的围墙内。

原本贾迪尔只需几天就能统一全城，根本用不了几星期，但每天晚上，贾迪尔都会吹响沙拉克之号，带领他的战士进入大迷宫。现在最彪悍的战士手中握有战斗魔印长矛，将阿拉盖成群结队地送去见阳光。

安德拉和达玛基原来以为夜晚不用出战阿拉盖是特权，可以笼络人心。但随着魔印长矛的出现，贾迪尔的手下个个成为

受人崇拜且无尽荣耀的大英雄,禁止战士参与阿拉盖沙拉克的做法已为剩下的沙鲁姆带来莫大的耻辱。不少守护宫殿的战士逃往大迷宫。到最后,剩下的人手已经不足以守护安德拉的围墙。

天刚破晓,贾迪尔的手下已经攻下围墙大门,随后突破了宫殿入口。现在只剩下一个男人在贾迪尔和他的仇人之间。

"请你原谅,达玛。"贾迪尔说着朝艾佛罗鞠躬。"我不能像对待其他人一样提供你投降的机会,因为谁会相信不愿为自己父亲而战的男人?你最好还是光荣战死。"

"骗子!"艾佛罗啐道。"你不是解放者,觊觎长矛的强盗杀人犯。没了它你什么都不是!"

贾迪尔陡然停步,扬起一手阻止身后的战士。

"你真的这么想?"贾迪尔问。

艾佛罗朝他吐口水。"如果不是事实,就把武器放下,徒手和我决斗。"

"呵呵!"贾迪尔将长矛抛向艾佛罗。达玛反射性地伸手接过长矛,在意识到自己手握卡吉长矛时瞪大双眼。

艾佛罗的内心有了变化,在动作与斗志双方面的微妙改变。其他人或许没有察觉,但在贾迪尔眼中,那些改变如同达玛郑重其事表态一样明显——本来他以为自己死定了,只想与他同归于尽。现在艾佛罗达玛的眼中绽放希望之光——自己或许有能力杀死贾迪尔,结束这场克拉西亚叛乱。

贾迪尔点头。"这下你的灵魂已经准备好光荣面对艾弗伦了吧。"他说着,朝达玛一扑而上。

艾佛罗是个沙鲁克大师,但《伊弗佳》禁止祭司接触长矛,而贾迪尔待在沙利克霍拉期间,从来不曾见过任何人触犯这条规定。他以为达玛使矛的水平必定十分差劲,自己可以轻松取胜。

"利用所有优势。"凯维特曾如此教导。

但艾佛罗令他惊讶,他将长矛舞得如同毒辣的眼镜蛇。达玛展开进攻,长矛快得几乎看不见。一时间,贾迪尔唯一能做的就是拼命闪躲。艾佛罗的攻势又快又精准,出招如同行云流水,一点也不辜负他在沙利克霍拉中浸淫四十载光阴。最后艾佛罗终于一招手,在贾迪尔脸颊上划出一道伤口,接着是手臂中招。

终于,贾迪尔抓住达玛攻击的节奏,迅速出手,一把钩住矛身,踏步转身,将达玛甩过大殿,撞在石柱上,接着重重落地。

贾迪尔等待艾佛罗翻身站起,然后将长矛放在地上。达玛瞪大双眼。

"放弃优势是蠢材的举动。"艾佛罗说。

贾迪尔只是微笑,因为他已经知道祭司的实力。他张开手臂,展开攻击,艾佛罗没有闪避,正面迎敌。

在众多没有受过训练的沙鲁姆眼里,接下来的打斗必定只是单纯的斗力,但事实上这数百招近身扭打正是沙鲁金的招式,专门利用敌人的力量反击。

渐渐地,贾迪尔的手掌慢慢逼近对方咽喉。结局已经注定,他可以从达玛眼中看出对方心里也十分清楚这点。

"不可能。"艾佛罗在贾迪尔的手掌捏住自己咽喉时说。

"达玛,对着空气练习,与和阿拉盖实战——"贾迪尔说。"是有差别的。"他使劲一扯,拧断艾佛罗的脖子,大殿中响起一阵咔嚓的骨碎声。

当贾迪尔的部队破门而入时，聚集在王座下的达玛们同时抬起头来，安德拉蜷缩在骷髅王座上，紧张得双手紧握到指节发白。

贾迪尔以掠食者的目光扫视这群老人——《伊弗佳》的法律赋予他们每人在他迈向王座的途中单独挑战他的权力——贾迪尔并不把达玛基放在心上，但他不想把他们通通杀掉。

必要时杀了他们。英内薇拉说。但如果能够击溃他们的抵抗意志，让他们屈服，你的胜利才会更完整。她甚至教他该提出什么样的条件。

"达玛基，"他说，"你们都是艾弗伦的忠仆，我不希望与各位为敌，我只想请你们让到一旁。"

"那等你坐上骷髅王座后，我们又会面对什么下场？"沙拉奇部族的克维拉问——身为克拉西亚最小部族的达玛基，他有责任提出第一声挑战。

贾迪尔微笑。"什么也没有，我的朋友。达玛基们害怕失去宫殿吗？你们会呆在宫殿里，一如往常统领自己的部族。我只需要你们表示支持。"

克维拉眯起双眼。"什么意思？"

"我和夸莎所生的第二个儿子是奈达玛。"贾迪尔说。

克维拉点头。"资质颇佳。"

贾迪尔微笑。"我希望你让他随侍左右，向你学习。"

"有朝一日好继承我的地位。"克维拉像在陈述事实，而非提问。

贾迪尔耸肩。"如果那是英内薇拉。"

贾迪尔望向其他达玛基，让他们有选择的空间，也算瓦解他们的必然手段——他再次对于英内薇拉的计划感到佩服。他的达玛丁妻子都很能生，而且骨骸从来没有算错受孕的正确时机。结婚四年后，所有部族都为贾迪尔生下了两个儿子以及一个女儿，之后她们总是不断怀孕。现在他在每个部族里都有一个担任奈达玛的儿子，等到现任达玛基去世后就会戴上黑头巾。英内薇拉十几年前就开始在为他的崛起铺路了，这真是……令人不安。

达玛基们继续考虑。他们的地位并非世袭，对于有儿子或孙子在部族中担任达玛的男人来说，子继父位是他们最关心的事。尽管如此，让他们保有权位可以在他掌权过程中免除一些麻烦，而且就算要放弃儿子的继承权会激怒达玛基，总比直接杀掉他们要来得好，卡吉就是这样对待手下败将的子孙。贾迪尔可以那样做，他们都很清楚这点。他没有必要把自己的儿子当作人质，除非他真的诚心期盼团结。

对较小的部族而言，这点就已经足够了。

"沙达玛卡。"沙拉奇部族的克维拉说道，接着鞠躬退开。

其他人纷纷跟随，纷纷站到一侧——巴金部族、安吉哈部族、甲马部族、坎金部族、哈尔瓦斯部族，以及苏恩金部族都没有提出挑战便让他通过。贾迪尔精神紧绷地接近克雷瓦克和南吉达玛基。侦察兵部族最为忠诚，而且习练自成一派的沙鲁克，据说那是全沙漠之矛最致命的肉搏技巧。贾迪尔感受到艾弗伦的意志在体内激荡，并不畏惧任何人，但他保持警觉，对他们的技艺充分尊重。

他无须担心。

侦察兵部族的达玛基与他们的沙鲁姆很像，善于观察与建议，而非领导。他们退向一边，留下最后三名位高权重的达玛基挡在他和骷髅王座之间。穆罕丁部族的安卡吉、马甲部族的

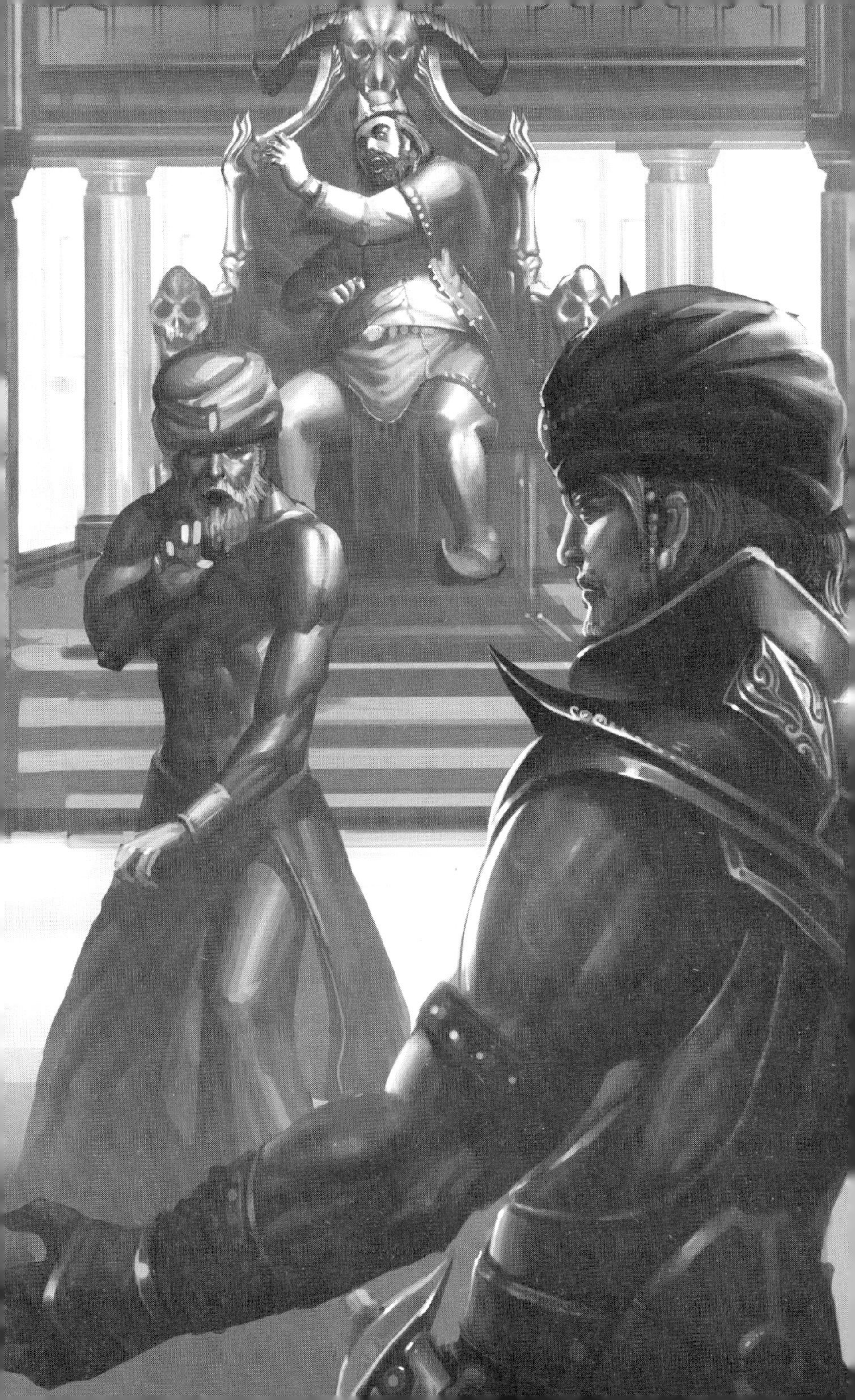

阿雷维拉克以及卡吉部族的阿马戴佛伦。这些人统领数千族人，生活奢华无度。他们的部族拥有数十名达玛，包括他们自己的儿子和孙子；他们不会轻易投降。

穆罕丁部族的安卡吉是个彪形大汉，五十五岁依然身强体壮。他是以机智著称的人，统领一个擅长战斗的部族。他的部族或许人数较少；但达玛基比马甲和卡吉达玛基加起来还要富有，而众所皆知达玛基一直以来打算让自己的长子来继承他的财富与权力。

他们目光交会，一时间贾迪尔以为对方真的会挑战他。正当他准备接受挑战时，达玛基已经发出悲哀的笑声，摊开双手，深深鞠躬，自高台前让开。

接下来是马甲部族的阿雷维拉克。年迈的达玛基已年近八十，但还是向他鞠躬，摆出沙鲁沙克的架势。贾迪尔点头，他身后的沙鲁姆和达玛基立刻散开，腾出空间让两人决斗。

贾迪尔深深鞠躬。"我的荣幸，达玛基。"他说着也摆开架势。这位老人至今还活着就已令他十分敬佩了，更别说他竟然还保有战士的精神——他有资格光荣死去。

"开始！"阿马戴佛伦叫道。

贾迪尔疾扑而上，打算以抱的手法迅速并且不流血地结束这场战斗；他或许还有机会逼迫达玛基开口投降。

但阿雷维拉克令他吃惊，他的动作迅速得超乎贾迪尔想象。他紧扣贾迪尔的手臂，利用他的力量展开反击。

贾迪尔感到关节剧痛，无法挣扎，顺着达玛基抛掷的势道飞身而起。他背部着地，围观众人全都出声惊呼。阿雷维拉克迅速抢上，提起削瘦的脚跟踢向贾迪尔咽喉，但贾迪尔双手接下他的脚掌，一边起身一边朝反方向扭转。

阿雷维拉克顺应扭转的势道，一跃而起，再度利用贾迪尔本身的力量，提起另一脚踢向他的嘴。贾迪尔再度撞向大理石地板，阿雷维拉克依然稳稳地站着。

现在所有人都开始聚精会神地观战。片刻前，这场决斗还只是赐给某个老人光荣的死法——贾迪尔崛起故事中的一个注脚；突然间贾迪尔所成就的一切通通岌岌可危。他的儿子都还太年轻，没有贾迪尔守护，他们绝不可能在敌人的锋刃前自保。王座上的安德拉倾身向前，战战兢兢地观战。

阿雷维拉克再度进攻，但贾迪尔及时转身，与他正面冲突。这一次他站稳脚跟，不给他借力的机会。阿雷维拉克的攻击快得超乎想象，但贾迪尔还是挡下了前面两拳。第三拳他不加抵挡，承受这一击的力道，以换取紧扣达玛基手臂的机会。

阿雷维拉克没有提供贾迪尔任何可借之力，这位年迈的达玛基只是一堆皮包骨，贾迪尔却拥有满身强健的肌肉，是处于巅峰的战士。他不须借力就能摔开一个体重不比年龄多出太多的男人。

贾迪尔迅速踏步转身，将阿雷维拉克向旁甩去。达玛基顺势扭动，就连身体腾空都没有失去平衡。贾迪尔一看就知道他会平稳着地，再度展开攻击。

贾迪尔并未放开阿雷维拉克的手，矮身闪到手臂下面持续扭转，在身体着地时一脚顶住老人的背部。他狠狠一扯，阿雷维拉克的肩骨头折断声直达天花板。断骨刺穿达玛基的白袍，白袍瞬间染成一片血红。

贾迪尔立刻上前，打算在他凄惨叫前解决他的性命。但阿雷维拉克没有惨叫，也没有开口讨饶。贾迪尔对年迈达玛基的目光，在阿雷维拉克挣扎起身的同时看见足以抛开一切痛楚的专注神情。他的顽强令人敬佩，再度摆开架势，左手在前，右手肌肉扭曲，垂在身侧，血肉模糊。

"你无法阻止我坐上骷髅王座,达玛基。"贾迪尔在和他缓缓绕圈时说道。"你大多数族人已对我效忠。理智一点,我恳求你。难道你宁愿和儿子们一同进入坟墓,也不愿辅佐沙达玛卡吗?"

"我的儿子和我一样,绝对不会将部族拱手让人。"阿雷维拉克朗声说道。贾迪尔心知他所言不虚,但他其实打从开始就不愿杀死对方——已经有太多大好男儿无谓牺牲了,沙拉克卡即将展开,阿拉盖会杀死不少战士——他的思绪再度飘回收拾帕尔青恩身上,他头朝下躺在沙里;羞愧令他心生仁慈。

"在你死时,我会允许你的一个儿子向我儿子挑战。"贾迪尔终于开口道。"让他们自己决定谁要出面挑战。"

已投降的众达玛基发出一道愤怒的声浪。但贾迪尔瞪向他们。"安静!"他吼道。所有人立刻闭嘴。他转向阿雷维拉克。

"你愿意在克拉西亚重返荣耀的时刻站在我身边吗,达玛基?"他问。达玛基因为失血过多而脸色发白。如果不快决定,贾迪尔就要立刻杀了他,让他光荣死去。

但阿雷维拉克鞠躬,看向流血不止的肩膀。"我接受你的条件,不过那个挑战可能会来得比你预期中更早。"

这话不假。贾迪尔马甲子孙马吉今年才十一岁,如果达玛基伤重不治,他绝不可能是阿雷维拉克任何一个儿子的对手。"哈席克,护送阿雷维拉克达玛基前去治疗。"贾迪尔下令。

哈席克走到老人身边,但阿雷维拉克扬起一手。"我要见证此事结局,让艾弗伦决定我今天是死是活。"他坚决的态度令哈席克进退两难。贾迪尔点头,转向阿马戴佛伦——最后一名站在他和懦弱的安德拉之间的达玛基。

阿马戴佛伦比阿雷维拉克年轻,但也是位七十多岁的老头。不过贾迪尔心知不可小觑此人,特别是年纪更大的祭司都深藏不露。

"你非杀我不可。"阿马戴佛伦说,"不管你给多少好处都不能收买我。"

"我很抱歉,达玛基。"贾迪尔说着鞠躬。"但我必须不择手段团结各部族。"

"无论现在下手,或等你儿子年纪大了动手,"阿马戴佛伦说。"总之都是谋杀。"

"到那时候你早就已经死了,老头!"贾迪尔大声说道。"如此顽固究竟为了什么?"

"为了卡吉部族的独立主权!"阿马戴佛伦叫道。"卡吉部族已经掌握骷髅王座百年,未来百年王座应该还是属于我们的!"

"不,"贾迪尔说,"不会的。我要结束部族分裂。克拉西亚需要再度统一,就像卡吉年代一样。"

"那我们走着瞧。"阿马戴佛伦说,摆开沙鲁沙克的架势。

"艾弗伦会欢迎你,"贾迪尔鞠躬承诺道,"你拥有一颗沙鲁姆之心。"

※

一分钟过后,贾迪尔抬头看向在王座台上畏畏缩缩的安德拉。"你对于支撑你那肥臀的骷髅王座根本是种亵渎。"贾迪尔说道。"下来结束这一切。"

安德拉非但没有起身,反而更加缩进王座中。贾迪尔皱起眉,拿起卡吉之矛,踏上通往骷髅王座的七级台阶。

"不!"安德拉叫道,蜷成一团,在贾迪尔举起长矛时蒙住自己的脸。

自从看见这胖子和自己妻子上床至今已有十年了,贾迪尔

每天都在幻想自己杀死安德拉的场景。英内薇拉的骨头告诉他有一天他会报此大仇，而他将希望全都寄托在预言上。只有阿拉盖沙拉克能令他分心，每个安德拉依然存活的早晨都是对他荣耀的羞辱。

他无数次练习如何终结这位仇人。但现在，厌恶感填满贾迪尔的胸膛。面前这团可悲的肉球已经统领全克拉西亚超过贾迪尔一辈子的时间——他竟然没有勇气面对自己的死亡。他比卡菲特还差劲，根本不值得自己多费唇舌。

杀死安德拉没有为贾迪尔带来任何预期中的满足，为世界除掉这样的男人简直算是种恩惠。

贾迪尔在沙鲁姆黑袍外披上染满安德拉鲜血的白袍。他感觉到王座厅中所有目光沉重地压在自己身上，但他抬头挺胸，面对他们。

阿雷维拉克现在躺在地上，希瓦里达玛在伤口上施压。阿马戴佛伦的尸体躺在台阶之下。贾迪尔弯下腰去，从头上扯下黑头巾。

"卡吉部族的阿山达玛。"他命令道。阿山来到台阶下方，跪倒在地，双手和额头接触地面。贾迪尔掀开朋友的白头巾，以达玛基的围巾取而代之。

"阿山达玛基会统领卡吉部族，"贾迪尔宣布道，"并且有权将黑头巾传承给与我妹妹英蜜珊卓所生的儿子。"然后像兄弟般拥抱阿山。

"白昼之战已经结束。"阿山说道。

贾迪尔摇头。"不，我的朋友，白昼之战还没开始。我们应重整大军，准备展开沙拉克桑。"

"你是指……"阿山问。

"北方。"贾迪尔点头道。"征服绿地,征召他们的男人参与沙拉克卡。"其他达玛基同时倒抽一口凉气,但没人胆敢提出质疑。

片刻后,守卫入口的沙鲁姆发出惊讶声,匆忙让道两旁。达玛基丁和贾迪尔的妻子们穿越人群而来。《伊弗佳》律法禁止任何男人伤害达玛丁,所以他无权掌控这些女人,但她们在达玛丁大帐中有她们自己的生存法则,看来英内薇拉在那里也像玩弄男人的政治一样呼风唤雨。此刻他每个妻子都头戴黑头巾,面罩白纱,身上穿着达玛丁白袍,表示她们都是部族达玛基丁的继承人。贾迪尔完全不知道英内薇拉怎么办到的。

他的马甲部族妻子贝丽娜,离开其他达玛丁,走向阿雷维拉克的身边。贾迪尔一眼就可以认出自己每个妻子,就算全身都包起来也一样。夸莎无法隐藏她的曲线,乌莎拉也遮掩不了自己的体重。贝丽娜走路的姿态很独特,就和她的长相一样显眼。马甲部族的达玛基丁跟在她身后,看起来比较像配角而非主角。

一时间,英内薇拉没有现身,但接着他听见沙鲁姆的抽气声,并看到他因恐惧而全身僵硬。他抬起头来,看见他的第一妻室进入王座厅——打扮成应该只有他才能欣赏的模样:她亮眼的头巾和面纱完全没有为她的美貌留下任何想象空间;她仿佛夜晚般漆黑的长发外包覆金箔,散发浓郁的精油香气;她的手上戴着珠宝首饰以及魔印金饰;她身上没有代表阶级的标志,只有挂在腰带上的霍拉袋表明她并非只是某个富有达玛基最宠幸的枕边舞者。

英内薇拉进入大厅,吸引了所有人的目光——男人目瞪口呆的视线以及达玛基丁冷眼打量的目光。贾迪尔在她接近时面

泛红光，尽管心知只有在卧房中才可以如此亢奋。他试图保持冷静，但她直接来到他面前，掀开面纱，深情一吻。她在他身旁展现柔软的体态，宣告她的特权。

"奈的深渊啊，你这又是在变什么戏法？"他低声问道。

"提醒他们沙达玛卡不受男人的律法限制。"英内薇拉说。"想要的话，你可以众目睽睽地在骷髅王座上占有我，不会有人敢出来抗议。"她一手伸向他的大腿，温柔地抚摸着他。贾迪尔抑制不住粗重地喘息。

"我会抗议。"他嘶声道，把她推开。英内薇拉耸肩，面露微笑，继续抚摸他的脸颊。

"全克拉西亚都在为你今日的胜利欢欣鼓舞，丈夫。"她大声说道，让在场者都听见。

贾迪尔知道自己应该正面回应，发表慷慨激昂的言论；但这种政治作秀至今依然令他作呕，而他还有其他事情要处理。

"他能活着看到明天的太阳吗？"贾迪尔问，下颌朝阿雷维拉克那边偏了偏。达玛基失血过多，手臂血肉模糊。

贝丽娜摇头道。"难说，丈夫。"

"救活他。"贾迪尔对英内薇拉低声道。

"为什么？"英内薇拉透过面纱在他耳边呓语。"阿雷维拉克为人固执，位高权重。最好还是除掉他。"

"我承诺过当他死时，他的儿子可以挑战马吉，赢取马甲部族在宫殿的统治权。"贾迪尔说。

英内薇拉突然喊道。"你承诺什么？"所有人都盯着她，但她的神情随即收敛，身体也再度放松。她离开贾迪尔，婀娜地走下台阶，翘臀轻摆——透过透明的丝一览无遗，抓住了殿内所有男人的目光。贾迪尔的愤怒之心大声嘶吼，令他想挖出目睹理应自己一人独享的香艳美景的每颗眼珠。

贝丽娜和马甲达玛基丁同时深深鞠躬，让英内薇拉通过。"达玛佳。"他们同声称呼。

英内薇拉开始检视伤口时，阿雷维拉克已经因失血过多而昏迷。她站起身来，转向守门的沙鲁姆。"拉上所有窗帘，关上所有的房门。"她命令道。数名战士连忙奉命行事。她命令其他人背对自己——高举盾牌，围住她和受伤的达玛基，让她和阿雷维拉克处在黑暗中。

贾迪尔可以看见阿拉盖霍拉的微弱光芒照耀在墙壁上，伴随着英内薇拉节奏分明的祈祷声。光芒闪动数分钟之久，厅内所有人都敬畏地僵立在原地。

英内薇拉一声令下，围绕在她身旁的戴尔沙鲁姆立刻散开。战士们连忙拉开厚重的帷幔，大殿再度恢复明亮。接着他们看到阿雷维拉克达玛基安静地躺在英内薇拉身边。他上身赤裸，皮肤已不再惨白，呼吸顺畅，伤痕全无，突起的断骨、鲜血，甚至连疤痕都没有留下。他的肩膀上只有平整的皮肤。

断臂的位置现在只剩一块平整的皮肤，前臂已经不知所踪。

"艾弗伦接受阿雷维拉克达玛基的断臂成为信仰的象征。"英内薇拉尖声宣告。"它已经原谅阿雷维拉克质疑解放者的行为，如果此后他追随艾弗伦真正的道路，他会在天堂找回断臂。"

她回到贾迪尔身边，再度展现妖媚的风姿。"在今天如此重大的胜利过后，我的丈夫得让他的满腔热血冷却。"她对全厅的人大声说道。"出去，让我以妻子的身份私下服侍他。"

这句话让在场男人惊讶地议论纷纷。从来不曾有任何女人，就连达玛基丁也一样，对达玛基下达这种命令。他们看向贾迪尔，在看到他默许后，他们别无选择，只能奉命离开。

"你是白痴吗?"英内薇拉等到他们独处后立刻责问道。"想掌控马甲部族的控制权——更别提你独生子的性命将陷入危机,为了什么?"

贾迪尔注意到她把马吉的安危放在第二位。"我没必要解释任何理由。"

"喔?"英内薇拉问,语气异常邪恶。"你的吉娃卡就这么愚蠢?为什么她没了解此事中隐含的缘由?"

"因为此事关乎荣誉!"贾迪尔大声道。"而你早已表明,不要在这种愚蠢的事上浪费时间。"

英内薇拉瞪了他一会儿,接着转过头去,脸上再度恢复达玛丁的宁静神情。"没有关系。阿雷维拉克的子孙可以慢慢解决。"

"你不要干涉此事。"贾迪尔说。"马吉会证明自己的力量。"

"万一他失败呢?"英内薇拉问。

"那就是艾弗伦不希望由他统领马甲部族。"

英内薇拉张口欲言,但最后只是摇了摇头。"反正也不算彻底失败,打残阿雷维拉克却又让他活下来服侍你的故事只会为你的传奇增添戏剧性色彩。"

"你听起来真像阿邦。"贾迪尔喃喃说道。

"呃?"她问。

他很清楚她很反感。"够了,"他说,"事情已成定局,没有后退余地。现在在你让我的手下想入非非前换上得体的长袍和面纱。"

"还是那么大胆。"英内薇拉说,透明面纱后方的她却面露微笑,极尽魅惑和挑逗。"《伊弗佳》命令女人面纱遮脸,是为了不让男人垂涎不属于自己的美色;但你是解放者,有谁胆敢垂涎你的女人？我就算一丝不挂地穿街走巷也没有什么好担心。"

"没有什么好担心？或许，但像个婊子一样让所有男人看见你的私处对你有什么好处？"

英内薇拉眉头一蹙，表情依然平静。"我裸露相貌是为了让人敬仰。我裸露身体是为了彰显你的权威，让大家认为你的男性魅力足以让首席达玛基丁都得随时以身体服侍你。"

"那只是一种假象。"贾迪尔语气疲惫，躺进王座里。"你讲得好像那是种任务。"贾迪尔说。"为了权力得付出的沉闷代价。"

"没有那么沉闷。"英内薇拉说，伸出一根手指抚弄他的胸膛。她解开他的腰带，让他进入自己。

贾迪尔无法抗拒她的美貌在自己体内激发的欲念，但他同时也感觉到臀部底下的骷髅王座时，他抬头刚好看见英内薇拉骑在自己身上，就如当年骑在安德拉身上一样。他就算杀死安德拉还是无法将那个画面逐出脑海。它就像是无法投胎转世的鬼魅一样在他身边作祟。

贾迪尔真的不知道。英内薇拉在被爱抚时真的情欲高涨吗？还是她的呻吟与摆动只是另一张面具，就像她刚刚抛开的面纱？

他站起身来，将她推向一旁。"我没心情玩这种游戏。"

英内薇拉瞪大双眼，但隐忍不发。"这玩意儿可不是这么说的。"她再度娇喘，轻轻握着他坚挺的那部分。

贾迪尔把她推开。"我不受它支配。"重新系紧裤带。

英内薇拉露出蛇蝎般的神情。一时间他以为她会展开攻击，但接着达玛丁的宁静再度回复。她无所谓地耸耸肩，仿佛被他拒绝不是什么大不了的事。她步下王座台，如同春药般的翘臀轻轻扭动着。

哈席克额头轻触骷髅王座台前的大理石地板。

"我把卡菲特带来了,解放者。"他不屑地说道。

贾迪尔点头。守卫打开殿门。阿邦随即一拐一拐地走进来。当他来到王座台前时,哈席克将他向前一推,打算逼他下跪,但阿邦拐杖移动迟缓,居然滑倒在地。

"在沙达玛卡面前下跪!"哈席克吼道。但贾迪尔扬手命他闭嘴。

"如果要处死我,至少让我站着受死。"阿邦说。

贾迪尔微笑。"你为什么认为我想处死你?"

"难道你不是要杀我灭口吗?"阿邦问。

"就像对帕尔青恩一样?"哈席克怒吼一声,紧握长矛,眼中充满致命的怒火。

"退下。"贾迪尔说,对哈席克和其他守卫挥一挥手。他们奉命撤离。贾迪尔步下王座台,站到阿邦面前。

"你最好不要提起那件事。"他轻声威胁道。

"他是你朋友,阿曼恩。"阿邦说,不理会他的话。"不过话又说回来,我从前也是你的朋友。"

"帕尔青恩让你看了他的长矛?"贾迪尔突然领悟。"你这个虚情假意的胖子,卡菲特,竟然比我先目睹卡吉之矛!"

"没错。"阿邦承认道。"我或许是个虚情假意的胖子卡菲特,但我不是盗贼。其实我一看就明白那是什么;但我没有行窃,也没有出价买下。"

贾迪尔大笑。"你还不是盗贼?阿邦,你是个彻头彻尾的盗贼!你窃取死人的陶瓷,而且每天都在大市集里坑蒙拐骗!"

阿邦耸肩。"我不认为拾取无主失物算是犯罪,而讨价还价只是另一种形式的战争,并不会为胜者带来耻辱。我现在说的是杀死一个男人——一个朋友——只因为你贪恋他的财物。"

贾迪尔怒吼,铁臂疾挥,一把紧紧抓住阿邦的喉咙——肥胖的商人一时窒息,试图掰开贾迪尔的手指,但那只是徒劳。他膝盖弯曲,将全身的体重放在手臂上。但贾迪尔依然将他提在身前。阿邦的脸色渐渐发紫。

"卡菲特没有资格质疑我的荣誉。"他说。"我将对克拉西亚以及艾弗伦的忠诚摆在朋友之前,不管他有多勇敢。"

"你又对谁效忠呢,阿邦?"他问。"除了珍惜自己肥胖的躯体,你有任何忠诚可言吗?"他松开手。阿邦的身躯直接瘫坐在地上,重重地喘息。

"有什么差别?"片刻后,阿邦一字一顿地说道。

贾迪尔叹了口气道:"帕尔青恩死了,克拉西亚最熟悉绿地人的就是卡菲特阿邦,你对我还有价值。"

阿邦扬起一道眉毛。"为什么?"他问,语气中已经不再恐惧。

"我无须回答你的问题,卡菲特。"贾迪尔说。"你把我想知道的事告诉我就行了。"

"当然,"阿邦点头说道,"直接回答我的问题,或许会比找个拷问者来从我的尖叫声中挖出答案要来得简单。"

贾迪尔凝视他片刻,接着忍不住摇头轻笑。"我都忘了你是个只要闻到利益的气味立刻就会亢奋的奸商。"他说,伸出一手将阿邦拉到自己脚边。

阿邦微笑着鞠躬。"英内薇拉,我的朋友。我们都依照艾弗伦赋予我们的天性做事。"一时间,他们仿佛回到过去,再度成为好朋友。

"我即将展开沙拉克桑——白昼之战。"贾迪尔说。"就像

卡吉一样,我要征服绿地,统一世界,进而展开沙拉克卡。"

"真是宏图霸业啊。"阿邦说,但语气显然充满怀疑。

"你不相信?"贾迪尔说。"我是解放者!"

"不,阿曼恩,你不是。"阿邦轻声说道。"如果真有解放者,我们都知道那是帕青恩。"

贾迪尔瞪着他。但他瞪回去,仿佛在挑衅贾迪尔,找抽一样。

"难道你不愿帮我?"贾迪尔平静地说道。

阿邦微笑。"我没这么说,我的朋友。战争可以带来暴利。"

"但你怀疑我能取得胜利。"贾迪尔说。

阿邦耸肩。"北地比你想象中要大多了,阿曼恩,人口比克拉西亚多很多倍。"

贾迪尔发出轻蔑的笑声。"你以为十个北地懦夫,甚至一百个北地懦夫可以对抗一个戴尔沙鲁姆?"

阿邦摇头。"我绝不怀疑你在打仗方面的能力。但我是卡菲特,我会怀疑许多小事。"他直视贾迪尔的目光。"比如,穿越沙漠所需的粮草和饮水,要安排留守沙漠之矛以及管辖新领土的人手、满足部队需求的卡菲特货车,以及满足士兵性欲的女人。谁能保证你留下来的女人和小孩?达玛吗?你不在的时候,他们会把克拉西亚变成什么样子?"

贾迪尔暗自心惊。的确,在自己的征服大梦中,这些小事根本无关紧要。英内薇拉在辅佐自己崛起的过程中表现出色,但我怀疑她是否会考虑这些细节。我不得不以全新的眼光看待阿邦。

"我的金库会为能处理这些小事的人物而开。"他说。

阿邦微笑,起身深深鞠躬。"服侍沙达玛卡是我的荣幸。"

贾迪尔点头。"我想要在三年内发兵。"他伸手搂住阿邦，如同朋友般将他拉近，嘴角凑到阿邦耳边。

"如果你试图将我当作大市集中的肥羊一样痛宰，"他低声补充道，"我就剥下你的皮，制成酒袋使用，这是你必须铭记的警钟。"

阿邦脸色发白，连忙点头。"我永远不敢——"

第十章　卡沙鲁姆

331 AR

贾迪尔嘶吼一声，拥抱这一刀带来的痛苦。

"我弄痛你了吗？"英内薇拉问。

"我在大迷宫里受过更严重的伤。"贾迪尔语带讽刺道。"但如果不小心割断肌腱的话……"

英内薇拉语气不屑。"我比你更了解人类的肢体构造——和雕刻阿拉盖霍拉没有两样。"

英内薇拉在伤口涂抹草药时所带来的痛楚透体而过。贾迪尔他舍近求远，看向放有一片片她自他手掌上割下来的皮肤的银盘。"我看不出这么做有什么必要。"

"根据我们从北方信使那儿取得的《卡农经》所述，绿地人相信解放者皮肤上绘有驱除地心魔物的印记。"英内薇拉说。她放开他的手，允许他举到自己眼前检视，欣赏着她以精准的手艺刻在他皮肤上的魔印。

"它们会有效果吗？"他问，试探性地伸屈手掌。

英内薇拉点头。"等我刻完之后，你的拳头会比卡吉之矛更具杀伤力。"

贾迪尔感到一股亢奋之情流遍全身——单是想到与恶魔徒手肉搏并且将对方击杀就令他如痴如狂。

英内薇拉刚刚包扎好他的手掌，阿山达玛基已经步入王座厅,身后跟着他儿子阿苏卡吉以及贾迪尔的次子阿桑。他们两人都还不到身披达玛白袍的年纪,但他们是解放者的血脉,没人胆敢质疑他们的资格。

"解放者,"阿山鞠躬请安,"卡菲特,"他仿佛吐痰般吐出这个字眼,"带着账本前来拜见。"

贾迪尔点头。阿邦拄着象牙骆驼杖一拐一拐地走进王座厅,英内薇拉则靠着贾迪尔脚边坐下。阿雷维拉克达玛基跟在阿邦后面入厅,长袍的右手衣袖空荡荡的,站在阿山、阿苏卡吉之后,以及阿桑身旁。

阿邦鞠躬,自腰带上取出一只小红瓶。他将药瓶抛给贾迪尔。"穆罕丁部族的夸凡达玛要我把这个呈献给你。"他说。

贾迪尔接下药瓶,好奇地打量它。"他要你交给我这个?"

"其实是瓶子里的内容。"阿邦说。"混在你的食物或茶水里。"

英内薇拉从贾迪尔手中接过药瓶,拉开一点瓶盖,闻闻味道。她倒了一滴在指尖上,尝了一口。

"隧道蛇毒液。"她说着,吐出毒液。"剂量足以毒死十个男人。"

贾迪尔侧头看向阿邦。"他准备付你什么代价?"

阿邦微笑,举起一袋叮当直响的钱袋。"一名达玛基的赎金。"

贾迪尔点头。穆罕丁部族的安卡吉达玛基会在公开场合口头支持他。但这已不是他的手下第一次企图暗杀贾迪尔了。

"我会逮捕夸凡达玛,严刑逼问。"阿山说。

阿邦说:"他不会在你的拷问下承认背叛他的达玛基,还是不要抓他比较好。"

"没有人问你意见,卡菲特!"阿雷维拉克达玛基大吼,吓

得阿邦跳了起来。"我们不能放过此人，任由他继续策划暗杀沙达玛卡。"

"或许卡菲特说得有道理，丈夫。"英内薇拉插嘴道。换来每当有女人胆敢在骷髅王座前开口时阿雷维拉克就会露出的那副怒容。"阿邦可以告诉夸凡说你吃下毒药但安然无恙，并在大市集里散布这则传说。只要塑造出这种不死传说，就连最英勇的杀手都会裹足不前。"

"达玛佳英明。"阿邦鞠躬说道。

他和英内薇拉简直是天生的一对，总是有办法说服别人接纳他们的意见。贾迪尔看见卡菲特的目光飘到她身上，只短短一瞬间，欣赏着他妻子恣意裸露的美貌。他咽下一腔怒火。英内薇拉说在其他男人的面前炫耀自己的肉体能够增添他的权威，但两年来他还是无法坦然接受这种做法。

然而不管喜不喜欢，阿邦和英内薇拉都拥有我需要的技能——达玛和沙鲁姆所欠缺的智慧。阿邦的账本和英内薇拉的骨骰会呈现赤裸裸的真相，即使那不一定是事情真相。而克拉西亚的其他男人都只会奉承自己。贾迪尔越来越依赖他们两人。他们也因此所有事都直言不讳，毫不修饰，仿佛在找贾迪尔去惩罚他们。

"安卡吉达玛基位高权重，解放者。"阿邦提醒他道。"而他部族的工程技能在备战过程中十分重要。你不让他参与核心议事对他已是奇耻大辱。或许现在并非追查可能导致你的公然表态的线索的时机。"

"沙瓦斯的年纪还不足以继任穆罕丁部族的达玛基。"英内薇拉补充道，直指贾迪尔的穆罕丁子孙。"他们不会听从还在穿拜多布的男孩号令。"

他们说的没错。如果在沙瓦斯赢得白袍前除掉安卡吉，黑头巾会由安卡吉的儿子继承,而他们会继承父亲对贾迪尔的仇恨,甚至更决裂。

"那好吧,"贾迪尔终于说道,虽然他对接纳英内薇拉和阿邦的做法感到咬牙切齿,"去向夸凡散布谣言——现在开始汇报你收集的户口情况。"

"统计到今天早晨,沙漠之矛共有两百一十七名达玛,三百二十二名达玛丁,五千零一十二名沙鲁姆,一万七千两百五十三名女子,一万五千六百二十三名孩童,包括进行汉奴帕许之道的人,以及两万一千七百三十三名卡菲特。"阿邦说。

"想要明年出征的话,战士还不够。"贾迪尔说。"每年只有几百人完成汉奴帕许训练。"

"或许你该延迟计划。"阿邦建议。"十年内,你的兵力就能倍增。"

贾迪尔感到英内薇拉的手在捏自己的脚,长长的指甲陷入皮肤中,于是摇了摇头。"我们已经延迟太久了。"

阿邦耸肩。"那么你就得以明年的兵力出兵,不足六千。"

"我要更多。"贾迪尔坚持道。

阿邦耸耸肩。"我能怎么做?戴尔沙鲁姆不像大市集里的粮草买卖,没有商人会在涨价时出货。"

贾迪尔突然转向阿邦,把他吓得向后退缩。

"我说错了什么吗?"他问。

"大市集。"贾迪尔说。"自从卡维尔和克伦带我们离家那天过后,我就再也没有去过那里。"他站起身来,拿起一件长袍披在沙鲁姆黑袍上。"带我去看看。"

"我?"阿邦问。"你想要和卡菲特一同逛大街?"

"有更适合的人选吗?"贾迪尔问。大厅中所有人通通恐惧地看向贾迪尔。

"解放者，"阿山抗议道，"大市集是女人和卡菲特去的地方……"

阿雷维拉克点头。"那块土地不配让沙达玛卡涉足。"

"那个由我决定。"贾迪尔说。"或许那里还是可以找到一些有价值的东西。"

阿山皱眉，不过依然鞠躬。"当然，解放者。我去安排保镖，一百名忠心的沙鲁姆——"

"不需要。"贾迪尔插嘴。"女人和卡菲特伤不了我。"

英内薇拉起身，帮贾迪尔整理长袍。"至少让我先掷骨骰，"她低声咕哝道，"你会像大粪吸引苍蝇一样吸引暗杀者。"

贾迪尔摇头。"这次不用，吉娃。今天我不需要骨骰就能感受到艾弗伦的拥抱。"

英内薇拉疑心重重，但还是退向一旁。

离开宫殿后，贾迪尔立刻感到卸下了重担。他已不记得上一次白天离开宫殿围墙是什么时候了。他曾经热爱阳光。他抬头挺胸、大步向前，内心轻哼着小曲。他觉得自己做得很对，仿佛是承受艾弗伦的指引。

贾迪尔和阿邦穿过大市集时，时间仿佛不再流动，商人和顾客在他们走过时僵立原地。有些人满脸惊讶地凝望着解放者，其他人则震惊地看着走在他身边的卡菲特。群众开始窃窃私语，人们纷纷跟在他们身后。

大市集自大城门两旁沿着内城墙背风侧绵延数里之遥。一望无际的棚摊和推车，大型的帐篷和小摊贩排列整齐，还有许多食物和饰品商搬着食物和修饰品沿街叫卖，大批讨价还价的人潮。

"这里比我印象中大多了。"贾迪尔惊讶地说。"这么多迂回曲折的街道,大迷宫都没这么复杂。"

"据说没有人能在一天内走完所有摊贩。"阿邦说。"常常会有笨蛋在达玛吹响沙利克霍拉高塔的宵禁号角时找不到回家的路。"

"这么多卡菲特。"贾迪尔惊奇地道,看着一整片白白净净的脸蛋和棕色服饰。"尽管每天早上都听众多人作户籍报告,但是我从来没有真的想过他们口中的数字所代表的意义;你们是克拉西亚城中人数最多的一群。"

"不能进入大迷宫是有好处的。"阿邦说。"长寿就是其中之一。"

贾迪尔点头——这又是另一件自己不曾思考过的事。"你可曾怀念过那段日子?在你短暂的一生中,可曾希望自己见识过大迷宫内部?"

阿邦一拐一拐地走了很长一段时间。"问这有什么意义?"他终于说道。"那不是我的命运。"

他们又走了一会儿,贾迪尔突然停步,凝望前方。对街站着一名体形壮硕的卡菲特,至少有七英尺高,褐色上衣和小帽下肌肉鼓起。他两条胳臂下各夹着一个大水桶,看起来简直像夹着一双草鞋那样轻松。

"喂!"贾迪尔叫道,但巨汉没有反应。贾迪尔大步穿过街道,一把抓住他的手臂。卡菲特突然转身,一脸惊恐,差点把水桶掉在地上。"我在叫你,卡菲特。"贾迪尔不悦道。

阿邦伸手碰碰贾迪尔的手臂。"他听不见你,解放者。这个人天生失聪。"的确,巨汉一边哀号,一边疯狂地指着自己耳朵。阿邦迅速比画几个安抚他的手势。

"失聪?"贾迪尔问。 "这就是他没有通过汉奴帕许的

原因？"

阿邦大笑。"身体有这种缺陷的孩童根本没有资格参加汉奴帕许，解放者。这个男人生下来就注定成为卡菲特。"

另一名约莫三十五岁的卡菲特，体格看来十分壮健，正从一个摊位后走出来，接着在看见他们的同时惊恐地停下脚步。

"等一等。"贾迪尔在对方企图逃跑时命令道。卡菲特立刻跪倒，把整颗头都压到尘土中。

"喔，伟大的沙达玛卡。"男子语气卑微地说道。"我不配占用你的时间。"

"不要怕，我的兄弟。"贾迪尔说，伸手轻轻放在受惊男子的肩上。"我不属于任何部族阶级。我代表全克拉西亚人，不管是达玛、沙鲁姆，还是卡菲特。"

贾迪尔的言语似乎安抚了男子紧张的情绪。"告诉我，你为什么身穿褐服，兄弟？"

"我是个懦夫，解放者。"男子说，语气因羞辱而紧绷。"我第一天进入大迷宫就崩溃了，我砍断了绳子，我……逃离了我的阿金帕尔。"他开始啜泣。而贾迪尔任其发泄，然后搂紧他的肩膀，令他抬不起头来。

"你可以跟在我身后，陪我巡视大市集。"贾迪尔说，令男子惊讶得倒抽一口凉气。"失聪的那位也一样。"贾迪尔告诉阿邦。

阿邦又对巨汉比画了几个手势。两人服从命令，跟在阿邦和贾迪尔身后，而所有围观者，不分男女，也都主动跟了上去。就连小贩也丢下商品，跑去追随解放者。

举目所及，到处是身穿褐服的壮丁，每个人都有不能换上黑袍的理由——当他询问原因时，没有人胆敢说谎。

"我年幼时体弱多病。"一人说。

"我爸是色盲。"另外一人说。

"我父亲贿赂了一位达玛照顾我。"第三个人说道。

"我需要眼镜才能看清楚东西。"很多人这么说。还有不少人只因是左撇子就被逐出沙拉吉。

贾迪尔拥抱每个人的肩膀,允许他们跟随自己。不久,他身后已跟了一长排队伍,路过的所有人通通加入。最后,贾迪尔回头看向所有人,总数有好几千,随即点一点头。他跳上一辆小贩的推车,站在高处,看着眼前的女人及卡菲特。

"我是阿曼恩·阿苏·霍许卡敏·安贾迪尔·阿苏·卡吉!"他高叫,举起卡吉之矛。"我是沙达玛卡!"群众齐声呐喊,以一种超乎想象的力量震撼贾迪尔的心灵。

"艾弗伦赋予我摧毁阿拉盖的使命。"贾迪尔叫道。"但要达成这个目的,我需要沙鲁姆!"他一手挥过眼前的群众。"我发现,在你们当中,许多人在孩提时代就被禁止使用长矛,被迫在亲朋好友步入艾弗伦的荣耀时活在羞辱和贫困中,同时还为你的父母和子女带来羞辱。"

贾迪尔指名跟随的男子纷纷点头认同。"现在我们拥有足以摧毁阿拉盖的魔法。"他说,"我们的长矛一次可以刺穿数百头恶魔,但我们的长矛多,战士少。所以我提供各位第二次机会!所有身体强壮、希望加入阿拉盖沙拉克的卡菲特明天都可以前往训练场报到,每个部族都会安排一座卡菲特沙拉吉来训练你们。完成训练者会成为卡沙鲁姆,取得魔印武器,为自己以及家人找回通往天堂的荣耀权利!"

他的话在人群中引起一阵震惊的死寂。一辈子都活在沙鲁姆的脚下,在社会阶级前卑躬屈膝的男人纷纷开始抬头挺胸。贾迪尔几乎可以洞悉他们的内心,看到他们渴盼找回自己的荣耀、争取美好人生的机会。

"沙拉克卡即将到来！"贾迪尔叫道。"大圣战会提供足够所有人分享的荣誉！你们中有谁愿意和我并肩作战？"

第一个应贾迪尔之邀而跟随他的男人，在大迷宫中丢下阿金帕尔的人，挤到群众前方跪倒在地。

"解放者，"他说，"自从在大迷宫中失败以后，我一直背负重担。我恳求你赐给我第二次机会。"

贾迪尔伸出卡吉之矛，触碰他的肩膀。"起身，卡沙鲁姆。"贾迪尔说。

男子依言起身，但在他完全站起前，一根长矛插入他的背心。贾迪尔在他倒地前将其扶起，在他咳血时凝视他的眼睛。

"你获救了。"贾迪尔告诉他。"天堂之门会为你而开，兄弟。"

男人面露微笑——生命之光自其眼中消逝，贾迪尔放下他的尸体，看着插在他背上的那根长矛。那是一把南吉侦察兵善用的近距离短矛。

贾迪尔抬头，看见三名南吉战士迎面而来，一手握持短矛，另一手拿着绳索。尽管是白天，他们还是系上黑夜面巾，遮掩自己的容貌。

"你太过分了，沙鲁姆卡，竟然想将长矛交给卡菲特。"其中一名战士说道。

"我们必须结束你的性命。"另外一名同意道。

他们开始逼近，但数名卡菲特率众而出，挡在贾迪尔的身前。

南吉战士大笑。"不带保镖离开宫殿实在是太蠢了。"一人说道。"这些卡菲特无法保护你。"

战士不把女人和卡菲特看在眼里，并非什么出人意料的反应。但片刻前才感受群众力量的贾迪尔不会如此小看他们。尽管如此,他不会要求任何人为了自己作无谓牺牲。

塑造不死的形象,英内薇拉说。就连最英勇的杀手都会退避三舍。

"让路!"贾迪尔跳下推车时叫道。面露惊讶的卡菲特们立刻让道两旁。

"你们以为三名战士就杀得了我?"贾迪尔大笑。"就算还有一百名南吉战士躲在阴影中,我也无须保镖护驾。"他将卡吉之矛的矛头抵地,挺起胸膛,挑战对手。"我乃沙达玛卡!"他叫道,觉得自己配得上这个称号。"胆子够大的就动手吧!"

南吉战士持续进逼,但贾迪尔在他们眼中看见了犹豫——自己令他们胆战心惊——他们的短矛战抖,神色迟疑地互望,仿佛难以决定谁该先出手。

"动手,不然就跪下!"贾迪尔吼道。他举起卡吉之矛,闪亮的金属长矛在阳光下如同绽放的魔光。

其中一名南吉战士丢下短矛,跪倒在地。"叛徒!"他身旁的战士吼道,转身刺向对方,但第三名战士动作更快,矮身欺近,一矛刺穿攻击者的胸膛。

贾迪尔身后传来一声嘎吱,草鞋踏在帆布上的声音。他熟知南吉的战术,转过身去,抬头望向真正的杀手,对方伏踞在后方一座大帐蓬顶。这名侦察兵要趁其他人分散贾迪尔注意力时展开突袭,确保暗杀成功。

他们目光交会,但贾迪尔一言不发,静静等待。片刻后,男人抛下短矛翻身而下,跪在贾迪尔脚下。

贾迪尔走到死者身前,拔起他背上的短矛,举起来让所有人看。"这并非卡菲特之血!"他叫道。"这是战士的鲜血,第一名卡沙鲁姆,我会洗净他的头颅,放上我的王座,永远纪念他。"他放眼看向卡菲特。"有没有人愿意站上前来,追随他的

脚步？"

随着一声刺耳的哀号，七英尺巨汉推开前排群众，跪在贾迪尔脚边。其他人立刻照做，贾迪尔身前随即传过来一片疯狂的跪倒声。正当贾迪尔以矛头一一碰触他们时，阿邦抓紧机会发声。

"年老力衰或身有残疾者也无须害怕！"他叫道。"不要怕，女人们，小孩们！解放者不只需要沙鲁姆！他需要织绳工帮忙织绳，需要铁匠打造矛头。卡沙鲁姆的大帐需要帆布，帐里的战士需要食物！如果你希望为克拉西亚尽一份力，为你的家人带来荣耀，明天去我的大帐报到！"

贾迪尔皱起眉，心知阿邦此举不只为了帮助备战，同时也是为了取得廉价劳工，但他并没有加以驳斥。想要在一年内出兵，他们就需要这些劳力。

群众在贾迪尔以长矛加身，宣告人们成为卡沙鲁姆时开始呼喊他的名字。没过多久呼喊声响彻大市集，在整座城市中不断回荡。

"贾迪尔！贾迪尔！"

"干得太好了。"当他触碰最后一名卡菲特时，阿邦在他耳边说道。"你单凭着提供一点赢取自尊的机会就换来了一万名战士及两万名奴隶。"

"你那商人的眼中只看得见这些吗？"贾迪尔看着他问道。"一场交易？"

阿邦还是露出一丝难为情的表情，尽管贾迪尔根本不信他是真心的。

※

第二天，两千名卡菲特沙拉吉前来训练场集合。一周后，人数增长了三倍。再过一周，外围村落许多世代都是卡菲特的男人通通跑来破除阶级，并且带着家人一同前来为战争尽一份力。不到一个月，贾迪尔的兵力增加三倍，城内的人口也成长至数十年来最高峰。

"明年夏天。"贾迪尔在阿邦完成晨间户口告后再度说道。

"绿地人的人数仍是我们的好几倍。"阿邦说。

贾迪尔点头。"但十个最强悍的北方懦夫也不会是一名卡沙鲁姆的对手。"

"你打算留下多少守护沙漠之矛？"阿山问。

"一个不留。"贾迪尔说，大厅中所有人都一脸惊讶，就连英内薇拉也一样。

"难道你要带走所有战士？"阿雷维拉克问。"城市交给谁来防守？"

"不只是所有战士，达玛基。"贾迪尔说。"是所有人。我们得抛下阳光之地。每一个人，包括老人、身有残疾之人、男人、女人以及小孩，城市人和村民。我们会清空沙漠之矛，锁起城门，让屹立不摇的城墙抵挡阿拉盖，直到我们决定要夺回它。"

阿雷维拉克的双眼绽放出一缕恐惧的光芒。

"这个计划太危险，太疯狂，解放者。"阿山警告道。"部队需要急行军，那样会拖慢我们的速度。"

"一开始或许会，"贾迪尔说，"但我们要在不留守部队的情况下，同时固守我们所征服的绿地，而艾弗伦让卡菲特和我们一样居住在阳光之地。到绿地后，追随艾弗伦的卡菲特地位依然高于青恩。让他们定居在绿地，在沙鲁姆持续进攻的同时为艾弗伦看守领地。"

贾迪尔发现英内薇拉下意识地以手指抚弄阿拉盖霍拉袋。

等这场议事结束,她会立刻跑去掷骨骰,但贾迪尔毫不怀疑骨骰会认同自己的做法。他打从心里感到这样做是对的,就连阿邦也点头表示赞同。

"你什么时候要告知其他达玛基?"阿山问。

"准备好后再说。"贾迪尔说。"不给安卡吉以及其他人任何反对的机会,我要所有人在搞清楚状况前就已离开大城门。"

"然后呢?"阿邦问。"来森堡?"

贾迪尔摇头。"首先是安纳克桑,然后再去绿地。"

"你找到失落之城?"阿邦问。

贾迪尔指示放满地图的桌子。"它从来不会真的失落。沙利克霍拉中一直保有珍贵的地图。只是我们在大回归后就不再前往那里了。"

"难以置信。"阿邦说。

贾迪尔看向他。"我想不透的是帕尔青恩怎么找得到它。盲目搜索沙漠要花上一辈子的时间,一定有人帮他。想要这种东西,他会去找谁?"

阿邦耸肩。"大市集里有百来个商人在贩售通往安纳克桑城的地图。"

"都是假货。"贾迪尔说。

"显然并非全是假货。"阿邦说。

贾迪尔知道这家伙说谎就和呼吸一样自然。"英内薇拉,"他终于说道,举起卡吉之矛,"一切都是艾弗伦的旨意。"

第十一章 安纳克桑

332 AR

黎明绿洲是个非常美丽的地方,由一连串刻有魔印的巨型沙岩所守护的大片草地、几株果树,以及一泓清澈的大池塘组成,水源来自供给沙漠之矛饮水的地下河。其中一颗巨石底下有条深入阿拉的石阶,通往一座以火把照明的地下大厅,人们可以在那里将鱼网撒入地下河道,轻松捕到丰富的渔获。

这是一片小绿洲,本来仅提供商队在旅程途中休息之用,不过路过的大多还是独行的信使。当然,这里绝对不是用来让数百年来世上规模最庞大的军队驻军用的。

贾迪尔的部队如同蝗虫般涌来,沿着魔印巨岩搭建数千里座营帐。早在大多数克拉西亚人到达前,水果就已经摘光,树木都被砍下充当柴火,青草被牲口啃完,彻底夷为平地。数千人跳入池塘中一边洗脚,一边补充水袋,最后只留下一片泥泞不堪的臭水。他们在地下捕鱼室中撒网,但对于军队而言,再丰富的渔获也不够全克拉西亚人塞牙缝。

"解放者,"阿邦说,在贾迪尔打量营地时走近,"有样东西我认为你该看看。"

贾迪尔点头。阿邦带他来到一大块沙岩前,上面刻满文字,有些只是浅浅的线条,又因为年代久远风化严重,残缺不全;有些新刻的则清晰可辨;有些笔画潦草;有些则字工整得堪称

艺术。它们都是北方绿地人的文字，一种贾迪尔很陌生的丑陋文字。

"什么东西？"他问。

"信使标记，解放者。"阿邦说。"绿洲上到处都是，所有曾在前往沙漠之矛途中路过此地的人都会在此留名。"

贾迪尔耸肩。"那又怎样？"

阿邦指向石头上一大片刻着流畅字迹的区域。贾迪尔不认得那些字，但就连他也能感受到它们的美丽。

"这里，"阿邦说，"写着'提贝溪镇的亚伦·贝尔斯'。"

"帕尔青恩。"贾迪尔说。

阿邦点头。

"还写了些什么？"贾迪尔问。

"上面写着：'密尔恩的信使、卡伯之徒、公爵信使，克拉西亚人称帕尔青恩，沙漠之矛沙鲁姆卡、阿曼恩·贾迪尔的挚友。'"

阿邦暂停片刻，让贾迪尔琢磨这些字眼。

贾迪尔皱眉。"继续念下去。"他低声吼道。

"我曾到过五座人口众多的城堡。"阿邦念道，指着那些以向上矛头标示出来的城市名。"还有几乎所有提沙境内的小村庄。"阿邦指向另一排更长的名单，这一排里刻有数十个村名。

"这些朝下箭头所指向的名称，都是他曾造访的废墟。"阿邦说着指向另一长排名单。"帕尔青恩待在沙漠之矛外的时间一直都很忙，这里甚至还有一些克拉西亚废墟。"

"喔？"贾迪尔问。

"帕尔青恩曾在大市集里寻找地图以及历史文物。"阿邦说。

贾迪尔看了看名单。"巴哈卡德艾弗伦在里面吗？"在察觉阿邦没有立刻回答时，他转向卡菲特。"不要让我问两次。如果我要青恩囚犯过来翻译，并且发现你撒谎……"

"是的，在里面。"阿邦说。

贾迪尔点头。"所以帕尔青恩终于找到了剩下的德拉瓦西陶制品？"他的语气并不是询问。阿邦没有回答，不过也无须回答。

"最后一个是什么？"贾迪尔问，指着名单最后用较大字体刻下的地名，虽然他自己也猜得到。

"就是帕尔青恩最后一次前来沙漠之矛前去过的最后一个地方。"阿邦说。

"安纳克桑。"贾迪尔说。阿邦点头。

"还有其他商人看得懂这些字吗？"贾迪尔问。

阿邦耸肩。"或许有几个。"

贾迪尔咕哝一声。"叫人用大铁锤把这块巨石打成沙砾。"

"不让人知道沙达玛卡是在追寻一名已故青恩的脚步？"阿邦问。

贾迪尔一拳把阿邦打倒在地。胖子卡菲特擦拭嘴角的鲜血，但没有发出惯有的那种可悲哀号。他们四目相对。贾迪尔的怒火一闪即灭，他感到羞愧难当。他转过身去，望向自己的部队在沙漠中留下的足迹——*不知道有没有人在不知不觉中踏过我那位朋友的骸骨*。

❦

"你有心事……"英内薇拉在贾迪尔回帐休息时说道。她的语气更像是关心。

"我在想每当面临抉择时，真正的解放者会不会如此困惑。"贾迪尔说。"还是会感应到艾弗伦引导他的行动，单纯地

踏上铺在眼前的大道。"

"你就是真正的解放者，"英内薇拉说，"所以我想卡吉面临的挑战应该和你差不多。"

"我是吗？"贾迪尔问。

"你认为，卡吉之矛刚好在你即将掌控全克拉西亚的地位时落到你的手中，那只是种巧合吗？"英内薇拉反问道。

"巧合？"贾迪尔问。"不是。你已经帮我掌握'地位'超过二十年了，我的崛起是由恶魔骨骰引导的，与巧合注定无关。"

"是恶魔骨骰赢得卡菲特的心，统一全城人民吗？"英内薇拉反问。"看见卡吉之矛前，是恶魔骨骰帮助你在大迷宫中一再取得胜利的吗？现在行军至此，难道是恶魔骨骰的意思吗？"

贾迪尔摇头。"不，当然不是。"

"你心情不好是因为帕尔青恩刻在巨石上的字。"英内薇拉说。

"你怎么知道那件事？"贾迪尔惊问。

英内薇拉不屑回答这个问题。"帕尔青恩就是个不折不扣的盗墓贼，勇敢得让人佩服的盗墓贼。"她承认，手指放在贾迪尔嘴前，阻止他的抗议。"机智勇敢，只是个小贼。"

"那我又算什么，抢他的大贼？"贾迪尔问。

"就看你选择成为什么。"英内薇拉说。"你可以选择成为全人类的救世主，或是为了过去内疚而放弃眼前的机会。"

她凑上前去吻他的唇。温暖而深情的吻，不待他索求吻，提醒贾迪尔她至今深爱着他的吻。"我对你有信心，即使你没有骨骰道出艾弗伦的旨意，如果我或骨骰都不相信你，只有你而不是别人能够肩负起重责大任，我们绝对无法助你崛起。杀死帕尔青恩是必要之恶，就像杀死阿马戴佛伦。如果可以，你一定会饶恕他们的性命。"

她倒入他的怀中。他伸手拥紧她,感觉某种力量再度回到体内。必要之恶——《伊弗佳》提过这个字眼,卡吉在征服北地青恩的过程中也不会拒绝做这种事。每杀一头阿拉盖就能抵消一点必要之恶,而贾迪尔打算在去见造物主前把它们通通杀光,然后再拿自己一辈子的作为去接受审判。

侦察兵骑着骆驼来到骑白马的贾迪尔面前,停在一定的距离之外,一拳猛拍自己胸口。

"沙达玛卡,"他问候道。"我们找到失落之城了。它半埋在沙漠中,主体结构完好无损。城内有几口应该可以修复的水井,但只找到少量的食物和牧草。"

贾迪尔点头。"艾弗伦为我们保存圣城。派遣先遣部队绘制地图,修复水井,屠宰牲口、补充存粮。"

"危险的做法。"阿邦说。"屠宰所有牲口就不能继续补充牲口。"

"我们必须把希望寄托在绿地上。"贾迪尔说。"此时此刻,我们需要可能挤出的最多时间来探索圣城。"

他的族人行进缓慢,几天后才与侦察队伍会合,当时他们已经绘制完几乎所有的地图。尽管安纳克桑比沙漠之矛重要许多倍,很可能还有没被发现的区域。侦察部队绘制的地图和沙利克霍拉里的古老卷轴之间有许多出入。

"我们依照部族分配城内区域,让各族达玛基根据最顶尖的达玛和魔印师的建议去监督挖掘作业。每天所有挖掘出来的古物都要分门别类呈交给我过目。"

阿山点头。"我会遵命行事,解放者。"然后前去给其他达

玛基传达指示。

接下来的一周,他们仔细搜查古城,挖穿石墙,搜刮墓穴,移动整块魔印石墙和石柱。当他们抵达时,没有发现帕尔青恩会造访的迹象,但克拉西亚并不在乎破坏古迹的事。到处都是瓦砾堆,一整区的街道和建筑在其下的通道挖开时倒塌。

每天下午,达玛基都会来到贾迪尔面前,汇报他们的发现。数以百计的新魔印,许多都是用来伤害恶魔或是制造其他魔法效果。魔印武器与护甲、描绘古代战争的镶嵌图案与画像,有些甚至绘有卡吉本人。

每天晚上他们都会战斗。随着太阳西下,恶魔依然成群结队拥入城市,贾迪尔手下就会放下手边的工作,拿起长矛与盾牌。他们的魔印即使握在最弱的卡沙鲁姆手中依然威力强大。每晚都能杀掉数千头阿拉盖,没过多久,圣地附近的阿拉盖就已绝迹。沙鲁姆持续巡逻,不过圣城看来已经彻底净化,仿佛艾弗伦在引导他们迈向正确的道路。

"解放者,"阿山说,与阿桑和阿苏卡吉一同进入帐篷,"我们找到了。"

贾迪尔无须问找到什么,即刻放下手中的绿地地图,换上他的白袍。他还没有走到帐篷门帘,英内薇拉已经带领他的达玛丁妻子现身帐内,她们的出现证实了阿山所言不虚。女人们默不作声地跟在他的身后穿越古城。

"哪个部族发现的?"贾迪尔问。

"穆罕丁,父亲。"阿桑说。他已十六岁,成为一个顶天立地的男人,举手投足间都透露出一股沙鲁沙克大师的气势。他轻柔的语调来自裹在白袍下的高瘦身躯,就像包在布匹下的长矛般危险。

"很好……"贾迪尔喃喃说道。由对于他最得力的达玛基找到卡吉之墓真是再恰当不过了。

当他们抵达时，安卡吉和贾迪尔那还穿着奈达玛拜多布的穆罕丁子孙沙瓦斯正等在里面。

"沙达玛卡！"达玛基叫道，拜倒于落满尘土的墓室地板上。"我很荣幸将卡吉之墓献给你。"

贾迪尔点头："状况良好吗？"

安卡吉起身，一手挥向大理石棺，石棺棺盖已被掀起。

"帕尔青恩恐怕已将此墓洗劫一空。"安卡吉说。"卡吉之矛不在，但你已经夺回来了。"他指向棺中骷髅身上的破布。"我看不出这些布条是不是卡吉斗篷。"

"卡吉之冠呢？"贾迪尔的语气提示这样物品无关紧要，然而所有人都知道它有多重要。

安卡吉耸耸肩。"失踪了——帕尔青恩——"

"他前往沙漠之矛时并没有带在身上。"贾迪尔打断他道。

"他肯定是藏起来了。"安卡吉说。

"他在说谎。"阿邦在贾迪尔的耳边低耳道。

"你怎么知道？"贾迪尔问。

"骗子认得出同类。"阿邦说。

贾迪尔转向哈席克。"封锁墓穴。"他下令。哈席克指示走廊上的沙鲁姆，他们将大石门推回原位。

"这是干吗？"安卡吉在走廊上的火把光芒消失时问道。墓穴内只剩下几支隐秘火把还在燃放摇曳的微光。

"熄掉火把。"贾迪尔下令。"让达玛佳投掷骨骰，查出是谁偷走卡吉之冠。"

安卡吉脸色发白。贾迪尔立刻知道阿邦说得没错，他走向

达玛基，逼他一路后退到背部抵上墙。

"不交出王冠，我就每隔一分钟阉掉你一个儿子或孙子，从长子开始。"

片刻后，贾迪尔自卡吉某个曾孙的墓穴中取出了卡吉之冠。

那是一只由黄金与珠宝镶造而成的薄饰环，表面绘有一圈神秘魔印，在佩戴者头上形成一道魔印网。它看起来十分脆弱，但不管贾迪尔如何使劲都无法将金饰环扳弯。

英内薇拉弯腰拾起卡吉之冠，套上他的头巾。尽管轻如鸿毛，贾迪尔却在它接触到自己额头时感到前所未有的压力。

"现在，我们可以进攻绿地了。"他说。

第二部分 自由城邦大协定

SECTION II *The Pact of Free Cities*

第十二章　女巫

332 AR　冬

黎莎父母的家已经映入眼帘——就她父亲的财力而言，这几间小屋已经算相当简朴了，它挨着造纸店的后墙而建，魔印守护着通往前门的道路。

罗杰故意落在后面，倒不是观察这些房屋的细节，而是偷偷欣赏她的一举一动——她曼妙的身体曲线，她白皙的肌肤和漆黑的秀发形成强烈对比，她的双眼似纯净的天空那么蓝……

黎莎突然转向他。罗杰大吃一惊，慌乱中抬起头来。

"再次谢谢你陪我一起来，一路护送，罗杰。"黎莎说。

说得好像罗杰会拒绝她的要求似的。"陪你家人吃顿饭算不上什么苦差事，哪怕你母亲煮的菜连恶魔都不敢吃。"他调侃道。

"对你而言或许不是。"黎莎说。"如果我一个人去，她会一直唠叨，直到我想吐。有你在场，或许她会少唠叨两句，或许甚至会把你当成我的男人，从此不提这个话题。"

罗杰凝视着他，开心得心跳都停了。他戴着吟游诗人的面具，表情和语气完全没有显露自己内心的悸动，问道："你不介意让你母亲以为我们是一对？"

黎莎大笑。"我很希望她会这么想，镇上大多数人也会接受。只有你、恶魔和我觉得这有多荒谬。"

罗杰觉得被她甩了一巴掌，但他的心脏再度开始跳动。幸好有面具，所以黎莎完全没有看到这些变化。

"我希望你不要那样叫他。"罗杰转移话题。

"亚伦？"黎莎问。罗杰皱起眉。

"亚伦！亚伦！亚伦！"她笑着说道。"那只是他的名字，罗杰。我不会假装他没有名字，不管他多想要保持神秘。"

"就让他保持神秘吧。"罗杰说。"艾利克常说，如果你常常排练一种不希望让人欣赏的演出，迟早还是会被观众发现的。只要说漏嘴一次，外面所有人就会开始谈论他的名字。"

"那又怎样呢？"黎莎问。"魔印人之所以在镇上感到不自在，就是因为镇民对待他的方式不同，承认他也有名有姓或许会大大改变这种情况。"

"你不知道他摆脱了多么痛苦的过去。"罗杰说。"如果说漏他的名字，说不定会有人因此受累，也可能会有人世间的仇敌追杀他。我知道这种感觉，黎莎。魔印人救过我的命，如果他不希望暴露自己的名字，我绝对愿意忘掉所知道的一切，即使这表示我得放弃世纪之歌也无所谓。"

"你无法就这么忘掉自己知道的事。"黎莎说。

"并不是所有人的脑袋都像你那么大。"罗杰说着轻轻指指自己的额头。"有些人的脑袋一下就装满了，随时可以忘掉没用的东西。"

"胡说八道。"黎莎说。罗杰只是耸耸肩。

"总之，再次谢谢你。"黎莎说。"自愿站在我和恶魔之间的男人多得是，但愿意站在我和母亲面前的男人一个也没有。"

"我想加尔德会很乐意的。"罗杰说。

黎莎轻哼一声。"他就是我母亲宠爱的一条狗。加尔德毁了我的一生，而我母亲还是希望我能原谅他，帮他生孩子——

好像他会杀恶魔就突然成了值得托付终身的人了。她是个擅于操纵人心的女巫，能够腐化周围所有人的心灵。"

"呸！"罗杰说。"她才没那么糟糕呢。多了解她一点，你就可以像鼓捣小药罐一样驾驭她。"

"你太小看她了。"黎莎说。"男人只会看见她的美貌，看不穿她的阴暗的内心。你会以为是你魅力无限，实际上却是她在勾引你，就像她引诱所有男人一样，让他们与我为敌。"

"我看你是草药吃多了。"罗杰说。"伊罗娜并非致力毁掉你人生的地心魔物。"

"你对她的了解不够深。"黎莎说。

罗杰摇头。"艾利克曾教我关于女人的一切，也提过像你母亲那种女人，曾经美艳无比，但现在开始显露岁月的痕迹。他说那种女人都是一样的，更年期综合反应。伊罗娜年轻时一直是人们眼中的焦点，她只知道用这种方式与世界互动。你和你父亲老是谈论魔印之类她一无所知的话题。这让她迫切地想要引人注目，不管通过什么方式。让她自认是目光焦点，就算她不是也无所谓，到时候她就不会来烦你了。"

黎莎凝视他片刻，然后哈哈大笑。"你老师根本一点也不了解女人。"

"他看起来像是很了解的样子。"罗杰回道。"看他和多少女人上床就知道了。"

黎莎朝他扬起一边眉毛。"那他的学徒利用这些高超的技巧和多少女人上过床？"

罗杰微笑。"我不喜欢这种罗曼史，不过我敢赌一枚密尔恩金阳币，赌你母亲会拜倒在我的技巧下。"

"赌了。"黎莎说。

"曾经一位商人跟艾利克说：'我是付钱请你教我老婆跳舞的！'"罗杰说。"而艾利克一脸平静地看着他说道：'是呀，但你老婆喜欢躺着跳又不是我的错。'"

伊罗娜哈哈大笑，拿杯子敲击桌面，溅出许多红酒。罗杰和她一起敲，接着他们干杯喝酒。

坐在餐桌另一边与父亲交谈的黎莎看着他们直皱眉——她真的不知道哪种情况比较令她害怕——赢得与罗杰的赌注，还是输掉母亲。也许带他同来并非什么好主意——只是那些荤段子就已经够恶心了，更恶心的是罗杰的目光不断瞟向母亲的乳沟；虽然从伊罗娜刻意裸露的习惯来说，她并不能责怪罗杰。

餐盘早就被清空了。厄尼在翻阅着黎莎带给他的书籍，双眼在从来不曾离开鼻梁的厚框眼镜后显得格外渺小。最后，他咕哝一声放下书本，并指向黎莎面前那叠皮革封面的空白书本。

"时间只够做几本。"他说。"你自己画的速度比我印书还快。"

"这只能看我那些学徒的了。"黎莎说，从火炉上取下茶壶。"我每写好一本，她们就可以抄完三本。"

"不过，"厄尼说，"我这一辈子只有一本魔印书，而且从来没有填满过。你现在已经做了多少本？一打？"

"第十七本。"黎莎说。"不过其中恶魔学和魔印各占一半，而且大多数来自魔印人。单是重绘他身上所文的魔印刺青就填满了好几本书。"

"喔？"伊罗娜抬头问道。"那你看过他身体哪些部位了？"

"妈——"黎莎满脸娇羞，红着脸叫道。

"造物主在上,我并不是在批评你。"伊罗娜说。"尽管魔印人奇丑无比,你还是有可能遇上更恶心的男人。但如果你打算这么做,最好快点动手,过不了多久,就会有更多比你年轻又能生的女孩开始和你竞争了。"

"他并不是解放者,妈。"黎莎说。

"其他人可不是这么说的。"伊罗娜说。"就连加尔德都对他崇拜得五体投地。"

"喔,既然连加尔德都这么想,那就'一定'是对的。"黎莎说着,两眼一翻。

罗杰在伊罗娜耳边喃喃低语,她再度大笑,注意力回到他身上。黎莎顿感松了一口气。

"说起魔印人,"厄尼说,"他上哪去了?史密特说又有一名信使代表公爵前来传唤他,但信使来那天他又消失得连影儿都没了。"

黎莎耸耸肩。"我想,他并不想去见什么公爵,他不认为自己是林白克的子民。"

"你最好劝他权衡清楚,"厄尼说,"我们村子没有像往年一样大量产木材。林白克对此十分不满。如果没有信使拖延一点时间,加之道路上积雪很厚,致使他无法派遣军队;但等到春雪融化后,林白克会要求答案,并且确认解放者洼地毫无条件地效忠于他。"

"是这样吗?"罗杰抬头问。"如果魔印人打算对抗林白克,很多村镇的居民多半会立刻加入他的阵营。"

"没错。"厄尼说。"其他小村落也一样,甚至有不少安吉尔斯堡的人民也是如此。魔印人只要大臂一挥就能掀起内战,这就是为什么他最好在林白克采取任何莽撞举动前表明自己的立场。"

黎莎点头。"我会和他谈谈，我在安吉尔斯也有事情还没处理完。"

"你唯一没处理完的事就在你的裙摆底下。"伊罗娜喃喃说道。罗杰突然呛得鼻孔中喷出酒来。伊罗娜得意洋洋地笑着，啜着自己的酒杯。

"至少我可以让裙摆保持在脚踝附近！"黎莎突然说道。

"不准你用那种语气对我说话，"伊罗娜说，"我或许不懂管理或恶魔学，但我知道你再过不久就会变成没人要的老女人。不管这辈子杀掉多少恶魔，躺进坟墓后你还是会后悔自己没有为世界带来任何生命。"

"我是镇上的草药师。"黎莎说。"难道不算是为世界带来生命？"

"薇卡也在拯救生命。"伊罗娜拿黎莎的草药师同行来作比较。"但她还是帮约拿牧师生了一大堆孩子。如果接生婆妲西有机会也会生一堆孩子，如果她能找到愿意闭上眼睛，并且保持坚挺直到在她温暖子宫中种下后代的男人。"

"妲西对我们镇上的贡献比你多，母亲。"黎莎说。她和妲西之前都是老巫婆布鲁娜的学徒，曾经水火不容，现在已尽弃前嫌。现在妲西或许算不上她最好的学生，但肯定是最尽心尽力的。

"胡说。"伊罗娜说。"我尽忠职守，为镇上贡献了你。你或许不知感恩，但我认为解放者洼地会让我的错误变成巨大贡献。"

黎莎无奈地皱起了眉。

"随便哪个白痴都看得出来你和魔印人有一腿。"伊罗娜继续说道。"而且你们俩都还很不协调吧——他在床上不行吗？"她问。"妲西在你爸不行时给他开过药方——"

"这太荒谬了!"罗杰在厄尼满脸通红时叫道。"黎莎才不会——"

伊罗娜不屑地打断他。"反正她又不会和你好。谁看不出来你对她有好感,但你不配,小提琴男孩,你自己也很清楚。"

罗杰的脸红得像胡萝卜。他张开嘴,但不知道该说什么。

"你不能那样和他讲话,母亲,"黎莎说,"你什么都不知道——"

"每次都是我不知道!"伊罗娜尖叫道。"好像你可怜的母亲就是蠢得看不见照在脸上的阳光!"她豪饮一大口酒,蒙上一层黎莎早已熟知的恐惧阴霾。

"我可是知道那首关于魔印人在你被强盗丢在路边后找到你的歌谣内情。"伊罗娜说。"我知道男人在没有人阻止他们时会如何对待我们这样的女人。"

"母亲!"黎莎警告,一脸严肃。

"那并非我希望你失去童贞的方式,"伊罗娜说,"该来的总会来,我还是希望你想开些。"

黎莎一掌拍在桌上,瞪着自己母亲。"拿你的斗篷,罗杰。"她说。"天要黑了,我们和恶魔在一起会更安全。"她将空白书本放进背袋,背上肩,然后从门旁的短桩上取下绘满魔印的斗篷,披在自己肩上,以魔印银针固定在脖子前方。

厄尼走过来,摊开双手致歉。黎莎在罗杰披斗篷时拥抱父亲。伊罗娜仍然坐在餐桌旁喝酒。

"不管有没有魔法斗篷,我都希望你不要在天黑后出门。"厄尼说。"你的地位无人能取代。"

"罗杰带着小提琴。"黎莎说。"如果被恶魔发现,我除了隐形魔印,还携带了火焰棒。我们很安全。"

"你可以利用巫术控制整支地心魔域的大军,却赢不了一个男人的心。"伊罗娜对着杯子嘲讽道。

黎莎不理她，戴上兜帽，迎着黄昏走了出来。

"这下你相信我了吗？"她在走上回镇的大道时问罗杰。

"看来我欠你一枚金阳币。"罗杰认输道。

※

黎莎和罗杰朝镇中心的方向赶去。他们呼出来的热气在寒冬中结成白霜，但他们斗篷上穿着皮草，足以御寒。一路沉默，只有积雪在鞋底下嘎吱作响。

自从被伊罗娜戏谑后，罗杰一句话也没说。他垂着脑袋，将脸深埋在长长的红色卷发中。他的小提琴放在琴盒里，挂在七彩斗篷下。但她从他不停伸屈手指的动作中看出他很郁闷，想发泄，每当他心烦意乱时就会浸泡在小提琴音乐里。

黎莎知道罗杰喜欢自己——几乎所有人都知道。镇上有半数女人认为她一定是疯了才不好好珍惜他。为什么不？罗杰有俊俏而带着稚气的面孔，还有过人的机智。他的音乐美得难以形容，而且可以在黎莎情绪最低落时哄她。他曾不止一次明确表示他愿意为她而死。

尽管努力尝试，黎莎还是没法以爱人的眼光看待他。罗杰至今未满十八，比她整整年轻十岁，只能做她的朋友。从许多方面来说，罗杰是她唯一的朋友——她唯一信任的人。他是她不曾拥有的弟弟，她不希望伤害他。

"你的学徒坎黛尔昨天来找我。"黎莎说。"其实她是个美丽的女孩。"

罗杰点头。"也算是我最有天赋的学徒。"

"她问我会不会煮催情药水。"黎莎说。

"啊！"罗杰大叫。接着他突然停步，转头看她。"等一等，

你会吗?"

黎莎大笑。"当然会,但我不会告诉她。我给了她一剂甜茶,教她与心仪的人分享。当心她端给你喝的茶哦,不然你可能一整个晚上都在和她接吻。"

罗杰摇头。"永远不要和学徒乱来。"

"另一句艾利克大师的名言?"黎莎讽刺道。

罗杰点头。"而且我可以很高兴地说他恪守这句名言,我听说公会里不少学徒没有像我这么幸运。"

"这是两码子事。"黎莎说。"坎黛尔年纪与你差不多,而且买催情药水的人可是她。"

这时,最后一丝阳光已经消失在天边。恶魔雾气般的形体自雪地四面八方浮现,凝聚成许多张牙舞爪的地心魔兽。它们在空气中闻到了他们的气味,却怎么也找不到他们。罗杰耸耸肩,戴上兜帽,拉紧七彩斗篷,强化魔印网。

厄尼为了避免造纸化学药品的气味招致乡邻投诉,而将房子盖在距离镇上很远的山腰,远得已经离开守护全镇的禁忌魔印圈守护范围。

一头木恶魔晃到罗杰面前,嗅闻着空气。罗杰全身僵硬,不敢在它搜寻时移动分毫。从斗篷下传过来的动静,黎莎知道罗杰正试图把魔印匕首握在手中。

"绕过去,罗杰。"黎莎说,继续前进。"它看不见也听不见你。"

罗杰蹑手蹑脚地绕过恶魔,战战兢兢地以指尖转动手中的匕首。他花了很多时间练习投掷飞刀,现在已能在二十步外射中恶魔的眼睛。

"实在太诡异了。"罗杰说。"如同在白天大摇大摆地穿越大批恶魔王国。"

"你这话要说多少次才会腻?"黎莎叹气。"这件斗篷就和房子一样安全。"隐形斗篷是她本人的发明,以魔印人教她的困惑魔印为基础。黎莎修改了那道魔印,以金线绘在上好的斗篷上。只要她一直用斗篷裹住全身,并以缓慢稳定的步伐行走,恶魔就看不见她的存在,就算她直接走到它们面前也一样。

　　接着她又帮罗杰做了一件,配合吟游诗人的五彩服装以亮眼的色彩绘上魔印。她很高兴罗杰舍不得脱下斗篷,就算白天也穿在身上;魔印人似乎从来不会穿自己帮他缝制的斗篷。

　　"不是说你的魔印不好,但我永远也不会说腻。"罗杰说。

　　"我相信你的小提琴音乐能够保护我。"黎莎说。"你为什么不能相信我?"

　　"我现在不就穿着斗篷吗?"罗杰问,伸手拉扯自己的斗篷。"我只是觉得有点诡异。我不想这样说,但你母亲说你是女巫似乎也不是没有道理的。"

　　黎莎瞪着他。

　　"至少是魔印女巫。"罗杰解释道。

　　"从前他们也说草药学是巫术。"黎莎说。"我只是在绘制魔印,就和其他人一样。"

　　"你和其他人不一样,黎莎。"罗杰说。"一年前,你连守护窗台的魔印都不会画,现在连魔印人都要向你求教。"

　　黎莎轻哼一声。"才没有。"

　　"快要了。"罗杰说。"你常常和他辩论魔印的功效。"

　　"亚伦是比我至少高强三倍的魔印师。"黎莎说。 "只是……这种情形其实很难解释,不过在看过一定数量的魔印后,那些图形就开始……直接和我沟通。我猜到某个新魔印,多半就可以通过研究其中的能量线条而解出魔印的用途。我试着教导其他人这种技巧,但大家还是只能强行记忆。"

"我的小提琴也是如此。"罗杰说。"音乐可以和我沟通。我可以教学徒演奏动人的旋律,但演奏'伐木洼地之战'并不足以安抚恶魔。你必须……抚平它们的情绪。"

"我希望有人可以抚平我妈的情绪。"黎莎喃喃说道。

"也该是时候了。"罗杰说。

"呃?"黎莎问。

"我们快到镇上了。"罗杰说。"越早聊到你妈,也就越早结束,然后开始去办正事。"

黎莎停下脚步,转头看他。"少了你我该怎么办,罗杰?你是我在世上最好的朋友。"她特意强调"朋友"这个字。

罗杰尴尬地变换姿势,继续前进。"我只是知道什么会令你心烦。"

黎莎快步跟上。"我不想承认我妈对某些事情的看法有可能是对的……"

"她常常是对的,"罗杰说,"因为她冷眼看待整个世界。"

"冷酷无情地看待才对。"黎莎说。

罗杰耸肩。"意思差不多。"

黎莎若无其事地伸手抓起一根树枝上的积雪。罗杰察觉她的动作,轻易避开她丢过来的雪球。雪球击中一头木恶魔,对方几近疯狂地搜寻攻击者。

"你想要孩子。"罗杰直言说道。

"我当然想。"黎莎说。"我一直都想,只是从来不曾找到对的时机。"

"对的时机,还是对的父亲?"罗杰问。

黎莎长出了一口气。"都对。我才二十八岁,在草药的帮助下,我还有二十年可以生孩子,但会比十年前,甚至五年前要难。如果当年嫁给加尔德,我们的第一个孩子今年应该十四岁了，之后至少还会生几个小孩。"

"艾利克常说：'为没发生过的事感到遗憾不会带来任何好处'，"罗杰说，"当然，他的一生证明真能这样过活是多难一件事。"

黎莎叹息，抚摸着自己的肚子，想着里面的下身，她为这些不属于加尔德略有一些遗憾。罗杰也很清楚，她母亲的猜测并没有错。但她没有告诉过他，也不会告诉任何人当时是她的排卵期，她深怕自己会怀孕。

黎莎本来希望事发数日后，当她引诱亚伦时，亚伦可以在她肚子里播种。如果他这么做，而她真的怀孕，她就会养育那个孩子，期望它是温柔的产物，而非暴力。但魔印人拒绝了她，发誓他绝对不要孩子，因为他怕赋予自己力量的恶魔魔法会玷污他的子女。于是黎莎煮了她曾发誓绝对不煮的药茶，确保强盗的种子不会扎根。一切结束后，她伤心地对着空杯哭泣了很久。

那段回忆令她伤心落泪，冰冷的泪水在冬夜里从她的脸上流下。罗杰伸出手，她以为他想要为她拭泪，结果他却将手伸入她的兜帽中，然后突然一抖，抓出一条五彩手帕，好像从她耳朵中取出似的。

黎莎忍不住笑出声来，接过手帕，擦干眼泪。

抵达镇上时，五六头地心魔物跟在他们身后，顺着斗篷魔力的半径范围嗅闻雪地上的脚印。一名位于禁忌魔印图块边缘的女子扬起长弓和魔印箭矢，如同闪电般疾飞而出，杀掉所有没能及时逃走的恶魔。

解放者洼地几乎所有年轻女子现在都练习使用弓箭，只要有力气端起弓箭。许多没有力气拉开长弓的年长女性就佩戴着搭好的曲柄弓。这些女人轮流巡逻村镇边境，杀掉任何在附近

游荡的恶魔。

步入火光范围后,黎莎看见汪妲等着他们。这个女孩身材高大,亲切热情,很容易让人忘记她才十五岁。她父亲弗林死于伐木洼地之战后,而汪妲也在该役中受了重伤。现在她已经痊愈,不过留下大片伤疤,并在诊所疗伤期间喜欢上了黎莎。汪妲如同猎犬般跟随黎莎,随时准备除掉任何胆敢靠近的魔物。她携带魔印人给的紫杉长弓,并且很擅长使用这把致命武器。

"我希望你允许我护送你,草药师。"汪妲说。"你很重要,不该独自在禁忌魔印圈外奔波。"

"我父亲也是这么说。"黎莎说。

"你父亲说得对,女士。"汪妲说。

黎莎微笑。"或许等你的隐形斗篷做好再说吧。"

"真的吗?"汪妲欣喜地问道,两只眼睛睁得大大的。每件斗篷都需要很长的制作时间,算是件盔甲似的宝贝。

"如果我走到哪,你一定要跟到哪的话,"黎莎说,"我就没有多少选择了。我上星期已经将图案交给我的学徒缝制了。"

"喔,感谢你,女士!"汪妲说,伸出长长的手臂,就像一个大男人一样一把抱起黎莎。

"我喘不过气了。"黎莎终于喘气道。

汪妲立刻松手后退,一脸难为情。

"她的年龄似乎不该离开禁忌魔印圈?"罗杰在他们朝镇上走去时低声问道。尽管解放者洼地的石板小路蜿蜒曲折,但是魔印人利用这个特点设计了一道十分巨大复杂的守护魔印。无论大小恶魔,都不可能在镇内的土地上凝聚形体,或者越过魔印圈,或者飞越上空。街道微微发光,充满魔法的温暖。

"她已经这么做了。"黎莎说。"上星期亚伦就两次抓到她独自外出狩猎恶魔。那个女孩一心想要报仇,我得把她留在看得见的地方。"

曾经每当日落,镇上就变得黑暗死寂;但现在发光的石板让人们可以自由来去。一年前那场战役里,洼地失去了许多人手,但由于附近村落的居民受到魔印人传说的吸引尽皆搬迁过来,导致镇上的人口持续增加。这些新来者,在魔印人的好友罗杰和黎莎走过时指指点点,交头接耳。

他们进入恶魔坟场,从前的镇中广场,因许多恶魔和镇民战死其中而得名。尽管换了这个名字,坟场本身依然是镇民的活动中心:这里是镇民的训练场,同时也是每天晚上伐木工外出猎杀恶魔前聚在一起接受约拿牧师祝福的地方。此刻他们就站在那里,脑袋和宽厚的肩膀低垂,在约拿为他们祈祷一夜平安的同时凭空比画着魔印。

其他镇民站在一旁,低着头接受祝福。没有魔印人的身影,他不会把时间浪费在祈福上,此刻通常已经出门狩猎。有时他会数日不归,在雪地里留下一大堆等待阳光焚烧的恶魔尸体。

"你的前未婚夫在那里。"罗杰说着朝加尔德点头。加尔德站在伐木工最前面,弯下腰去让小时候经常受他欺凌的约拿牧师拿根炭棒在他额头上绘制魔印。

黎莎的前未婚夫是个巨人,身材比其他伐木工都要高大,而伐木工中很少有人身高六英尺的。他留着一头金色长发,古铜色手臂全是坚实的肌肉。肩膀后方露出两把魔印巨斧的斧柄,腰带上挂着一副硬皮外镶有魔印的铁甲护手。用不了多久,护手表面就会染满嘶嘶作响的黑色恶魔体液。

加尔德并非最年长的伐木工,肯定也不是最聪明的,但伐木洼地之役过后,他便成了伐木工的领袖。白天是他在大声督促镇民锻炼,晚上他会冲在人们前面,成了除魔印人外全镇杀死恶魔最多的人。

"不管他对你做过什么,"罗杰说,"你得承认,他是那种会让人塑像并歌咏传颂的人物。"

"喔,我不否认他很出众,"黎莎看着加尔德说道,"他向来如此,如同磁场般吸引人们崇拜他。我也曾是崇拜者之一。"

她伤感地摇头。"他父亲也是一个样子。我母亲为了他不惜违背婚约誓言——以野兽的观点来看,这种行为甚至是可以理解的——这两个男人要从外表看来都很完美。"

她转向罗杰。"令我不安的是内在。伐木工毫不犹豫地跟随加尔德,但他作战的宗旨究竟是为了保卫洼地,还是为了满足杀戮的欲望呢?"

"我们从前也这么看魔印人。"罗杰提醒她。"他证明我们错了,或许加尔德的情况也一样。"

"我认为不是一回事。"黎莎说着偏过头去,继续前进。

圣堂耸立在填场另一端,贴着圣堂侧墙修建的就是第一场雪之前建成的新诊所。

"哎,黎莎女士,罗杰!"班恩看见他们立刻叫道。班恩和他的学徒们站在一起,学徒身上背着大片玻璃,以及各式制作玻璃的用具。旁边站了一群小提琴手,正在吵吵闹闹地调整乐器。班恩对学徒迅速交代几句,随即过来加入他们。

"只要你准备好就可以加持魔法,罗杰。"他说。

"昨天晚上的成果如何?"黎莎问。

班恩把手伸进口袋里,取出一只小玻璃瓶。黎莎接过瓶子,手指摸索着玻璃面上的魔印。瓶身看起来像普通玻璃,而其上的魔印非常平滑,仿佛玻璃被刻蚀魔印后又重新加温煅烧过似的。

"试着摔一下看看。"班恩鼓励道。

黎莎全力将瓶子摔在石板地上,但瓶子只是弹开,发出清脆的声响。她捡起瓶子仔细打量，一点撞击的痕迹也没有留下。

"很棒。"她说。"你的魔印技巧越来越精湛了。"

班恩微笑鞠躬。"在铁砧上有办法打破，如果你真的铁了心，只是不太容易。"

黎莎皱眉摇头。"那样也不该打得破才对，让我看看还没加持过的瓶子。"

班恩点头，指示学徒拿来另一只瓶子，看起来和之前那个一模一样。"这是我们打算今晚加持的。"

黎莎仔细打量瓶子，指甲深入刻痕中。"或许刻痕的深浅也会影响加持的强度，"她思索道，"我回去想想。"她将瓶子放入围裙口袋。

"我们已经开始量产了。"罗杰说。"班恩和他的学徒白天吹玻璃并刻蚀魔印，晚上我就和我的学徒引诱地心魔物来加持魔力。再过不久每栋屋子都会有魔印玻璃窗，而我们也可以安心存放液态恶魔火。"

黎莎点头。"今晚我想看看你们加持的过程。"

"没问题。"罗杰说。

妲西和薇卡等在诊所门口。"黎莎女士。"抵达诊所时，薇卡朝她屈膝行礼。她相貌平平，身体结实，脸型圆润，臀部丰满。

"你用不着每天晚上都屈膝行礼，薇卡。"黎莎说。

"当然要。"薇卡说。"你是本镇草药师。"薇卡本人也是合格的草药师。虽然她和妲西两人都比黎莎年长，但都将黎莎视为她们的上级。

"我想布鲁娜会受不了这种行为。"黎莎说。布鲁娜是她的老师，也是镇上前任草药师，是个脾气暴躁、视那些繁文缛节如粪土的女人。

"老巫婆根本瞎得看不见行礼了。"妲西说,走过来对黎莎点头示意。卑躬屈膝不符合妲西的作风,但这下点头的动作包含了与薇卡的屈膝礼和女士称呼同等的敬意。

身为伐木工家庭的女儿,妲西身材高大结实,不过大多是肌肉而非脂肪。她在庆典的扳手腕比赛中胜过大多数男人,而她腰间佩戴的魔印刀在战阵中多次砍倒恶魔。

"如果伐木工回来时有人受伤,诊所已做好照料伤员的准备。"妲西说。

"谢谢你,妲西。"黎莎说。伐木工会在午夜时结束狩猎,所以午夜总是诊所最忙碌的时刻——即使手持魔印斧,木恶魔依然是可怕的敌人。在林荫下,它们的皮肤贴着树枝上移动,就像身披隐形斗篷。一些在树丛底部行走,本来看起来就跟树一样;另外一些则像猴子一样在树枝上跳跃,突如其来地跳下来袭击猎物。

尽管如此,伐木工的死亡人数还是很少。当一把魔印武器击中恶魔并绽放出充满活力的魔光时,武器会汲取恶魔的魔力。魔力将存入持用者体内,增强自信和战斗力。感受到魔力的人会变得更强壮,伤口愈合的速度也会更快,效果起码持续到黎明;只有亚伦能在白天里依然拥有魔力。

"学徒在做些什么?"她问薇卡。

"年长的在织你安排的魔印斗篷。"薇卡说。"其他在对器具进行消毒,并练字。"

"我拿了几本空白书本和一本写好的魔印宝典。"黎莎说着放下背袋。

薇卡说道:"我立刻叫她们开始照着抄写。"

"你让学徒抄写魔印?"罗杰问。"这种事让魔印师学徒干比较恰当吧?我可以和……"

黎莎摇头。"现在我的学徒都在上魔印课,我不会让她们像我们从前一样,天黑后就无法照顾自己。"

❦

罗杰将黎莎留在诊所中,自己朝聚集在广场另一端演奏台前的学徒走去。这些学徒身穿形形色色的彩色衣服。有些是洼地镇民,但大多数是临近村镇的人,被魔印人的传说吸引而来。其中半数是年纪大得举不起工具或武器的老人,于是决定试试拉小提琴,结果却发现自己的手指没有拉琴所需的灵巧。还有好些小孩,要等多年后才能看出有没有天分。

只有少数人真的有天赋,而美丽的坎黛尔就是其中的佼佼者。她是来森人,才刚来镇上不久就学会了拉奏复杂的乐曲,而且她在音乐方面资质甚高。她身材苗条、身手矫健,学翻筋斗和杂耍,也跟学小提琴一样快。有朝一日她会成为顶尖的吟游诗人。

罗杰并没有立刻向学徒招呼,而他们也知道不要主动向他打招呼。他拿出小提琴,拨弦调音。满意后,他以断掌的剩余手指取出琴弓——琴弓已经成为他手臂的延伸。

当晚所有隐藏在吟游诗人面具下的情绪全部伴随着音乐缓缓流出,广场上随即萦绕在动人的旋律中,旋律层层交叠,音乐逐渐繁复,罗杰伸展肌肉,准备开始干活。

演奏完毕后,学徒们鼓掌叫好;罗杰鞠了个躬,接着带领他们拉奏一系列暖场子用的简单旋律。他皱眉听着各式各样走板的音调,只有坎黛尔跟得上他的步调,她的表情十足专注。

"太难听了!"他叫道。"昨晚到现在,除了坎黛尔,其他人都没有拿小提琴出来练习吗?练习!整天练!每天练!"

有些学徒低声抱怨,但罗杰用小提琴拉了几个刺耳的音阶,

把他们吓了一跳。"我不想听你们抱怨！"他叫道。"我们是要迷惑恶魔，不是在婚礼上演出。如果你们不打算认真学习，现在就把小提琴放回琴盒去！"

所有人惭愧得低头看着脚尖。罗杰知道自己太严苛了——其实还不及艾利克一半严厉。他知道自己应该说点激励的话，一时却想不起说什么好——艾利克在这一方面并没有树立多少榜样。

他转身离开，深深吸了一口气，不自觉地把琴弓放回原位，心中的罪恶与沮丧化为琴弦上的跳动的旋律。他让情绪转化为音乐，然后看向学徒，让音乐与他们沟通，赋予言语无法表达的希望和鼓励。随着他的演奏，人们开始抬头挺胸，双眼再度绽放坚定的光芒。

"实在太动人了。罗杰。"当他终于放下琴弓时，一个声音从身后说道。罗杰看见坎黛尔站在他身边。他甚至没有注意到她走近——完全沉浸在音乐中。

"你渴吗？"坎黛尔问，举起一只石杯。"我煮了一点茶，还是热的。"

黎莎打从一开始就知道她是要煮给我今晚喝的吗？罗杰心想——"你不配，小提琴男孩。"伊罗娜说过。"你自己也知道。"

看来黎莎也知道，她干脆直接给坎黛尔一把长弓算了。

"我向来不喜欢甜茶，"罗杰说。"会让我的手发抖。"

"喔，"坎黛尔说，立即如同泄了气的皮球，"好吧……那没关系。"

"今晚我想听你独奏。"罗杰说，"我认为你可以了。"

坎黛尔眼睛一亮。"真的吗。"她尖叫一声，一扑而上，拥抱他很长一段时间。

当然，黎莎总会选在这种时候出现。罗杰身体一震，坎黛尔困惑地放开双手，直到她看见黎莎。她立刻离开罗杰，朝黎莎行屈膝礼。"黎莎女士。"

"坎黛尔。"黎莎微笑招呼。"我闻到甜茶的味道了吗？"

坎黛尔满脸通红。"我，呃……"

罗杰脸色一沉。"去拿你的小提琴，坎黛尔。"他转身面对黎莎。"坎黛尔今晚要学习独奏表演。"

"她可以吗？"黎莎问。

罗杰耸肩。"这问题就像汪妲可以猎杀地心魔物了吗？她甚至比坎黛尔还要年轻。"

"你当时有迫切的需求。"黎莎说。

"不会有危险。"罗杰说。"必要时我会接手，女人们也会随时搭弓戒备。"他朝魔印圈边缘点头，汪妲在内的弓箭手都在那边集结。

他们开始准备，命令弓箭手清空禁忌魔印圈外的一块空地。接着罗杰带领提琴手拉奏一系列嘈杂尖锐的音调，四周随即充斥着地心魔物痛苦杂乱的噪声。演奏台将这阵噪声限制在禁忌魔印圈外圈的区域，地心魔物时常在那里聚集，有时候数量众多。

一旦清空后，玻璃匠的学徒就冲出禁忌魔印圈，在空地四处旋转魔印玻璃。有大玻璃片、大玻璃瓶、小玻璃瓶，甚至还有一把耗费几星期才制作出来的玻璃斧魔印。

玻璃匠安全回来后，提琴手立即改变曲调。罗杰主导音乐，一边演奏一边大声下令，利用众人的音乐强化他的特殊魔法，引诱恶魔从树林进入空地。接着他独自走出禁忌魔印圈，利用自己的音乐控制每头恶魔的步伐，直到它们全站在他认为满意的地点。

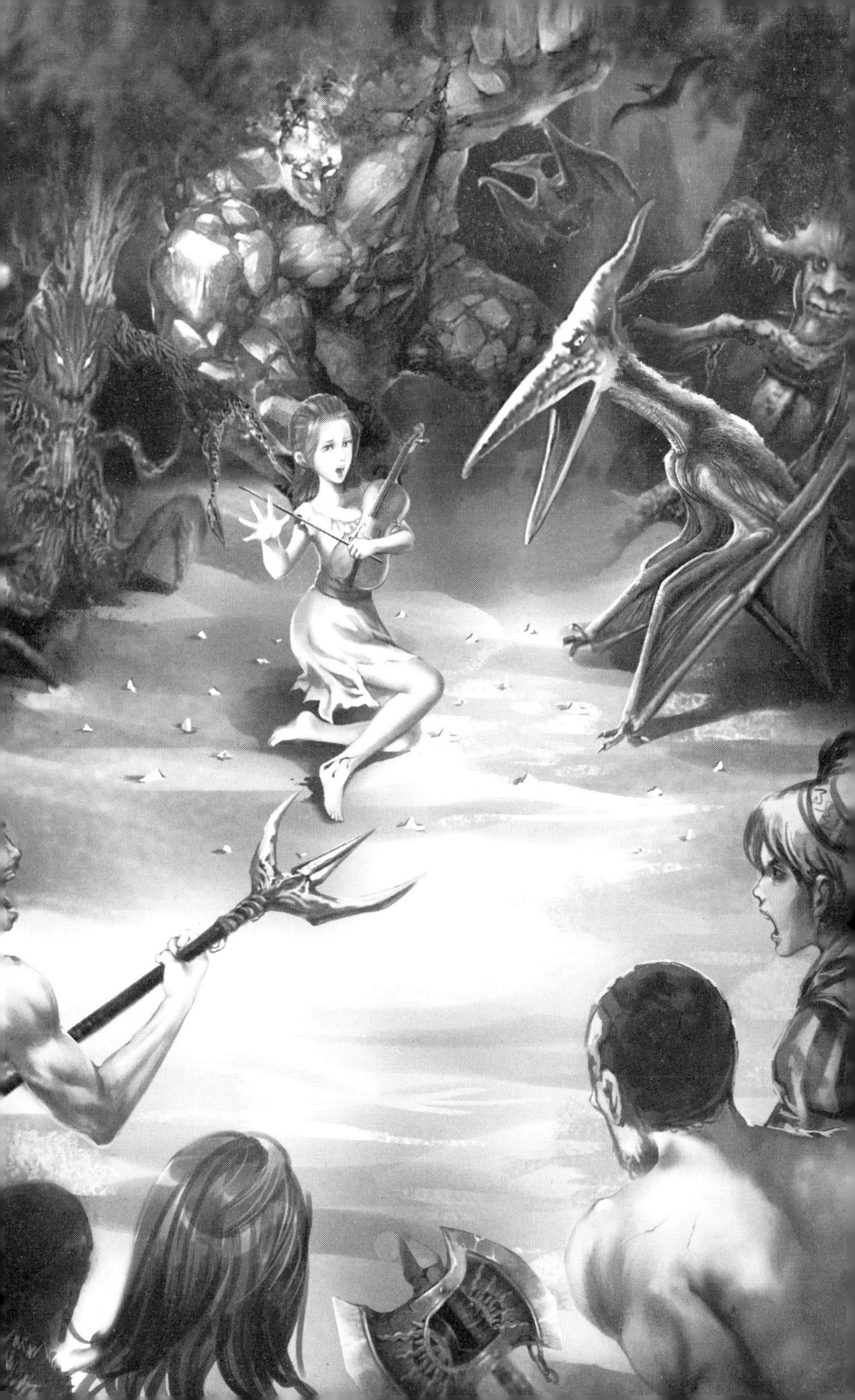

"坎黛尔！"他叫道。女孩踏上一步，开始演奏。罗杰的音乐渐弱，自地心魔物面前撤退。她才逐渐提高音量，迎向地心魔物，直到他完全停止演奏，遭受迷惑的恶魔开始由她控制。

罗杰来到魔印圈边缘，黎莎的身边。"她真的很厉害。"他骄傲地说道。"恶魔会如同木偶般跟随她的节奏，加持所有它们接触到的玻璃。"

的确，地心魔物跟随坎黛尔小心翼翼的步伐在空地上移动。每当恶魔接触到地上的玻璃时就会发出一片闪光，刻蚀在玻璃上的魔印会吸收恶魔体内部分魔力，导引作全新的用途。

地心魔物低声嘶吼着，朝魔力外泄处一阵乱抓。坎黛尔试图改变旋律，抚慰它们的情绪，但大家都听出她在害怕，因为她已经开始走音。她试图加快节奏，弥补失误，但这样做只会让情况更糟。恶魔逐渐抛开脑中的迷惑魔力。

身穿魔印斗篷的罗杰慢慢接近她，在恶魔失去控制前还有足够的时间，但接着坎黛尔踏错一步。一只玻璃瓶在她脚下被踩得粉碎，玻璃插入她的软皮鞋底。她失声大叫，琴弓滑开琴弦，发出尖锐的琴音。

她的魔法崩溃，地心魔物立刻清醒。它们的鼻孔在闻到她的血腥味时张得很大，接着它们仰头嚎叫，朝她一拥而上。

罗杰发足狂奔，但他跑太远去和黎莎讲话，在跑到足够近的距离前，一头地心魔物的利爪已经陷入坎黛尔体内，将她拉到身前，然后对准她的肩膀狠狠咬下。鲜血浸湿她的衣衫，其他恶魔随即扑上，争先恐后地想要分享猎物。

"弓箭手！"罗杰绝望地叫道。

"我们会射中坎黛尔！"汪妲大叫回应。罗杰看见所有女人都拉满弓，只是没人胆敢放箭。

他开始拿起小提琴，拉奏恐吓恶魔的曲调。它们尖声吼叫，不再攻击，坎黛尔摔倒在地，但空气中弥漫着浓浓的血腥味，想要逼退它们并不容易。它们嘶吼着，张牙舞爪，阻挡罗杰的去路。

"坎黛尔！"罗杰叫道。"坎黛尔。"她虚弱地抬起头来，一边喘息一边朝他伸出一只血淋淋的手掌。

突然间，某个巨大的身影冲过罗杰身边，差点将他撞倒。他抬起头来，看见加尔德抓住一头木恶魔，甩到另一头身上。两头木恶魔都被魁梧的伐木工给扑倒，接着他举起魔印护手，狠狠捶打被自己压在地上的恶魔，发出阵阵耀眼的魔光。另一头恶魔爬起时，他也已经翻身而起，但地心魔物动作迅速，一口咬中他的手臂。

加尔德大叫一声，伸出另一手抓住恶魔的胯下。他强壮的手臂使劲，举起巨大的木恶魔，把它当作巨锤般撞向其他恶魔。当他和恶魔双双倒地时，其他伐木工已经冲入空地，以魔印武器砍杀地上的恶魔。

在混战中，罗杰的小提琴毫无用处，于是他迅速跑到坎黛尔身边，将斗篷披在她身上，斗篷马上沾染一大摊血渍。坎黛尔在罗杰试图抱起自己时发出虚弱的叫声。场上的骚动吸引更多恶魔离开树林，多得弓箭手没有时间一一射击。

加尔德血淋淋的双手各持一斧，朝人群这边杀开一条血路。他丢下武器，将坎黛尔好像羽毛般一把抱起。在弓箭手和伐木工的保护下，他迅速将她送往诊所。

"我需要输血！"黎莎在加尔德踢开诊所大门时叫道。他们把坎黛尔放在一张床上，学徒冲去拿黎莎的器材。

"抽我的。"罗杰说着卷起衣袖。

"检查他的血型是否符合。"黎莎对薇卡说，走过去刷洗手掌和手臂。薇卡立刻抽取罗杰的血样，妲西则试图检视加尔德手上的伤。

"先去看那些重伤的人。"加尔德说，抽回手臂。他指向大门，其他受伤的伐木工正被抬进来。

草药师开始工作，现场一片血腥。黎莎剥开、固定并缝合坎黛尔伤口，足足花了两小时才处理完。罗杰从头到尾在旁观看，因为输血的关系而有些头昏眼花。

最后，黎莎暂停片刻，扬起血淋淋的手背擦拭额头的汗水时，罗杰问道："她会没事吗？"

黎莎叹息。"她会活下来。加尔德，把手给我看看。"

"只是擦伤。"加尔德说。

黎莎压抑住一股皱眉的冲动，提醒自己今晚加尔德有多英勇。但不管如何努力，她还是忘不了自己的一生差点毁在他的谎言中，以及解除婚约后他如何殴打每个胆敢和她套近乎的男人。

"你被恶魔咬伤了，加尔德，"她说，"如果任由伤势恶化，我想很快就得砍掉整条手臂，过来。"

加尔德嘟哝一声，走了过去。"不太严重。"黎莎在用猪根剂清洗后说道。在他吸收的魔力帮助下，恶魔利齿咬出的伤痕比较平整，并已开始愈合。她拿干净绷带包扎好加尔德的手臂，然后将罗杰拉到一边。

"我就跟你说坎黛尔还不能独奏。"她愤怒地低声说道。

"我以为……"罗杰开口解释。

"你要在想，"黎莎说，"你只是想要献宝，这差点害死一个女孩！这不是闹着玩的游戏，罗杰！"

"我知道这不是闹着玩的游戏！"罗杰叫道。

"那就谨慎点。"黎莎说。

罗杰皱眉。"并非所有人都和你一样完美，黎莎。"他激动不已。但黎莎看穿隐藏在他眼中的痛楚。

"到我办公室来。"她说着，拉起他的手臂。罗杰一把甩开，但还是跟随黎莎进入她的办公室。黎莎倒了一杯比较适合杀菌的酒给他。

"我很抱歉，"她说，"我说得太过分了。"

罗杰瘫在椅子上，一脸颓败，将杯里的酒一饮而尽。"不，你没有，"他说，"我是个骗子。"

"胡说，"黎莎回道，"我们都会犯错。"

"我不是犯错，"罗杰说，"我是骗人。我谎称自己可以教人如何迷惑地心魔物，但事实上我连自己怎么办到的都不清楚。就像去年我骗你说我可以安然无恙地从安吉尔斯护送你前来此地。艾利克死后，我就靠在小村落里骗人混饭吃，也是靠骗人进入吟游诗人公会；我这辈子似乎都在骗人。"

"为什么？"黎莎问。

罗杰耸耸肩。"因为我一直告诉自己假装是什么人就可以真的变成那种人。所以只要我假装可以像你和魔印人一样伟大，我就会和你们一样伟大。"

黎莎惊讶地看着他。"我一点也不伟大，罗杰。你应该比任何人还要清楚才对。"

但罗杰哈哈大笑。"你甚至没有看出自己的伟大。"他叫道。"无数武器和魔印出自你的小屋，你只要随手一挥就能治好病患和伤者。我唯一会做的就是拉小提琴，而我拉小提琴时甚至连一条人命都救不了。你和魔印人都已经变成伟人，而我花了好几个月教出来的学徒却只能在镇民跳舞时帮忙伴奏。"

"不要小看你和你的学徒为这个贫困的小镇所带来的欢

乐。"黎莎说。

罗杰耸肩。"我的贡献和一桶麦酒没什么两样。"

黎莎戳着他说。"这样讲太荒谬了。你的魔法与亚伦或我的一样强大,仅看它这么难学就知道你有多特别了。"

她发出悲伤的笑声。"再说,不管我有多伟大,我妈总是有办法把我贬得一文不值。"

当晚星月无光,而黎莎和罗杰所在之处,远离禁忌魔印圈的光芒保护,几乎处于完全的黑暗中。黎莎手持一根长杖,顶端挂着绽放强光的烧瓶,为他们照亮眼前的道路。烧瓶和长杖上都刻有隐形魔印;地心魔物可以看见光芒,但看不见光芒根源,就和看不见身穿魔印斗篷的两人一样。

"我不懂他为什么不能和我们约在镇上见面,"罗杰喃喃说道,"他或许不会怕冷,但我会怕冷。"

"有些事私下谈比较好,"黎莎说,"而他很容易引人围观。"

魔印人站在通往黎莎小屋的魔印石板道上等着他们。他的巨型战马黎明舞者身披全副战甲以及钢刺,几乎完全隐形于黑暗中。魔印人穿一条缠腰布,一身刺青裸露在寒风中。

"你们迟到了。"魔印人说。

"诊所里比较忙。"黎莎说。"加持玻璃时出了点意外。你为什么不穿斗篷?"她试图装出随口一问的样子,想到自己花了那么多时间帮他缝制斗篷,偏偏除了丢到他身上看看合不合身的那次之外完全没有看他穿过,她就觉得很不是滋味。

"我放在鞍袋里。"魔印人说。"我不想躲避魔物。如果它们想来找我,就让它们来,世界少几头恶魔会更好。"

他们将黎明舞者绑在院子里的拴马柱上,然后走进小屋。

黎莎从围裙中取出火石点火，在茶壶里装水，然后放在炉火上烧煮。

"那些提琴手巫师练得怎样？"魔印人问罗杰。

"恐怕比较难，提琴手不像巫师。"罗杰说。"他们还没准备好。"

魔印人皱起眉。"如果有个能够控制恶魔情绪的提琴手随队出巡，伐木工巡逻队会战力大增。"

"我可以和他们一起巡逻。"罗杰说。"我有斗篷可以确保安全。"

魔印人接着。"你的职责是教导他们。"

罗杰呼出一口长气，偷瞄黎莎一眼。"我尽力而为。"

"洼地情况如何？"魔印人在黎莎倒水时坐到桌旁问道。

"迅速扩张，"黎莎说，"镇上人口已经比去年流感肆虐前多了好几倍，而且每天持续有不少人来。我们规划新镇区时已预估到人口成长，但人口聚集的速度超过预期。"

魔印人点头。"我们可以请伐木工夷平更多林地，规划另外一大魔印力场。"

"反正我们也需要木材，"黎莎同意道，"我们已经一个年没有运送木材给林白克公爵了。"

"我们得重建整座村落。"魔印人说。

黎莎耸耸肩。"或许你愿意去向公爵解释。他又派遣一名信使要求你前去见他，他们怕你，也怕你对洼地所做的计划。"

魔印人摇头。"我没有计划，只是不想让洼地遭受地心魔物的侵扰。此事一了，我就离开。"

"但对抗恶魔的大圣战呢？"罗杰问，"你必须带领人们冲锋陷阵。"

"不要胡扯——我不是天杀的解放者！"魔印人吼道，"这

可不是什么牧师《卡农经》里的奇幻故事,我不是上天派来团结人类的使者,我只是提贝溪镇压的亚伦·贝尔斯,一个背负太多运气的苦孩子,往往会给大多数人带来厄运。"

"但没有其他人选了!"罗杰说,"如果你不出面领导,还有谁?"

魔印人耸肩。"与我无关。我不会强迫任何人上战场,我只想要确保任何想要战斗的人能战斗。一旦达成这个使命,我就要置身事外。"

"为什么?"罗杰问。

"因为他认为自己不是人。"黎莎说,言语中充满怨恨。"他认为自己深受地心魔物的魔力污染,所以会对我们造成和地心魔物同等的威胁,虽然根本没有任何证据支持这种荒诞的怪论。"

魔印人瞪着她。但黎莎恨恨地瞪了回去。

"我有证据。"他终于说道。

"什么?"黎莎问,她语气稍缓,但依然充满怀疑。

魔印人看向罗杰,罗杰微微退缩。"我说的话不能泄露出去,"他警告道,"如果我在任何歌谣或是故事里听到相关的……"

罗杰高举双手。"我对太阳发誓,绝对守口如瓶。"

魔印人凝视着他,终于点了点头。他目光低垂,开口说话。"我……在禁忌魔印圈内很不舒服。"

罗杰瞪大双眼。黎莎深吸一大口气,随即屏住呼吸,心念电转。最后,她强迫自己呼气。她会发誓治愈魔印人,或至少抑制他的病情,而她打算信守这誓言。他救过她的性命,还有全洼地镇民的性命,这是她至少能够为他做的。

"有什么症状?"她问。"你步入魔印圈内会怎么样?"

"会有……阻碍。"魔印人说。"就像逆风而行。我感觉魔印在脚下增温,而身体越来越冷。穿越镇上时,感觉像走在水深及腰的池塘里。我一直假装没有异常,其他人似乎都没发现,但我自己很清楚。"

他转向黎莎,目光哀伤。"禁忌魔印想要驱赶我,就像驱赶恶魔一样,我已经不再属于人类了。"

黎莎摇头。"胡说,那只是大魔印在吸取你身上所储存的魔力。"

"不只是这样,"魔印人说,"隐形斗篷让我头昏,而且我只要一接触魔印武器就会感到它们的锋利,我怕自己日复一日变得更像恶魔。"

黎莎自围裙口袋中取出一只魔印玻璃瓶交给他。"压碎它。"

魔印人耸耸肩,使尽全力挤压。他的力气比十个男人加起来还要大,可以轻易压碎玻璃,但魔印瓶就连他也捏不碎。

"魔印玻璃。"魔印人说,检视玻璃瓶。"那又是怎样?这把戏是我教你的。"

"这瓶子是在你接触到它后才加持魔力的。"黎莎说。魔印人瞪大双眼。

"刚好证明了我的说法。"他说。

"它只证明了我们需要更多测试,"黎莎说,"我已经誊抄完你身上的刺青并且研究它们。我认为下一步要开始找自愿者实验。"

"什么?!"罗杰和魔印人同声问道。

"我可以用黑柄叶在皮肤上做染料,"黎莎说,"我可以做控制实验,标明结果。我确定我们可以——"

"绝对不行,"亚伦说,"我不准。"

"你不准?"黎莎问,"你是解放者吗,这样命令人?你无权不准我做任何事,提贝溪镇的亚伦·贝尔斯。"

他瞪着她。黎莎怀疑自己会不会太过分了。他背部弓起,如同蓄势待发的猛兽,一时间她害怕他会扑到自己身上,但她毫不退缩。最后,他松懈下来。

"拜托,"他说,语气不再严峻,"不要冒险。"

"人们会模仿你,"黎莎说,"约拿已经开始拿炭棒在人们身上绘制魔印。"

"只要我一句话他就会停止,而且必须停止这种行为。"魔印人说。

"那是因为他认定你是解放者。"罗杰提出这点,结果在被魔印人瞪视时缩回椅子上。

"那样做没有用的,"黎莎说,"你的传说迟早会吸引文身师前来洼地,到时候就会一发不可收拾。最好还是先在能控制的环境下实验。"

"拜托,"魔印人再度说道,"不要让更多人经历我的诅咒。"

黎莎不悦地看着他。"你才没被诅咒。"

"喔?"他问,接着转向罗杰。"身上有带飞刀吗?"

罗杰手腕一抖,一把飞刀弹入他的掌心。他熟练地回转刀身,刀柄在前地交给魔印人,但魔印人摇头不接。他站起身来,后退几步。"射我。"

"什么?"罗杰问。

"拿这把飞刀,"魔印人说,"射我,瞄准心脏。"

罗杰摇头。"不。"

"你每天都在对人投掷飞刀。"魔印人说。"怕什么?"

"那是耍人的把戏。"罗杰说。"我才不要对你的心脏射飞刀,你疯了吗?就算你能运用你的魔力迅速弹开飞刀……"

魔印人叹气，转向黎莎。"那就你来吧，随便丢点什么——"

他话还没说完，黎莎已经抄起挂在火炉上的平底锅，冲着他砸了过去。

但平底锅并没有击中目标。魔印人立即化为一团烟雾，铁锅透体而过，如同以手掌挥过浓烟般穿过他的身体。铁锅撞上后方的墙壁，哐当一声落在地板上。黎莎倒抽一口凉气。罗杰看得张大了嘴。

雾气经过好几秒才终于重新凝聚，再度化为魔印人的身体。他在成形的同时大口喘气。

"我练过，"他说，"解体很快。放松你的身体，并且好像高温将水煮成水汽一样让身体扩散出去。在太阳底下办不到，但晚上我可以随心所欲地化为烟雾。重新凝聚就比较困难了。有时候我担心自己会变得太薄，然后……就此随风飘逝。"

"听起来真可怕。"罗杰说。

魔印人点头。"但这还不是最糟糕的。解体后，我就会感到地心魔域在拉拽我。越接近黎明，拉扯的力道就越强。"

"就像那天黎明前在路边那样。"黎莎说。

"哪天？"罗杰问，但黎莎根本没有听见，思绪回到那个可怕的早晨——

在路上遭受强盗袭击的三天后，黎莎身体上的伤痊愈了，内心的痛苦却没有丝毫减缓。她满脑子只想到自己的子宫及可能在其中滋长的东西。布鲁娜曾教她一种药茶——可以在男人种子扎根前将之冲刷出体外的药茶。

"我有什么理由会想要煮这种邪恶的东西？"黎莎问。"世上的孩童已经够少了。"

布鲁娜哀伤地看着她，"孩子，我希望你记着，没准有用

得上它的时候。"

但当强盗离开时,黎莎就了解了。如果药草袋在身上,她一洗完身体就会立刻煮药,但男人们连她的草药袋也抢走了,因此她无从选择——等他们抵达洼地时就来不及了。

但当药草袋回到她手上后,选择权再度回到她手上。唯一缺少的药草是潭普草根,而她在躲进洞穴避雨时看到路旁有几株潭普草。

当晚黎莎辗转难眠,于是在天还没完全亮,罗杰和魔印人都还在睡的时候起床,走出洞外拔了些草根。即使到了那时,她还是不确定自己要不要喝下药茶,不过不管喝不喝她都要煮。

魔印人来找她,把她吓坏了,但她强迫自己面露微笑,与对方交谈,说些植物和恶魔的话题,掩饰自己真正的目的。整个交谈过程中,她脑中一片混乱。

但接着她无意间侮辱了他,而他眼中受伤的神情让她混乱的思绪为之清明。那一瞬间,她看见从前的他,一个和她一样心灵受伤,却仍然拥抱痛楚,并未轻言放弃的好人。

她感受到那种与自己的一样痛苦的共鸣,所有翻滚的思绪突然像是大钟里的齿轮一般卡到定位,她知道自己该怎么做了。

不久后,她和亚伦一起躺在泥泞中,出于绝望地疯狂交合,结果却被一头木恶魔坏了好事。爱抚她的男人消失,再度化身为魔印人,与地心魔物扭打,离开她身边。太阳逐渐高升,魔印人和恶魔都开始变成烟雾。她惊惧地看着他们沉入地底。

但接着烟雾飘回地表,他们再度凝聚成形,恶魔在阳光下烧成灰烬。黎莎试图安抚亚伦,但魔印人掉头就走,而她为此咒骂他。她被自己的情绪所困,完全没有考虑他当时的感受……

黎莎摇了摇头，抛开杂乱的思绪。

"我真的很抱歉。"她对魔印人说。

他若无其事地挥了挥手。"是我自己的选择。"

罗杰看着她，然后转向他，接着又看回她。"造物主呀，你妈说的没错。"

他懂了。黎莎知道这个秘密会让他伤心难过，但她无能为力。就某方面而言，很高兴公开这个秘密。

"不可能只是文身的关系。"她说，回到之前的话题。"这毫无道理。"她看向魔印人。"我要你全部的魔印宝典。你教我的知识都是透过你自己的理解而来，我要原本魔印来研究导致这一切的原因。"

"魔印宝典不在这里。"魔印人说。

"那我们去拿，"黎莎说，"在哪里？"

"最近的藏书处在安吉尔斯，"魔印人说，"雷克顿也有一套，克拉西亚沙漠也有。"

"安吉尔斯很合适，"黎莎说，"我在吉赛尔女士那里还有事情没处理完，或许你还可以趁机说服公爵，你不打算抢夺他的王冠。"

"这传信的差事，我或许帮得上忙，"罗杰说，"我是在林白克的宫殿里长大的，当时艾利克担任他的传令使者。我可以顺道造访吟游诗人公会，或许帮我的学徒雇佣几个合适的老师。"

"好吧，"魔印人说。"等积雪消融我们就出发。"

化身魔宽大的翅膀转眼就能赶好几里路，但恶魔王子痛恨地面积雪的反光，整晚除了最黑暗的时刻通通遁入地心魔域藏身。今晚是新月过后的第一个夜晚，就连如此暗淡的月光对恶魔王子的眼睛都还太刺眼。回到地心魔域后，在那颗受诅咒的圆球完全月亏前它绝不会再度现身。

解放者洼地的大魔印圈于下方映入眼帘，魔印获取的魔力如同灯塔般闪亮。心灵恶魔朝眼前的景象低声嘶吼，额头鼓动，转眼间将这副景象传送到南方数百里外，与兄弟的心灵产生共鸣。

对方立刻回应，恶魔的头骨中回荡着兄弟的沮丧。

化身魔悄然落地，心灵恶魔跳下它的背。化身魔随即收起翅膀，变成一头身手灵巧的火恶魔，冲上前去确保地心魔物王子与小镇间的道路通畅无阻。

大魔印大得无法抹除，威力也强得就连恶魔王子也无法突破。恶魔可以看见长期累积下来的魔力圈绕在镇外闪闪发光——一道比石头还要坚硬的屏障。它绽放心灵的力量，头骨上的软瘤不停鼓动，试图接触魔印力场内部的人心，但大魔印强大的力场就连心灵入侵也能阻隔。

恶魔绕着小镇外围游走，观察着魔印蜿蜒处的地形。威力强大的防御力场只有少数弱点，而这些弱点也很难加以利用。众多恶魔离开树林，受到地心魔物王子吸引，但它以脑中思绪驱离它们。

它在某个地方发现两名雌性人类站在魔印圈边缘，手持原始的武器。恶魔仔细聆听她们口中发出的声音，等待某个特定代表称谓的发音。它很快就等到了，雌性人类相互拥抱，然后拿好武器，朝不同的方向沿着魔印边缘离去。

　　心灵恶魔赶到较为年长的雌性人类前方，在某个偏僻地点等待，直到雌性人类再度进入视线范围。它向化身魔传达指令，它的仆役身形胀大，鳞片融化，变成粉色皮肤，以及那些地表牲畜包在身上的衣衫。

　　年长雌性人类走近时，化身魔摔倒在禁忌魔印圈外的阴影中。它大叫对方的名字，声音就和它的外形一样完全模仿年轻的雌性人类。"玛拉！"

　　"汪姐？"它选定的猎物叫道。她近乎疯狂地四下找寻，但没有看见任何恶魔，她冲向她以为是自己朋友的恶魔。"我们才刚分开！你怎么会跑到魔印圈外？"

　　心灵恶魔从一棵树后钻出来，令雌性人类倒抽一口凉气。她立刻举起长弓。地心魔物王子额头上的软瘤轻轻抽动，雌性人类立刻身体一僵，双手不听使唤地压低长弓。心灵恶魔来到身前。雌性人类捧着手中的投射器给它检视。

　　投射器上的魔印威力强大，心灵恶魔可以感受它们在吸收自己体内的魔力。它朝武器挥动利爪，惊讶地看着武器在距离自己皮肤好几寸外的距离发出一阵闪光。

　　恶魔王子深入探测猎物的心灵，翻箱倒柜般翻找对方脑中的影像和记忆。它查出了许多情报，多到它明白绝对不能在没有谨慎考虑的情况下草率行动。

　　距离黎明还有好几个小时，但天边已经开始微微放亮。它感觉到遥远的南方传来了兄弟的认同。他们还有时间可以研究这个问题。

　　心灵恶魔打量着雌性人类。它可以取走这段记忆——让她在毫不知情的情况下回禁忌魔印圈——但与大部分都没有使用的肥硕的人类心灵接触，激发了它的食欲。

化身魔感应到主人的欲望，挥出锐利的触角砍断雌性人类的脑袋。它接下头颅，踉跄走到主人面前，以利爪掰开头骨，献上主人最喜爱的美味珍馐。

地心魔物王子扯出头颅内的灰色物体，开始大快朵颐。这一餐比不上它私人珍藏那些愚昧无知的脑袋可口，但地表狩猎的满足感为这顿大餐增添不少刺激。

恶魔看向它的化身魔，在地心魔物王子进食时，它在一边警戒。它发出允许的指令，化身魔身形胀大，张开满嘴利齿的血盆大口冲向雌性人类，一口吞下剩下的躯体。

当主人和仆役饱餐一顿后，它们化身魔雾，在天色持续放亮时飞回地心魔域。

第十三章　瑞娜

333 AR　春

瑞娜握着奶油搅拌木把手，强壮的手臂传来一阵灼热，反射出一片汗水淋漓的光泽。此刻时值早春，但她身上只穿一件无袖衬衣。她父亲如果看到她这样一定会大发雷霆，但她在后面靠着魔印桩，而路席克和孩子们却在田里工作。

自从伊莲和杰夫·贝尔斯们私奔后，他们经历了非常艰难的一年。豪尔气得发疯，把气都发泄在她们身上——遭殃的通常是班妮，因为她是姐姐。但当胳臂粗壮、肩膀宽厚的路席克搬来住以后，一切都画上句点。豪尔从此没有碰过她们两姊妹，而他们家那曾经只比大花圈大一点的田地，现在一年年地逐步扩张。路席克入住农场，娶班妮为妻、生下两个孩子后，他们家的农场扩大了好几倍。

回忆少年时的往事，让她再度想起亚伦·贝尔斯，以及最初可能的发展。当他们订立婚约时，讲好的是带她一起去杰夫的农场，而不是伊莲。但亚伦在母亲过世后逃入森林，从此音信全无。镇上的人都说，他已经死了，既使杰夫前往阳光牧地也没有得到关于他的一点讯息——步行前往自由城邦要花几星期，没有人可以在没有地方住宿的情况下存活那么久。

但瑞娜一直没有放弃希望。她的目光总是望向东方的道路，期望有一天他会回来迎娶她。

她抬起头，刚好看见一个男人沿着道路骑马跑来。她的心跳瞬间停止了——骑士来自西方。片刻后，她认出对方——科比·费雪抬头挺胸地骑着松果——老霍格众多斑点母马之一，他身穿崭新的拼装护甲，戴着锅盖头盔。他的长矛和盾牌绑在马鞍上伸手可及的地方。不过她从来没听说他使用过它们。

科比喜欢幻想自己是位信使，但他没有像真正的信使一样在晚上外出；他只是帮经营杂货铺的洛斯克·霍格在提贝溪镇运送货物或传递讯息。曾经有一两次，科比在前往阳光牧地的途中于他们家的畜棚过夜。

"啊，瑞娜！"科比叫道，举手招呼。她以手臂擦拭额头上的汗水，在他接近时站起身来。科比突然双眼凸起，面红耳赤。瑞娜这时才想起自己只穿着衬衣。她的无袖衬衣长度及膝，而且胸口开得很低，露出大片乳沟。她一脸得意，笑嘻嘻地看着他一脸窘态。

"又要去阳光牧地了？"她问，完全不打算遮蔽自己。

科比摇头。"我有口信要带给路席克。"

"这么晚？"瑞娜问。"什么事这么……"她看见科比的目光，不禁开始担心。上次有人捎口信给路席克是在两年前——他哥哥坎纳拿大缸当容器喝得烂醉如泥，不小心跑出魔印力场。等到太阳驱逐恶魔时，已被啃得骨头都没剩几块了……

"大家都还好，是不是？"她试探性地问道，其实她害怕得到答案。

科比摇头。他向前弯腰，尽管附近没人依然压低音量。"路席克的父亲今早去世了。"他透露道。

瑞娜倒抽一口凉气，伸手捂住嘴。佛南·博金过来探望孙子时一直对她很好。她会想念他。还有可怜的路席克……

"瑞娜！"她父亲吼道。"进来加件衣服，没管教的野丫头！

这里不是安吉尔的罪孽之屋！"他以宝贵的猎刀指向房门。刀锋是密尔恩钢铁所铸，刀柄是兽骨，从来不曾远离他的双手。

瑞娜知道这种言语代表什么，于是留下张嘴欲言的科比，匆忙跑回屋里。她在门口停了一下，看着豪尔大步出门迎向科比。科比正忙着将松果绑上拴马柱。

她父亲头发花白，满脸皱纹，但仍一身豪气，在田里工作练就一身肌肉，皮肤如同皮革般坚硬。豪尔本来打算帮瑞娜找个丈夫，但在伊莲私奔之后，他把所有胆敢多看她一眼的男人通通赶走。

科比比豪尔高，也比他壮，是提贝溪镇身材最壮硕的男人。霍格选择他担任自己的使者是因为他是个不会轻易退缩的恶霸，特别是当他穿上护具的时候。瑞娜听不清他们在谈论什么，但当他们握手时，她父亲的口吻十分恭敬。

"外面在吵什么？"班妮在火炉旁一边切菜一边问道。

"科比·费雪从镇中广场跑来。"瑞娜说。

"他有说原因吗？"班妮问，脸上蒙上一层阴霾。"信使不可能跑这么大老远来只为打招呼的。"

瑞娜咽下口水。"还没来得及听他说，爸就叫我进来了。"她撒谎，然后快步走到客厅属于自己角落的帘幕后，脱掉脏兮兮的衬衣，换上连衣裙。她还没绑好腰带就走出帘幕，结果发现科比又在看她。

"可恶，瑞娜！"豪尔吼道。她赶紧缩回帘幕后，穿好才又出来。

豪尔然后皱起眉叫道。"让孩子们待在谷仓里，去地里叫路席克回来，就说信使带来了坏消息。"

瑞娜点头，飞奔出门。她在田地的另一头找到正在保养魔印桩的路席克——不久前这块地才被火恶魔攻击过，现在已沦

为一片焦土。

卡尔、杰斯和他一起，在父亲工作时帮忙拔草，他们一个七岁一个十岁。

"晚餐时间到了？"卡尔满心期待地问道。

"还没了，小乖乖，"瑞娜说着，抚弄他肮脏的金发，"我们要把牲口赶入畜棚，有人来拜访你父亲。"

"呃？"路席克说。

"科比·费雪。"瑞娜说。"捎来你妈的口信。"

路席克眼中闪过恐惧，立刻冲向屋子。瑞娜带男孩们往回赶，将猪和牛从白天畜栏赶到大畜棚里。瑞娜解开松果的僵绳，将母马带往养骡子和鸡的小畜棚。他们家最后一匹马两年前死了，所以畜棚里有间空马厩。瑞娜解开鞍带，取下马鞍和马勒。她转身去拿刷子，发现杰斯想拿科比的长矛。

"别乱动，除非你想找抽。"她说，一把甩开他的手。"去拿刷子刷马，然后去喂牛喂猪。"

她在男孩们忙着干活的时候喂鸡，但目光老是瞟向通往屋子的门上。她今年二十四岁；不过，豪尔还是把她当成小孩一样看待，像保护孙子一样盯着她。

片刻后，房门打开，班妮探头出来。"晚餐好了，所有人去洗手。"

男孩们欢呼一声，冲入屋内，但瑞娜却待在原地，凝视姐姐的双眼。打从孩提时代，这俩姊妹就能以眼神交流，这次也没有什么不同。瑞娜伸手搂住班妮，在她哭泣时紧紧拥抱她。

一阵呜咽过后，班妮站直身子，拿围裙擦拭眼泪，然后走进内屋。瑞娜深吸一口气，跟着进屋。

餐桌只能坐六个人，因此男孩们都被赶去客厅的火炉旁吃饭。他们不知道出了什么事，仍然开开心心地跑过去，大人透过隔客厅和餐厅的薄布帘还能听见他们笑着逗狗玩耍的声响。

"我们明天一早就出发。"路席克在瑞娜收拾碗盘时说道。"少了爸和坎纳,妈要有男人在家,不然霍格就会改买沼泽麦酒了。"

"不能让别人去帮忙吗?"豪尔说,正削着一根魔印标志的末端面。"佛尼已经要成年了吧。"佛尼是坎纳的儿子,以他祖父的名字为名。

"佛尼才十二岁,"路席克说,"不能把酿酒厂交给他。"

"那你妹妹呢?"豪尔继续。"她两年前嫁给那个姓费雪的。"

"贾许。"科比补充道。

"他是个渔夫。"路席克说。"他或许擅长刮鳞剥鱼,但完全不懂酿酒。"他看向科比。"没有不敬的意思。"

"没关系。"科比说。"反正贾许很能喝酒。"

"你还说人家,"豪尔突然说道,"据我所知,霍格就是因为你付不出酒账才让你帮忙跑腿抵账的。或许应该让你去酿酒厂帮忙,顺便偷点酒喝。"

"你胆子不小,老头。"科比说着脸色一沉,从椅子上起身。豪尔和他同时站起,扬起长柄猎刀指向对方,吼道。"识相的话,小子,你就给我坐下。"

"吵什么吵!"路席克大叫,两掌用力拍击桌面。两个男人惊讶地转向他。路席克则狠狠瞪着他们。他的身材与科比相当,一张脸因为愤怒而涨红。"他们坐回椅子上,豪尔拿起刀将魔印桩末端气冲冲地削了起来。

"所以就这样,你把我们丢下不管,"他说,"农场怎么办?"

"春天播种已经结束,"路席克说。"在秋收前除草和保养魔印桩的工作交给你和瑞娜就行了,我和孩子们会回来帮忙收

割,顺便带佛尼一起回来。"

"明年呢?"豪尔问。

路席克耸肩。"我不知道。我们可以都回来播种,夏天或许可以留个孩子在这里帮忙。"

"我以为我们是一家人,孩子。"豪尔说,朝地板吐口水。"看来你永远都是博金家的人。"他推开椅子。"照你的意思做。带我的女儿和外孙离开,但别想我会支持你。"

"父亲。"路席克开口。但老人挥了挥手,大步走回自己房间,用力甩上房门。

班妮伸手拉了一把路席克紧握的拳头。"他不是那个意思。"

"喔,班妮,"他哀伤地说,将另一只手掌放在她的手掌上。"他当然是那个意思。"

"来吧,"瑞娜说着,抓起科比的胳臂,将他拉开座椅,"让他们静一静,我们去畜棚帮你找块干净的地方和几条毯子。"科比点头,随着她走出布帘。

"你爸还是这个样子?"他在两人离开屋子时问道。

"他的反应已经比我印象中要温柔多了。"瑞娜说,一边顺手拿起扫把打扫其中一间马厩。屋外,太阳已然下山,地心魔物测试魔印力场的叫声和魔光不断传过来。牲畜们已经习惯了这些叫声,但还是紧张得浑身僵硬,出于本能地知道若是魔印力场崩溃会有什么后果。

"路席克失去了父亲,"科比说,"我以为豪尔会表示一点哀伤。"

瑞娜摇头。"我爸不会,他除了自己的需求什么都不在乎。"她紧咬下唇,想起路席克搬来前家里的情况。

瑞娜帮科比在畜棚里安顿好后回到屋里，发现路席克正在客厅向孩子解释一切。她蹑手蹑脚地绕过他们，来到班妮的房间，看到她姐姐正在收拾衣服，整理寥寥无几的行李。

"带我一起走吧。"瑞娜直截了当地说。

"什么？"班妮问，语气惊讶。

"我不想和他独处。"瑞娜说。"我不能。"

"瑞娜，你在说……"班妮开口。但瑞娜抓住她的肩。

"不要假装你不知道我在说什么！"她道。"你知道路席克搬来前他是什么样子。"

班妮"嘘"了一声，将她推开，走去把门关上。"你懂什么？"她问，声音沙哑低沉。"你一直都是他的小宝贝，他不会伤害你的——"她没有继续说下去，表情因为愤怒与羞辱而扭曲。

瑞娜若有所指地看向自己胸部。"我已经不是小宝贝了，班妮。"

"那就把胸部束紧。"班妮说。"不要再穿着衬衣到处乱跑，不要给他任何注意到你的机会。"

"他不会因此而罢手的，你很清楚。"瑞娜说。

"已经快要十五年了，瑞娜。"班妮说，"你不知道他会做什么。"

但瑞娜知道——内心深处她毫不怀疑。她看过父亲凝视自己的模样。他的双眼如同贪婪的手掌般抚摸她全身。不然他有什么理由在别的男人看她时如此嫉妒？几年前就有好几个男人前来追求她，现在他们都结婚并生儿育女，不必受豪尔的羞辱。

"拜托，"她恳求，热泪盈眶地抓着班妮的双手，"带我一

起走吧。"

"我要怎么告诉路席克？"班妮问道。"抛下农场已经让他感觉够糟了。少了你，爸绝对忙不过来。"

"你可以实话实说。"瑞娜说。

班妮甩了她一巴掌。瑞娜后退一步，讶异地捂着脸——她姐姐从没打过她。

但班妮毫无悔意。"不准再有这种想法。"她低吼道。"我不会让我的家人承受那种羞辱。要是路席克知道会把我赶出家门，要不了多久全镇都会听说此事。伊莲怎么办？杰夫和她的孩子都得承担那种羞辱，只因为你是个长不大的小鬼？"

"我不是长不大的小鬼！"瑞娜叫道。

"小声点！"班妮低声道。

瑞娜深吸一口气，试图冷静下来。"我不是长不大的小鬼，"她重复道，"我只是不想和那头野兽独处。"

"他不是恶魔，瑞娜，他是我们的爸。"班妮说。"他供我们吃住一辈子，即使他在母亲去世时就已经心碎。伊莲和我都默默承受，如果事情真到了那个地步，你也可以承受。"

"伊莲承受的方式就是躲到杰夫背后，"瑞娜说，"就像你躲到路席克背后，但我能躲到谁背后呢，班妮？"

"你不能随我们一起走，瑞娜。"班妮再度说道。

就在此时，路席克走进屋来。"没事吧？我听见你们大声说话。"

"没事。"班妮说着瞪向瑞娜，只见她呜咽一声，推开路席克奔向客厅里用布帘围起来的角落。

听着院子里恶魔的吼叫声及屋内班妮的呻吟声，瑞娜辗转难眠。她母亲在世时,豪尔房间每晚也会发出同样的声音。在母亲过世后,豪尔又逼她们的大姐伊莲陪他。伊莲离开后,那些声音又在豪尔把班妮拉进去陪他时响起;当时她并没有如此平静地面对。

瑞娜坐起身来,全身汗湿,心跳加速。她透过布帘看到男孩们都在毯子下沉睡。她身穿衬衣,慢慢走过客厅,轻轻推开畜棚的门,悄悄溜了进去。

进去后,她拿起打火石点燃油灯,畜棚中随即笼罩在摇曳的火光中。

"呃?"科比道,眯着眼睛扬起手掌挡在眼前。"是谁?"

"我。"瑞娜说,走过去坐在他身旁的干草上。油灯的火光在马棚中闪烁,照亮毯子下科比宽厚的胸膛。

"难得有访客。"她说。"所以想找你聊聊。"

"听起来不错。"科比说,脸上的倦意一扫而空。

"不过要小声点,"瑞娜说,"如果被爸发现,我们可就惨了。"

科比点头,紧张兮兮地看向屋门的方向。

"当信使是什么感觉?"瑞娜问。

"这个嘛,我并不是真正的信使。"科比承认道。"我没有取得自由城邦的公会执照,就算有,我也不认为我会蠢到去和恶魔一起露宿野外。但帮霍格做事总比捕鱼好,我一直很讨厌捕鱼。"

"据我所知,你也没捕过几次鱼。"瑞娜说。

科比大笑。"这倒是真的。以前我只喜欢和加特、威伦鬼混;但他们都订婚了,没时间做那些事了。在渔船上不能乱笑,会把鱼吓跑。"

"你怎么还没订婚呢?"瑞娜问。

科比耸肩。"我父母说是因为女孩们的父亲都认为我是个浪荡子，不会安定下来养家糊口。我想他说得对。我对于在杂货铺附近送信的工作很感兴趣。必要时我会回去捕鱼，但从来赚不到足够支付酒钱的买卖点数。你父亲说霍格先生是因为酒账才派我送货、收货其实没有说错，但当镇长要求霍格先生派我帮忙传送讯息后，他就让我住在杂货铺后的小房间里随时待命。"

"现在人们开始尊敬我，"科比说，"因为我在帮镇民做些事。他们请我吃饭，并且在我无法于天黑前赶回镇中广场时提供住宿。"

"这样很好，"瑞娜说，"在提贝溪镇四处游走，遇见不同的人；我都没机会与人接触。"

科比点头。"现在我赚的钱比喝的酒多，等我存到足够的买卖点数，我就要买匹自己的马，然后改名科比·信使，或许在镇中广场盖间房子，老了就让儿子继承我的工作。"

"所以现在你自认可以安定下来养家糊口了？"瑞娜问。科比并不英俊，但他还算是个有想法的壮丁。亚伦或许永远不会回来找自己了，而生活还是得继续。

科比点头，凝视着她的双眼。"或许，"他说，"如果有个女孩愿意敢托付终身的话。"

瑞娜凑上前去亲吻他的唇。科比瞪大双眼片刻，随即回应她的吻，将她拥入强壮的手臂中。

"我知道身为人妻的技巧。"瑞娜低声说道，拉下她的衬衣，露出她的胸部。"我偷窥班妮和路席克做过很多次，我会做一个好妻子的。"

科比呻吟一声扑了上去，双手抚摸着她的大腿。

后方传来一声开门的巨响，两人吓了一跳。

"你们两个在干什么?"豪尔大声吼道,抓起瑞娜的头发,将她从科比身上拉开。他另一双手上握着长柄猎刀,刀刃锋利。他甩开瑞娜,刀尖抵住科比的喉咙。

"我们……我们只是……"科比结巴道,拼命后退,但他的背已顶在马棚墙上,完全退无可退。

"我可不是傻子,小鬼。"豪尔说。"我知道你们'只是'在干嘛!就因为我让你在我的魔印力场后借宿,你就可以把我女儿当成安吉尔斯的妓女吗?我应该现在就把你给杀了。"

"拜托!"科比恳求道。"不是那样的!我真心喜欢瑞娜!我想娶瑞娜!我想娶她为妻!"

"显然你想要的不只如此。"豪尔吼道,刀尖使劲在科比的喉咙上刺出一滴鲜血。"你以为事情是这样干的吗?先跑来插个女孩,然后向她求婚?"

科比的脑袋尽可能向后仰,脸上混杂着眼泪和汗水。

"够了!"路席克叫道,抓起豪尔的手臂,扯开猎刀。豪尔立刻转身,两个人站在原地对瞪。

"如果她是你女儿,你就不会这么说了。"豪尔说。

"或许,"路席克说,"但我也不会让你在我儿子面前行凶杀人。"

豪尔转过头去,只见卡尔和杰斯瞪大双眼站在门后看,而瑞娜却躲在班妮怀中哭泣。他的火气消了一点,肩膀微微垂下。

"好吧,"他说,"瑞娜,今天晚上你到我房间来睡,我要好好看着你。而你,"他再度拿猎刀指着科比。后者立刻僵在原地。"你要再敢看我女儿一眼,我就割下你的卵蛋拿去喂恶魔。"

他抓起瑞娜的手臂,怒气冲冲地拖着她进屋去了。

豪尔把她丢上床的时候，瑞娜依然战抖不已。她已经把衬衣拉回原位，但似乎什么也遮不住，而她可以感受到父亲的目光死盯在自己身上。

"这就是有访客睡在畜棚里时你会干的事？"豪尔大声问道。"我敢说全镇的人都在背后嘲笑我！"

"我从来没有这么做过！"瑞娜说。

"喔，你以为我该相信这种鬼话？"豪尔冷笑。"我今天就看到你衣衫不整在他面前晃来晃去。我就知道那种信使小鬼来的时候，畜棚里不会只有猪在嚎叫。"

瑞娜无言以对，一边呜咽一边将拿毯子遮蔽自己的肩膀。

"现在你会害羞了，知道要遮了？"豪尔问。"太迟了。"他脱下他的工作裤，挂在床柱上，拉开毯子躺到她身边。瑞娜浑身发抖。

"别哭了，快点睡觉，女儿。"豪尔说。"你又有一个姐姐抛下我们了，今后我们的日子会加倍辛苦。"

瑞娜一早醒来，发现她父亲依偎在旁，一手搂在自己身上。她心里一阵作呕，从他手臂下滑开，逃出房间，把他一人留在房里打呼噜。

她想起班妮的建议，从自己草垫的床单上扯下一大块布条，沿着胸口缠绕几圈，绑紧自己的胸部。绑完后，她低头一看，叹了口气。即使绑小了，还是没有人会把她误认为男孩。

她迅速着装，放松腰身，隐藏自己的曲线，在长长的棕发上绑了个凌乱的马尾巴。

男孩们在她煮粥以及摆放餐具时翻了翻身。太阳出来的时候，屋里已经人声嘈杂。路席克最后一次派小孩们到外面处理晨间杂务。

科比在早餐准备好前就已无趣地离开了。瑞娜认为这样比较好。豪尔或许让他过夜，但并不表示他会愿意分享早餐。她希望自己有机会为他们之间发生的事向他道歉，她搞砸了两人间的可能性。

晨间杂务处理完后，豪尔将马车套上马匹，带所有人穿过镇中广场前往博金麦酒，很多人都会去悼念佛南·博金。

圣堂坐落于山顶，哈洛牧师热情地迎接每个人。他年近五十，但身体依然健壮，卷起棕色长袍的衣袖，露出强健的手臂向他们打招呼。"你父亲是个好朋友，也是个好人。"他对路席克说道，与他紧紧拥抱。"我们都会想念他的。"

哈洛指向圣堂大门。"进去陪你妈一起坐在前排吧。"牧师对瑞娜微笑，在她路过时若有所思地眨了眨眼。

"看来那些忘恩负义的家伙都跑来了。"豪尔在挤入路席克、班妮，以及小孩后方的长椅时喃喃说道。瑞娜顺着他的目光，在几排长椅外看见她的大姐伊莲。她和杰夫、诺莉安·卡特，以及她的孩子站在一起。他们全都长好大了！

"想都别想。"豪尔低声说道，在瑞娜打算过去打招呼时按住她的手臂，用力紧握。豪尔一直不会原谅伊莲离家的事，虽然那已是近十五年前的事了，而且他也不认她生的外孙。

"那个婊子养的好大胆子，竟然还敢来。"豪尔瞪着杰夫低声说道。"另一个可恶的小贼，以为我留宿他们，他们就想拐带我的女儿。幸好你没嫁给他那个一无是处的儿子。"

"亚伦并非一无是处。"瑞娜哀伤地道，回味着两人小时候亲吻时的几秒钟甜蜜。她会默默在远方等待他多年，能和他订

婚简直就像美梦成真。她不愿相信他死在恶魔手下——如果他没死,为什么没有回来找她?

"你说什么,女儿?"豪尔不太专心地问道。

"没什么。"瑞娜说。

仪式继续举行,哈洛一边吟唱诗歌赞颂佛南·博金,一边在包覆遗体的油布上绘制魔印,保护佛南的灵魂直奔造物主的怀抱。

仪式结束后,他们将遗体抬到外面哈洛架好的火葬台上,将他平躺着放在上面,点火。瑞娜和其他人一起在面前比画魔印,祈祷佛南的灵魂能在火焰吞噬肉体时逃离这个恶魔肆虐的世界。

伊莲在火焰的另一边,以哀伤的目光凝望着她。她扬起一只手招呼,瑞娜的眼泪不自觉地滑落下来。

人们在火势渐缓后开始离去,有些前往米雅达·博金的家,她为给她丈夫哀悼的人们准备了些茶点,其他人则踏上归途。有些人大老远跑来,但地心魔物不会因为葬礼而晚点出现。

"来吧,女儿,我们最好早些动身回家。"豪尔说着抓住她的手臂。

"豪尔·谭纳!"哈洛牧师叫道。"占用你一点时间!"

"喔,还有什么事?"豪尔喃喃说道。

"科比告诉我昨天晚上的事了。"哈洛牧师说。

"喔,他说了?"豪尔说。"他还有脸说,和我女儿在我的魔印屋下干了淫秽之事,被我抓了个正着。"

哈洛点头。"是的,而他现在还有话想说。是不是,科比?"

科比点头,盯着自己脚尖走向前来。"我为自己的所作所为感到抱歉。我并没有羞辱任何人的意思,如果你允许,我希望能和瑞娜结婚。"

"我绝不允许！"豪尔吼道。科比脸色发白，后退一步。

"好了，豪尔，先等一等。"哈洛牧师说道。

"不，你才等一等，牧师。"豪尔说。"这个小子不尊重我和我的女儿，以及我家神圣的魔印，而你竟然希望我把他当作儿子看待？我，宁愿让瑞娜嫁给木恶魔。"

"瑞娜已经过了适合结婚生育的年龄了。"哈洛说。

"就算他在我家搞过她，那并不表示我得把她交给这个酒鬼，浪荡子。"豪尔说着，抓起瑞娜，将她拖往马车。离开时，瑞娜一直面带渴望地看着科比。

第十四章　茅房之夜

333 AR　春

瑞娜在农场映入眼帘时哀伤地看着后方的道路。"我知道你在想什么，女儿。"豪尔说。"你想和你那忘恩负义的大姐一样和那个小子私奔。"

瑞娜没有回话，但她感到脸颊发烫。这和直接承认没有两样。

"好呀，你最好考虑清楚，"豪尔说，"我不会让你像伊莲一样羞辱我们家族，和一个老婆才死一天的家伙私奔。全镇的人至今依然在笑话此事，而他们都会以异样眼光打量我老豪尔，因为我养出这样一个天杀的婊子。"

"你打算踏上同样的道路。"豪尔说。"这次不行，女儿，我宁愿抹除魔印也不要再让一切重演。只要你动念逃跑，我就把你关到茅房，就算我得大老远跑到南哨去收尸也无所谓。"

瑞娜望向院子里那间摇摇欲坠的小屋，全身血液都凝固了。她父亲从来不曾把她关进去，但伊莲被关过几次，班妮也被关过一次。她至今依然清楚记得她们的惨叫声。

瑞娜回去住班妮和路席克的小房间，从前是她和班妮一起住的。她将仅有的私人物品搬入房内，然后伸出战抖的手闩上门。

躺上床的时候，她抚摸自己最爱的猫小姐。它此刻正在怀孕待产。这样做的同时,她想到了科比,想到镇中广场的房子,想到自己做母亲的模样。这些景象为她带来一丝温暖与慰藉;但她一直注视着房门,很久才敢入睡。

接下来的几天里,瑞娜一有机会就避开父亲。这并不困难。春季播种已经结束,尽管如此,他们还是得分摊杂务,从早忙到晚。单是喂牲口以及打扫马厩就要耗掉瑞娜整个早上,而她还得挤奶、剪毛,并且宰杀牲口、准备三餐、补衣服、制作奶油和乳酪、处理皮革,以及一大堆无止境的家务事。她几乎心怀感激地投入工作,因为工作可以提供保护。

每天早上她都勒平胸部,把脸弄脏,头发弄乱,而豪尔工作忙得没有时间起什么邪念。单是检查田地四周的魔印桩就要花掉好几小时。每根魔印桩都必须仔细检视,确保魔印干净清楚,并且对正角度,与隔壁的魔印桩紧密协调。只要有一点鸟粪落在魔印桩上就有可能削弱魔印的强度,让找到缝隙的恶魔穿印而过。

检查完毕,还得下田除草、收割成熟的作物回家做饭,或腌制起来储存。那些都处理完后,农场里总会有东西需要修补或清理。

他们真正相处的时间只有吃饭时,不过他们很少交谈。瑞娜上菜以及收拾碗盘时都很小心,尽管不靠他太近。豪尔一直没有以异样眼光打量她;但随着日子一天天过去,他的脾气开始越来越暴躁。

"造物主呀,我的背好痛。"某天晚餐时,他弯腰从火葬那天米雅达赠送的博金麦酒酒桶里舀酒时说道。瑞娜已经记不清楚那天晚上他喝了几杯酒。

豪尔挺直腰杆时发出痛苦的抽气声,接着脚下一绊,放开酒杯。瑞娜立刻上前,一边扶他站定,一边在麦酒洒光前接下

酒杯。豪尔瘫倒在她身上，让她把自己拖回座椅。

瑞娜和班妮常常会被叫去帮豪尔揉背，此刻她想也不想就开始揉，以灵巧有力的手指舒缓父亲紧绷的肌肉。

"好女孩，"她父亲轻呼一声，闭上双眼，向后靠在她手上，"你一直是个好孩子，瑞娜。和你两个姐姐不同，她们没有半点亲情。真不知道有那两个忘恩负义的姐姐，你怎么还能这么乖？"

瑞娜揉了揉背，但豪尔抓住她的腰，在她有机会挣脱前拉到身边。她抬头看着他，眼眶已经湿润。

"女儿，你永远不会离开我，是吧？"他问。

"是的，爸，"瑞娜说。"当然不会。"她轻轻捏一捏他，然后迅速挣脱他的手臂，拿起他的酒杯去酒桶舀酒。

当晚瑞娜被门上传过来的巨响惊醒。她跳下床，穿上连衣裙，但后来并没有其他动静。她趴在房门，耳朵贴紧门板，听见一阵呼吸声。

她小心翼翼地提起门，将门拉开一条缝，看见父亲昏倒在地板上，睡衣上都是他吐出的麦酒。

"造物主给我力量。"瑞娜一边祈求，一边弄湿一块抹布，清理父亲和地板上的呕吐物，接着半拖半抱地把父亲带回房间。

豪尔在她拉他上床时开始哭泣，不顾一切地将她抱紧。

"不能再失去你了。"他不停呜咽。瑞娜不知所措地坐在床缘，在他哭泣时搂着他，接着在他睡着后把他推开。她立刻冲回房间，再度闩上房门。

第二天早上，瑞娜捡完畜栏中的鸡蛋回到屋内，发现豪尔正在拔除她房门缝上的钉子。

"门坏了吗？"她问，心脏猛跳。

"没有。"他嘟哝一声。"要用你的门板去补畜棚墙上的洞。没有关系，你不需要房门，这个家里已经没有夫妻了。"他举起房门，抬到畜棚里去，将吓呆的瑞娜留在原地。

当天接下来的时间里，她都觉得自己像只受惊的牲口，当晚也完全没敢合眼，全副精神都集中在门框中的薄布帘上。

但当晚没有人掀开布帘，第二天晚上也没有，接下来一星期都没有。

瑞娜不确定是什么吵醒她的，稍早的时候，地心魔物还在测试魔印，但噪声已随它们去找其他较易得手的猎物而消失。

屋内唯一的光亮是门框和布帘缝隙间的微弱火光，来自客厅火炉，因为夜深而快要熄灭。她床上还能照到一点昏暗的光芒，但房内其他地方则是一片漆黑。

不过瑞娜立刻就知道房里不止一个人——父亲已经进来了。

瑞娜小心翼翼地保持不动，观察黑暗中的动静，试图说服自己一切只是一场梦；但她可以闻到麦酒和汗水的臭味，听见他急促的呼吸声，地板传来沉重的嘎吱声。她等着他动手，但他只是站在原地，默默看着她。

他之前曾这么做过吗？溜进她房间偷看她睡觉？这个想法令她害怕。她不敢惊动他，只敢转动眼珠盯着布帘，但从那里逃走似乎不太可能。她要四步才能抵达房门，豪尔只要跨出一

步就能拦住她。

窗户比较近，但就算她能在他冲过来之前拉开窗，推开窗叶，她不可能在深夜跑出屋外。

时间仿佛在瑞娜迫切试图想办法逃生时变得缓慢。如果她穿越院子，她或许可以在被地心魔物逮到前抵达畜棚。大畜棚有魔印守护，也没有与屋子相连。如果她能够跑到那里，天亮前豪尔都不会追出去，或许到时候他酒就醒了——闯入夜色中违背她所有本能，这根本是自杀。但自己还能跑到哪里去？天亮前，她都得和他一起呆在屋内。

就在此时，豪尔移动脚步，慢慢走到床边。瑞娜全身僵硬，连忙屏住呼吸，如同被吓得动弹不得的兔子。当他走进微光时，她看见他身上只穿睡衣，下裤隆起。他走到近处，伸手抚摸她的头发。他以手指撩起发丝，放在鼻子前闻了一闻，放下手掌，轻轻抚摸她的脸颊。

"和你妈一样。"他哼道，手掌持续下移，滑过喉咙和锁骨，沿着光滑的皮肤一路摸到她胸部。

他用力一捏。瑞娜放声尖叫。猫小姐立刻惊醒，喵喵乱叫，利爪深深划入豪尔的手臂，他痛得大吼一声。恐惧赋予了瑞娜力量。她用力一推，将他推向后方。豪尔酒醒，跌跌撞撞地摔在地板上。瑞娜转眼间已经穿越门帘。

"女儿，给我回来！"豪尔叫道。但她不理会，竭力冲向通往小畜栏的后门。他跌跌撞撞地追了上去，结果被门帘缠住了，不得不将帘子自门框上整个扯了下来。

她在他挣脱门帘前跑入畜棚，但畜棚门不能从里面反锁。她抓起一副沉重的旧马鞍，挡在门的后面，然后冲到一个角落躲起来。

"可恶，瑞娜！你到底是怎么回事？"豪尔撞门而入时吼道。他被马鞍绊倒,哀号一声,接着大声咒骂。

"女儿,你如果不给我滚出来,我就剥下你屁股上的皮!"他威胁到,接着传过来一阵类似皮鞭的刷刷声。他从畜棚墙上抄下一条缰绳。

瑞娜没有出声,趁豪尔拿打火石点油灯时弯腰躲入一间空马棚的死角中,在接储存雨水的雨桶后方。他终于找到了灯芯,点燃摇曳的灯火,畜棚中的阴影随即开始翻飞摆动。

"你去哪了,女儿?"豪尔叫道,开始搜马棚。"要是被我拖出来,你麻烦就大了。"他再度甩动缰绳,强调刚才的威胁。瑞娜心脏狂跳。屋外,恶魔受到吵闹声所吸引,再度开始疯狂撞击魔印。魔光穿越木墙的缝隙而来,伴随着地心魔物的叫声以及魔法强大的啪啪声。

在他逼近时,她如同弹簧般缩成一团,每块肌肉都越绷越紧,直到她肯定自己可以爆发冲刺。他嘴里的脏话越骂越脏,开始在挫败中胡乱甩动缰绳。

他来到数英尺外时,瑞娜冲出藏身处,奔向畜棚深处。她跑到后墙前,一个死角落,转身面对父亲。

"真不知道你是怎么回事,女儿,"豪尔说,"看来我得好好教训你一顿。"

这一次她绝不可能冲过他,于是瑞娜转身爬上通往干草棚的梯子。她爬上去后试图抽开梯子,但豪尔大叫一声,抓住最底下的横板,一把拉回去,差点连瑞娜也一并拉了下来。她勉强在棚门上站稳,双手再也抓不住梯子。豪尔挂上油灯,把缰绳咬在口中,开始爬上去抓她。

瑞娜在绝望里一脚踢出,正中父亲的大脸。他被踢下梯子,但地板上都是干草,吸收了大部分下坠的力道。他再度在她抽回梯子前一把抓住,随即迅速爬上。她举脚又踢,但他抓住她

的脚掌，用力一推，将她推倒。

接着他爬上干草棚，好赖她也无路可逃。她还没完全站稳，他的拳头已击中她脸颊，使她眼冒金星。

"这是你自找的，女儿。"豪尔说，对着她的肚子又是一拳。她痛得直喘息。他伸出强健的手掌抓紧她的睡衣，将半件睡衣扯了下来。

"求求你，爸！"她哭道。"不要！"

"不要？"他发出难听的笑声。"你从什么时候开始会在干草棚上向男人说不了？这里不就是你淫乱的地方吗？这里不就是你羞辱家族的地方吗？你可以随便让睡在马棚里的酒鬼插，难道你老爸还比不上他？"

"不！"瑞娜哭道。

"他妈的没错，当然不。"豪尔说，抓紧她的后颈，把她的头压入干草堆中，同时以另一只手撩起自己的睡衣……

※

一切结束后，瑞娜躺在干草堆中哭泣。豪尔依然压在她身上，但他的四肢似乎疲软无力。她用力一推，他毫不反抗地翻到一旁。

她很想直接把他推落干草棚的边缘，让他摔断脖子，但她根本无力起身。她的脸颊和嘴唇不断抽痛，腹部仿佛烈火在灼烧，但这些都不能与她双脚间的灼痛相比。如果豪尔有注意到她还是处子之身，他也没有表现出来。

"就是这样，女儿。"豪尔说，轻轻揉着她的肩膀。"你就好好大哭一场吧。伊莲也是哭过就好了，在她喜欢上这种事之前。"

瑞娜狠狠瞪着他。不管他怎么说，伊莲从来不曾爱上这种事。

"你要是再敢这么做,"她说,"我就让所有镇中广场的人知道你做了什么。"

豪尔哈哈大笑。"不会有人相信你的。镇上的好太太们只会以为你这个荡妇想要找借口搬到镇上。将魔掌伸到她们的丈夫身上,而她们绝不希望看到这种事发生。"

"再说,"他补充,伸出长满疙瘩的手掌紧扣她的喉咙,"敢告诉任何人,女儿,我就杀了你。"

✿

瑞娜在魔印守护的前廊上看着太阳下山,在天际变色的同时紧紧拥抱自己。不久前,她每天傍晚都会站在这里守望东方,幻想着有一天亚伦·贝尔斯从自由城邦回来,兑现他的承诺,带自己离开。

现在她还是每天傍晚凝望道路,但看的是西方,希望看到科比·费雪前来救她。他还会想起自己吗?他说的话是真心的吗?如果是真心的,他不是早该赶来找自己了吗?

她的希望随着日子一天天过去而逐渐渺茫,最后只剩下一点摇曳的光芒,然后变成深埋在沙地里的煤块,那或许永远不会到来的希望所残留下来的余温。

她总是希望在屋外多待一会儿,就算梦想带来的慰藉和伤害分量相当。再过不久她就得进屋服侍父亲晚餐,然后在他的目光下处理夜间家务,直到他说该上床了。

然后她就会乖乖上他的床,躺在上面让他为所欲为。她想到伊莲,想到她经历这种折磨的那些年,而自己还年幼得不懂事的日子。瑞娜无法了解她怎么可能没有发疯,但伊莲和班妮一直都比她坚强。

"天黑了，女儿。"豪尔叫道。"在地心魔物杀掉你前回屋里来。把门关上。"

一时间，那画面跃入她心中——地心魔物转眼就会出现，自己只要踏出魔印圈就能结束自己的苦难。

但瑞娜发现自己没有这么做的勇气，她只能转身进屋。

"喔，别向我抱怨，小毛。"瑞娜边剪毛边对绵羊说道。"你该感谢我在这么热的天里帮你剪毛。"

以前班妮和小男孩们常常嘲笑她把动物当成人一样说话，但现在他们不在了，瑞娜发现自己越来越习惯于这么做。猫眯、狗狗，畜栏中的动物是她在世上仅存的朋友。当豪尔在田里工作时，它们就会竖起同情的耳朵倾听瑞娜诉苦。

"瑞娜。"她身后传来细微的声音。她吓了一跳，小毛在她不小心剪伤它时咩咩乱叫，但瑞娜完全没有注意，连忙转身，发现科比·费雪站在数英尺外。

她丢下剪刀，紧张兮兮地四下打量。但豪尔不在附近。他去田里除草了，很可能还要忙几个小时，但她不打算冒险，抓起科比的手臂就把他拉到大畜棚后面。

"你来这里干吗？"她低声问道。

"送几桶米去给马克·佩斯特尔，"科比说，"我会在那里住宿，天亮后回广场。"

"要是被我爸看见一定会杀了你。"瑞娜说。

科比点头。"我知道，我不在乎。"他在信使袋中摸索，取出一条用溪石串成的长项链，皮绳顶端绑有鱼骨扣环。

"不算贵重，但我只买得起这个。"他说着，将项链交给瑞娜。

"很漂亮。"她立即收下礼物。它沿着脖子绕了两圈，还是长得垂到胸前。

"我一直在想你，瑞娜。"科比说。"哈洛牧师和我爸叫我忘了你，但我办不到，我只要闭上眼睛就会看见你。我要你明天随我一起回去，只要我们去向牧师哀求，他一定会为我们证婚；我知道他会的。以前你姐姐和杰夫·贝尔斯私奔时，他曾为他们主持婚礼。等我们在造物主面前结合后，不管你爸说什么都不能拆散我们。"

"你是真心的吗？"瑞娜热泪盈眶地问道。

科比点头，把她拉到身前，深深亲吻。

但科比只主导了一会儿，瑞娜便把他推到畜棚墙上，然后跪在地上。他重重喘息，指甲在她脱裤子时深深掐入木板中。他双膝发软，滑下地面，瑞娜双脚跨过他的身体，撩起自己的裙摆。

"我……没有过……"科比结巴道。但她伸出手指抵住他嘴唇，让他闭嘴，然后骑在他身上。

科比脑袋后仰，一脸享受。瑞娜不禁微笑。这和与豪尔那种粗暴而没有快感的方式不同——这才是做爱该有的愉悦。她在上上下下不停亲吻科比的脸颊，随着他在自己身上肆意摸索找到属于自己的快感。

"我爱你。"他低声说道，然后在她的体内播种。她娇喘一声，亲吻他。他们温柔地拥抱一段时间，接着站起身来，穿好衣物。瑞娜小心翼翼地打量畜棚角落，没有发现父亲的踪迹。

"我父亲很早就会下田干活，"瑞娜说，"吃完早饭立刻出门。如果你那时候来，他到午餐前都不会回来。"

"我们会在他发现你不见前抵达圣堂。"科比说，紧握她手掌。"今晚打包行李，准备妥当。我明天会尽早赶来。"

"没有什么好打包的。"瑞娜说。"我除了自己,没有任何嫁妆,但我保证我会是个好妻子。我会煮饭,会绘制魔印,也可以让你家……"

科比大笑,亲吻她。"我不要嫁妆,我只要你。"

瑞娜把项链藏在围裙口袋里,当天白昼和夜晚接下来的时间里都很听话,不给她父亲任何怀疑的理由。她真的没有什么好打包的行李,不过她跑去找所有动物朋友,向它们道别。她在瓜瓜小姐面前落泪,对于看不见小猫出世深感遗憾。

"小猫出生后你就是爪爪太太了。"瑞娜说。"就算那只一无是处的斑猫不帮忙照顾小猫也一样。"

她环顾畜棚中的动物,找到应该是猫爸爸的家伙。"照顾你的小猫,"她警告道,压低声音不让父亲听见,"不然我就回来把你丢入水槽。"

她在豪尔的鼾声旁彻夜未眠,在第一道阳光自窗叶间洒落前,她已开始煮粥,并跑到畜棚的鸡笼里捡鸡蛋。她怀抱着最后一次做这些事的心情做着晨间家务,一边做事一边不停遥望道路的另一端。

她没有等待太久。远方传过来马匹疾驰声,但接近后越变越小声。片刻后,科比转过弯道,满头大汗,不停喘息。

"一路狂奔。"他说着,亲吻她。"等不及要见你。"

松果得休息,于是科比在瑞娜自井中打水时将它绑在畜棚后方。母马贪婪地喝水,接着在他们将彼此拥入怀中时开始吃草。没过多久,她已经将裙子拉上腰身,弯腰靠在畜棚墙上。

豪尔这时候发现了他们。

"我就知道!"他大叫一声,对准科比的脑袋挥下干草叉。

叉柄击中他脑侧，打得他翻身而起。

"科比！"瑞娜大叫，连忙跑去，在他举着干草叉走近时死命抱住他。

"昨天看你对着那些猫哭，我就知道事情不对劲了，女儿。"豪尔说。"你认为你爸是白痴吗？"

"我不在乎！"瑞娜大叫。"科比和我相爱，我要随他离开！"

"离开个鬼。"豪尔说着，抓起她手臂。"如果不想屁股脱一层皮，你现在就给我回屋里去。"

但科比粗壮的手臂紧扣豪尔的手腕，将其向旁扭转，扯离瑞娜的手臂。

"很抱歉，先生。"他说。"但我不会让你那么做。"

豪尔转身面对他，发出不屑的哼声。"好吧，小鬼，你是自找的。"他狠狠踢中科比的胯下。

科比的裤子依然垂在脚踝，完全没有东西阻挡豪尔沉重的靴子，于是他缩成一团，双手抱紧胯下。豪尔将瑞娜推倒，举起干草叉，无情地痛殴躺在地上无力抵抗的科比。

"典型的恶霸小鬼，"豪尔啐道，"我敢说你这辈子从来没有打过真正的架。"科比放开下体，试图闪向一旁，但他的裤子依然掉在脚上不停绊倒他，而他每挨一下痛击都会尖声惨叫。

最后，当他浑身是血地躺在地上喘气时，豪尔将干草叉插入土中，从皮带上的刀鞘里拔出那把长柄猎刀。

"我说过要是再抓到你和女儿一起会这么做。"他说着开始逼近。"向你的卵蛋道别，小鬼。"科比瞪大双眼，满脸恐惧。

"不！"瑞娜大叫，跳到豪尔背上，用手脚缠住他的四肢。"跑，科比！快跑！"

豪尔怒吼，两个人开始挣扎。瑞娜一辈子努力工作，身体

十分强壮，但豪尔转身后顶，狠狠将她撞上畜棚墙壁，体内的空气急泄而出。在她有机会吸气前，豪尔再度顶她撞墙。然后又撞一次。她松开手，他抓起她的手臂，翻身将她摔倒。

痛苦袭来，尽管头昏眼花，瑞娜依然看得见科比拉起裤子，爬上马背。在豪尔有机会拔起干草叉前，他已经重重踢了一下松果的马腹，沿着道路急奔而去。

"这是最后一次警告，小鬼！离我女儿远一点，不然我就割掉你尿尿的东西！"

"至于你，女儿，"豪尔说，"我告诉过你，我们家会怎么惩罚荡妇！"他一把抓起瑞娜的头发，拖着她朝屋里走去。她痛得大叫，由于仍头昏眼花，除了跌跌撞撞跟着他走什么也做不了。

走到院子中央时，她发现他们并不是要回家。豪尔打算把她拖去茅房。

"不！"她尖叫，不顾头发拉扯的头皮发痛，双脚站定，开始挣扎。"看在造物主的分上，拜托！不！"

"你以为造物主会帮助你这个在光天化日下偷汉子的荡妇吗，女儿？"豪尔问。"我是在奉行它的旨意！"他用力拉扯，逼她继续前进。

"爸！拜托！"她哭喊。"我保证我会听话！"

"你之前就保证过了，女儿，看看现在搞成什么样子？"豪尔回应。"当时我就应该这么做，你才会把我的话当回事。"

他用力一推，瑞娜摔入茅房，重重落在板凳上，她的背肌顿时撞伤。她不顾痛楚，冲上前来试图逃跑，但豪尔一拳打在她脸上，世界随即陷入黑暗。

❧

几小时后瑞娜才醒过来。一开始，她忘记了自己身在何处，但背部撞上板凳的灼热以及脸颊上的剧痛让一切回到脑海。她在恐惧中睁开双眼。

豪尔听见她的尖叫及敲打房门的声音，于是走过来，拿猎刀的骨柄狠狠撞击门板。"好好呆在里面，安静点！这样做是为你好。"

瑞娜不管他，继续尖叫踢门。

"要是我的话就不会那样做。"豪尔说，声音大得足以盖过她的狂怒。"门板都很老旧了，天黑时你会希望它们坚固耐用。这样踢下去，你会踢乱魔印。"

瑞娜立刻安静下来。

"求求你，"她在门后呜咽道，"不要把我丢在外面过夜！我会乖的！"

"你他妈的当然会。"豪尔说。"今晚过后，就算那个小鬼再来，你也会亲自把他赶跑！"

❧

小茅房里十分炎热，空气里到处都是粪便的臭味。墙上有个通风口，但瑞娜不敢打开，担心会破坏魔印网。苍蝇在破烂的板凳下的便池中嗡嗡作响。

透过木板间的缝隙，瑞娜眼看光线随着夕阳西下而逐渐转暗。她不断祈祷，希望豪尔会回来找她，一切都只是要吓吓她，但随着最后一丝阳光消失，她的希望也随之消逝。茅房外，地心魔物开始现形。她在围裙口袋中摸索，紧握科比送的圆石项链，从中寻求力量。

恶魔悄悄出现，传说白昼的热气从地底向上飘升，为它们提供从地心魔域通往地面的道路，魔雾般的形体逐渐凝聚，形成利爪、鳞片，以及刀片般的牙齿。瑞娜可以感受到心脏在胸口猛跳。

茅房门口传过来吸气声。瑞娜全身僵硬，害怕地咬紧下唇，在静止的死寂中听见利爪挖掘院子土壤的声音，以及地心魔物闻到她的恐惧时的嗅闻声。突然间，恶魔尖声吼叫，猛烈攻击魔印。外面传来一道刺眼的光，穿透木板间的缝隙，照亮茅房内部。瑞娜大声尖叫，仿佛喉咙都要撕裂。

魔印挡下对方的攻击，但恶魔并未因此放弃。她听见一阵翅膀拍击声，屋顶传过来另一道魔光。整间茅房都在这下攻击时战抖，震落的尘土洒了瑞娜一身，她再度张嘴尖叫。

风恶魔一再攻击，对着明明近在眼前却又够不着的猎物愤怒吼叫。魔印力场一次又一次地弹开恶魔，但反震的力道震动茅房，陈旧的木材大声哀鸣。它还能够承受几下攻击？最后地心魔物终于放弃。瑞娜听见翅膀拍击声和叫声随着恶魔去寻找容易得手的猎物而逐渐远去。

但考验并没有因此结束。没过久，院子里所有地心魔物通通闻到了她的气味。她忍受着火恶魔小小利爪所引发的魔光，在火焰唾液遇上魔印所化的寒风中不住战抖，最可怕的是木恶魔，它们没过多久就赶跑了其他恶魔，然后猛力攻击魔印力场，每次攻击都会导致整个茅房剧烈震颤。瑞娜觉得每道魔光都像一把利剑，她整个人缩在地上，蜷曲成一团，忍不住小声哭泣。

这种情况似乎永远没有停止。在经过只有造物主才知道漫长的时间后，瑞娜发现自己竟然在祈祷魔印崩溃——反正它们肯定会在今晚结束前崩溃——好让一切尽快结束。如果她有力气起身，她早就已经打开房门让它们进来了。

时间继续流动，她发现自己连哭泣的力气都没了。魔法的光芒、黑夜中的吼叫、粪坑的臭味全都消失了，因为她逐渐陷入一种强大的原始恐惧中，所有的一切通通不再存在。

她蜷缩在地，所有肌肉紧绷，恐惧在她瞪视黑暗时从瞪大的双眼无声涌出。她呼吸急促、心跳快得如同蜂鸟振动的翅膀。她的指甲在地板上划出一条条爪痕，丝毫不在意沾染其上的鲜血和木屑。

她甚至没有注意到魔光和吼叫停止，恶魔返回地心魔域。

屋外的门闩在一声闷响中被人提起。但瑞娜没有反应，直到屋门开启，刺眼的阳光洒入茅房。在凝视黑暗整个晚上之后，阳光令她双眼灼痛，将她的心唤回现实。她深深吸了一大口气，随即弹身坐起，伸出一手挡在眼前，在尖叫声中狂踏身前的地面，直到背部撞上茅房后墙。

豪尔伸出双手拥抱她，抚弄她的发丝。"没事了，没事了，女儿。"他低声说道，轻抚她的头发。"我也和你一样难过。"他抱着她，坚定却温柔，在她呜咽时轻轻摇晃。

"就是这样，女儿。"他说。"你好好哭一场，彻底发泄出来。"

她照做，紧抱着他，在哭泣中战抖，最后终于冷静下来。

"你以后会听我的话了吗？"豪尔在她终于恢复理智后问道。"我不想再惩罚你。"

瑞娜连忙点头。"我保证，爸。"她的声音因为尖叫而沙哑。

"好孩子。"豪尔说，将她抱在怀里，返回屋里。他把她放在她自己的床上，帮她煮了一碗热汤，将午餐和晚餐放在木板上端到床上给她吃。那是瑞娜第一次看他做饭，但这一餐午饭美味可口，而且菜量丰富。

"你明天待在家里睡觉。"那天晚上他说。"好好休息，等到下午你就会好起来了。"

的确，第二天瑞娜感觉好多了，第三天感觉又更好了。豪尔晚上没有跑来找她，而且白天也不会催促她工作。日子一天天过去，很快她就肯定科比不会再回来了。这么也好。瑞娜心想。

有时候，在工作间的空当，她会想起茅房那晚的魔光，但她立刻就将它们埋入心底。一切都结束了，从今以后她会当个好女儿，所以她不必担心再度回到那里。

第十五章　马力克的故事

332 AR　冬

　　傍晚时分，天边还有一抹紫红色，人们开始围在黎莎的小屋门口。一开始只有妲西、薇卡和她们的学徒，但接着加尔德和其他伐木工开始出现，肩上扛着他们的魔印斧，然后是厄尼和洼地里的其他魔印师，以及他们的学徒。没过多久罗杰也到了，还有玻璃匠班恩。越来越多人聚集过来，最后院子里挤满围观群众，多得她绝不可能全部留宿。有些人带了帐篷来，打算在上完课后直接扎营。

　　许多访客都在太阳下山时不安地改变站姿，但他们相信黎莎以及她的魔印威力。人们点燃油灯，照亮位于群众中央的一张石桌。

　　天色全黑后，几条魔雾身影涌出地面，但地心魔物凝聚成形后立刻逃跑。它们已经懂得试图突破黎莎的魔印将会招来比弹开还要可怕的后果。

　　没过多久，魔印人抵达现场，与他的巨马并肩而行。马背上挂着几头恶魔的尸体。

　　魔印师立刻行动，解除魔印网的一侧力场，让魔印人带着地心魔物的尸体穿过。接着伐木工接手，在魔印师重建魔印网时将尸体抬上石桌。

　　"你动作还真快。"黎莎在魔印人走近时说道。

对方耸耸肩。"每种恶魔都只要一头,这算不上什么难事。"

黎莎微笑,拿出魔印解剖刀。"所有人,注意。"她大声叫道,来到木恶魔之前,准备划下第一刀。"上课了。"

✾

第二天早上,留在小屋附近过夜的人们共享早餐。黎莎上完课后,伐木工在魔印人的带领下离开,到实际中去运用在课堂上学到的知识,但大多数人都在她的魔印后方待到天亮。黎莎让学徒煮了一大锅粥,并在大锅旁煮茶,她们在访客睡眼惺忪地走进营帐时分发粥碗和茶杯。

罗杰一个人独坐,在黎莎的前廊上帮小提琴调音。

"独自一个人坐真不像你。"黎莎说,拿给他一碗粥,然后在他身旁坐下。

"不太饿。"罗杰说,心不在焉地拿汤匙在碗里搅拌。

"坎黛尔她会好起来的。"黎莎说。"她恢复得很快,而且她没有责怪任何人。"

"或许她应该责怪。"罗杰说。

"你拥有独特的天赋。"黎莎说。"无法传授于人也不是你的错。"

"不是吗?"罗杰问。黎莎好奇地看着他。但他没有说下去,只是转过头去,看向院子。"你可以早点告诉我。"

"告诉你什么?"黎莎问,不过其实心里有数。

"你和'亚伦'的事情。"罗杰说。

"我不想把你牵扯进来。"黎莎说。

"但坎黛尔的爱情药水就关你的事了?"罗杰突然说道。"或许我的教法没有问题。或许那个女孩只是满脑子想着甜茶,没有专心应付恶魔。"

"这样说不公平,"黎莎说。"我是在帮你。"

罗杰对她低吼,露出一副她只有在表演时看到的表情。"不,你以为你是在把我推到别的女孩怀里,借以减轻你对我不感兴趣的愧疚感。其实你跟你母亲没有什么不同。"

黎莎张大嘴,但说不出话来。罗杰放下粥碗走向一边,将小提琴抵在下颌下,演奏一首愤怒的曲调,盖过所有黎莎可能会说的话。

❦

黎莎和其他人回到镇上时,魔物填场正处于一片混乱。所有负伤的人挤满了广场中,没有一张熟面孔。他们都脏兮兮的,衣衫破烂、饥肠辘辘。他们疲惫不堪、凄凉地坐在冰冷的地上休息。

约拿牧师忙着来回奔走,对着努力安抚需帮助者的辅祭们大声下令。伐木工将木材拖入广场,好让人们不必坐在地上,不过这只能解决一部分,更多的还是坐在地上。

"感谢造物主!"牧师看见黎莎时立刻叫道。他的妻子薇卡,在她快步走来时跑上来拥抱她。

"怎么回事?"黎莎问。

"来森堡的难民。"约拿说。"今天早上日出后不久,他们就涌进镇子的。现在还是不断有人抵达。"

"解放者在哪里?"群众中有个女人叫道。"他们说他在这里!"

"全城的魔印通通崩溃?"黎莎问。

"不可能。"厄尼说。"来森堡境内拥有上百年的魔印守护,为什么全逃来这里?"

"不是地心魔物干的。"一个熟悉的声音传来。黎莎转身，随即瞪大双眼。"马力克?"她叫道。"你怎么在这里?"信使还是和以前一样英俊，但脸上的伤瘀连长发和胡须都遮掩不了，而且走过来时有点跛。

"选择去来森堡过冬。"马力克说。"这通常是个好主意，因为南方的冬季比较暖和。"他忧伤地笑了笑。"但这次不同——"

"如果不是恶魔干的，那是怎么回事?"黎莎问。

"克拉西亚人，"马力克说，往雪地上吐了口痰，"貌似这些沙漠老鼠厌烦了啃沙子，决定开始捕猎文明人。"

黎莎转向罗杰。"去找亚伦。"她低声说道。"叫他低调前来，去史密特旅店的密室和我们会合。"罗杰点头，当即离去。

"妲西，薇卡。"黎莎说。"让学徒把伤患分类，依照伤势轻重带去诊所检查。"

两名学徒点头，立刻跑去安排。

"约拿，"黎莎说，"请你的辅祭去诊所拿担架，过去帮帮学徒。"约拿鞠躬而去。

众人看到黎莎分配任务，纷纷聚集而来。就连镇长兼旅店主人史密特，也等着听她发号施令。

"食物可以晚点再说。"黎莎告诉他。"但这些人立刻就要饮水和住所，架起婚礼大帐和所有找得到的帐篷，让多余人手先出去找水。如果水井和河岸打水不及，就拿大锅烧雪。"

"我会处理的。"史密特说。

"他们什么时候开始听你指挥了?"马力克微笑着问道。

黎莎看向他。"此刻我得照料伤者，马力克大师，但忙完后我有很多问题要问你。"

"我随传随到。"马力克说着鞠躬。

"谢谢。"黎莎说。"你可以先和其他难民领袖把来森堡那边的情况整理清楚。"

"必须的。"马力克说。

"我安排他们在酒馆等候,"史密特的妻子史黛芙妮说道。"我肯定你会需要一杯冰凉的麦酒及食物。"她对信使道。

"真是太好了。"马力克说。

※

有些人需要接骨,有些人需要消毒,很多人脚掌因逃命长出来的水泡开始破裂,但因为赶路超过一星期没有及时处理——心知只要脱离主要队伍几乎等于死定了;也因为挤在临时赶工的魔印圈里,不少难民身上也有地心魔物造成的伤。他们可以抵达解放者洼地简直算是奇迹。黎莎从他们口中得知有很多人罹难。

难民中有几名医术一般的草药师,黎莎迅速检视她们的伤势后,指示她们投入救治工作。这些女人都没有抱怨,草药师总是愿意为了照料伤患而放弃自己的需求。

"要不是有马力克信使在,我们不可能抵达。"一名女子在黎莎给她处理脚上的冻疮时说道。"他每天都骑马先行,选好宿营地,并绘制魔印抵挡地心魔物。要是没有他,我们连一个晚上都撑不往。他每天都猎杀野驴等,供我们享用。"

罗杰回来时,伤势最严重的伤患已处理完毕。她将诊所留给妲西和薇卡照料,和他一起前往她的办公室。

关上房门后,黎莎立刻瘫在罗杰身上,已经疲惫不堪——已经下午了,她连续工作好几个小时没有休息,一边医治伤患,一边为学徒及镇民解答问题。再过几小时天就要黑了。

"你得休息。"罗杰说。但黎莎摇头,在木盆中倒满清水,

然后浇在脸上。

"现在没时间休息。"她说。"我们帮所有人找到落脚的地方了没？"

"勉强有。"罗杰说。"全加起来，难民数量比解放者洼地的居民总数多上两倍，而我肯定明天还会有更多人来投奔。镇民已经敞开家门，但约拿牧师还是得让人坐在圣堂里的板凳上过夜，让他们有个遮蔽处。如果这种情况继续下去，本周结束前，大魔印圈里的所有空地都会扎满营帐。"

黎莎点头。"那些明天早上再来担心，亚伦已经在史密特那里等了？"

"魔印人在那里等着。"罗杰说。"不要在那么多人面前叫他亚伦。"

"那是他的名字，罗杰。"黎莎说。

"我不在乎，"罗杰大声说道。黎莎被他激烈的反应给吓了一跳，"这些人得找到某样超越世俗凡尘的拯救者，此刻他就是了。没有人要求你叫他解放者。"

黎莎眨了眨眼，一脸讶异。"抱歉，我已经习惯了发号指示了。"

"我保证我不会是其中之一。"罗杰说。

黎莎微笑。"我也不希望你是。走吧，我们去见魔印人。"

⁂

罗杰和黎莎抵达时，史密特旅店的吧台已人满为患，而新旅店在去年大火后重建，已经比原来大上两倍。

史密特在他们进入时点头示意，接着朝密室的方向偏了偏头。他们迅速穿过人丛，矮身闪入厚重的房门。

魔印人在密室中，如同野兽般来回踱步。

"我应该在天黑前出去多救一些幸存者回来,而不是等待开会。"他说。

"我们尽量简短些,"黎莎说,"但开会时最好我们能够都在。"

魔印人点头。不过她透过他紧握的拳头看出他的烦躁。片刻后,史密特带领马力克进来,另外还有史黛芙妮、约拿牧师、厄尼以及伊罗娜。

马力克瞪视魔印人,虽然他已拉起兜帽,并且将手臂藏在宽松的袍子里。

"你就是……他吗?"马力克惊奇地问。

魔印人拉下兜帽,露出满脸刺青,马力克倒抽一口凉气。

"你就是解放者,像他们说的一样?"马力克继续问。

魔印人摇头。"只是个会杀恶魔的普通人。"

约拿轻哼一声。

"喉咙里有东西吗,牧师?"魔印人问。

"历代解放者都不会自称解放者。"约拿说。

"这个头衔是其他人封的。"魔印人皱眉看他。但约拿只是低头鞠躬。

"我想这无关紧要。"马力克说,虽然语气有点失望。"我并不期待会在你头上看见光环。"

"到底怎么回事?"魔印人问。

"十二天前,克拉西亚人攻占来森堡。"马力克说。"他们趁夜突袭,穿越外围村落,除掉城墙守卫,于黎明前打开主城的大门。杀戮开始时,我们都还在床上安睡。"

"他们乘夜突袭?"黎莎问。"这怎么可能?"

"他们拥有可以杀死恶魔的魔印武器,"马力克说,"就和你们洼地居民一样。从他们的言语间得知,好像世界上最重要

的事就是杀恶魔，而占领来森堡只是他们在天黑前的娱乐。"

"继续。"魔印人催促。

"好，"马力克说，"很明显他们的目标是整个北方城堡，来森堡只是他们第一个攻占的地方。他们的战士杀死任何敢于抵抗的男人，强暴所有达到生育年龄的女人。"他看向在场的女人，脸色一红。

"男人在不必负责的时候什么事都做得出来。"伊罗娜愤慨地说。"继续说下去，信使。"

马力克点头。"第一天早上他们肯定杀了数千人，并且占领城墙，不让剩下的人离城。他们殴打我们，将我们绑在一起，如同牲畜般拖入仓库。"

"你们如何逃脱的？"魔印人问。

"本来我以为沙漠人都不会说文明语言。"马力克说。"我从其他信使那里学过几个沙漠语，但多数是骂人的话，不够用来交谈。我发现自己无能为力，但是一天之后，一个胖子来到我们面前，他的提沙语和本地人一样好。他开始集中王室、地主，以及手艺工匠，带他们去见克拉西亚公爵，我就是其中之一。"

"你见到他们领袖了吗？"魔印人问。

"喔，我确实看到那个大浑蛋了。"马力克说。"他们把我五花大绑、狼狈不堪地带到他面前，当他听说我是个魔印师时，立刻下令释放我们，第二天一早我就逃出城来。"

"他们的领袖，"魔印人继续问道，"他穿什么服饰？"

马力克眨眼。"白袍和头巾，"他说，"底下是黑衣，就和他们的战士一样。他还戴了一顶王冠，所以我才知道他是他们的公爵。"

"王冠？"魔印人问，"你确定吗？不是在头巾上镶珠宝？"

马力克点头。"我确定。黄金打造的王冠,上面都是珠宝和魔印。那玩意儿一定比其他公爵的王冠加起来还要值钱。"

"那个公爵会说我们的语言吗?"魔印人问。

"比我认识的一些安吉尔斯人还要流利。"马力克说。

"他叫什么名字?"魔印人问。

马力克耸肩。"我不认为有人直呼其名,他们都以某个沙漠词语称呼他,沙玛卡之类的称呼。我想那或许是他们语族中'公爵'的意思。"

"沙达玛卡?"魔印人问。

"对。"马力克点头。"就是这个。"

魔印人低声咒骂:"恶魔养的。"

"怎么了?"黎莎问。但他没理她,凑到信使面前。

"他是不是大概这么高?"他问,举起手掌比在自己头上。"蓄着油亮的山羊胡,还有高挺的鹰钩鼻?"

马力克点头。

"他有携带一根魔印长矛吗?"魔印人问。

"他们全都携带魔印长矛。"马力克说。

"那是一根很亮的金属长矛。"魔印人说。

马力克再次点头。"是一根金属长矛,而且表面刻满了各种魔印。"

魔印人喉咙中发出的吼叫声,恐怖得就连通常天不怕地不怕的马力克也被吓得后退一步。

"怎么样?"黎莎再度问道。

"阿曼恩·贾迪尔。"魔印人说。"我认识他。"

"这代表什么意思?"她问。但魔印人挥手不答。

"现在已不代表任何意义。"他说。"继续。"他对马力克道。"后来怎么了?"

"就像我说的，他们一释放我，我趁夜晚爬过高墙，逃出主城。"马力克说。"沿路上的小村落都已经没人了。消息传开后，主城道上的血迹都还没干，村里机灵的人就已经收拾行李动身逃离，身体状况不适合长途跋涉，或者不敢在外过夜的人就留在外围村子里。我猜想留下来的人比走的人多，不过路上还是有数万难民。"

"我向某个留下来的老人买了匹马，然后催马上路。没过多久我就追上了逃难的村民。人数太多，根本不可能聚在一起；没有任何城市可能收留这么多人。大多数人都前往雷克顿及其附属村落，因为那里只要有钓线和鱼钩就可以填饱肚子，但吟游诗人提起不少关于你的事迹。"他指向魔印人。

"而那些深信你就是真正解放者的人更愿意来此避难。我得回安吉尔斯向公爵汇报，但我不能把这些没几个魔印师保护的人留在路上过夜，所以我就留下来跟他们一路过来了。"

"你做了件好事，马力克。"黎莎说，伸手拍拍他的手臂。"要不是你，这些人根本到不了这里。去酒吧休息吧，我们会讨论你带来的消息。"

"我在楼上帮你留了一间房。"史密特补充道。"史黛芙妮会带你上去。"

信使离开后，魔印人立刻戴上兜帽。"天就要黑了。如果路上还有难民，我得确保他们可以看见黎明。"

黎莎点头。"带加尔德和所有会骑马的伐木工去。"

"去拿你的斗篷，"魔印人对罗杰说，"你和我们一起去。"

罗杰点头，他们朝后门走去。

"你们会需要魔印师。"厄尼说，推推细框眼镜，从椅子上起身。"我也去。"

伊罗娜立刻站起，抓住他的手臂。"你不准去，厄尼。"

厄尼眨眼。"你总是抱怨我不够勇敢，现在你要我在人们需要帮助时躲起来？"

"你去送死不能向我证明什么。"伊罗娜说。"你已经很多年没骑过马了。"

"她说得有道理，爸。"黎莎说。

"你别管这件事。"厄尼说。"或许全镇的人都听你号令，但我还是你父亲。"

"没时间听你们争辩。"魔印人说。"你到底来不来？"

"不。"伊罗娜坚决说道。

"来。"厄尼说，甩开她的手掌，跟随他们离去。

✦

"那个白痴！"伊罗娜在后门关闭时叫道。所有人面面相觑。

"你们想在这里待多久就待多久。"史密特说。"我得到外面去。"他、史黛芙妮，以及约拿迅速离开房间，留下黎莎一人面对她勃然大怒的母亲。

"他不会有事的，妈。"黎莎说。"和罗杰还有魔印人一起上路是世上最安全的事。"

"他年纪大了！"伊罗娜说。"还和年轻人一样逞英雄，而且他会冷死的！去年流感过后他的身体状况就大不如前了。"

"母亲，"黎莎说，语气惊讶，"听起来你好像真的很关心他。"

"不要用那种语气对我说话，"伊罗娜大声说道，"我当然关心，他是我丈夫。如果你知道结婚近三十年是什么样子，你就不会问我这种问题。"

黎莎很想吼回去，吼出多年来她母亲对她父亲做过的坏事，

一再与加尔德父亲史蒂夫通奸的事就是其中之一,但她母亲语言中的真诚阻止了她。

"你说得对,妈,我很抱歉。"她说。

伊罗娜眨眼。"我说得对?你刚刚说我说得对?"

"我是这么说的。"黎莎微笑。

伊罗娜摊开双手。"拥抱我,孩子,趁着感动还没有消失前。"黎莎大笑,紧紧抱住她。

"他不会有事的。"黎莎说,不只是说给她妈听,也说给她自己听。

伊罗娜点头。"你说得对。他或许看起来很糟,但没有恶魔能够对抗你那个涂满刺青的准老公。"

"今晚我们俩说的都对,偏偏父亲没有见证这一幕。"黎莎说。

"他绝对不会相信。"伊罗娜同意,她拿手擦拭眼角,黎莎假装没有注意。

"那是你以前喜欢的那个马力克吗?"伊罗娜寻问。"带你私奔到安吉尔斯的那个?"

"我没有喜欢过他,母亲。"黎莎说。

伊罗娜嘲笑。"去向不认识你的人说那种潭普草鬼话吧。全镇的人都知道你想要和他做爱,只不过你矜持得不敢行动。为什么不呢?他像野狼一样英俊,而且又是个信使。这样的男人配得上任何女人,你以为当年加尔德干吗那么嫉妒他?"

"加尔德嫉妒所有人,妈。"黎莎说。

伊罗娜点头。"他就和他爸一个样子:单纯,被体内的热情支配。"她露出受伤的微笑。黎莎知道她想起她的初恋史蒂夫,他因去年流感肆虐导致魔印失效而死。

"独处野外的马力克与他们也没有多大不同。"黎莎说。

"偏偏你利用草药师的把戏阻止他得逞。"伊罗娜猜道。"而不是把那当作享受的绝佳机会。"她说得没错,当年黎莎偷偷给马力克下阳痿药,防止他在道上占她便宜。

"难道你会?"黎莎忍不住问道。

"没错。"伊罗娜说。"为什么不?裙子会往上掀不是没有理由的。女人像男人一样有需求,不要欺骗自己假装没这回事。"

"我知道,妈。"黎莎说。

"你知道。"伊罗娜同意。"但你还是把你的裙摆缝死,以为不和人做爱可以让你变得伟大。不了解自己的需求,你要怎么帮助洼地外的其他人?"

黎莎没有回话。她母亲能用一种令她深感不安的方式看穿她的心思。

"你应该趁其他追求者不在时上楼去和马力克谈谈。"伊罗娜说。"他经历过岁月和苦难的历练,现在已经成为英雄。外面的难民不停歌颂他,或许你会喜欢现在的他。"

"我不知道……"黎莎说。

"喔,去啦!带些食物去他房间聊聊,又不是叫你今天晚上就去和他上床。"她微笑眨眼。"不过那总比你整晚浪费在担心明天仍不会消失的麻烦来得好。"

黎莎忍不住大笑,再度拥抱母亲。

※

他们路过数个屠杀现场;有的只有一具尸体,有的是一堆,在夜晚降临又缺乏避难所的情况下被地心魔物撕成碎片。

魔印人破口大骂,催促黎明舞者,在路过第一个屠杀现场后就再也没有停马察看。其他跟随在后的人都是缺乏经验的骑

士，远远落在他强壮的战马后，包括加尔德和伐木工们，但他并不在乎。道上还有被阿曼恩·贾迪尔那个他曾经蠢得结为朋友的男人赶出家园的难民，他得在黑夜降临前尽可能找到并保护他们。

他会把所有人命通通算到贾迪尔头上，并誓死要让对方付出代价。

狂奔一个多小时后，他终于找到一大群难民。天空在夕阳落山后逐渐暗淡，但难民们在搭建魔印圈。他们将魔印绘制在木牌上，但是附近地势崎岖，魔印网漏洞百出。

他策马赶到魔印网边缘，让黎明舞者停下，带着魔印工具一跃而下。人们一看见他立刻惊叫，但他不理会他们，直冲过去检视他们的魔印。

"是他。"一名魔印师对另一人低声道。"解放者。"魔印人不去搭理他，专注地检查魔印桩。他转动其中一些魔印牌去对齐其他魔印，不少魔印被他拿木炭修改，或直接翻过木牌重画。

人们开始在他附近聚集，大家庆幸地紧握彼此双手，低声交谈，盯着他文满刺青的手掌，试图偷看他兜帽底下的模样。不过没人胆敢上前攀谈，也没有干扰他工作。他的同伴终于赶来，厄尼下马挤过去帮忙。罗杰和其他人挡在他和群众间。

"解放者！"一名女子对他大叫道。他斜眼瞄去，看见对方在加尔德粗如树干的手臂前拼命挣扎，眼中绽放着疯狂的火焰。他继续回去工作。

"求求你！"女人叫道。"我姐姐还在这路上！"

魔印人立刻抬头。"你来接手，"他对厄尼道，"需要重画多少就重画多少。我留两名弓箭手来帮你争取时间。"厄尼吞咽口水，点了点头，随即召唤站在其他难民中的来森魔印师。

"放开她。"魔印人走过去对加尔德道。加尔德立刻遵命，女人跪倒在他面前，抱紧他的腿。

"求求你，解放者，"她说，"我姐姐怀孕了，肚子太大不能骑马。她和我们年长的父母跟不上队伍，所以我们的丈夫吩咐我带孩子先走，他们则留在后面慢慢帮助她。"

"而他们还没跟上。"魔印人帮她说完。

"已经快天黑了。"女人说着紧抓他的袍缘，泪水滴在他脚背上。"求求你，解放者，救救他们。"

魔印人伸出手，触碰她的下颌，轻轻拉着她站起来。"我不是解放者。"他说。"但我保证会尽力拯救你的家人。"

他转身对着加尔德。"挑选两名弓箭手留下来协助厄尼完成魔印力场。"他说。"其他人随我来。"加尔德点头。片刻过后，他们离开营地，以比之前更快的速度疾奔而去。

❦

找到他们的时候，天色已全黑；五个人，一如绝望的女人所哭诉的——他们站在小小的临时魔印圈中，被十几头地心魔物团团围住。火恶魔不断喷火，风恶魔则从上空袭击，甚至还有头石恶魔耸立在其他同伴中。

每当恶魔攻击时，魔印网绽放出阵阵魔光。罗杰一眼就能看出魔印网的缺口，那大得足以让恶魔闯入。

两名年轻人站在魔印圈内以干草叉驱赶恶魔，一对年长的夫妇则是他们之所以落后的缘由。

魔印圈中央的年轻女子正在生产。

魔印人大叫一声，一马当先，将其他人抛在后方。他解开长袍，抛在身后的地面上。加尔德和伐木工一声大喊，紧跟在后，拔出魔印斧冲向恶魔群。

魔印人直接驱赶黎明舞者冲向恶魔，焊接在战马护甲上的

魔印金属角刺穿恶魔腹部的黑色硬壳。当恶魔后退后，魔印人从战马上跃起，抓起它的双脚并把它摔倒在地，用魔印双拳一再踢撞恶魔的喉咙。

接着他随即起身，截住一头火恶魔，一把撕开他的下颌。这时伐木工们赶上来了，以魔印护盾挡下恶魔火，如同劈柴般砍杀恶魔。

汪妲和弓箭手采取不同战术，将马停在数十码外，盯着在天上盘旋的风恶魔。它们一只接着一只摔落地面，硬皮身体上插满羽毛箭。

罗杰滑下马背，将马留在弓箭手附近，拿出他的小提琴，一边快步走向小魔印圈，一边拉奏旋律。就像黎莎的隐形斗篷一样，他的音乐可以在他穿越恶魔防线时产生隐形效果，而且还无须放慢脚步。片刻过后，他已经进入魔印圈，随即改变旋律，拉奏赶跑恶魔的尖锐音调。

年轻女子在混战中放声尖叫，黑色的恶魔体液在夜空中飞溅。她的父母尽力安抚她，但从他们手忙脚乱的情况来看，他们显然不懂助产。

"她需要帮助！"罗杰叫道。"我们得带她去找草药师！"

魔印人丢下手边的恶魔，瞬间来到罗杰身旁。他只穿一条裹腰布，身上布满恶魔体液和刺青。来森人惊惧地退开一旁，但女人已经痛得毫不在意。

"去拿我的草药袋。"魔印人说，跪倒在女孩身旁，动作出奇地温柔，检视她的状况。"羊水破了，收缩间隔很短，没时间去找草药师了。"

罗杰跑到黎明舞者身旁，但战马陷入狂怒状态，正在将两头火恶魔踩进雪地泥浆中。罗杰掀开魔印斗篷，再度拿出小提琴。就像恶魔一样，罗杰的音乐也能与动物产生共鸣，没过多久,战马就冷静下来,让罗杰拿取宝贵的草药袋。

他将袋子交给魔印人,他很快就将草药磨成粉末,然后与水混合。女孩的家人挤在一旁,惊惧地看着伐木工们砍倒四周的恶魔。

"你知道自己在做什么吗?"罗杰在魔印人将药水放到呻吟女子的嘴边时紧张兮兮地问道。

"我接受信使训练时曾接任六个月的草药师学徒。"魔印人说。"我看人之前做过。"

"看?"罗杰问。

"还是你想动手?"魔印人看着他问道。罗杰脸色发白,立刻摇头。"那就在我接生时,拉奏小提琴驱散恶魔。"罗杰点头,将琴弓搭上琴弦。

数小时后,战斗声早已消失,一声婴儿哭声划破黑夜。罗杰看着大叫的婴儿,面露微笑。

"这下有人叫你解放者的时候,你就没法否认了。"他说。

魔印人狠狠了瞪他一眼。但罗杰哈哈大笑。

※

黎莎端着热腾腾的餐盘踏上史密特旅店的楼梯,心脏一阵狂跳。她曾两度考虑献身给马力克,她不得不承认他是个英俊而又机智的人。但每次到关键时刻,马力克的个性就会把事情搞砸,让黎莎觉得在她心里的需求是排在第二位——如果他真的考虑过她的需求。

但她母亲这回又说对了。她的想法常常都很正确,就算当她利用这种洞察力去伤害他人时也一样。黎莎已厌倦孤独,而在她内心深处,她很清楚亚伦绝对不会帮她填补空缺。她已不止一次希望自己可以接受罗杰,但那是不可能的事。她关心罗

杰，但一点也不想与他分享自己的床。马力克已经在来森堡人面前证明自己是个必要时刻值得依靠的男人，或许到了该诚心诚意跨过从前所犯过错的时候了。

她抚平裙子上的皱痕，伸手敲他的房门。

"谁？"马力克开门问道。他上身打着赤膊，湿淋淋的，刚刚才从热脸盆那边过来。看见黎莎后，他立刻瞪大双眼。

"我不想打扰你，"黎莎说，"只是猜想你睡前可能该吃点东西。"

"我……是的，谢谢你。"马力克说着，提起上衣穿上。黎莎此时偏过头去，不过他浑身肌肉的模样还是在脑中挥之不去。

马力克接过餐盘，深深吸了一大口香气，然后拿到床边的小桌椅上放好。他揭开盘盖，里面是一盘热腾腾的烤肉，汁水淋漓，摆在辣马铃薯和蒸青菜中。

"解放者洼地的食物很快就会短缺，"黎莎说，"不过史密特的店起码还能撑得过一晚。"

"在露宿雪地将近两星期后，有床睡就已经很感激了。"马力克说。"这简直是来自造物主的礼物。"他撕下烤肉就吃。黎莎看着他大吃自己准备的食物时，心中浮现一种奇特的满足感。她隐约记得这种感觉，她和加尔德定婚时的感觉，她第一次为他做饭时的感觉。那感觉好像是百年前的事，上辈子的事。

"很好吃。"马力克吃完后说道，抬手以衣袖擦嘴。

"为你所做的事表达小小的感激。"黎莎说。"你在那些人需要时带领他们来到安全的地方。"

"即使我没有在你需要时护送你前往目的地，你回家的时候——我向你提出……不公平的要求，以换取我的协助。"

"马力克……"黎莎柔声说道。

"不，让我说完。"马力克说。"在第一次前往安吉尔斯的路上时，我深深为你着迷，我以为我们会在一年内生儿育女。但那时候，在帐篷里，当我无法……做个男人时，我……"

"马力克……"黎莎再度说道。

"那令我发狂。"马力克说。"我觉得自己得尽量远离你，但离开你后，我又没有办法不再想你，即使当我……和别的女人睡觉时也一样。"他偏过头去。

"但当我再度见到你时，"他继续，"我觉得很……硬，我很想尽快弥补之前的失败，深怕发生其他变数。那样对你太不公平了，我很抱歉。"

黎莎伸手握在他的手臂上。"我不是小孩。"她说。"那些事我和你一样要负责。"这话的确是事实，而此时此刻她觉得自己过去的行为非常糟糕。事发当时似乎名正言顺，但事实上她就是对他下药，然后利用他来达成自己的目的，并在他心里留下数年不愈的伤痕。或许罗杰说得对——自己比想象中更像母亲伊罗娜。

"你这么说真是太体贴了。"马力克说，轻捏她的手臂。"但你和我都知道那不是事实。我很高兴你想出办法回到家乡，"他补充道，"而且不必因此而付出你的贞操。"

黎莎本来已经开始朝他靠近，但一听到这话又缩了回来；她确实在那次旅程中失去了贞操，在没有称职的保镖守护下而被拦路打劫的强盗夺走。一切都是因为马力克缺乏耐心，并且总是优先顾着自己的需求。

马力克似乎没有注意到她的情绪的变化。他轻笑一声，摇了摇头。"真想象不到你现在成了洼地的掌管者。那个吸引所有男人目光的柔弱女子到底怎么了？一夜间你就变成了老巫婆布鲁娜，我敢说现在就连地心魔物都会怕你。"

老巫婆布鲁娜，镇民就是这样看她的吗？威吓镇上所有人

的孤独老太婆？这就是她失去童贞后的嬗变吗？

她母亲也察觉到她的改变。也许是时候了。她妈曾经说过。而我还期待你从此开窍呢。黎莎摇头抛开这个想法，觉得大家的心态已不适合分享心事。

"你现在有什么打算？"她问。"你要帮助我们去找更多幸存者，还是要带跟随你的难民直接前往安吉尔斯？"

马力克讶异地看着。"两者都不是。"

"什么意思？"黎莎问。

"现在来森人安全了，我也该离开了。"马力克说。"公爵必须知道克拉西亚开始向北方发动侵略战争的消息，我已经被他们拖延太久。"

"拖延？"黎莎问。"他们把性命托付给你！"

马力克点头。"我不能在没有避难所的情况下把人们留在野外，但现在他们找到避难所了。我不是来森人，我没有义务继续照顾他们。"

"但解放者洼地不可能收留这么多人！"黎莎叫道。

马力克耸肩。"我会告知公爵。这会是他的问题。"

"他们不是问题。马力克，他们是人！"黎莎说。

"你期望我做什么？"马力克问。"把余生都用来照顾他们？信使没有这份义务。"

"好吧，我很高兴我们没有一起生儿育女。"黎莎大声道。"享受你的床吧，信使。"她拿起餐盘离开，大力甩上房门。

※

"我们要怎么做？"史密特问。黎莎深夜召开镇议会，商讨马力克打算把难民留在解放者洼地，明天一早立刻离开的事。

"当然要收留他们。"黎莎说。"一方面敞开我们的家门，一方面帮助他们修筑新家。我们不能让这些难民没地方住、没东西吃。"

"大魔印里没办法修建这么多房屋。"史密特说。

"那就再造一个大魔印。"黎莎说。"我们有将近两千只手可用,还有好几里地的森林当作建材。"

"我不是想泼冷水,"姐西说,"但我们在寒冬中恐怕没这么多食物养活所有人?如果还有更多难民要来,不用多久我们就要开始吃雪了。"

黎莎想过这问题。"现在洼地所有少女都会使用弓箭。派她们出外打猎,让男孩们去挖陷坑。"

"那样增加的食物很有限。"薇卡说。

黎莎点头。"软木草或许又硬又苦,但营养丰富,随处可见,而且整年都能生长。让更年幼的小孩去采集软木草,我来想办法大量煮食调味。如果这样还不够,有些能吃的树皮和昆虫一样能拿来充饥。"

"杂草和昆虫?"伊罗娜问。"你打算叫大家吃虫?"

"我得确保这么多人不会挨饿,母亲。"黎莎说。"如果我得坐下来在大家面前示范吃虫,我会那么做。"

"你或许可以吃虫。"伊罗娜说。"但别指望我跟着吃。"

"你有你的事要做。"黎莎说。

伊罗娜瞪着她。"我绝不会把我家变成旅馆,让所有路过的流浪汉进来住。"

黎莎叹气。"天色已晚,母亲,你最好先回家。我们明天早上再谈。"

其他人将这话当作会议的结尾,于是跟在伊罗娜身后离开会议室,最后只剩下黎莎和史黛芙妮。

"不要担心。"史黛芙妮说。"我相信你母亲会很乐意提供

协助，为来森人敞开家门的。"

黎莎瞪她一眼。"我妈不是镇上唯一不遵守婚礼誓言的女人。"她提醒道。史黛芙妮的小儿子基特，已近二十岁，并非史密特亲生，而是镇上前任牧师米歇尔的私生子。史密特和镇上其他人依然不知道这个秘密，但接生基特的布鲁娜打从一开始就知道是怎么回事。

"不要以为秘密会随布鲁娜的死亡而埋葬。"黎莎警告道。"把你的伪善收起来。"

史黛芙妮脸色发白，连忙点头。黎莎饶富兴味地看着她夺门而出，接着心里突然一惊，发现自己的腔调和布鲁娜一模一样。

马力克离开一星期后——在他遗弃的难民夹道欢迎下——魔印人及罗杰回来了。厄尼和伐木工在前几天内陆续回来，每批人都带领一群难民一起回来，但魔印人及罗杰持续搜寻，所有前来洼地的难民都讲述着遇上他们的故事。

黎莎对于亚伦和罗杰拯救这么多人命感到骄傲，但当他们回来时，难民的人数已经多到食物不够喂饱所有人了，要么就吃杂草和昆虫，不然就饿肚子。

"我们尽可能地接近来森，"回来当天，罗杰在她的小屋里边喝热茶边道，"我想我们已经找到所有走大路的难民，不过可能有人直接穿越田野。克拉西亚人已经驻守当地，并派出部队巡逻。"

"他们只是临时驻守而已，"魔印人说，"要不了多久他们就会再度移防。"

"回可恶的沙漠去，我希望。"罗杰说。

魔印人摇头。"不。他们会征服雷克顿，然后转而向北，朝洼地开过来。"

黎莎觉得脸颊发冷。罗杰则是一副快要吐了的样子。

"你怎么知道？"她问。

"克拉西亚人相信第一任解放者卡吉曾统一克拉西亚各部族，领兵离开沙漠，耗费二十年征服北地。"魔印人说。"他称之为沙拉克桑——白昼之战——征召北地人参与沙拉克卡，对抗恶魔的大圣战。如果阿曼恩·贾迪尔自认为是解放者转世，他会试图踏上同样的道路。"

"我们应该怎么办？"黎莎问。

"建立防御工事。"魔印人说。"对抗他们，决不妥协。"

黎莎摇头。"不，我不支持这种做法。你要杀的不是恶魔，亚伦。他们是人类。"

"你以为我不知道？"魔印人说。"我在克拉西亚有朋友，黎莎！你有吗？"黎莎惊讶地看着他，但她迅速恢复，摇了摇头。

"不要搞错了，"魔印人说，音量变小，但情绪同样激动，"克拉西亚人相信所有北地人都比他们中最低贱的人还要低贱。他们或许会惺惺作态地向有利用价值的领导人展现宽恕，但一般平民百姓绝对不可能享受这种待遇。他们会杀死或奴役所有不愿宣誓效忠贾迪尔或《伊弗佳》的人，我们必须起身战斗。"

"我们可以退守安吉尔斯。"黎莎说。"躲在高高的城墙后。"

魔印人摇头。"我们绝对不能让步。我太了解这些人了，如果露出恐惧的征兆并撤退，他们会认定我们懦弱，然后持续进逼。"

"我还是不喜欢这种应对措施。"黎莎说。

魔印人耸耸肩。"你喜欢不喜欢无关紧要，好消息是我想他们只有不到六千名处于战斗年龄的战士，坏消息是就连最弱的克拉西亚战士都能打赢三名伐木工，而当他们准备向北推进时，他们会从来森堡里征召数千名奴隶部队。"

"我们应该怎样对抗那种正规部队？"罗杰问。

"团结。"魔印人说。"我们得趁着道路还畅通时立刻去和雷克顿交涉，并且说服安吉尔斯和密尔恩公爵抛弃前嫌，应当联手抗敌。"

"我不认识密尔恩公爵，"罗杰说，"但我是在林白克的宫殿里长大的，当时我老师艾利克就担任他的特使。林白克宁愿与地心魔物交朋友，也不可能与欧克握手言和。"

"那我们得亲自说服他。"黎莎说。她看向魔印人。"我们一起去。"

魔印人叹气。"我不去雷克顿也好。我在那里……不受欢迎。"

"所以传闻是真的？"罗杰问。"他们会派人追杀你？"

"做做样子而已。"魔印人说。

那天晚上，罗杰坐在舞台上演奏音乐，安抚数千名依然在魔物填场上搭帐篷过夜的难民。很多人走过来坐在舞台附近，沉迷在罗杰的魔法中，如沐浴在温暖的大魔印光芒里。他的音乐让他们短暂忘却流离失所的烦恼。

他觉得这只是种微不足道的抚慰，但他也只能提供这些了。他换上吟游诗人的面具，不让观众看见自己内心的焦虑。

演奏完毕后，他发现约拿牧师正在等他。圣徒十分年轻，还不到三十岁，但深受镇民爱戴，抚慰难民不遗余力。除了帮助难民张罗大部分的食物和衣服,牧师还穿梭于难民中间,记住他们的名字,让他们知道自己并不孤独。他为死者祈祷,找人照顾孤儿,并且为在悲愤中相爱的人们证婚。

"谢谢你这么做,"约拿说,"我感觉得出你的演出振奋了他们的心灵,也振奋了我的心灵。"

"只要没事,我每天晚上都会演奏。"罗杰说。

"祝福你。"约拿说。"你的音乐赐给他们力量。"

"我希望它也可以赐给我一些力量。"罗杰感叹道。"有时候我认为音乐对我的效果刚好相反。"

"没这回事。"约拿说。"心灵的力量没有固定的形式,不是一定要失去什么才能拥有。造物主赐给所有人力量和缺陷。是什么令你感到无助,孩子?"

"孩子?"罗杰大笑。"我不是你的信徒,牧师。我有我的小提琴,"他举起乐器,"而你也有你的。"他用他的琴弓指向约拿手中的皮革封面《卡农经》。

罗杰知道自己的话伤了牧师,而这个男人不该遭受这种对待;但他心情欠佳,而约拿刚好挑上这种时候前来攀谈。他等待圣徒大声责骂,打算要好好与他对骂一番。

但约拿并没有生气。他将《卡农经》放回专门为了这种情况准备的口袋,摊开双手,表示自己什么都没拿。"当我是朋友吧,某个了解你的痛苦的人。"

"你怎么可能了解我的痛苦?"罗杰大声问道。

约拿微笑。"我也暗恋过她,罗杰。我不认为我会遇过任何不爱她的男人,她以前几乎每天都会来圣堂读书,而我们会交谈好几小时。我看着她喜欢上配不上她的男人,也知道她从来不曾把我当作男人看待。"

罗杰试图保持吟游诗人的面具,但约拿的语言突破了他的

防线。"你是如何处理这种事的？你要如何停止去爱一个人？"

"造物主创造的爱情是没有条件的。"约拿说。"爱是我们身而为人的关键，是我们与地心魔物最大的不同。爱情拥有存在的价值，就算你得不到对方的爱也一样。"

"你依然爱她？"罗杰问。

约拿点头。"但我更爱我的薇卡和我们的孩子，爱和心灵一样并不是只有某种形式。"伸手拍着罗杰的肩膀。"不要把时间浪费在哀悼你和她不曾分享过的一切。你应该珍惜你曾和她分享的每一刻。如果你需要找个了解你的烦恼的人述说心事，来找我吧。我保证会把《卡农经》留在袋子里。"

他拍拍罗杰的肩膀，举步离开，将仿佛放下心头重担的罗杰留在原地。

✼

罗杰抵达时，黎莎的小屋灯火通明，前门敞开。尽管穿了魔印斗篷，罗杰还是拉奏小提琴赶跑地心魔物——黎莎会知道他要来了。

这是他们分享的老习惯。黎莎总是在工作，但每当听见他的提琴声时，她就会为他打开房门。罗杰会在进屋后发现她在读书或是缝衣、磨药或照料花园。

罗杰踏上黎莎的魔印石板道后就不再演奏，除了远方的恶魔吼叫，寒冷的夜晚异常死寂。但在恶魔间歇的吼叫声中，罗杰听见了哭泣声。

他发现黎莎蜷缩在老旧的摇椅上，裹在一条破烂的老披肩里。这些都是他老师布鲁娜的遗物，每当黎莎烦心时就会寄情在它们上。

她双眼红肿，手里皱巴巴的手帕完全浸湿。他看着，突然了解约拿所谓珍惜和她分享的时刻是什么意思。即使当她心情处于低谷时,她还是为他敞开房门。她生命中其他男人可曾拥有这样的待遇?

"你不会还在生我的气吧?"黎莎问。

"当然不会。"罗杰说。"我们都吐了一点苦水,没什么大不了。"

黎莎挤出了一丝微笑。"很高兴你这么想。"

"你的手帕湿了。"罗杰走近。他抖抖手腕,拉出藏在衣袖里众多彩色手帕中的一条。他将手帕递给她,但当她伸手去拿时,他将手帕抛入空中,仿佛凭空变出来一样,多了好几条手帕。罗杰开始接手帕,在空中形成一道彩色布圈。黎莎破涕为笑地鼓起掌来。

罗杰的老师艾利克能抛掷房内任何东西,但罗杰手掌残缺,唯一能操纵的只有手帕。"挑个颜色。"

"绿色。"黎莎说,接着他以迅雷不及掩耳的速度抽出绿手帕,对她抛去,仿佛手帕自己跳出彩圈。黎莎擦拭眼泪的同时,罗杰接下其他手帕,塞回衣袖中。

"怎么回事?"他问。

"恶魔在夜里猎杀我们就已经够糟糕了。"黎莎说。"现在人类还要在白昼自相残杀。亚伦要我们与两者为敌,我怎么能够支持这种行为?"

"我不知道你有多少选择。"罗杰说。"如果他说得没错,不管我们支不支持喜不喜欢,也没办法避免白昼之战。"

黎莎叹息,拉了拉披肩,尽管院子里的加热魔印已经让屋里温暖宜人。"你记得洞穴那天晚上吗?"罗杰点头。那是去年夏天,魔印人在道上解救他们几天后的事。他们三人在洞穴里避雨,就在那里,黎莎得知罗杰和魔印人害死抢劫他们并且强

暴黎莎的强盗。她大发雷霆,说他们是杀人凶手。

"你知道我为什么那么生你和亚伦的气吗?"黎莎问。罗杰摇头。"因为如果我愿意,早就把他们通通杀了。"她在裙子口袋里摸索,拿出一根绿油油的细针。

"我携带这些针是为了毒杀发狂的牲口。"黎莎说。"我把它们放在裤子口袋里,因为它们太危险了,不能随意放在草药袋中,甚至不能放在我的围裙里,因为有时候我会脱掉围裙。中针的人绝不可能存活,就算只是探到一点也会在一段时间过后就没了。"

"我保证以后在你身边绝不乱说话了。"罗杰举起双手说道。但黎莎没有笑。

"我被强盗首领盲目施暴的时候,另一只手中就捏着一根。"黎莎说。"如果我在沉默大汉抓住时用针刺他,他当时就会死去,而我本来也可以直接刺他的。"

"我本来可以对付第三名强盗。"罗杰说。他扬起空荡荡的手掌,接着一把匕首突然出现。他迅速刺出。"你为什么没杀他们?"

"因为杀地心魔物是一回事,"黎莎说,"杀人又是另外一回事,就算是坏人也一样。我很想杀他们,有时当我回想这件事,会希望自己把他们杀了;但事发当时我就是下不了手。"

罗杰看着手中的匕首片刻,接着叹气一声,将匕首插回手臂上的护套,重新扣好袖口。

"我想我也办不到。"他悲伤地承认道。"我五岁就开始学射飞刀,但一切都是表演,我从来不希望自己动手杀人。"

"你希望他们动手杀了你。"罗杰说。

黎莎点头。

"杰卡伯大师死时,我也是这种感觉。"罗杰道。"我想,我只希望痛苦结束。"

"我记得。"黎莎说。"你求我让你死去。"

罗杰点头。"那就是我和魔印人前往强盗营地的原因。"

"为了我?"黎莎问。

罗杰摇头。"那些人就如疯马一样必须除去,黎莎。我们不是第一批被他们劫掠的路人,也不会是最后一批——他们夺走了我的携带式魔印圈。但我们没有杀死他们,魔印人走入营地,牵走你的马,我则拿走魔印圈,然后我们就走了。我们离开时他们都还活着,身上没有半点伤。"

"他们成了恶魔的食物。"黎莎说。

罗杰耸耸肩。"魔印人已经杀掉那附近大多数的恶魔。我们步入他们营地时没有看见任何恶魔,而再过几小时天就亮了。那比他们留给我们的存活机会要大多了。"

黎莎叹气,但没说什么。

他看着她。"人们为什么要请草药师毒杀牲口?用斧头或大锤就可以搞定了。"

黎莎耸肩。"他们无法动手杀害自己的牲口,或许他们期望我有办法治好它们。但有时候我束手无策,而物品却在受苦。毒针是迅速而又人道的做法。"

"或许魔印人也有同样的想法。"罗杰说。

"你的意思是我们应该对抗克拉西亚人?"黎莎问。

罗杰耸肩。"我不知道。但不管会不会拿出来用,我认为我们必须把毒针准备在手里。"

第十六章　一组杯盘

333 AR　春

黎莎看着汪妲和加尔德在魔物填场上对练，双方缓缓绕圈，寻找对方的防御漏洞。汪妲比包括难民在内的洼地所有女人都要高大，但巨人加尔德还是让她相形见绌。她十五岁，而加尔德差不多三十岁了。尽管如此，加尔德依然一脸专注，汪妲则是脸色平静。

他突然展开攻击，一把向她抓去，但汪妲一手紧握他的手腕，当作支点，向旁跨出一步，另一手用力压向他的手肘，利用他本身的力道将他摔倒。

"可恶！"加尔德吼道。

"做得好。"魔印人在汪妲伸手扶起加尔德时鼓励道。自从他开始传授洼地居民沙鲁沙克后，她一直都是他最顶尖的学生。

"沙鲁沙克着重于借力打力。"魔印人提醒加尔德。"你不能老像对付地心魔物一样全力挥拳。"

"或是砍树。"汪妲补充，在女学生中掀起一阵窃笑。伐木工们瞪着他们，不少伐木工都曾败在女学生手里，这让男人觉得很丢人。

"再来一次，"魔印人说，"四肢贴身，注意保持平衡。不要让她有机可乘。"

"还有你，"他说着转向汪妲，"不要志得意满。就算最差劲的戴尔沙鲁姆一辈子也都会坚持训练，而你才学了几个月。他们才是真正的对手。"汪妲点头，脸上的笑容消失，与加尔德互相鞠躬，然后再度开始绕圈。

"他们学得很快。"黎莎在魔印人走到她和罗杰身前时说道。她从未与其他洼地居民一同训练，但她每天都会仔细观察他们练习沙鲁金，她敏锐的眼光将所有动作看在眼里。

汪妲再次将加尔德摔倒在地。黎莎哀伤地摇了摇头。"真是一门优美的艺术，只可惜它唯一的目的就是打残或打死其他人。"

"发明它的人也是一样。"魔印人说。"聪明、美丽、极为致命。"

"你肯定他们会来？"黎莎问。

"无须怀疑。"魔印人说。"尽管我希望他们不来。"

"你认为林白克公爵会如何反应？"她问道。

魔印人耸肩。"我当信使时见过他几次，但我对他本人并不了解。"

"没有什么好了解的。"罗杰说。"林白克把时间都花在三件事上：数钱，喝酒，以及和越来越多的年轻女人上床，期望其中一有位女人能帮他生个儿子。"

"他没有种子？"黎莎惊讶地问道。

"没有任何人敢这么说他。"罗杰警告道。"他曾为更小的事吊死草药师，他把过错归咎于妻子。"

"他们总是如此。"黎莎说，"好像没有种子会让他们变得不是男人。"

"不是这样子的吗？"罗杰问。

"太荒谬了。"黎莎说，但就连魔印人也对她露出怀疑的神色。

"不论如何,"黎莎说。"治疗不孕不育是布鲁娜的专长之一,而她对我倾囊相授。或许我可以通过治疗他获得他的支持。"

"支持?"罗杰问。"他会为此封你为公爵夫人,让你为他生儿育女。"

"无关紧要。"魔印人说。"就算你的草药唤醒他的种子,还是要几个月才看得出效果;我们需要更多筹码。"

"一群杀到家门口的沙漠战士还不够吗?"罗杰问。

"想要阻止贾迪尔,林白克就得及早开始动员。"魔印人说。"而通常你得耗费很多唇舌才能说服那些公爵去冒这么大的风险。"

"你还得满足林白克兄弟的需求。"罗杰说。"如果林白克死时没有子孙,麦卡尔王子就会继任公爵,而比瑟王子是造物主牧师的牧者,最小的王子汤姆士则统领林白克的侍卫,林木军团。"

"这些王子当中有人能讲道理吗?"黎莎问。

"应该没有。"罗杰说。"想讲理就得去找詹森,第一首相,没有詹森这些王子们连自己的靴子都找不到。安吉尔斯没有任何事情可以逃过詹森的眼线,王室家族几乎将所有事都交给他处理。"

"所以要是詹森不支持我们,公爵就不太可能支持我们。"魔印人说。

罗杰点头。"詹森是个懦夫。"他警告道。"要让他同意开战……"他耸肩。"不容易,或许得采取其他手段。"魔印人和黎莎好奇地看着他。

"你是传说中的魔印人。"罗杰说。"密尔恩以南已经有过半人民相信你就是解放者。只要和牧师见几次面,然后透过吟游诗人公会散布一些故事，其他人也会深信不凝。"

"不。"魔印人说。"我不会假扮他人，就算为了这种目的。"

"谁能说你不是解放者？"黎莎问。

魔印人惊讶地转向她。"连你也这么说，你可是个草药师呀。治疗病患的是知识，不是祈祷——只是渴望编故事的吟游诗人和被信仰冲昏头的牧师就已经够让人头大了。"

"我同时也是个魔印女巫。"黎莎说。"那可是你造成的。我确实对科学书籍的信心大于《卡农经》，但科学无法解释为什么地上一些潦草的线条就能够阻挡恶魔甚至伤害它们。世界上并非只有科学，或许解放者也不是什么无稽之谈。"

"我不是上天派来的使者。"魔印人说。"我曾做过的事……绝不见容于天堂。"

"很多人相信古代的解放者都只是人类英雄，就和你一样。"黎莎说。"在人类需要的正确时机挺身而出的领导者。你会因为称呼上的不同而背叛人类吗？"

"这不是称呼问题。"魔印人说。"一旦人们习惯依赖我去解决他们的问题，他们就永远学不会自己解决。"

他转向罗杰。"一切准备妥当了吗？"

罗杰点头。"行李和马鞍都已经上马了，你准备好了，我们就出发。"

※

春雪消融已经一个月了，通往安吉尔斯的官道两旁树木都已经长满绿叶。罗杰紧紧抱着黎莎共骑一马。他的骑术一直不好，而且不相信马匹，特别是那些滑套在马车上的马。幸运的是，他身材瘦小，可以在不压垮马背的情况下与黎莎同骑一匹

马。就像所有用心学过的事物一样,黎莎在很短的时间内学会了骑马,对于驾驭马匹信心十足。

回安吉尔斯令罗杰感到莫名的恐惧。一年前和黎莎一起离开时,他不只是为了协助她回家,同时也是为了逃命。他并不渴望回去,即使是和力量强大的朋友结伴同行;何况如此一来吟游诗人公会便会得知他还活着。

"他胖吗?"黎莎问。

"嗯?"罗杰说。

"林白克公爵,"黎莎道,"他胖吗?他喝酒吗?"

"胖,嗜酒如命。"罗杰说。"豪不夸张地说,他差不多一口能吞下一个酒桶。"

黎莎已经问了他一个早上关于公爵的问题。虽然她根本没有见过对方。她在脑子里已经开始分析并且想办法为公爵治疗了。罗杰知道她的工作很重要,但他被赶出宫殿已经十年了。她询问的问题中有很多都在挑战他的记忆,他无法肯定自己的回答是否正确。

"他有没有那方面的障碍?"黎莎问。

"我他妈的怎么知道?"罗杰大声说道。"他又不喜欢搞小屁孩。"

黎莎皱眉看着他,罗杰立刻感到羞愧不已。

"你在烦什么,罗杰?"她问。"你整个早上都心不在焉。"

"没什么。"罗杰说。

"不要骗我。"黎莎道。"你向来不会骗人。"

"回到这条路上让我想起去年的事。"罗杰说。

"到处都是痛苦的回忆。"黎莎同意道,目光飘向路边。"我一直在等强盗跳出树木。"

"有他们在就不可能。"罗杰说,朝他们前方的汪妲点头。

汪妲骑着一匹骏马,长长的弓箭插在马鞍的弓鞘里。她抬头挺胸,一手搭箭,另一手放在鞍旁的剑鞘上,疤脸上的双眼炯炯有神。加尔德跟在他们后面,骑着一匹高大的巨马,这个巨人让这匹巨马看起来像匹体形一般的马。他的巨斧握柄在双肩后方,随时可以拔出来使用。两人都是训练有素的恶魔猎人,在他们的守护下心怀不轨的人根本不足为惧。

即使在白天,最令人安心的还是魔印人,他骑着黑色巨型战马,领头走在队伍前方,回避所有无聊话题,但他的存在提醒众人只要有他在就不会有人受伤。

"是道路令你心烦,还是道路终点的目的地?"黎莎问。

罗杰看向她,纳闷她是如何看穿自己的想法。

"你是什么意思?"他问,尽管他心知肚明。

"你从来不曾告诉我,去年你为什么会被人打得半死,才被人抬到我的诊所。"黎莎说。"而你一直没有去向守卫报案,也没有告知吟游诗人公会你还活着,即使在他们埋葬杰卡伯大师之后。"

罗杰想起艾利克的老师杰卡伯,那个艾利克死后待自己如同自己家人的老人。杰卡伯在他走投无路时收留他,拿自己的名声当赌注,开启罗杰的职业生涯。老人为了自己的好心付出了血的代价,因为罗杰招惹的麻烦而被殴打致死。

罗杰试图说话,但声音突然哽咽,眼中热泪盈眶。

"嘘—嘘……"黎莎低声道,拉起他的手掌,让他紧抱自己。"等你准备好后再谈吧。"他凑上前去,嗅着她发丝中的香气,感觉自己再度平静下来。

☙

在距离安吉尔斯约两天路程,离魔印人、黎莎及罗杰初见

面不远处,魔印人突然改变方向,骑入树林中。

黎莎策马上前,穿过树林,直到与魔印人并骑而行。他们沿着天然小路行走,大多地方仅容两骑并行,他们得不断转向、压低身子避开低矮的树枝。加尔德被迫下马步行。

"我们要去哪里?"黎莎问。

"去拿你的魔印宝典。"魔印人回答。

"我以为你说它们在安吉尔斯。"她说。

"安吉尔斯领地,不是安吉尔斯堡。"魔印人笑道。

小径逐渐变宽,在一般人眼中依然像天然形成的。然而黎莎是草药师,对各种植物了若指掌。

"这条路是你铺的。"她说。"你砍倒树木、拓宽小径、掩饰踪迹,不让人看出这里有路。"

"我很注重隐私。"魔印人说。

"你一共花了多年时间铺这条路!"黎莎说。

魔印人摇头。"我的力气很大,砍树的速度几乎和加尔德一样快,把树拖走比用马拖还快。"

他们沿着秘径深入树林,直到秘径突然转向左方。魔印人忽略路迹明显的小径,转而向右,再度钻进茂密的树林中。其他人跟随在后,推开树枝,然后同时倒抽一口凉气。

眼前的空地中隐藏着一堵石墙,墙上爬满藤蔓和苔藓,不近看根本看不出来。

"我不敢相信这座废墟就这样立在如此接近小路的地方。"罗杰说。

"树林里有数百座类似的废墟。"魔印人说。"大回归时代后,树木迅速占据大地。有些废墟成为信使常用的休息站,但其他废墟数百年来人迹罕至,比如这一座。"

他们沿着石墙走,来到一扇锈迹斑斑的古老栅门前,栅门紧闭。魔印人从长袍中取出锁匙，插入门锁，轻轻转动，栅门发出喀啦一声，悄然开启。

栅门后方是一间前半部坍塌、后半部依然完整宽敞的马厩，其内放有一辆用布盖着的马车，空间足以容纳他们的四匹马。

就和整座废墟其他地方一样，主楼本身残破不堪，屋顶坍塌，看起来一点也不牢固。魔印人带领他们绕道后方的仆役房，从生长于小村落的人眼中看来依然十分宽敞。仆役房坍了一半，就和马厩一样，但魔印人带领他们穿过一扇又厚又重并且上锁的房门。

那扇门通往一个大房间，其中的陈设看起来像是间工作室。所有平坦之处都摆着魔印工具、装有墨水和油漆的密封罐、许多半成品，以及一大堆材料。

火炉旁摆有一个小橱柜。黎莎打开柜门，里面摆有杯子、盘子、碗和勺子各种餐具。壁炉上挂着一只锅子，锅旁的砧板上插着一把菜刀。

"如此冰冷，"黎莎低声道，"如此孤独。"

"他甚至没有摆床。"罗杰喃喃说道。"一定是睡在地上。"

"以前住在布鲁娜小屋的时候，我就自认非常孤独了。"黎莎说。"但这个……"

"在这里。"魔印人说，走到角落的大书柜前。书柜立刻吸引了黎莎的目光，她走了过去。

"这些就是魔印宝典？"她问，掩饰不住语气中的渴盼。

魔印人看了书柜一眼，随即摇头。"那些不算什么。"她说。"都是一般的魔印、历史和基本地图等书籍，每个魔印师或信使家里都会收藏的东西。"

"那在哪里……"黎莎开口询问，魔印人移动到地板上一块毫不起眼的砖，瞄准某个定点用力踏下。那块木板下方设有

支点，木板的一端下沉，另一端随即翘起，露出一只小金属环。魔印人抓起金属环向上一拉，拉开地板上一扇暗门，暗门边缘呈不规则形，铺满木屑，看起来就和附近的地板没有两样。

他点燃一盏油灯，领头走下石阶，来到一间大地下室。墙壁是石砌的，地下室内部干燥寒冷。旁边有一条走廊通往主屋，不过上方的一块巨石掉落，封闭了整条走廊。

地上和墙上到处都是魔印武器。斧头、不同长度的矛、战戟以及匕首，所有武器表面都刻有战斗魔印，数十支曲柄弓的箭矢；数千支弓箭草草绑在一起。

此外还有战利品，恶魔头骨、魔角、魔爪、凹陷的护盾、断矛。加尔德和汪姐凭空比画着魔印。

"拿去，"魔印人对汪姐说，交给她一些箭，木头箭杆和金属箭镞上刻着密密麻麻的魔印，"比你箭袋里的那些威力更强。"

汪姐伸出战抖的双手接下礼物。她激动得说不出话来，只能低头鞠躬，魔印人随即低头回礼。

"加尔德……"魔印人说，在加尔德上前东张西望时。他挑了一把刀身上刻有数百个小魔印的沉重弯刀。"这把刀在你手上，砍断木恶魔的四肢就像砍藤蔓一样轻松。"他说，刀柄朝前将武器交给加尔德。加尔德突然跪倒。

"起来，"魔印人大声道，"我不是天杀的解放者！"

"我没说你是，"加尔德说，双眼看着地面，"我只知道我一辈子都是个自私的笨蛋，但在你来到洼地后，我看见了太阳。我终于了解我被自己的骄傲和……淫欲——"他偷瞥黎莎一眼，只短短一瞬。"所蒙蔽。造物主赐给我一只强壮的手臂是为了杀恶魔，不是为了欺凌弱小。"

魔印人伸出手掌，在加尔德捏住后便拉他起身。加尔德体重超过三百磅，但在他手中就和小孩没两样。

"或许你看见了太阳，加尔德，"他说，"那并不表示是我让你看见的。你父亲在我抵达的前一天去世，那足以令每个男人成长，让他看清生命中重要的事物。"

他再度举起大弯刀，加尔德伸手接下。那是把巨刀，但在加尔德的大手中只比匕首大上一点。他喜欢地看着刀背上线条致密的魔印。

魔印人看向黎莎。"那些……"他指向位于地下室另一端的书柜。"就是魔印宝典。"黎莎立刻朝书柜走去。但他抓住了她的手臂。"现在让你过去，接下来十小时你都不会理我们了。"

黎莎皱眉，一心只想甩开他的手掌，埋首在沉重的皮革典籍中，但她压抑下这种冲动；这里不是她的家。她点头。

"我们离开时会带那些书一起走。"魔印人说。"我还有其他副本，这些是送你的。"

罗杰看着魔印人。"大家都有礼物，那我呢？"

魔印人微笑。"我们帮你找个合适的礼物。"他走向堵塞的走廊。拱道上坍落的拱心石起码重达数百磅，但他轻松地推开巨石，带领他们来到一扇隐没于黑暗中，沉重且上锁的大门前。他从长袍中取出另一把钥匙，插入锁孔打开大门，走了进去。他触摸门旁一盏大油灯的灯芯，油灯随即点燃，反射在周密摆放于房间四周的大镜子上。大厅立刻笼罩在耀眼的光线中，所有访客同时倒抽一口凉气。

地上铺着厚重的地毯，上面画有多年前曾流行的花纹。墙壁上挂着数十幅绘有历史人物和事件的油画，都是大师级作品，裱在镀金画框中；更有金属框的镜子以及精致的家具。大厅中随处可见塞满宝物的大型接雨桶，里面全是古代金币、宝石，

以及首饰。用途不明的半毁机器一旁还放着巨大的大理石雕像、半身塑像、乐器，以及数不清的贵重物品。四面八方都有书柜。

"这怎么可能？"黎莎问。

"地心魔物并不在乎财宝。"魔印人说。"信使们搜刮了最容易抵达的废墟，但无人涉足的废墟依然多得难以计数，甚至还有整座城市遭受到恶魔摧毁、被大地吞噬。我努力保存没有被自然环境侵蚀的部分。"

"你比世上所有公爵加起来还要有钱。"罗杰难以置信地道。

魔印人耸耸肩。"我用不到这些东西，想要什么就拿。"

罗杰欢呼一声，冲入大厅，抓起一把又一把的金银珠宝，拿起小雕像和远古武器。他拿起一根黄铜号角吹奏一个音阶，接着发出一声呐喊，纵身跃到一座破烂雕像后方，再次出现时手里已经多了一把小提琴。尽管琴弦已经烂光了，但琴身依然坚硬光滑。他哈哈大笑，开心地高举起自己的战利品。

加尔德环顾四周。"我比较喜欢刚才的房间。"他对汪妲说，她点头表示认同。

安吉尔斯堡的城门紧闭。

"在大白天关闭城门？"罗杰惊讶地问道。"他们通常会为伐木工和他们的马车大开城门。"他坐在马车驾驶座上，这辆马车是从魔印人的堡垒里带出来的，由黎莎的马拉车。她坐在他旁边，后面摆着几大袋书籍，以及其他用以掩饰马车夹层的物品。夹层里放满许多魔印武器及金银珠宝。

"或许林白克会比我们想象中更加认真看待克拉西亚的威胁。"黎莎说。马车逐渐接近后，他们看见城门上有不少手持曲柄弓的守卫来回巡逻,还有木匠在下层城墙上切割箭身。以前只有两人驻守的城门,如今增添了数名守卫,全都手持长矛,全神戒备。

"马力克的故事或许让全城进入警戒状态。"魔印人同意道。"但我敢说那些守卫的任务是防止难民拥入城内,而不是抵抗克拉西亚进攻。"

"公爵绝不可能拒绝收留难民。"黎莎说。

"为什么不?"魔印人问。"欧克公爵任由密尔恩的乞丐每天睡在没有魔印守护的街道上。"

"好了,说明来意!"一名守卫在他们接近时喊道。魔印人拉低兜帽,挪动到众人身后。

"我们自解放者洼地而来。"罗杰说着"我是罗杰·半掌,持有吟游诗人公会执照,这些是我的同伴。"

"半掌?"一名守卫问道。"那个小提琴手?"

"正是。"罗杰说,扬起魔印人送他的新小提琴。

"欣赏过你的演出。"守卫嘟哝道。"其他人是?"

"这是解放者洼地的草药师黎莎,曾经在安吉尔斯的吉赛尔女士诊所坐诊。"罗杰说,指向黎莎。"其他人是护送我们前来的洼地平民,加尔德、汪姐,以及……呃……弗林。"

汪姐深吸一口气。弗林·卡特是她父亲的名字,近一年前死于伐木洼地之战。罗杰立刻后悔自己挑错了名字。

"他为什么全身包得那么紧?"守卫问,扬起下颌指向魔印人。

罗杰凑上前去,压低音量。"他脸上有大片恶魔伤疤,不喜欢被人看见自己畸形的模样。"

"传说是真的吗?"守卫问。"洼地镇民真的在杀地心魔物吗?传说解放者出现在那里,为人们带来古老的战斗魔印。"

罗杰点头。"这位是加尔德，曾杀过几十头恶魔。"

"我愿意付出一切，如果能在我的长矛上刻画杀恶魔的魔印。"一名守卫说。

"我们是来交易的。"罗杰说。"你的梦想很快就会实现。"

"也就是放在你们马车里的东西？"守卫问。"武器？"他说话的同时，数名守卫走到后方检视车内物品。

"没有武器。"罗杰说，一想到对方可能会发现夹层，他的喉咙就为之一紧。

"看起来像是魔印书。"其中一名守卫打开某个袋子说道。

"我的书。"黎莎说。"我是魔印师。"

"他不是说你是草药师？"守卫问。

"都是。"黎莎说。

守卫看看她，然后转向汪姐，接着摇了摇头。"女战士、女魔印师。"他嗤之以鼻。"小村落的男人都不管管他们的女人。"黎莎一听就有些发火。但罗杰伸手碰碰她的手臂，她立刻冷静下来。

某个守卫走到骑在黎明舞者背上的魔印人面前。战马的傲人战甲大多都被遮起来了，但它的体形还是十分引人注目，就像全身裹在斗篷下的骑士一样。守卫慢慢逼近，试图偷看魔印人兜帽下的容貌。魔印人顺应他的要求，微微抬头，任由一丝阳光洒入兜帽的阴影内。

守卫倒抽一口凉气，向后退开，连忙跑到还在与罗杰交谈的长官身旁。他在军官的耳边低语，军官随即瞪大双眼。

"让路！"军官对其他守卫下令。"让他们通过！"他挥手招呼，城门开启，任由它们入城。

"我不确定这是好事还是坏事。"罗杰说。

"木已成舟，"魔印人说，"我们在消息传开前尽快动作。"

他们进入喧嚣的街道,地面全部铺满木板,借以防止地心魔物在城市的魔印网内凝聚成形。他们必须下马步行,这大幅减慢了前进的速度,但这样做同时也能让魔印人隐身在马匹和马车间,消失在监视的视线外。

尽管如此,他们还是没有摆脱他人的围观。"我们被跟踪了。"魔印人在木板道宽敞得足以让他和马车并肩而行时,走上前说道。"有个守卫从我们进城后就一直跟着。"

罗杰回头,刚好看到守卫制服的衣角隐没在某个摊位的棚子后方。

"我们该怎么做?"他问。

"没什么可做的。"魔印人说。"只是让你们知道而已。"

罗杰熟悉安吉尔斯如同迷宫般的街道,带领他们在拥挤的闹市区中迂回而行,希望能借此甩开跟踪者。他不断回头察看,假装在欣赏路过的女子和摊贩的商品,但守卫一直跟在后面,位于视线范围的边缘。

"我们不能这样一直绕下去,罗杰。"黎莎终于说道。"趁着天黑前先赶到吉赛尔的诊所再说。"

罗杰点头,掉转马车,朝吉赛尔女士的诊所前进,没过多久就到了。那是一间两层楼的宽敞建筑,一如安吉尔斯城内所有建筑,几乎完全是木造的。诊所侧面有间小的访客马厩。

"黎莎女士?"打理马厩的女孩看见他们,惊讶地叫道。

"对,是我,朗妮。"黎莎微笑。"看看你都长这么大了!我不在的时候你有用心学习吗?"

"喔,有,女士!"朗妮说,但她的目光已经飘到罗杰身上,接着又看向加尔德,然后就停在那里了。朗妮是个很有天

赋的学徒，但太容易分心，特别是对男人。她今年十五岁，发育完全，如果生在小村落，早就已经结婚生子，但自由城邦里的女人结婚比较晚，而黎莎对此感到庆幸。

"去通知吉赛尔女士我们抵达了。"黎莎说。"没时间写信，或许房间不够让我们所有人住。"

朗妮点头，快步离开，在他们刷完马前，一名女子叫道："黎莎！"黎莎转身，结果被吉赛尔女士一把抱住，整张脸塞在年长女子宽厚的怀抱里。

尽管围裙下的体形丰韵，年过六十的吉赛尔女士依然身强体壮。她和黎莎一样曾是布鲁娜的学徒，在安吉尔斯行医已超过二十年。

"很高兴你回来了。"吉赛尔说，直到黎莎有些喘不过气来才放开她。

"还有年轻的罗杰大师！"吉赛尔大声说道，照样把罗杰抓过去拥抱。"看来我欠你三份人情，护送黎莎回家算一份，护送她回来可抵两份！"

"那没什么。"罗杰说。"我欠你们两位的一辈子也还不完。"

"今晚来为病患演奏小提琴就好了。"吉赛尔说。

"如果没有房间，我们就不想麻烦你。"黎莎说。"我们可以投宿旅店。"

"不可以，"吉赛尔说，"你们都要留下来，没得商量。我们有好多话要说，所有女孩都想见你。"

"谢谢。"黎莎说。

"现在介绍一下你的朋友？"吉赛尔问，转向其他人。"不，让我猜。"她在黎莎张口时说道。

"来看看你信里描述的是否准确。"她上下打量加尔德，抬起头来直视他的双眼。"你一定是加尔德·卡特。"她猜道。

加尔德鞠躬，回道："是的，女士。"

"壮得像熊，但很有礼貌。"吉赛尔说，拍拍加尔德魁梧的肩头。"我们会相处愉快的。"

她转向汪姐，对于年轻女子脸上骇人的红色疤痕丝毫不以为意。"我猜是汪姐？"她问道。

"是的，女士。"汪姐边说边鞠躬。

"看来洼地里住满了彬彬有礼的巨人。"吉赛尔说。她在安吉尔斯绝不算矮，但汪姐还是比她高上许多。"欢迎。"

"谢谢你，女士。"汪姐说。

吉赛尔最后转向依然隐身在兜帽长袍下的魔印人。"好了，我猜你就不须介绍了。"她说。"让我们看看吧。"

魔印人宽松的衣袖在他扬起手臂推开兜帽时滑到手肘。吉赛尔在刺青映入眼帘时微微瞪大双眼，不过她还是直视他的目光，拉过他的手掌，热情地握了握。

"谢谢你救了黎莎一命。"她说。在他有机会反应前，她一把将他抱住。魔印人满脸讶异地看向黎莎，尴尬地回应对方的拥抱。

"现在，如果你们其他人愿意帮忙打理马匹，我想先和黎莎私下说几句话。"她说。其他人点头，吉赛尔带着黎莎进入诊所。

黎莎曾在吉赛尔的诊所里居住数年，这里至今依然给她熟悉的感觉，不过看起来似乎比一年前要小了一点。

"你的房间和你离开时一样，"吉赛尔说，仿佛看穿她的心思，"凯蒂和其他女孩想要搬进去，但在我看来，除非你说不要了，不然它永远都是你的房间。你可以睡在那里，其他人就睡在病房的病床上。"她突然面露微笑。"除非你要其中一个男

人和你分享房间。"她对黎莎眨了眨眼。

黎莎大笑。吉赛尔一点也没变,依然想帮黎莎说媒。"这样就好了。"

"真是浪费。"吉赛尔说。"你说加尔德很英俊,但你还是不愿和他在一起,而且城内有半数的吟游诗人和牧师都说你的魔印人就是解放者。更别提罗杰,就任何女孩的标准而言都是个好男人,而我们都知道他喜欢你。"

"罗杰和我只是朋友,吉赛尔。"黎莎说。"其他人也都一样。"

吉赛尔耸耸肩,结束这个话题。"很高兴你回来。"

黎莎伸手放在她的手臂上。"我只会停留一阵子,现在解放者洼地才是我的家。小村落已经扩张成一座小城市,他们需要许多草药师。我不能逗留太久。"

吉赛尔叹气。"薇卡跑去洼地已经很糟了,现在连你也回去了。如果那个地方继续偷走我的学徒,我干脆卖掉诊所,搬过去开业算了。"

"我们需要更多草药师。"黎莎说。"但镇上的难民超过我们粮食所能负担的三倍,现在那里并不适合你和女孩们。"

"或许那里才是最需要我们的地方。"吉赛尔说。

黎莎摇头。"我想要不了多久,安吉尔斯也会涌入大批难民。"

第十七章　跟上舞步

333 AR

"奉公爵之令，开门！"天刚亮没多久，门外传来喊叫的声音——紧关着的诊所大门外随即传来一阵急促的敲门声。

餐桌上的人全都放下碗筷，看向门口。学徒们早已用过餐，正忙着给病患喂食，吉赛尔和其他人还留在厨房里。

大家沉默了几秒钟，但罗杰感觉好似过了很长一段时间——吉赛尔女士抬头看向大家说道。"好吧，"一边起身擦嘴，一边抚平裙摆，走向大门，"还是我去开门吧。你们继续坐着吃饭。不管公爵有什么吩咐，你们还是得吃饱肚子再出去。"

她刚走出视线，罗杰立即离开桌椅，紧靠门旁，专心聆听外面的动静。

"他在哪里？！"吉赛尔拉开门的同时，一个深沉的男子声音吼道。罗杰压低身形，侧头探出门框，只露出一只眼睛和一小撮头发。一名身穿闪亮盔甲的壮汉站在吉赛尔女士面前，他护心镜上镶着一个士兵头像，背后插着一根镀金短矛。罗杰立刻从对方宽厚的下颌认出此人。

罗杰回头小声说道。"林白克公爵的弟弟，汤姆士王子！"眼睛再度探出门框。

"我们有很多病患，王子阁下。"吉赛尔回道，听起来饶有

兴味，完全没有受到威胁。"你讲清楚点。"

"不要和我耍嘴皮子，草药师！"王子大叫，伸出手指戳向吉赛尔的额头。"你很清楚——"

"王子阁下，拜托！"尖锐的男性声音打断王子的话。"没有必要这样啰唆！"

一个男人步入门内，在两人之间举起双手，不动声色地让王子的手臂和手指远离吉赛尔的脸颊。他从各方面看都和王子相反，身材瘦小，相貌丑陋，头顶发秃，脸颊削瘦。他又直又长的黑发披在脖子上，稀疏的胡子留到下颔附近，细框眼镜戴在长鼻子中间，让他的双眼看起来像是两颗小小的绿豆。

"公爵的总管大臣，詹森大人。"罗杰再度转头小声汇报。

汤姆士瞪着总管大臣，总管大臣身子微微一缩，深怕被打似的。王子瞪了吉赛尔一眼，然后又转向瘦小男子，不过气焰大幅收敛。片刻过后，他点了点头。"好吧，詹森，你来处理。"

"我为……如此冒昧来访致歉，吉赛尔女士。"总管大臣鞠躬说道。"但我们希望赶在你的……啊——访客离开前赶到。"他一手将一个皮革文件端在胸前，然后用另一手推高自己的眼镜。

"访客？"吉赛尔问。汤姆士王子低吼一声。

"弗林·卡特。"詹森说。吉赛尔茫然地看着他。

"就是……啊——魔印人。"詹森说。吉赛尔换上一副警觉的神色。

"他没有惹上麻烦，我向你保证。"詹森立刻补充道。"公爵阁下只是希望在决定要不要接见他之前先来问他几个问题。"

罗杰听见身后传来一阵声响，转头看到魔印人离开餐桌。他对罗杰点头。

"没有关系,女士。"罗杰说,步出门廊。

詹森看向他,皱起鼻头。"罗杰·半掌。"他语气肯定,没有询问的意思。

"很荣幸你还记得我,总管大臣。"罗杰说,在其他人跟随他走出厨房时低头鞠躬。

"我当然记得你,罗杰。"詹森说。"我怎么会忘记艾利克带回来的那个男孩,河桥镇唯一的幸存者?"其他人惊讶地看向罗杰。

"尽管如此,"詹森再度皱起鼻头,然后继续道,"我发誓去年看过一份乔尔斯公会长呈上来的报告,说你失踪了,很有可能已经死亡。"

他透过眼镜低头看着罗杰。"并且在吟游诗人公会里留下一大笔未偿还的债务,如果我没记错的话。"

"罗杰!"黎莎叫道。

罗杰换上他的吟游诗人面具。那笔债务是打断詹森的外甥杰辛·黄金嗓鼻子的罚金,当然,杰辛已经让他血债血还。

"你大老远跑来是为了吟游诗人的事吗?"魔印人问道,走到罗杰身前。他的兜帽把脸罩在阴影中,就连认识他的人都感到恐怖。汤姆士王子不自觉地伸手去抽背上的短矛。

詹森紧张兮兮地抽动一下,小小的眼珠在眼前众人身上游移,但他很快就恢复正常。"的确不是。"他点头道,将注意力自罗杰身上移开,仿佛刚刚只是在查账。他改变了一下站姿,一副如果有人突然动手就要立刻躲到王子身后的架势。

"那么,你就是……他?"他问。

魔印人拉下兜帽,对王子和总管大臣露出满脸刺青。两人都瞪大双眼,但没有露出任何看见什么不寻常事物的表情。

詹森深深鞠躬。"很荣幸认识你,弗林先生。请允许我向

你引荐汤姆士王子。林木军团指挥官,林白克公爵最年轻的弟弟,藤蔓王座第三顺位继承人;王子阁下是为了护送我而来的。"他伸手引向王子,王子礼貌地点点头,不过目光中还是充满警戒。

"王子阁下。"魔印人说,按照安吉尔斯习俗鞠躬。黎莎行屈膝礼,罗杰则半跪行礼。罗杰知道魔印人在当信使时曾见过这两个人,但很明显,就连记忆力过人的詹森都没有认出他来。

詹森转向左边,一个等在门廊外的男孩立刻上前。"我的儿子兼助手,鲍尔。"他介绍道。男孩不到十岁,身材和父亲同样瘦小,有着相同的黑发以及雪貂般的长相。

魔印人朝男孩点头。"很荣幸认识你和令郎,詹森大人。"

"拜托,叫我詹森就好。"总管大臣说道。"我和其他人一样都是平民出身,只是一个身居要职的书记官。原谅我表现得有点尴尬,通常处理这种事的都是公爵的传令使者,我的外甥,但今天刚好他前往小村落去办事了。"

"杰辛·黄金嗓是公爵的新任传令使者?"罗杰惊呼。

所有目光都投射在他身上,但罗杰几乎没有察觉。一年前杰辛·黄金嗓和他的学徒殴打罗杰与他的公会赞助人杰卡伯,在夜色降临时将他们留在街上等死。罗杰之所以能幸存完全是因为黎莎以及几名勇敢的城门守卫甘冒生命危险救他;杰卡伯大师则去世了。然而罗杰一直没有提出控诉,假装不记得攻击者是谁,深怕杰辛会利用舅父的关系逃过法律的制裁,再度跑来追杀他。

不过詹森似乎对此并不知情。他好奇地打量罗杰,目光侧向一旁,仿佛在回想什么遗忘的欠账。

"啊,是的。"他在片刻后说道。"艾利克大师和杰辛曾有过一段过节,是不是?我敢说他不会想知道这个消息。"

"他不会知道。"罗杰说。"他三年前就在前往林尽镇的路上惨遭地心魔物毒手。"

"呃?"詹森说,瞪大双眼。"很抱歉听到这个消息。尽管有诸多缺点,艾利克依然是个称职的传令使者,为公爵尽心尽力,不只是在河桥镇上的英勇表现,遗憾的是在妓院里发生了那桩意外。"

"妓院里的意外?"黎莎问,好奇地转向罗杰。

詹森满脸涨红,转向黎莎,深深鞠躬。

"啊……啊……原谅我,女士,我不该在您面前提起如此不堪的话题,没有不敬的意思。"

"没关系,总管大臣。"黎莎说。"我是个草药师,很习惯这类不堪的话题,黎莎·佩伯。"她向他伸出一只手,"解放者洼地的草药师。"

听见伐木洼地这个新换的地名,王子轻哼一声。小书记皱起鼻头,但詹森只是点头,说道:"从你成为布鲁娜女士的学徒开始我就一直在关注你的成长。"

"喔?"黎莎说,语气惊讶。

詹森露出好奇的表情。"这没什么好惊讶的。我每年都会检阅公爵的人口统计,注意公爵领地中出类拔萃的人物,特别是像布鲁娜这种人,打从一百年前林白克一世所做的第一份人口统计报告以来就一直出现在报告里。我持续观察她所有的学徒,不知道谁才会继承她的衣钵。她于去年去世,真是安吉尔斯的一大损失。"

黎莎悲伤地点头。

詹森稍停片刻,向死者表达敬意,接着清清喉咙。"既然提起这个话题,黎莎女士。"他透过眼镜,对她露出刚刚面对罗杰时同等的责备神情。"你的年度人口统计报告已经迟交好

几个月了。"

黎莎脸色一红，罗杰则在身后窃笑。

"我……啊……我们一直在……"

"流感的事，"詹森点头，"以及，"他看向魔印人，"其他问题，当然，我了解。但我肯定你父亲会告诉你，女士，我们要有各式各样的文件才能维持领地的运作。"

"是的，总管大臣。"黎莎点头。

"够了，詹森。"汤姆士王子插嘴道，将总管大臣推向一旁。他锐利的目光如同掠食动物般打量着黎莎全身，看得罗杰十分恼怒。"洼地最近经历过太多风雨，暂时不要拿你那些永无止境的文书工作去烦他们。"

詹森皱紧眉头，但还是很绅士地鞠躬。"当然，王子阁下。"

"汤姆士王子，在此为你服务。"王子对黎莎道，深深鞠躬，亲吻她的手掌。罗杰不悦地看着黎莎脸颊涨红。

詹森清清喉咙，转向魔印人。"不提文书的事了，我们可以谈谈公爵的正事吗？"

魔印人点头后。詹森转向吉赛尔。"女士，我们可以进去找个安静的地方坐下谈不……"

吉赛尔点头，带领他们前往她的书房。"我去泡壶热茶。"她说完，随即走进厨房去了。

汤姆士王子在路上伸出手臂让黎莎钩着，黎莎心不在焉地钩了上去。加尔德警惕地走到他们附近，不过黎莎或王子似乎没有注意到他。

鲍尔拿着父亲的文件袋，急急忙忙来到吉赛尔女士的书桌前，取出一叠笔记及几张白纸铺在桌上。他准备好羽毛笔、墨水瓶，以及吸墨纸，然后帮他父亲拉开椅子，詹森随即坐下，拿笔轻轻蘸了一下墨水。

他突然抬头。"不会有人介意我将我们的谈话记录下来向公爵汇报吧？"詹森问。"当然，我会删掉任何你认为不正确或是不够审慎的叙述。"

"没关系。"魔印人说。詹森点头，转而望向他的白纸。

"那就好，"他说。"就像我对吉赛尔女士所说的，公爵迫切地想和……嗯，解放者洼地的代表会面，但他想确认代表的真实性。可以请问洼地的镇长史密特先生为什么没有亲自前来吗？代表全镇向公爵报告这种事不正是镇长的首要职责，也是唯一职责吗？"他说话的同时，手中运笔如飞，以难以辨识的速记方式记下自己的问话，每隔数秒他的羽毛笔就会再次插入墨水瓶中，不过始终没有洒出一滴墨水。

黎莎轻哼一声。"会这么想的人肯定不曾住过小村落，总管大臣。人们会在危机中依赖镇长主持工作，此刻来森堡的难民源源不断涌入，已经抵达的人既缺住处又缺食物，他根本走不开，所以他派我代表前来。"

"你？"汤姆士难以置信地问道。"一个女人？"

黎莎皱眉。但詹森在她有机会反唇相讥前大声清喉咙。"我相信王子阁下的意思是贵镇牧师，约拿，才应该是代表镇长前来的恰当人选。"

"圣堂里挤满了难民。"黎莎说。"约拿和史密特一样分身乏术。"

"难道洼地在危机时刻不需要草药师？"汤姆士问道。

"这对公爵阁下来说是个问题，"詹森说，边继续写字边抬头看向黎莎。"如果公爵领地的人民竟然不尊重王座到连个符合身份的代表都不肯派来，那不是让公爵很没面子吗？那会被视为一种侮辱。"

"我保证,我们没有侮辱的意思。"黎莎说。

"怎么会没有?"汤姆士大声问道。"不管有没有危机,你们的镇长都可以来,伐木洼地距离安吉尔斯不过六晚的路程。"他看向魔印人。"但看起来解放者洼地已经搬到更远的地方去了。"

"你想要我怎么做,王子阁下?"黎莎问。"在沙漠人大兵压境的情况下浪费两星期带史密特过来?"

汤姆士王子哼了一声。

"请不要夸大其词,佩伯女士。"詹森道,持续记录。"王室家族十分清楚克拉西亚掠夺来森堡的事,但并不等于他们会对安吉尔斯领地造成威胁。"

"只能说暂时没有威胁。"魔印人说。"但这次事件并非单纯的掠夺,来森堡和附属村落——提沙境内的粮仓——现已完全在克拉西亚人的控制中,他们至少会在在那里深耕数年,征召来森人民加以训练,接着他们就会开始吞噬雷克顿及其附属村落。他们或许要到数年后才会转而向北入侵你的城邦,但我可以保证,他们一定会来,而想要与其对抗,你们就要有盟友。"

"就算你这段潭普草故事是真的,来森堡才不会惧怕几只沙漠老鼠!"汤姆士吼道。

"王子阁下,拜托!"詹森尖声叫道。王子再度安静后,詹森转向魔印人。"我可以请问你为什么会对于克拉西亚的计划如此肯定,弗林先生?"

"你的藏书中有没有克拉西亚圣典,总管大臣?"魔印人问。

詹森的双眼飘向一旁,仿佛在察看某张隐形清单。"《伊弗佳》,有的。"

"我建议你读一读。"魔印人说。"克拉西亚人相信他们的领袖是第一任解放者卡吉转世,他们正在展开白昼之战。"

"白昼之战?"詹森问。

魔印人点头。"《伊弗佳》很详细地描述了卡吉如何征服世界,然后率领统一后的大军对抗地心魔物的事迹。贾迪尔会照做。他接下来会进入一段巩固期,让被征服的人们臣服在《伊弗佳》法典之下。"他严肃地瞪视詹森以及王子。"但不要因此认为他们会就此罢手。"

王子不以为然地看着他;但詹森脸上逐渐失去血色,斗大的汗珠渗出他的额头,尽管这春天的早晨寒气还比较重。"以一名伐木洼地的镇民而言,你对克拉西亚了解甚深,弗林先生。"他点头道。

"我在克拉西亚堡住过一阵子。"魔印人简单答道。詹森以奇特的速记符号记下一笔。

"这下你了解我们为什么得觐见公爵阁下了吧,总管大臣。"黎莎说。"克拉西亚人可以以逸待劳。占领来森堡的谷仓,他们就有足够的资源长期供应军队所需,同时也可以切断与北方的粮食供给。"

詹森似乎没有听见她说话。"有人说你才是解放者。"他对魔印人说。

汤姆士语气不屑。"我看还是一头友善的地心魔物呢。"他喃喃道。

魔印人没理他,与总管大臣保持目光接触。"我从未如此自称,詹森大人。"

詹森一边点头,一边记载。"公爵阁下会很高兴听你这么说,但关于战斗魔印的事……"

"魔印——"黎莎开口。

"任何想要的人都可以得到魔印,不须付出任何代价。"魔印人打断她道,所有人脸上都露出吃惊的神情。

"地心魔物是全人类的敌人,总管大臣。"魔印人接着说。"在这件事上,克拉西亚人和我的看法一致。我绝不会拒绝任何想要对抗地心魔物的人。"

"如果它们真的有效的话。"汤姆士喃喃说道。

魔印人转头直视汤姆士,就连一名王子也不得不回避他的目光。汤姆士垂下双眼,魔印人点了点头。

"汪妲,"他叫道,并没有转向她。不过汪妲在听见自己的名字时吓了一跳,"从你的箭筒里拿支箭给我。"汪妲拿出一支箭,递到他向后伸来的手掌里。魔印人将箭平放在双掌中,交给王子,但他没有鞠躬,而是像个地位相等的人一样站在原地。

"拿去试吧,王子阁下。"他说。"今晚站在城墙上,找个神射手瞄准附近体形最大的恶魔,亲眼见识一下它们的威力。"

汤姆士微微退缩,接着迅速抬头挺胸,仿佛不甘示弱。他点头接过箭矢。"我会的。"

总管大臣将椅子推离书桌。鲍尔连忙向前,用软布吸干纸张上未干的墨水,然后将它们塞回皮革文件袋中。他收拾写字用具,接着擦拭桌子。詹森则站起身来,走到汤姆士王子身边。

"我想暂时先这样吧。"詹森说。"公爵阁下明天将在他的主堡中接见你们,时间在黎明过后一小时。我一早会派车来接你们,以避免任何……不愉快的情况,如果你,"他的目光转向魔印人,"在街上被人看见。"

魔印人鞠躬。"那样太客气了,总管大臣,谢谢。"他说。黎莎屈膝。罗杰鞠躬。

"总管大臣。"黎莎说,走到对方身边,压低音量。"我听说公爵阁下……至今仍无子孙。"

汤姆士王子一听就要发作，但詹森扬起一只手阻止他。"藤蔓王座无人继承并非什么秘密，佩伯女士。"他冷静地对黎莎道。

"治疗生育问题是布鲁娜女士的专长。"黎莎说。"我已经学到了她的秘方。如果有需要，我很荣幸能为公爵服务。"

"我哥哥无须你的治疗就能让女人生孩子。"汤姆士吼道。

"当然，王子阁下。"黎莎说着，屈膝行礼。"但我想或许公爵夫人愿意接受检查，万一问题出在她身上。"

詹森皱眉。"感谢你如此大方的提议，但公爵夫人阁下有她自己的草药师，而我强烈建议你不要在公爵阁下面前提起这个话题。我会在适当的时候私下向他探问一下。"

这是很含糊的回应，但黎莎点了点头，没再多说，再次屈膝行礼。詹森点头，与汤姆士一同朝房门走去。离开时，总管大臣转向罗杰。

"我相信你会在离城以前到吟游诗人公会说明你的情况，并且偿还你的大笔债务。"他问。

"是的，先生。"罗杰阴郁地说道。

"我敢说公会一定会对你近期的冒险故事很感兴趣，多半愿意支付你一笔足以偿清债务的奖金，但我希望你在陈述和某些……"他看向魔印人一眼。"话题相关的故事时能够采取不要过于夸张的演绎方式，不管你多想要制造轰动的效果。"

"当然，总管大臣。"罗杰说道，并深深鞠躬。

詹森点头。"那就再见了。"他说着，随即与王子一同离开诊所。

黎莎转向罗杰。"妓院的意外？"

"就算是一群木恶魔也不能逼我说出那件事。"罗杰说。"所以你还是别问了。"

第二天早上，黎莎透过吉赛尔厨房的窗口看见一辆马车停在门口，宽敞的车门上饰有林白克的家徽——一只木型王冠摆在一张长满藤蔓的王座上。全副武装的汤姆士王子骑着一匹高大战马伴随在马车旁，还有步行于后的王家卫队——林木军团。

"他们带了大队人马。"罗杰说，走到她身后望向窗外。"我看不出是来保护我们还是囚禁我们。"

"是保护还是囚禁有什么差别？"魔印人问。

"或许应邀前往觐见公爵的人都是这种阵仗？"黎莎。

罗杰摇头。"我在艾利克担任传令使者时坐过十几次那辆马车，穿街走巷时从来不曾有一整队的林木军团跟在后面。"

"他们昨晚一定测试过那支魔印箭了。"黎莎说。"这或许表示他们知道我们能提供货真价实的战斗魔印。"

魔印人耸肩。"该来的总会来，他们要么就是来护送我们，不然林白克就会剩下一整队残废的士兵。"黎莎张口欲言，但魔印人在她说话前就已经跨过门槛，走进吉赛尔的院子。其他人跟随他走了出去。

马车的仆役在马车前放了一个台阶，然后打开车门。汤姆士骑在马背上看着他们，在魔印人上车时轻轻点头示意。他们很快在木板街道上朝林白克宫殿颠簸前进。

林白克的宫殿是全城唯一的石造建筑，是极度奢华的财力与权力的展示。如同密尔恩的欧克公爵，林白克的宫殿是城市大堡垒中一座自给自足的小型堡垒。外墙足足有三十英尺高，每面墙后都有一片开阔的空地，墙上刻有大型魔印，刻痕中填有亮眼的光漆。这些魔印历久弥新，不过多半只被独行的风恶魔测试过。如果安吉尔斯堡的城墙沦陷，恶魔大批涌入城内，林白克可以关闭宫门,然后安安稳稳地等待黎明到来,眼睁睁地看着整座城市在宫殿四周烧成废墟。

他们穿越围墙,走过公爵的私人花园及牧场,还有十几间提供给私人仆役和工匠居住的低矮房舍,这才抵达宫殿。宫殿高墙耸立,足有好几层楼高,另外还有几座更高的守卫高塔,顶端超出宫殿的魔印网。

宫殿本身的魔印既美观又实用,黎莎可以感应到其中蕴含的力量,她的双眼随着它们所形成的能量线条移动。

"请随我来。"马车在宫殿门口停下后,汤姆士王子对魔印人说道。黎莎皱起眉,跟随王子进入宫殿——对方会不会全程忽略自己,只理会魔印人。他曾不止一次说过自己洼地没有责任,就像马力克不对来森难民负责一样;她能相信他会将洼地的福祉摆在自己前面吗?

大厅入口的拱形天花板高耸在他们头顶,但宽敞的大厅里却没什么人请愿。王子带领他们远离主王座厅,走过地上铺满厚地毯、墙上挂满绣帷和油画的走廊。他们来到一间摆有丝绒沙发和大理石壁灯的等候室。"请在这里等候,接受公爵招待,"汤姆士大夫对魔印人说,"仆役将会送上美味的点心。"

"谢谢。"魔印人在仆役带着一盘饮料杯子和小三明治进来时说道。两名林木军团的守卫手持长矛,面无表情地站在门口。

时间慢慢过去,罗杰深感无聊,开始玩起抛接空茶杯,一边问道。"你认为林白克会让我们等多久?"双脚在地板上踏出规律的步伐,配合残缺的手掌走位抛杯。

"久得让我们知道他在主导一切。"魔印人说。"公爵们会让所有人等,越重要的贵客就得花越长的时间去数地毯的线头。这是个恼人的把戏,但如果它能为林白克带来安全感,那么配合一下也无所谓。"

"我真应该带针线来的。"黎莎说。

"我有一大堆没绣完的绣框,亲爱的。"一个声音在她身边说道。"我很喜欢绣新花样,但从来不曾完成。"黎莎转身。看见詹森站在门口,扶着一名年近八十、雍容华贵的老妇人。

罗杰惊呼一声。黎莎皱起眉看着一只罗杰在抛的杯子摔落地面。幸运的是,杯子在厚重的地毯上弹开,没有摔破。

女人以一种让伊罗娜自叹不如的目光瞪向罗杰。"看来艾利克一直没花心思教你一些起码的礼节常识。"罗杰的脸色变得比他的头发还红。

即使以安吉尔斯人的标准来看,老妇人的身材依然显得娇小,几乎只有五英尺高,身穿宽大的绿色丝绒礼服,褶边上镶有克拉西亚纯白蕾丝,满头灰发朴实地盘在头上,上面戴有光滑的木饰环。饰环顶端缀以金边,上面镶了许多名贵的宝石。她瘦得像根芦苇,背有些微微变驼,手掌依靠在总管大臣的手臂上,皱巴巴的皮肤呈半透明。她脖子上的丝绒项链下方垂着一颗婴儿拳头大小的绿宝石。

"请容我介绍阿瑞安女士阁下,老公爵夫人,林白克三世公爵之母,森林城堡守护者——"

"是呀,是呀,"阿瑞安打断他道,"世界上所有人都知道我儿子的称号,我没有时间听你一星期复诵一千遍,詹森。"

"很抱歉,我的女士。"詹森说着,微微鞠躬。

黎莎在詹森介绍时立刻屈膝,男人们则鞠躬行礼。汪妲身穿长裤,没有裙摆可拉,只好尴尬地摆出四不像的行礼姿势。

"女孩,如果你穿得像个男人,那就像男人一样鞠躬吧。"阿瑞安神态高傲地说道。汪妲脸颊一红,深深鞠躬。

老公爵夫人满意地嘟哝一声,接着转向黎莎。"我亲爱的,是来帮你脱离这一切无聊的男人事务。"她看向汪妲。"还有那个小女孩。"

"不好意思，公爵夫人阁下，"黎莎说着再度屈膝，"但我是解放者洼地的代理镇长，必须觐见公爵。"

"胡说八道。"阿瑞安说。"女镇长？密尔恩或许会有如此可笑的做法，但安吉尔斯绝不乱来。女人不该处理政务。"老公爵夫人放开詹森的手臂，拉住黎莎，假装靠着她，将她朝门口拉去。

"把账册和宣言那些东西留给男人去管。"阿瑞安说。"我们来聊点女人之间的话题。"

黎莎对老太太的力气感到些微惊讶——她不像外表看来那般虚弱。尽管如此，她还是无法接受在男人们决定解放者洼地未来时，去和一群娇生惯养的女人死气沉沉地坐在一起讨论天气及穿着等话题。

詹森在黎莎挣扎时凑了过来。"惹恼老公爵夫人绝非明智之举，"他低声说道，"最好先陪陪她。公爵还要一段时间才会接见其他人，我会在那之前过去叫你。"

黎莎凝视着他，看不出他的心思，于是皱起眉。为了避免激怒王室家族，她只有不情不愿地随老太太离去。

※

"仕女的住所在这个方向，亲爱的。"阿瑞安说，带领黎莎走进一条装饰华美的长廊。除了魔印人的宝藏室，黎莎从未见过如此华丽的地方。成长过程中，她父亲一直都是伐木洼地中最有钱的男人，但公爵让厄尼的财物看起来像是宴会后拿去喂狗的剩菜。她每一步都踏在舒适柔软、绣着鲜艳醒目花纹的地毯上，两旁墙边的大理石台阶摆满帷幔和雕像。天花板漆成金色，在吊灯下闪闪发光。

整个公爵领地中到处都有来森难民在挨饿,但身处这种环境中,王室家族真的了解那是什么意思吗?这里让黎莎想起自己的母亲,总是考虑自己的需求,只有别人在看时才做做样子。

阿瑞安蹒跚的步伐越走越快,外表弱不禁风的老女人仿佛带舞的男子一样带领黎莎穿越巨大的宫殿。汪妲一言不发地跟在后面,直到穿过最后一扇门,阿瑞安回过头来看她。

"当个好孩子,带上房门,真乖。"她说。汪妲遵令行事,在一声咯啦中关闭坚固的橡木大门。

"好了,让我来好好看看你吧。"阿瑞安说,推着黎莎原地转圈,让她仔细端详。

阿瑞安上下打量她,嘴唇微微噘起。"你就是布鲁娜引以为傲的不世奇才?"她听起来并不太信服。"你见过几个夏天,女孩?二十五?"

"二十八。"黎莎说。

阿瑞安哼了一声。"布鲁娜常说没到四十岁的草药师根本不值钱。"

"你认识布鲁娜女士,公爵夫人阁下?"黎莎惊讶地问道。

阿瑞安咯咯窃笑。"认识她?那个老巫婆从我的双腿间拉出两个王子,所以没错,我会说我认识她。比瑟是将近五十年前出生的,当时布鲁娜就和我现在差不多老了。汤姆士于十年后出世,和他哥哥一样是个巨婴,但我生他时已经不再年轻了,不能找那些徒负盛名的接生婆。当时布鲁娜已经八十多岁,不愿离开洼地,于是我只好派遣传令使者去跪着哀求。她老是抱怨,但还是来了,在宫殿里住了好几个月。居留此地期间,她甚至收了两个学徒,吉赛尔和洁莎。"

"洁莎?"黎莎问,"布鲁娜从来没有提过洁莎这个人。"

"哈!"阿瑞安叫道。"并不意外。"黎莎等待老太太解说此事，但她没有。

"如果她想要荣誉，我早就封她为皇家草药师了。"阿瑞安继续道。"但那个可恶的老太婆剪完汤姆士的脐带后立刻转身回洼地去了。说什么头衔对她来说没有任何意义，世上只有她那群洼地的孩子们才是最重要的。"

老公爵夫人凝视黎莎。"你也是如此认为吗，女孩？洼地才是优先考量，对藤蔓王座的职责也不能与之相比？"

黎莎直视她的目光并且点头。"是的。"

阿瑞安与她对瞪片刻，仿佛要看看黎莎敢不敢眨眼，最后终于发出满足的咕哝声。"如果你不是如此回答，我就不会再相信你嘴里吐出的任何一个字。现在，詹森说你自称传承了布鲁娜在生育方面的知识。"

黎莎再度点头。"布鲁娜十分着重于这方面的训练，而我也有多年的执业经验。"

阿瑞安再度高傲地看着黎莎。"我看没多少年，但这点我就先原谅你了；让你检查她不会有什么坏处，所有人都检查过了。"

"她？"黎莎问。

"公爵夫人。"阿瑞安说。"我最新一任儿媳妇。我要知道是她无法生育，还是我儿子没有种子。"

"检查公爵夫人是不可能得出后面那个结论的。"黎莎说。

阿瑞安轻哼一声。"你如果说你办得到就太过分了。但事情总是要一件件来，先去检查那女孩。"

"当然。"黎莎说。"在我检查公爵夫人前，你有什么要先叮嘱的吗？"

"她符合条件，拥有结实的体魄和能生的屁股。"阿瑞安说。"不是武器架上最尖锐的长矛，但是安吉尔斯人期待中女

人应有的特质。她的兄弟都很精明，姑且当作是后天培养而非天生的。林白克上次离婚后，我就开始注意家族里的子孙，亲自从所有血统优良的家庭中挑上了她。梅尔妮女士是他们家十二个小孩中最年幼的，其中有三分之二是男性。她姊妹都生过孩子，而且男女比例是二比一。如果有人可以为藤蔓王座增添子孙，那肯定就是她了。当然，我儿子唯一在乎的就是她的胸部大不大，但梅尔妮那里的肉多得能让林家那个大男孩躲进去啦。"

"他们结婚多久了？"黎莎问，完全忽略她的评论。

"至今超过一年。"阿瑞安说。"皇家草药师煮过生育茶，我还让詹森在她排卵的日子关闭妓院，但下个月她还是会弄红她的坐垫。"

阿瑞安带领黎莎穿越王族仕女专用，如同迷宫般的隐秘走廊和楼梯。她看见很多女仆，没有男人。最后，她们来到一间豪华的卧房中，里面摆满丝绒枕头以及克拉西亚绸缎。公爵夫人站在卧房一扇大彩绘玻璃窗前，看着窗外的城市。她身穿黄绿相间的丝袍，胸口开得很低，腰部扎得很紧。她的头发高高盘在一只镶满宝石的金冠中，脸上化着淡妆，随时等候公爵接她前往他的卧房。她看起来不满十八岁。

"梅尔妮，这位是伐木洼地的黎莎女士。"阿瑞安介绍道。

"解放者洼地。"黎莎纠正。

"黎莎女士是生育专家。"阿瑞安继续。"今天特来为你检查，脱掉你的衣服。"

女孩点头，毫不犹豫地把手伸向身后解开束腹的紧绳。公爵宫廷仕女中是谁当家从这里就可以看出来。她的侍女连忙上前帮忙解绳，没过多久，公爵夫人的衣服就已经折好摆在床边。

"你爱怎么检查就怎么检查。"阿瑞安趁侍女忙碌时说，声音低得其他人都听不见。"这个女孩被草药师戳来插去的次数比旅馆里的廉价妓女还多。"

黎莎摇头，为这可怜的女孩感到同情；她弯下腰去，在公爵夫人的梳妆台上摊开草药袋，拧开许多药瓶和取样棒。她原本就期望能有这个机会，所以来之前就准备好了合用的药物。

年轻的公爵夫人默默配合地站在原地任由黎莎检验，但黎莎听诊时却发现她的心跳十分剧烈。女孩大概已经吓坏了，担心自己如果像前几任公爵夫人一样无法生育子孙不得不面对凄惨的下场。黎莎心想，不知道她有没有机会选择婚姻的权利，或像提沙境内大多数妇人一样完全经由父母安排，无须咨询她的意见。

她采取尿液样品，沾下一点阴道分泌物，将样品与化学药剂混合，然后放着等待结果。她触诊女孩的子宫，甚至以手指触诊她的子宫头。最后，她对公爵夫人微笑。"一切似乎都很正常，公爵夫人阁下，谢谢你的配合，你可以穿上衣服了。"

"谢谢你，女士。"公爵夫人说。"我希望你能找出我的问题。"

"我不认为你有什么问题，亲爱的。"黎莎说。"但如果有什么需要处理的部分，相信我，我一定会处理。"公爵夫人浅浅一笑，轻轻点头。她大概已经听十几个草药师说过同样的话了。她没有理由认为黎莎和别人有什么不同。

公爵夫人走回窗口，黎莎则来到梳妆台前察看检验结果。老公爵夫人晃到她身后。

"那个女孩的身体没有任何问题。"黎莎说。"她有办法生下一整个军团。"

阿瑞安递给她一个装干草药的小布袋。"皇家草药师的生育茶。"

黎莎嗅嗅网袋。"标准配方。喝这个当然没有坏处，不过我还能调配更强效的……但那不是重点。"

"你认为问题出在我儿子身上。"阿瑞安说。

黎莎耸肩。"接下来合理的做法就是替他检查，公爵夫人阁下。"

阿瑞安轻哼了一声。"那个固执的犊子就算感冒严重到内脏都要吐出来了，也只肯让草药师看他的喉咙。他不太可能让你接近他的男性象征……"她上下打量黎莎，露出揶揄的苦笑。"除非你打算以传统的方式采集样本。"

黎莎皱眉，阿瑞安大笑。

"我想也不行！"她咯咯窃笑。"让那个女孩上！年轻的公爵夫人还有什么其他用处？"

※

老公爵夫人带黎莎和汪妲离开后，詹森就留在等候室内。他取出一个表面光滑的长橡木盒交给罗杰。

"艾利克离职后，我们在他房里找到这个。"詹森说。"我通知吟游诗人公会，告诉他东西在我这里，但你老师一直没来取回。我得承认，这件事令我困惑；艾利克离开时就差没把床单里的羽毛给拔出来带走，包括几样并不真正属于他的东西，但他却把这玩意儿随意地放在桌上，进门就能看见。"

罗杰接过盒子，打开盒盖。盒里绿色的绒布上，放着一面盘着链条的大金牌。金牌表面浮刻着两根交叉的长矛，前方还有一面刻有林白克公爵纹章的盾牌；叶片王冠飘浮在一张藤蔓王座上。

罗杰想起艾利克曾经上过的纹章学课程，立刻认出那面金牌；安吉尔斯皇家英勇勋章——公爵的最高荣誉。罗杰惊讶地凝望着它。艾利克做过什么事足以获颁这枚勋章,而他又为什么把它留在这里?除了象征性价值,勋章本身就很值钱。在缺乏金属的安吉尔斯,单是那条链子就能换来一座钱山,还有金牌……

"公爵阁下赐给艾利克这枚勋章,以表扬他在河桥镇事件中的英勇表现。"詹森说,仿佛看穿了他的心思。"本来他只须保住自己的性命并向公爵复命就行了,但他还从恶魔手中拯救了你,一个三岁大的小男孩,没有能力自行逃跑或是躲藏……"他说着摇了摇头。

罗杰觉得自己被总管大臣甩了一大巴掌。"但想不透为什么艾利克要把它留在这里。"他假意说道,咽下哽在喉咙中的一口闷气。"谢谢你帮忙保管。"罗杰合上盒盖,放进扛在肩上的七彩袋里。

"好吧。"詹森在确定罗杰没有更多话要说后表示。他转向魔印人。"如果你准备好了,弗林先生,公爵阁下可以接见你们了。"

"但黎莎……"罗杰说道。

总管大臣噘起嘴。"公爵阁下不愿在王座厅中接见女人。"他说。"我向你保证,黎莎女士正在接受老公爵夫人及其仕女的热情款待。你们可以在会面结束后向她转述过程。"

魔印人皱起眉,直视总管大臣的双眼。瘦小的男人似乎被他严峻的目光所慑,但没有退缩,只是将目光转向门口的守卫。

"很好。"魔印人终于说道。"请带路。"

詹森露出松了一口气的表情,随即鞠躬。"请随我来。"

林白克公爵的身材以安吉尔斯的标准来看算得上巨人,但

仍比解放者洼地大多数人矮小。他是个不折不扣的胖子,五十来岁,年轻时的肌肉现在都变得松弛。身穿沾有肉汁的绿色上衣、棕色长裤,都是十分稀有的克拉西亚丝绸缝制。抹油的棕发上戴着光亮的安吉尔斯木冠,头发里夹杂许多灰发,手指和脖子上满满都是密尔恩黄金所制的戒指和项链。

公爵右手边较低的台座上坐着他的弟弟,王储麦卡尔。麦卡尔王子年纪和公爵差不多,不过体格比较壮健,身穿同样奢华的服饰,头上戴着一只金环。公爵左边坐着比瑟牧师,他的二弟。牧师比林白克还肥,尽管他朴素的棕袍和光头显示他在选择性禁欲。与大多数牧师身上的粗布长袍不同,牧者的圣袍是羊毛织品,以一条黄丝带系在腰间。

汤姆士王子没有坐下,身穿魔印胸甲和护套站在高台下方。他手握长矛,如同门口的林木守卫,虽然罗杰和其他人在进入王座厅前已经被人解除武器。尽管如此,站在加尔德和魔印人身旁,罗杰觉得和大太阳底下站在解放者洼地里一样安全。

"公爵阁下,林白克三世,"詹森宣告道,"森林城堡守卫者,木冠持有人,全安吉尔斯统治者。"罗杰半跪下,加尔德立刻跟进。然而魔印人却只是鞠躬示意。

"在你的公爵面前下跪。"汤姆士吼道,举起长矛指向魔印人。

魔印人摇头。"没有不敬的意思,公爵阁下,不过我并非安吉尔斯人。"

"这是什么鬼话?"麦卡尔王子大声道。"你是伐木洼地的弗林·卡特,在安吉尔斯领地出生长大。难道你现在要说洼地已经不承认是公爵领地了吗?"汤姆士紧握长矛,平举起来指向他们。罗杰大力吞咽,期望魔印人现在知道自己在做什么。

魔印人似乎不把威胁当一回事。他再度摇头。"我完全没有这个意思,公爵阁下。弗林·卡特只是在城门口通关检查用的假名,很抱歉没有具实以告。"他再度鞠躬。

詹森退到高台旁小书桌后,随即开始奋笔疾书。

"你有密尔恩口音,"比瑟牧师道,"你是欧克的子民?"

"我在密尔恩堡住过一段日子,但我也不是密尔恩人。"魔印人说。

"那就报上你的姓名和所属城市。"汤姆士说。

"我的名字不足为外人知道。"魔印人说。"我也不把任何城市当作家乡。"

"你大胆?!"汤姆士气急败坏,提起长矛迎上前去。魔印人露出一种准备教训敢在大人面对胡乱挥拳的小鬼时的神情打量着他。罗杰吓得大气都不敢吭一声。

"够了!"林白克叫道。"汤姆士,退下!"汤姆士王子忿忿不平,不过依然遵照命令,退回高台下方,怒瞪着魔印人。

"暂时就让你保持神秘。"林白克说,扬起一只手阻止其他人说话。麦卡尔王子瞪着哥哥,但没有说话。

"你,我倒是记得。"林白克对罗杰说,显然是希望借此消除王厅中的紧张气氛。"罗杰·音恩,艾利克·甜蜜歌的小顽童,把我的妓院当成托儿所。"他窃笑道。"他们叫你老师甜蜜歌是因为他的声音能让女人两腿间流满蜜汁。不知道这位学徒出师了没有?"

"我只能用我的音乐诱惑地心魔物,公爵阁下。"罗杰鞠躬回应,脸上挤出一丝神秘的微笑,将满腔怒火压抑在吟游诗人的面具底下。

林白克大笑,拍打膝盖。"好像地心魔物能如那些木脑壳一样被人蛊惑!你和艾利克一样幽默,佩服,佩服!"

詹森清清喉咙。

"呃?"林白克问道,转向他的总管大臣。

"根据经过洼地的信使回报,年轻的音恩先生确实能以音乐诱惑恶魔,公爵阁下。"他说。

公爵瞪大双眼。"真的?"

詹森点头。

林白克咳嗽几声,掩饰讶异之情,接着转回去面对他们,看向加尔德。"你是伐木工的加尔德队长?"他问。

"呃,是加尔德,公爵阁下。"加尔德结巴地说道。"我领导伐木工,没错,但我不是队长。我只是会耍斧头。"

"不要看扁自己,孩子。"林白克说。"没有人会尊重没有自信的男人。如果关于你的传说有一半是真的,我就该为你加封军职。"

加尔德张嘴欲言,但显然他不知道应该如何回应,于是他只是鞠躬,腰弯得让罗杰以为他的下颌会碰到地板。

※

黎莎轻啜自己的茶,透过杯子打量老公爵夫人,只见对方也以同样坦率的目光打量着自己。阿瑞安的仆人在两人间的桌子上摆了一组银盘茶具,外带一叠油酥糕点和薄三明治,摆好后随即离开。盘子旁边摆着一只银铃铛,方便随时召唤他们进来。

汪姐全身僵硬地坐在位子上,似乎意图避免吸引公爵夫人的注意,就像穿着隐形斗篷躲避地心魔物一样。她一脸渴望地看着三明治盘,但似乎不敢伸手去拿,担心会因此遭人笑话。

老公爵夫人转向她。"女孩,如果你要打扮成男人并且随身背着长矛的话,那就不要再表现得像个刚刚遇上第一个追求者的小女孩,那些三明治不是摆着好看的。"

"抱歉，公爵夫人阁下。"汪妲说，笨拙地鞠了个躬。她抓起一块小三明治塞到自己的嘴里，完全忽视餐巾和餐盘的存在。阿瑞安眼一翻，不过看起来很有风度，并不觉得对方缺乏教养。

接着老公爵夫人转向黎莎。"至于你，我可以从你脸上看出许多疑问，所以你干脆直接问吧。不要把时间浪费在无聊的等待上。"

"我只是……有点惊讶，公爵夫人阁下。"黎莎说。"你和想象中大不相同。"

阿瑞安大笑。"哪里不同，我在男人面前那副弱不禁风的模样？造物主啊，女孩，布鲁娜说你十分机灵，但如果你连那点假象都看不透，我很怀疑你能机灵到哪里去。"

"我不会再次上当，我保证。"黎莎说。"但我得承认，我不了解为什么有必要假装柔弱。布鲁娜从未假装……"

"年老力衰？"阿瑞安一边微笑问道，一边从盘中挑出一块小三明治，沾些杯中的茶水，然后两口吃掉。汪妲试图模仿她，但把三明治泡在茶里太久，结果有半块三明治散到杯子里去。阿瑞安不屑地看着女孩手忙脚乱地将茶和三明治一口吞下。

"没错，公爵夫人阁下。"黎莎道。

老公爵夫人以责备的神色看向黎莎。这让她想起詹森的表情，黎莎心想，不知道总管大臣的表情是不是向她学的。

"有必要。"阿瑞安说。"因为男人在聪明的女人身边就会变成一块木头，但在笨女人面前就会软得像纸张。多活几十年，你就会了解我的意思。"

"觐见公爵时我会把这话放在心里。"黎莎说。

阿瑞安轻哼一声。"搞清楚状况没有，女孩？你现在就是在觐见公爵。王座厅里发生的一切都是做做样子。不管他们怎么想，我的儿子统治安吉尔斯就和史密特统治洼地是同样的

情形。

黎莎被一块油酥糕噎到，差点把茶水洒出杯外。她讶异地看着阿瑞安。

"不过没带史密特一起来还是项失误。"阿瑞恩责备道。"布鲁娜痛恨政治，但她还是应该教你一些入门的规矩。她对那一切了若指掌。我儿子学的是他们父亲那套，不喜欢女人进入王座厅，除非把食物放到桌上或是趴在王座下。他们很自然地假设你的弗林先生——如果那真是他的名字——是你们的领袖，甚至会把那个莽汉加尔德及艾利克的小捣蛋的地位都看得比你还高。"

"魔印人不能代表洼地。"黎莎说。"其他人也不能。"

"你以为我是傻子，女孩？"阿瑞安说。"看一眼，我就知道了。反正无关紧要，所有的事已决定好了。"

"什么意思？"黎莎问，一脸困惑。

"昨晚阅读报告后，我就对詹森下达指示，此刻他已经开始办理。"阿瑞安说。"只要王座厅里那些雄孔雀彼此虚张声势时不要真的开打，这次觐见的结果就会这样：你们会回到洼地，等待我们顶尖的魔印师队伍去研究你们的战斗魔印。冬天前，我要安吉尔斯会有魔印开始刻蚀武器，直到所有拿得起长弓的木脑人都有一袋魔印箭矢，而且木栈道上的摊贩都能贩售廉价的魔印长矛。"

"汤姆士和林木军团会随魔印师一起前往，"阿瑞安继续，"一方面护送魔印师，一方面让你们的伐木工训练他们狩猎恶魔的技巧。"

黎莎点头。"当然，公爵夫人阁下。"阿瑞安对她露出耐心的微笑。黎莎这才了解老公爵夫人所说的——这些都是王室的命令，而非可供讨论的议题。

"造物主的牧师为了你那个满身刺青的朋友争论不休。"阿瑞安继续。"半数牧师认为他是解放者本人,另外半数认为他比恶魔之母还要可怕。双方人马似乎都不相信你们年轻的约拿牧师,不过他似乎比较倾向于相信前者。他们想要审问他。我与我在牧师议会的顾问书信往返,同意召唤约拿前来议会听证期间派遣一名代理牧师,海斯牧师,去照顾洼地的信徒。海斯是个好人,并非宗教狂徒或是蠢材。他会在评判约拿对于魔印人的看法的同时,评判洼地外地人民对于魔印人的信仰。"

黎莎清清喉咙。"对不起,公爵夫人阁下,但洼地并不是一座拥有数十位牧师的城市。镇民相信约拿的指引是因为他花了多年时间赢得他们的信任。他们不会追随任何一个身穿棕袍的牧师,而且他们不会喜欢看到约拿被人抓去开庭审判。"

"如果约拿忠于自己的教会,他就应该自愿前来澄清所有疑虑。"阿瑞安说。"如果不忠……好吧,我和你一样想要知道他把忠诚放在哪里。"

"如果议会的审判庭做出对他不利的决议呢?"黎莎问。

"牧师已经很久没有焚烧异教徒了。"老公爵夫人放下茶杯说道。

"那么约拿牧师不会前来。"黎莎说着放下茶杯,直视老公爵夫人的双眼。"除非你希望让林木军团与一群白天伐木、夜晚猎杀恶魔的男人相对抗。"

阿瑞安扬起眉毛,鼻孔张大。冷静的面纱瞬间回到她脸上,快得黎莎不禁怀疑对方发火的神情是否出于自己想象。阿瑞安转头看向汪姐。

"是这样吗,女孩?"她问。"如果林木军团前去逮捕你们牧师,你会起身反抗公爵吗?"

"我会反抗任何黎莎要我反抗的人。"汪姐说,这是她从和

瘦小的老公爵夫人会面以来第一次抬头挺胸。

汪妲·卡特年仅十五,已经比解放者洼地大多数男人还高,而这些男人都是整个公爵领地中最高大的男人。她比瘦小的老妇人高上许多,但阿瑞安毫不害怕,只是饶富兴味地打量着她。老公爵夫人点了点头,仿佛示意汪妲恢复原先的坐姿,然后转向黎莎,轻轻以指甲敲击茶杯。

"非常好,"她终于说道,"我亲自担保约拿牧师将会安然返抵洼地,不过他回去时或许会被免除所有职务。"

"谢谢你,老公爵夫人阁下。"黎莎说,点头接受对方的条件。

阿瑞安微笑,举起茶杯。"或许你真的可以继承布鲁娜的衣钵。"

黎莎微笑,她们一起喝茶。

"魔印人,"阿瑞安于片刻后说道,"会独自前往密尔恩,对欧克陈述克拉西亚人的故事,并且代表我们请求联盟。"

"为什么要魔印人去,不派你们的传令使者?"黎莎问。

阿瑞安轻哼。"詹森那个衣冠楚楚的外甥?欧克会把他生吞活剥。如果你没听说的话,欧克和我儿子根本尿不到一个壶里。"

黎莎看着她,但老公爵夫人只是挥一挥手。"不要试图居中调解,女孩。藤蔓王座和金属王座早在责任主人的肥重屁股坐上王位前就已互有嫌隙了,等他们死后多年还会这样下去。男人就是喜欢仇视对手。"

"那并不能解释要魔印人出马,而不派遣皇家信使的理由。"黎莎说。"我保证,就算他答应前往——你会发现他多么桀骜不训——他也会站在自己的立场,不是你们的。"

"他当然会,"阿瑞安说,"这就是为什么我要那个男人尽可能远离我的城市。不管他有没有那个意图,他出现于此,会激发人民狂热的信仰,这对管理领地会带来挑战。让他去骚扰密尔恩,欧克或许会为了摆脱他而同意我们的要求。"

"那么,最终的'目的'到底为何?"黎莎问。

阿瑞安瞪她。黎莎看不出来自己大胆的问题是令她感到有趣还是恼怒,"联手对抗克拉西亚人,当然。"老公爵夫人终于说道。"为了一些木材和矿产吵嘴是一回事,但当狼群逼近畜栏时,两只牧羊犬还继续互咬又是另一回事了。"

黎莎看向老妇人,很想出口争辩,但她发现自己认同这种说法。亚伦在身边时,部分的自己感到非常安全,希望他永远不要离开洼地。但另外一部分的自己,越来越大的一部分,却又觉得他的存在……令人窒息。就和他所担心的一样,洼地人民和难民都仰赖他来拯救他们,却没有想到要去自救,难道黎莎不是这个样子吗?或许让他离开片刻对所有人来说都是好事。

黎莎没有回应。阿瑞安点了点头,转而面对茶杯。"我还没有决定要如何处罚艾利克的小鬼。他口中的小提琴魔法还需要进一步检验,但我还不打算这么做。"

"他那个不是魔法。"黎莎说。"至少和我们认知的魔法不一样。他只是……诱惑地心魔物,就像吟游诗人的音乐影响观众的情绪。那是相当有效的技巧,但只有在他持续演奏的时候才会生效,而且他至今没有办法传授其他人。"

"他或许可以成为称职的传令使者。"阿瑞安深思说道。"不管怎么样都比詹森的外甥强多了,不过这也不是什么值得一提的大事。"

"我希望罗杰留在我的身边,公爵夫人阁下。"黎莎说。

"喔呦!是这样?"阿瑞安笑嘻嘻地点头。她的手伸过桌子,在黎莎的脸颊上拧了一把。"我喜欢你,女孩,勇敢说出

心里的想法。"她靠回椅背，凝视黎莎片刻，接着耸肩。"我心情好，"她说，重新倒满她们的茶杯，"就留着他吧。现在，谈谈解放者这回事。"

"魔印人并未自称解放者，公爵夫人阁下。"黎莎说，轻哼一声。"黑夜啊，他会咬下任何说他如此自称的人的脑袋。"

"不管他自称什么，人民都会相信他是。"阿瑞安说。"你们村子突然改名就是最好的证明……顺便一提，改名的事还没有经过王室允许。"

黎莎耸肩。"那是镇议会的决议，与我无关。"

"但你没有出面反对。"阿瑞安强调。

黎莎再度耸耸肩。

"你相信吗？"阿瑞安质问，直视她的双眼。"他是解放者再世？"

黎莎凝视老公爵夫人很长一段时间。"不。"她终于说道。汪妲倒抽一口凉气，黎莎皱起眉。

"看来你的保镖并不认同。"阿瑞安说。

"我无权告诉人们该相信什么或不该相信什么。"黎莎说。

阿瑞安点头。"说得对。你们镇议会也是如此，詹森已经写好一份谴责改名的皇家声明。如果你们镇议会够聪明，就会尽快重漆招牌。"

"我会通知他们，公爵夫人阁下。"黎莎说。如此含糊的回应令阿瑞安眯起双眼，但她并没有多说什么。

"难民怎么办？"黎莎问。

"什么怎么办？"阿瑞安问。

"你们会收留他们吗？"黎莎问。

老公爵夫人轻哼一声。"收留到哪里？拿什么给他们？动动脑筋，女孩。安吉尔斯接纳他们，但安吉尔斯堡无法容纳这么多人，让他们分散到你们那种小村落去，我派遣魔印师和士兵前往洼地等于是在这个危机时期向邻近地区宣告公爵的全面支持，而且我们不会追究洼地这段期间内少交的木材。"

黎莎噘起嘴。"我们需要更多支持，公爵夫人阁下。我们已经到了三个人共用一条毯子的地步，还有小孩只能穿着破布乱跑。如果你们不能供食物，那么请提供衣物，或牧羊谷的羊毛，让我们自行生产。现在正值剪毛季节，不是吗？"

阿瑞安深思片刻。"我会命令他们运送几车羊毛，另外再赶一百头绵羊过去。"

"两百头。"黎莎说。"至少半数达到生育年龄，还要一百头乳牛。"

阿瑞安直皱眉，不过还是点头。"可以。"

"还有农墩镇和林尽镇的种子。"黎莎补充。"现在是播种季节，我们有的是劳力翻土种植作物，只要他们取得足够的种子播种。"

"这样做对所有人都好。"阿瑞安同意道。"我会把多余的种子全部分给你们。"

"你如何确定男人们会同意这些协议？"黎莎问。

阿瑞安窃笑。"我儿子们少了詹森就连鞋子都不会穿。而詹森对我言听计从。他们不仅是会依照他的建议行事，而且到死都会以为那些都是他们自己的决定。"

黎莎依然心存怀疑，但老公爵夫人只是对她耸耸肩。"等你们的男人们觐见回来后，你自己去听听看他们'协议'的结果。在那之前，我们好好享受这壶茶吧。"

"你为何前来求拜藤蔓王座？"林白克问。

"克拉西亚入侵事件对我们所有人都造成威胁。"魔印人说。"难民涌入乡间，人数多到小村落难以容纳，等到他们入侵雷克顿——"

"太荒谬了。"麦卡尔王子打断他。"再怎么样，你也该露出真面目对公爵说话。"

"我很抱歉，王子阁下。"魔印人微微鞠躬说道。他拉开兜帽，在窗外洒落的阳光照射下，魔印仿佛活物般在他脸上蠕动。汤姆士和詹森见过这种景象，克制得住反应，但其他王子都无法完全掩饰内心的惊讶。

"造物主呀。"比瑟喃喃说道，在身前比画着魔印。

"既然你没有名字，我想你是希望我们称你为魔印人阁下？"麦卡尔问，脸上惊讶的神情转为轻蔑的冷笑。

魔印人摇头，淡淡微笑。"我只是一介平民，王子阁下，并非任何领地的主人。"

麦卡尔轻哼一声。"尽管天生的地位如此，我还是难以想象一个以解放者自居的男人会认为自己不像其他王室血脉一样拥有领主的地位。还是说你认为这些世俗的贵贱通通无关紧要？"

"我不是解放者，王子阁下。"魔印人说。"我从来不会如此自称。"

"你那个伐木洼地的牧师在他的报告中可不是这样说的。"比瑟牧师说，挥舞着一叠文件。

"事实上，他没有权利。"詹森插嘴道。"如果他是代表安吉尔斯造物主的牧师，他就得向牧师阁下以及牧师公会效忠。如果他在散布异端邪说……"

"说得好，詹森。"比瑟说。"我们必须深入调查此事。"

"或许你可以请牧师公会召约拿牧师前来接受调查，王子阁下。"詹森提议。

"听到了，听到了。"麦卡尔说。他转向自己弟弟，"你应该尽快办理，弟弟。"比瑟点头。

"你从前的老师，海斯牧师，很适合代理洼地牧师的职位去照顾那些难民，王子阁下。"詹森建议。"他照料穷人的经验老到，并且足以代表藤蔓王座。或许你可以说服议会派他前往？"

"说服他们？"比瑟大声道。"詹森，我是他们的牧师！你告诉他们，我指名要海斯牧师过去！"

詹森鞠躬。"如你所愿，王子阁下。"

"至于你，"比瑟说，转而面对魔印人，"如果你在那边没有影响力，洼地人民干吗把镇名改成解放者洼地？"

"我也不想让他们改，"魔印人说，"他们是无视我的意愿改名的。"

麦卡尔嗤之以鼻。"把那个麦酒故事留到酒馆里去向酒鬼说吧，你当然想要他们改名。"

"为了什么目的，王子阁下？"魔印人问。"这样做只会进一步散布我希望能够平息的想法。"

"果真如此，你当然不会反对公爵阁下下达王室命令要求镇议会改回原镇名了。"詹森说。

魔印人耸耸肩。

林白克点头。"那就这么办。"

"如你所愿，公爵阁下。"詹森说。

"那些都是细枝末节。"汤姆士王子突然说道，提起矛柄敲击地板。他看向魔印人。"我们测试过你的魔印。我亲手用那支箭射杀了一头木恶魔，我要更多的魔印箭，还有其他你研究出来的战斗魔印。我要训练我的手下。你想要求什么代价？"

"他想要什么无关紧要，"林白克说，"洼地人都是我的子民，我再怎样也不会付钱购买他们亏欠藤蔓王座的东西。"

"我已经告诉汤姆士王子和詹森了，公爵阁下。"魔印人说。"地心魔物才是真正的敌人，我不会对任何想要战斗魔印的人藏私。"

林白克嘟哝一声。汤姆士的眼中绽放渴望的目光。

"我可以请魔印师公会挑选魔印师前往洼地，如果公爵阁下希望这么做。"詹森说。"或许加派一队林木军团护送他们？"

"我会亲自带队，哥哥。"汤姆士王子说，转身看向公爵。

林白克点头。"非常好。"他说。

"来森堡的难民怎么办？"魔印人问。"你愿意收留他们吗？"

"我的城市没有办法接纳成千上万的难民。"林白克说。"让他们留在外围村落里，我们可以提供……刚刚是怎么说的，詹森？"

"皇家庇护。"詹森说。"任何宣誓效忠安吉尔斯的难民都可获得王室的保护。"林白克点头。

魔印人鞠躬。"那真是非常慷慨，公爵阁下，但这些人穷困且饥饿，缺乏生存的基本物资。当然，你仁慈宽厚，一定可以提供更多的援助。"

"很好，"林白克说，"我并非铁石心肠。詹森，我们可以腾出多少救济物资？"

"这个，公爵阁下，"詹森说，推开一本账册，察看其中细目。"我们不会追究洼地拖欠未缴的木材，当然……"

"当然。"林白克接着道。

"而驻守洼地期间，你的皇家魔印师可以提供专业服务给黑夜中的难民，"詹森，"林木军团也一样。"

"当然，当然。"林白克说。

詹森噘起嘴。"请容我进一步研究，公爵阁下，到时候我再交出一份我们多余物资的明细清单。"

"交给你办。"林白克说。

詹森再度鞠躬。"如您所愿。"

"克拉西亚入侵事件如何处理？"魔印人问。

"除了你的片面之词，我没有看出任何克拉西亚会入侵的证据。"林白克说。

"他们会。"魔印人保证道。"依照《伊弗佳》的训示。"

"你十分熟悉沙漠老鼠和他们的异教信仰。"比瑟说。"詹森说你甚至曾经和他们一同生活过。"

魔印人点头。"没错，王子阁下。"

"那我们怎么能够确定你会向谁效忠？"比瑟说。"照我们所知的事实来看，你本身就是一名天杀的《伊弗佳》教徒。看在黑夜的分上，如果你不肯告诉我们你是谁，来自何处，我们怎么能肯定在那一身魔印下的不是个克拉西亚人？"

加尔德低吼一声。但魔印人扬起一根手指。伐木巨人立刻闭嘴。"我向你保证，真相绝非如此。"魔印人说。"我对提沙效忠。"

林白克微笑。"证明给我看。"

魔印人好奇地侧过脑袋。"我要如何证明，公爵阁下？"

"我的传令使者人在外围村落办事，"林白克说，"而且不管任何情况下，他的行进速度都不可能像你一样迅速，代表我前往密尔恩堡与欧克公爵会面，签订大协定。"

"大协定，公爵阁下？"魔印人问。

林白克看向詹森。后者清清喉咙。"自由城帮大协定。"总管大臣说道。"回归后元年，在第一代魔印墙修建完成以及残

破的乡村恢复一定程度的秩序后，提沙幸存的公爵们签署了一项名为自由城邦大协定的互不侵犯共同协定。在该项协定中，他们认定提沙国王已死，王室血脉断绝，相互接受彼此领地的统治权。该协定禁止任何以武力夺取领土的行为，并且联合各城邦的力量铲除违反此协定的势力。"

"克拉西亚人签署过这项协定吗？"魔印人问。

詹森摇头。"克拉西亚不属提沙管辖，所以没有签署大协定。然而，"他举起一只手阻止进一步的提问，将眼镜压到鼻梁末端，取出一份古老羊皮文件，"大协定的原文如下：一旦任何公爵的领地或是统治权遭受人类侵犯，所有协定签署人及其子孙都有义务代表遭威胁的一方提出联合出兵的要求。"詹森放下羊皮文件。"大协定上明文禁止一切人类互相攻击的行为。因为大回归浩劫过后世上存活下来的人类实在太少了。所以，不管克拉西亚有没有签订，这份协定依然有效。"

"你认为欧克公爵会同意这样的解读吗？"魔印人对詹森问道。

"你在觐见我的总管大臣，还是我？"林白克大声问道，将所有人的目光吸引到秘书身上。罗杰看到公爵满脸通红，简直气到和当年抓到七岁的罗杰与他深深宠爱的妓女睡在一起时一样。

魔印人鞠躬。"请原谅，公爵阁下。"他说。"我没有不敬的意思。"

这样的反应似乎让林白克平静了一点，但他的语气依然严峻。"欧克会像试图找出魔印缺口的地心魔物一样想办法钻大协定的漏洞，但如果没有他的支持，安吉尔斯就不能向克拉西亚宣战。"

"你也会违反大协定吗？"魔印人问。

"我会提出联合出兵的要求,大协定就是如此规定的。"林白克低吼道。"难道我应该单独和沙漠老鼠战斗,让欧克在我们两败俱伤时趁虚而入,坐收渔翁之利?"

魔印人沉默了很长一段时间。"为什么要我去,公爵阁下?"

林白克轻哼一声。"不要谦虚了,提沙境内所有吟游诗人都在歌颂你的事迹。如果你出现在密尔恩能够引起在安吉尔斯一半程度的骚动,欧克别无选择,非遵守大协定不可,特别是在你拿出战斗魔印卖给他们后。"

"我不会私藏魔印当作政治筹码。"魔印人说。

"当然不会,"林白克冷笑说道,"但欧克无须知道这点,是吧?"

罗杰凑到魔印人身边。身为技巧高超过人的吟游诗人,他有办法在不动的情况下大叫或是低语,甚至让声音听起来像是发自别处。

"他只是想要摆脱你。"他警告道,不过其他人都没有听见或是注意到。

但如果魔印人有听见这话,他也没有表现出来。"很好,我去。我要有你的印信,公爵阁下,好让欧克公爵知道我所言不虚。"

"我会提供你需要的一切。"林白克承诺道。

※

"公爵夫人阁下,"侍女说道,"詹森大人要我转达,公爵与伐木洼地代表的会面已结束。"

"谢谢你,艾玛。"阿瑞安说,甚至没有费神询问会面情况如何。"请转告詹森大人我们喝完茶就去前厅与他们会合。"艾

玛屈膝行礼,随即离开。汪妲一口喝光杯中的茶,站起身来。

"不必着急,年轻女士。"阿瑞安说道。"让男人等等女人对他们有好处的,这样可以磨练他们的耐心。"

"是的,女士。"汪妲鞠躬说道。

老公爵夫人站起身来。"过来,女孩,让我好好看看你。"她说着。汪妲迎上前去,阿瑞安围着她绕圈,打量她破旧的衣衫、平凡的容貌,以及脸上疤痕,接着伸手轻捏她的肩膀和手臂,就像检视牲口的屠夫。

"看得出来你为什么选择过男人的生活,"老公爵夫人说道。"你天生就像男人。你对于错过穿着裙子及在追求者面前脸红的生活感到遗憾吗?"黎莎当即起身。但老公爵夫人在没有转头的情况下扬起一指。黎莎欲言又止。

汪妲不太自在地改变站姿。"没想过这种事。"

阿瑞安点头。"女孩,与男人同赴战场是什么感觉?"

汪妲耸肩了。"杀恶魔感觉很好,它们杀了我爸还有我很多朋友。一开始有些伐木工以不同方式对待女人,试图在恶魔杀到的时候挡在我们前面,但我们杀的恶魔和他们一样多,在几个男人为了保护女人疏于自保而付出代价后,他们很快就学到教训了。"

"这里的男人比他们要糟糕多了,"阿瑞安说,"我丈夫死时,我必须放弃职权,即使我的长子是个白痴,而他的弟弟们也没有聪明到哪里去。造物主禁止女人坐上藤蔓王座。我一直都很嫉妒布鲁娜公开使唤男人的模样,但那种事不可能在这里发生。"

她又看了汪妲一眼。"至少目前还不可能。"她说道。"为我在黑夜里抬头挺胸,女孩。为安吉尔斯所有女人抬头挺胸,永远不要让任何人逼你低头,不论男女。"

"我会的，公爵夫人阁下。"汪妲说，终于好好地鞠躬。"我以太阳之名起誓。"

阿瑞安嘟哝一声，轻敲自己的下颌，接着轻弹手指。她拿起桌上的银铃摇晃，一名侍女立刻出现了门旁。"立刻传唤我的裁缝。"阿瑞安说。侍女屈膝行礼，匆忙离开，片刻过后另一名女子走了进来，身旁跟着一个手持皮革封面书本和羽毛笔的女孩。

"那个女孩。"阿瑞安说着指向汪妲。"量她的尺寸，全套。"皇家裁缝师傅点头，拿出一条绳索，测量每个部位后便打个结，并对女孩说出测量数据。后者将数据记载于书中。汪妲尴尬地站着，任由女人测量尺寸，仿佛把她当作洋娃娃一样移动着，裁缝师的手掌还在会让女孩满脸通红的地方摸来摸去。白色疤痕在她涨红的脸颊上看来格外显眼。

裁缝师量完后，走到阿瑞安和黎莎面前。"这是项挑战，公爵夫人阁下。"她承认道。"这女孩该凸的地方平，该细的地方粗。或许在长裙上多点褶皱可以遮掩缺陷，再拿一把扇子挡住伤疤……"

"我是白痴吗？"阿瑞安突然说道。"我就算叫汤姆士大夫去穿晚礼服也不会让她穿！"

女人吓得脸色发白，连忙屈膝行礼。"我很抱歉，公爵夫人。"她说"阁下的意思是？"

"我还不知道。"阿瑞安说。"我会想出来的，我确定。先下去吧。"女人点头，连忙和她的助手一起离开。

阿瑞安转向准备离去的黎莎和汪妲。"布鲁娜和我是很要好的朋友，亲爱的，我们两人因这段友谊受益良多。我希望我们也能够成为朋友。"

黎莎点头。"我也如此希望。"